UNSTERBLICHER ZAUBER

DIE HEXEN VON WHITE HAVEN 5

TJ GREEN

Unsterblicher Zauber

Mountolive Publishing

Copyright © 2025 TJ Green

Alle Rechte vorbehalten

ISBN Taschenbuch 978-1-991313-45-4

ISBN Hardback 978-1-991313-46-1

Umschlaggestaltung von Fiona Jayde Media

Lektorat von Missed Period Editing

Contents

Eins

Avery holte tief Luft und sprach den Zauber aus, den sie inzwischen in- und auswendig kannte. Sekunden später wurde ihr schwarz vor Augen, und als sie wieder zu sich kam, lag sie auf dem Boden, die Wange an den dicken Wollteppich geschmiegt.

Vorsichtig drückte sie sich hoch, untersuchte sich auf Verletzungen und sah sich dann im Zimmer um. Sie hatte keine Ahnung, wo sie war, aber das Zimmer war wunderschön eingerichtet, mit antiken Möbeln, einem riesigen Bett und teuren Perserteppichen.

Einen Augenblick später hörte sie eine Stimme, leise, aber deutlich. „Avery! Kannst du mich hören?"

Sie seufzte. Sie hasste es, dass sie den Hexenflug einfach nicht meistern konnte. „Ja. Ich bin irgendwo in einem Schlafzimmer."

Eine wirbelnde schwarze Wolke erschien vor ihr und manifestierte sich zum großen, dunkelhaarigen Caspian Faversham. Er zog eine Augenbraue hoch. „Du scheinst mein Schlafzimmer gefunden zu haben."

Sie funkelte ihn an. „Ich kann dir versichern, das war keine Absicht."

Er grinste. „Das Bett wäre eine weichere Landung gewesen." Er streckte die Hand aus und Avery nahm sie an, während er sie auf die Beine zog.

„Ich wäre schon damit zufrieden, auf meinen Füßen zu landen", sagte sie spitz.

„Vielleicht möchtest du, dass ich es diesmal mit dir zusammen vorführe? Ich habe ja gesagt, dass das die beste Art zu lernen ist."

Avery seufzte schwer. Sie war nun schon seit zwei Stunden in Caspians Haus – dem riesigen Anwesen, das er von seinem Vater Sebastian geerbt hatte – und war der Beherrschung dieser Fähigkeit kein Stück nähergekommen.

Seit Caspian gemerkt hatte, dass Avery Hilfe brauchte, hatte er angeboten, sie zu unterrichten, aber sie hatte sich gesträubt. Teils, weil Avery wusste, dass Alex bei dem Gedanken Unbehagen empfand, nachdem er erfahren hatte, dass Caspian sie angemacht hatte, aber auch, weil sie nicht wirklich allein Zeit mit Caspian verbringen wollte. Obwohl sie ihm nichts vorwerfen konnte. Er war der perfekte Gentleman gewesen. Aber er war eben auch immer noch Caspian und brachte sie daher zur Weißglut. Er hatte gesagt, der beste Weg zu lernen sei, den Hexenflug mit ihm zu erleben, aber das wollte sie nicht. Bis jetzt.

Caspian sprach erneut und wiederholte ihre eigenen Gedanken. „Avery, mir ist klar, dass du eine sture und unabhängige Frau bist, aber du bist jetzt wirklich kein Stück weiter als bei deiner Ankunft." Nachdenklich runzelte er die Stirn. „Sagst du immer noch diesen Spruch auf?" Er bezog sich auf den Zauber, den sie in dem alten Grimoire gefunden hatte.

„Ja. Warum?"

„Weil ich, wie ich dir schon sagte, keinen benutze, und die meisten anderen Hexen auch nicht. Der Zauber, den du gefunden hast, war höchstwahrscheinlich für Hexen gedacht, die das Element Luft nicht meisterlich beherrschen, und sollte ihnen deshalb helfen, den Hexenflug zu vollführen. Offensichtlich ist er fehlerhaft und du solltest ihn nicht mehr benutzen. Er behindert deine natürliche Fähigkeit." Er streckte erneut die Hand aus. „Lass es mich dir zeigen."

Avery starrte ihn ein paar Sekunden lang an und wog ihre Möglichkeiten ab, musste aber zugeben, dass er recht hatte. Sie streckte ihre Hand aus, er nahm sie in seine kühle und zog sie näher an sich heran.

„Was machst du da?", fragte sie und wehrte sich.

„Ich verführe dich nicht, ich mache das Leben nur ein wenig einfacher", sagte er mit einem Grinsen.

Er legte seinen Arm um ihre Taille, sodass ihr Rücken gegen seine Brust gedrückt wurde und sein Kinn nur wenige Zentimeter über ihrem Kopf war. Sie hielt sich steif, sich seiner Nähe unangenehm bewusst.

„So, und jetzt will ich, dass du spürst, wie ich die Luft sammle. Du machst, was du sonst auch tust – ziehst sie zu dir und nutzt ihre Energie für dich selbst. Aber du musst ein Teil von ihr werden, Avery."

Sie verzog das Gesicht. „Ja, ich weiß, aber ..."

„Aber du überstürzt es. Du musst sie kontrollieren. Ich habe dich schon vom Boden abheben sehen. Das hier ist ein ähnlicher Prozess. Wir gehen in die Küche, die ich mir ganz stark vorstelle. Leiste keinen Widerstand."

Avery spürte, wie Caspians Macht sich ausbreitete und die Luft sich zu sammeln begann. Er zog sie näher an sich heran, bis sie von ihr umhüllt waren, und dann spürte sie, wie die elementare Kraft durch sie zu rauschen begann und ihr Körper sich darin auflöste. Da Caspian den Prozess jedoch verlangsamt hatte, konnte sie besser spüren, wie er funktionierte.

Wie mit einem Schlag verschwand das Schlafzimmer und wurde durch eine Küche ersetzt. Und was noch wichtiger war: Sie stand noch und war bei Bewusstsein.

Avery löste sich von Caspian, der sie immer noch leicht festhielt, und sah sich im Raum um. „Wow. Wir haben es geschafft!"

Er klang ungeduldig. „Natürlich haben wir es geschafft! Ich bin ein Experte."

Sie drehte sich zu ihm um und widerstand dem Drang, ihm ins arrogante Gesicht zu schlagen. „Du hast recht. Mit dir konnte ich besser spüren, wie es geht."

Er grinste. „Alles ist besser mit mir, Avery."

Sie schnaubte. „Das bezweifle ich."

Er sah immer noch unausstehlich zufrieden mit sich selbst aus. „Wie du meinst. Und jetzt noch einmal. Aber diesmal mache ich es etwas schneller."

Sie lehnte sich wieder in seine Umarmung zurück und fragte sich, an welchem Punkt Doppeldeutigkeiten mit Caspian normal geworden waren, aber innerhalb von Sekunden verschwand der Raum erneut. Diesmal tauchten sie im Garten mit Blick auf den großen Rasen wieder auf, der sich bis zu den Sträuchern und Bäumen erstreckte, die das Grundstück begrenzten.

Sie schauderte, als sie einen Schritt von ihm wegging. „Verdammt noch mal. Es ist eiskalt! Mussten wir unbedingt nach draußen?"

Er grinste. „Ich dachte, das würde dich motivieren, schnell wieder reinzukommen. Bereit, es allein zu versuchen?"

Avery nickte. „Ja. Ich spüre jetzt ganz genau, was ich vorher falsch gemacht habe."

„Gut. Wir sehen uns in der Küche." Und damit verschwand er.

Sie holte tief Luft und schloss die Augen. Sie stellte sich Caspians Küche klar vor, dann rief sie die Luft herbei und löste ihr Wesen in ihr auf. Das inzwischen vertraute, aber unangenehme Gefühl überkam sie, und diesmal landete sie in der Küche, bei vollem Bewusstsein, aber wieder auf dem Boden.

„Scheiße", rief sie aus.

Caspian lehnte an der Theke und beobachtete sie. „Aber du bist hier und wach! Ich bin wirklich ein großartiger Lehrer."

Avery starrte ihn nur an, während sie aufstand. „Kannst du aufhören, ganz so nervtötend zu sein? Ich versuche es noch einmal. Setz den Kessel auf."

Nachdem Avery Caspian verlassen hatte, fuhr sie zurück nach White Haven und steuerte The Wayward Son an, Alex' Pub, bereit für ein Mittagessen.

Sie lächelte, während sie durch die Straßen fuhr. Es war ein Donnerstag Mitte Dezember, und die ganze Stadt bog sich unter der Last der Weihnachtsdekoration. Auf dem Marktplatz war ein großer Weihnachtsbaum aufgestellt worden, die Schaufenster und Restaurants waren mit Lichterketten beleuchtet und die Straßen mit riesigen Kugeln und Schneeflocken geschmückt.

Avery liebte Weihnachten. Sie glaubte nicht an Gott oder Jesus, sondern feierte die heidnische Wintersonnenwende, aber trotzdem liebte sie die Art und Weise, wie alle zusammenkamen, um die Gesellschaft der anderen zu genießen und sich Geschenke zu machen.

Die verwinkelten Straßen wimmelten von Einkäufern, die sich in schwere Wollmäntel oder Daunenjacken gehüllt hatten. Der Himmel war grau und wolkenverhangen und ein beißender Wind schnitt durch die Gassen. Es sah so aus, als würde es regnen, und Avery sinnierte, dass es vielleicht sogar schneien könnte. An der Küste schien der Schnee allerdings nie lange liegen zu bleiben.

Als sie um die Ecke zum Kai bog, eröffnete sich ihr die Aussicht und sie sah das Meer, das sich bis zum Horizont erstreckte. Das Meer war so grau wie der Himmel und Fischerboote schaukelten auf dem starken Wellengang. Avery fröstelte, trotz der Wärme in ihrem Lieferwagen. Sie fuhr hinter den Pub und zwängte den Wagen in eine Parklücke. Als sie den Pub betrat, schlug ihr das Geplapper der Mittagsgäste entgegen und sie steuerte die Bar an, zu ihrem üblichen Platz.

Alex, ebenfalls eine Hexe und ihr Freund, zapfte gerade Bier und grinste, als er sie sah. Er arbeitete mit Zee, einem der Nephilim, und einer jungen Frau zusammen, die Avery noch nie zuvor getroffen hatte. Das musste entweder Grace oder Maia sein. Alex hatte ihr erzählt, dass er für die Weihnachtszeit und Silvester ein paar zusätzliche Aushilfen eingestellt hatte. Die junge Frau war blond und sah aus, als wäre sie Anfang zwanzig. Alex hatte gesagt, sie seien beide Studentinnen an der Universität. Zee fing ihren Blick auf und nickte ihr zu, bevor er weiter Kunden bediente, und Avery lächelte. Zee hatte jetzt eine Narbe, die sich über seine linke Wange zog, eine Folge seiner Begegnung mit der Wilden Jagd einige Wochen zuvor an Samhain. Dank Briars Salben und seiner eigenen unnatürlichen Heilungsfähigkeit war sie bereits beträchtlich verblasst.

Avery ließ sich auf einem Hocker nieder und sah sich im Pub an den voll besetzten Tischen um. In der Ecke des Raumes stand ein großer Weihnachtsbaum, geschmückt mit Lichtern und Kugeln, und über der Bar war Lametta aufgehängt. Sie erkannte eine ganze Reihe von Gesichtern, aber es gab auch neue, was zu dieser Jahreszeit ungewöhnlich war. Die Sommerferien waren längst vorbei und die Schulferien begannen erst in ein paar Wochen. Aber sie wusste, warum der Laden so voll war. Es war derselbe Grund, warum in der ganzen Stadt seit Wochen so viel los war.

Seit Samhain und dem „Geistermarsch", wie die Presse es genannt hatte, waren Paranormal-Fans und Geisterjäger in Scharen eingetroffen. Sie hatten die Hotels und Pensionen ausgebucht, und das Surren von EMF-Messgeräten war in jeder Straße zu hören. Das Ereignis hatte White Haven auf die Landkarte gebracht. Das Filmmaterial – zugegebenermaßen lückenhaft – war in den nationalen Nachrichten gewesen, und Interviews mit den Einheimischen hatten über eine Woche lang die Schlagzeilen beherrscht. Ben, Dylan und Cassie, die Ermittler für paranormale Phänomene, waren ebenfalls interviewt worden und bekamen nun Anfragen aus ganz Cornwall. Nationale Reporter waren für ein paar Tage angereist und dann wieder verschwunden, als sie feststellten, dass nichts weiter von Interesse geschah. Aber der stetige Strom anderer Besucher war geblieben.

Avery erlaubte sich ein Lächeln. Der Geistermarsch hatte Spaß gemacht, besonders nach den Schrecken der Wilden Jagd in der Alten Kirche von Haven. Obwohl sich seitdem kein einziger Geist mehr im Zentrum von White Haven gezeigt hatte. Außer natürlich Helena, ihre eigene Hexen-Vorfahrin, die auf dem Scheiterhaufen verbrannt worden war. Sie war jetzt ein Geist, der von Zeit zu Zeit in ihrer Wohnung erschien. Avery hatte den starken Verdacht, dass Helena den Geistermarsch organisiert hatte, um die Aufmerksamkeit aller von der Alten Kirche von Haven abzulenken, falls Geister denn so etwas wie organisieren taten. Wenn das der Fall war, war es eine überraschend großmütige Geste von Helena. Avery nahm an, dass mit dem Ende von Samhain, der Zeit, in der die Schleier zwischen den Welten dünner wurden, die Gelegenheit für ein solches Massenereignis verstrichen war. Es gab jedoch immer noch Geistersichtungen, Spuk, Poltergeister und andere ungewöhnliche Geisteraktivitäten an bestimmten Orten.

Avery wurde aus ihren Träumereien gerissen, als Alex ihr ein Glas Rotwein hinstellte. Sein schulterlanges, dunkelbraunes Haar war offen, und wie üblich hatte er Bartstoppeln an Unterkiefer und Kinn. „Hi, Wunderschöne. Wie ist dein Hexenflug gelaufen?"

Sie lächelte. „Sehr gut. Ich kann es! Ich zögere, das Wort meisterhaft zu benutzen, aber ich werde nicht mehr ohnmächtig.“

Er grinste und beugte sich näher zu ihr. „Großartig. Ich wusste, dass du es schaffst. Und ich erwarte, dass du es mir später zeigst.“

„Natürlich. Wie ist deine neue Mitarbeiterin?“, Avery nickte zu der Blondine hinüber.

„Das ist Grace. Sie ist ein bisschen langsam, aber das wird schon. Sie ist sehr charmant und ich bin mir ziemlich sicher, dass sie sehr gut in der Lage ist, den übereifrigen Gästen zu sagen, dass sie auf Abstand gehen sollen.“ Er runzelte die Stirn und wechselte das Thema. „Wie war Caspian?“

„Sehr hilfreich. Ich habe den Zauber aus meinem Grimoire zwar nicht gebraucht, aber seine Anleitung war notwendig.“

„Hat er irgendwas bei dir versucht?“

Avery wusste, dass Alex über Caspians allzu vertraute Art ihr gegenüber verärgert war, und sie versuchte, ihn zu beruhigen. „Nein. Er war der perfekte Gentleman und wie immer sehr nervtötend.“

„Gut.“ Alex sah erleichtert aus und nahm eine Speisekarte von der Bar. „Such uns einen Platz, ich bin gleich bei dir.“

„Bist du sicher, dass du die Zeit entbehren kannst? Es macht mir nichts aus, wenn du zu beschäftigt bist.“ Sie sah sich wieder im Raum um. „Es sind heute wirklich viele Leute da!“

„Und meine Angestellten sind bestens in der Lage, mit dem Andrang fertigzuwerden“, sagte er mit einem Zwinkern. „Außerdem habe ich Neuigkeiten.“

Avery ging in den kleinen Nebenraum, den Alex mit einem Zauber belegt hatte, damit er ruhig blieb – ein Refugium für die Einheimischen – und fand einen Tisch unter dem Fenster mit Blick auf den kleinen Innenhofgarten, der heute verlassen war, abgesehen von zwei hartgesottenen Rauchern, die unter einer bunten Lichterkette saßen.

Avery hatte kaum Zeit gehabt, sich für ihr Mittagessen aus Suppe und Knoblauchbrot zu entscheiden, als Alex wieder erschien, ihre Bestellungen aufgab und sich dann mit einem Bier ihr gegenüber setzte.

„Also, was sind deine geheimnisvollen Neuigkeiten?", fragte Avery und dachte, es hätte etwas mit dem Pub oder ihren Weihnachtsplänen zu tun. Sie hatten noch nicht entschieden, wie sie es verbringen wollten, aber sie überlegten, ob sie zu Reuben fahren sollten, ihrem Surferfreund und reichen Hexer, der in Greenlane Manor lebte.

Er seufzte und starrte für einen Moment auf den Tisch, dann blickte er auf, und seine Augen trafen ihre. „Du weißt doch, wir dachten, Gabe, Zee und die anderen Nephilim hätten die beiden Fae getötet, die den Schutzkreis durchbrochen haben?"

„Ja", Avery zögerte. „Naja, nicht nur gedacht. Gabe hat gesagt, dass sie es getan haben."

„Nun, er hat gelogen. Eine von ihnen wurde getötet, die andere hat überlebt."

Avery ließ vor Schreck beinahe ihr Glas fallen. „Was meinst du damit? Eine Fae ist am Leben, hier in White Haven!", sie sah sich um, als ob sie sie gleich in der Bar sitzen sehen würde, wie sie zwanglos mit den Einheimischen etwas trinkt.

Alex lachte kurz auf, bevor er todernst wurde. „Nein, sie ist nicht hier. Gabe hält sie in diesem alten, knarrenden Bauernhaus gefangen, in dem sie am Rande des Moors leben."

„Die Fae ist eine Sie? Und woher weißt du das?", Averys Herz begann vor Sorge und Ärger zu hämmern.

„Zee hat es mir erzählt. Er ist nicht glücklich darüber. Er will, dass ich ‚etwas unternehme'."

Avery runzelte die Stirn und nahm einen großen Schluck Wein, um ihre Gedanken zu ordnen. „Aber seit Samhain sind fast sechs Wochen vergangen! Er hat sie die ganze Zeit gefangen gehalten? Das ist schrecklich!"

Alex zuckte mit den Schultern. „Naja, ja und nein. Wäre es dir lieber, sie wäre tot?"

„Tja, wenn sie im Kampf getötet worden wäre, wie ich es erwartet habe, ja. Sie hat uns angegriffen! Sie war Teil der Jagd!"

„Also, laut Zee greift sie niemanden mehr an. Sie will nur raus und versuchen, ihr Leben zu retten."

Averys Gedanken überschlugen sich und sie lehnte sich in ihrem Stuhl zurück. „Weiß Gabe, dass du es weißt?"

„Noch nicht." Alex beobachtete sie, seine dunklen Augen nachdenklich. „Aber ich gehe heute Abend zu ihm hoch, wenn Zee mit seiner Schicht fertig ist. Willst du mitkommen?"

„Verdammt, ja! Ich will schon die ganze Zeit unbedingt zu ihnen hoch. Gabe war total geheimniskrämerisch."

„Deswegen gehe ich mit Zee", erklärte Alex. „Ich will sichergehen, dass wir auch herzlich empfangen werden."

„Vielleicht lässt er uns trotzdem nicht rein. Womöglich ist er sogar stinksauer auf Zee."

„Zee ist ein großer Junge. Ich bin sicher, er kommt damit klar“, sagte Alex und verstummte dann sofort, als ihr Essen von einer nervösen Grace gebracht wurde.

Sie lächelte, als sie ihnen die Teller hinstellte, und Avery stellte sich vor.

Grace nickte und sagte: „Schön, dich kennenzulernen, Avery. Ich habe schon alles über dich gehört! Bis zum nächsten Mal.“

Als sie wieder zur Bar verschwunden war, sagte Avery: „Ich nehme an, sie weiß nicht, dass wir Hexen sind.“

Alex schüttelte den Kopf. „Sie weiß auch nicht, dass sie mit einem Nephilim zusammenarbeitet. Das wissen nicht viele.“ Er zwinkerte. „Manche Dinge behalte ich lieber für mich.“

A very und Alex folgten Zee den gewundenen Feldweg hinauf zu dem Haus, das er sich mit den anderen Nephilim teilte.

Zee fuhr mit beunruhigender Geschwindigkeit auf einem alten Enfield-Motorrad, und Avery schnappte jedes Mal nach Luft, wenn er um eine Kurve bog. Am Ende gab Alex den Versuch auf, mitzuhalten, und sie fuhren gemütlich hinter ihm her, da sie wussten, dass er auf sie warten würde, bevor er das Haus betrat.

Nachdem sie sich in der Dunkelheit des klaren, kalten Dezemberabends durch eine Reihe von gewundenen Wegen gekämpft hatten, fanden sie schließlich die Abzweigung zu dem alten Bauernhaus. Der Weg wurde schnell zerfurcht und Alex fluchte, als sein tiefergelegter Alfa auf und ab hüpfte. „Verdammte, blöde Feldwege", murmelte er vor sich hin, während er sein Tempo auf Schrittgeschwindigkeit drosselte.

Die Scheinwerfer erfassten ein breites Stahltor, das an die Mauer eines Nebengebäudes geschwenkt war, und sie fuhren auf einen gepflasterten Hof. Das zweistöckige Hauptgebäude lag vor ihnen, doch der Hof war auf allen Seiten von zahlreichen kleinen

Nebengebäuden umgeben. Es war leicht zu erkennen, dass es sich einst um einen bewirtschafteten Bauernhof gehandelt hatte.

Zee lehnte an der Hauswand und stieß sich ab, als sie aus dem Wagen stiegen. Er war in Motorradleder gekleidet und trug seinen Helm in der Hand. Eine einzelne Lampe leuchtete über ihm und tauchte seine Gesichtszüge in Schatten, und Avery schauderte. Sie wusste eigentlich nichts über die Nephilim, außer, dass sie die Söhne von Engeln und Frauen waren, die zu biblischen Zeiten gelebt hatten und gestorben waren, getötet durch die große Flut, und die im vergangenen Sommer unwissentlich durch ihre Magie befreit worden waren.

Sieben von ihnen waren aus ihrer außerweltlichen Ebene befreit worden und lebten nun in White Haven, wo sie friedlich mit der Stadt koexistierten. Irgendwo, magisch verborgen, besaß jeder von ihnen ein Paar riesiger Flügel, die sie nach Belieben entfalten konnten, und alle waren sie deutlich über eins achtzig groß, muskulös gebaut und verfügten über eine scharfe Intelligenz. Anscheinend waren sie ziemlich unempfindlich gegenüber Magie und besaßen große Heilkräfte. Avery hatte das Gefühl, dass es noch viel mehr gab, was sie nicht über sie wussten. Noch wichtiger war, dass Avery sich immer noch nicht ganz sicher war, ob sie ihnen vertrauen konnten. Obwohl man fairerweise sagen musste, dass sie die Hexen unterstützt hatten, als die Wilde Jagd an Samhain angegriffen hatte, und ihnen bisher keinen Grund zum Zweifeln gegeben hatten.

Gabe, eine Abkürzung für Gabreel, schien ihr Anführer zu sein und war der Einzige, zu dem Alex eine übersinnliche Verbindung hergestellt hatte. Gabe war der Geist, der in der

Allerseelenkirche gelauert und den Küster, Harry, getötet hatte, um seine physische Gestalt wiederzuerlangen. Trotz Gabes Status als Anführer war Zee mit dessen aktueller Entscheidung sichtlich unzufrieden.

„Erwartet er uns?", fragte Alex und blickte sich im Hof um.

„Nein. Ich wollte nicht, dass er einen guten Grund erfindet, um uns aufzuhalten, oder dass er einfach nicht da ist."

Alex sah überrascht aus. „Wäre das wahrscheinlich?"

„Japp." Zee führte das nicht weiter aus, sondern drehte sich um und führte sie durch die breite Eichentür in einen mit großen Steinplatten ausgelegten Gang. Avery sah sich um und verzog das Gesicht. Der Ort war schlicht und schmucklos. An den Wänden hingen keine Bilder, auf dem Boden lagen keine Teppiche, und eine kühle Luft lag im Raum.

Avery tauschte einen besorgten Blick mit Alex, dann folgte sie den beiden zum hinteren Teil des Hauses und durch eine lange, rustikale Küche in einen hinteren Gang, der zur Hintertür und zu anderen Räumen führte. Der Gang war mit Stiefeln und Mänteln gesäumt, und auf halber Höhe befand sich eine weitere dicke Holztür in einer Innenwand.

Zee zog seine Jacke aus, legte seinen Helm auf einen kleinen Beistelltisch und öffnete dann die Tür. „Sie ist hier unten."

„Ist Gabe da?"

„Wahrscheinlich." Zee versuchte, unbeteiligt zu wirken, doch Avery bemerkte eine Anspannung in seinen Schultern und hinter seinen Augen.

Alex trat näher. „Zee, du bist sehr geheimnisvoll. Ist das hier sicher?"

Zee seufzte und nickte. „Ich mache mir nur Sorgen um Gabe. Sie ist in Sicherheit."

Er ging durch die Tür, und als Avery ihm folgte, bemerkte sie, dass eine Treppe in einen Keller hinabführte. Ein schwaches Licht brannte, und als sie hinabstiegen, spürte Avery, wie Wärme auf sie zukroch. Der Keller war beheizt und weitaus wärmer als der Rest des Hauses.

Zee rief: „Gabe! Ich habe Besuch mitgebracht."

Gabes Stimme klang gedämpft. „Wen? Zee, ich habe dich gewarnt!"

„Zu spät", erwiderte Zee völlig unbeeindruckt.

Zee führte sie in einen niedrigen, aus Ziegeln gemauerten Raum mit Plattenboden. Ein großer, deckenhoher Käfig nahm den größten Teil des Raumes ein, und darin schritt eine ausgesprochen überirdische Kreatur auf und ab.

Avery erstarrte, als ihr Blick auf die verblüffend violetten Augen einer Fae-Frau traf. Sie war etwas größer als Avery und geschmeidig, und sie durchschritt ihr Gefängnis mit katzenhaftem Anmut. Sie trug eine figurbetonte schwarze Hose, eine kurze Jacke und kniehohe Stiefel aus weichem Leder. Ihr langes Haar war von silbernen und goldenen Strähnen durchzogen, ihre Haut war rein und fast leuchtend, und sie strahlte Magie aus. Und sie war wütend.

Ihre Blicke trafen sich nur für Sekunden, doch Avery kam es vor, als hätte der Moment viel länger gedauert. Ihr Blick wanderte von Avery zu Alex und dann zurück zu Gabe. „Lädst du jetzt Leute zum Gaffen ein? Als wäre ich eine Art Vergnügung?"

Ihre Stimme hatte einen sanften melodischen Klang, einen Akzent, den Avery nicht ganz einordnen konnte.

Gabe hatte kurzes Haar und ein militärisches Auftreten. Er war deutlich über eins achtzig groß, strotzte nur so vor Muskeln und hatte auf einem Stuhl an der Seite des Raumes gesessen und seine Gefangene angestarrt. Doch sobald sie eintraten, stand er auf, drehte sich schnell um und verengte die Augen. „Zee! Was zum Teufel tust du hier und schleppst die mit an?"

Zee verschränkte ungerührt die Arme. „Ich tue, was ich schon vor Tagen hätte tun sollen. Jemand muss dir mal Vernunft einreden."

Gabe schaute zwischen Zee, Alex und Avery hin und her. „Und du meinst, diese beiden werden das schaffen?" Er runzelte die Stirn. „Und ich bin vollkommen bei Sinnen, danke sehr."

Zee schnaufte. „Du hältst eine Fae in unserem Keller gefangen. Wie lange glaubst du, kannst du das durchziehen?"

„So lange, wie es nötig ist!"

„Ich werde lange leben", sagte die Fae spöttisch. „Und früher oder später werde ich aus diesem Gefängnis ausbrechen."

Gabe fuhr zu ihr herum und wirkte in dem kleinen Raum riesig, seine dunklen Augen verengten sich. „Nicht aus einem eisernen Gefängnis."

Natürlich. Der Folklore nach mochten die Fae kein Eisen. Avery hatte sich schon gefragt, wie Gabe eine von ihnen gefangen halten konnte.

Alex seufzte. „Gabe, bitte. Was ist hier los? Du hast gesagt, du hättest die beiden entkommenen Fae getötet."

Gabe verzog das Gesicht. „Ich dachte, das hätten wir. Und dann, nachdem ihr Hexen die Alte Kirche von Haven verlassen hattet, gingen wir die Leichen holen, und eine von ihnen war verschwunden. Ich beschloss, es euch nicht zu sagen und sie zuerst zu finden.“

„Und jetzt hast du sie. Gut gemacht“, sagte Alex und blickte zwischen Gabe und der Fae hin und her. „Und was jetzt? Öffnen wir das Tor und schicken sie zurück?“

Die Fee trat vor, bis sie nur Zentimeter von den Stäben entfernt war, und sah aufgeregt aus. „Kannst du das?“

Alex ließ die Schultern sinken, als er ihren Blick erwiderte. „Nein. Tut mir leid. Das war sarkastisch gemeint. Dieses Portal ist schon lange verschwunden, und die Magie, die es erschaffen hat, nun ja“, er zuckte mit den Schultern, „wir können sie nicht noch einmal erschaffen.“

„Ich auch nicht. Und glaub mir, ich habe es versucht.“ Offensichtlich spürte sie sein Mitgefühl. „Also sitze ich hier fest, ohne meinesgleichen, in einer Welt, die meiner so fern ist. Eine Gefangene dieses riesigen Tölpels.“ Sie funkelte Gabe an.

„Ich bin kein Tölpel, Weib“, knurrte er.

Avery versuchte, ein Kichern zu unterdrücken. Gabe einen Tölpel zu nennen, war ziemlich witzig. „Also, was ist dein Plan, Gabe? Zee hat recht. Du kannst sie nicht ewig eingesperrt lassen.“

Gabe funkelte sie erneut an. „Ich weiß nicht, was ich mit ihr machen soll! Außer, sie zu töten.“

„Das konntest du vorher schon nicht“, schoss die Fee zurück. „Hast du deine Meinung geändert?“

Averys Kopf schwirrte vor Verwirrung. „Kannst du erklären, wie ihr sie gefangen und wo ihr sie gefunden habt?“

„Wir haben ihre Fährte gefunden und sie tagelang verfolgt. Schließlich haben wir sie im Wald von Old Haven entdeckt. Sie ist sehr geschickt darin, sich zu verstecken.“

„Natürlich bin ich das. Ich bin eine Fee“, antwortete sie überheblich.

Gabe fuhr fort. „Während wir sie verfolgten, habe ich diesen Käfig anfertigen lassen. Ich wusste, dass Eisen sie und ihre Magie in Schach halten würde. Lange Rede, kurzer Sinn, wir haben sie im Hain gefangen, als sie versuchte, das Portal in der alten Eibe zu reaktivieren.“

„Und ihr habt sie nicht getötet. Warum nicht?“, fragte Alex.

„Weil ich dir versprochen habe, dass wir niemanden töten würden, erinnerst du dich?“, sagte Gabe mit gerunzelter Stirn. „Das war Teil unserer Abmachung, hier bleiben zu dürfen. Wenn ich ein Versprechen gebe, halte ich es. Und außerdem ist es eine Sache, in der Hitze des Gefechts zu töten; es ist etwas völlig anderes, jemanden kaltblütig zu töten.“

Alex lächelte. „Danke, Gabe. Das weiß ich zu schätzen, so schwierig unsere Situation jetzt auch ist.“

Zee lehnte an der Wand. „Das bringt uns aber keiner Lösung näher, oder? Was machen wir jetzt mit ihr?“

Avery sah zu der Fee, die ihren Austausch mit Interesse beobachtete. „Entschuldige, ich hasse es, dich sie zu nennen. Wie ist dein Name? Ich bin Avery und das ist Alex. Wir sind beide Hexen und wir sind dafür verantwortlich, dass diese Kerle hier sind.“

„Dann war das wohl nicht dein glorreichster Moment, Avery“, erwiderte die Fee todernst.

Avery lachte. Diese Fee könnte anstrengend werden. „Nein, aber sie haben auch ihre guten Seiten.“

„Die muss ich erst noch entdecken.“ Die Fee entspannte sich ein wenig. „Mein Name ist Schattenläuferin der Dunklen Pfade, Stern des Abends, Jägerin der Geheimnisse. Du kannst mich Shadow nennen.“

Wow. „Das ist ein ziemlich beeindruckender Name. Freut mich, dich kennenzulernen, Shadow.“

Shadow kniff die Augen zusammen. „Ich wünschte, ich könnte dasselbe sagen. Vielleicht unter anderen Umständen.“

Avery nickte. „Einverstanden. Du bist als Teil der Wilden Jagd hierhergekommen. Du hast versucht, uns zu töten, und hättest es ohne unsere Magie auch geschafft. Und du hättest noch viele mehr getötet, wenn du entkommen wärst. Wie können wir es rechtfertigen, dich freizulassen?“

„Ich bin jetzt schon eine Weile hier, Avery. Weit über einen Mondzyklus. Ich habe seitdem niemanden getötet, oder?“

Avery hielt ihrem Blick stand. „Das ist ein ausgezeichneter Punkt. Warum hast du es nicht getan?“

Shadow zuckte mit den Schultern. „Es gibt keinen Grund dafür. Der Zweck der Jagd ist der Sport – wie bei allen Jagden. Es ist ein Spektakel des Mutes und des Könnens, und ...“ Sie hielt einen Moment inne. „Herne genießt es. Es befriedigt seinen Blutdurst und festigt seine Macht über die Sterblichen. Die Hexe, die das Portal zwischen den Welten erschaffen hat, erinnerte ihn an seine vergangenen glorreichen Zeiten, und er spürte deren

Verlust sehr. Als Gott unter Sterblichen zu wandeln, ist etwas, worin er schwelgt, und sich in dieser Nacht so schnell zurückzuziehen, hätte ihn teuer zu stehen kommen können. Ich war eine der Auserwählten, als wir den Sog des Portals spürten. Man widersetzt sich Herne nicht." Sie richtete sich auf, hob das Kinn und ihre Augen blitzten herausfordernd. „Und außerdem war es eine große Ehre. Aber jetzt ..." Sie zuckte mit den Schultern. „Warum töten? Es hat keinen Zweck."

Avery sah kurz zu Alex und dachte über Shadows Worte nach. „Ich sage dir das nur ungern, Shadow, aber du siehst nicht ganz menschlich aus. Wie willst du in unserer Welt überleben?"

Shadow lächelte raubtierhaft. „Ich kann unter einem Trugbild leben. Das wird für mich einfach sein, sobald ich aus diesem Käfig heraus bin, der meine Magie einschränkt." Sie wandte sich an Gabe, der sie abschätzend beobachtete. „Diese Diskussion haben wir in den letzten Tagen schon oft geführt, Nephilim. Das weißt du. Warum zögerst du, mich freizulassen?"

„Ja, gute Frage", fügte Zee hinzu und begegnete Gabes finsterem Blick.

Gabe ließ seine riesigen Schultern kreisen. „Weil ich es war, der es versäumt hat, dich überhaupt erst zu töten. Mein Versagen lastet schwer auf mir."

Shadow grinste plötzlich und im schwachen Licht des Kellers blitzten ihre weißen Zähne auf. „Hilft es, wenn ich dir sage, dass du mich verwundet hast? Ich bin von diesem Kampf weggehumpelt. Und du hast mein Pferd."

Natürlich! Avery hatte nicht einmal daran gedacht, nach ihnen zu fragen. Sie hatte angenommen, dass sie ebenfalls getötet worden waren. „Wo werden die Pferde gehalten?"

„Auf den Feldern hinter dem Haus", antwortete Zee, und Bewunderung schlich sich in seinen Ton. „Es sind erstaunliche Geschöpfe – wunderschön, intelligent und schnell. Schneller als jedes Pferd, das ich je geritten bin."

Alex rieb sich nachdenklich das Gesicht. „Zee hat recht, Gabe. Du kannst sie nicht ewig eingesperrt lassen. Und Shadow hat einen Punkt. Fast sechs Wochen lang war sie frei, und es gab keine Todesfälle." Er sah sie verwirrt an. „Es ist eiskalt draußen. Wie hast du überlebt?"

„Ich bin eine Fee. Ich kann Magie beschwören, um mich warmzuhalten, obwohl es meine Kräfte schwächt. Deshalb konnte er mich fangen. Und ich kann jagen, um zu überleben. Mein Bogen und meine Pfeile sind dort drüben, zusammen mit meinen anderen Waffen." Sie zeigte in die Ecke des Raumes, wo eine beeindruckende Auswahl an Waffen aufgestapelt war: ein Schwert mit einem aufwendig geschnitzten Knauf und Griff, ein Dolch und ein Bogen, so groß wie Avery, mit einem Bündel Pfeile daneben.

„Und ich nehme an, deine Magie hilft dir, unsere Sprache zu sprechen?"

„Ja, das tut sie. Obwohl unsere Völker seit Langem vermischt sind und unsere Sprache eurer ohnehin sehr ähnlich ist." Sie wandte sich wieder Gabe zu, dessen massige Gestalt sich über ihre schlanke Figur erhob. „Und jetzt lass mich raus!"

Gabe stöhnte. „Das gefällt mir überhaupt nicht."

Zee trat vor und klopfte ihm auf den Arm. „Du wusstest, dass es nicht ewig so bleiben kann, als du sie eingesperrt hast. Du musst sie freilassen. Und du", er wandte sich an Shadow, „benimm dich. Du bist den Sterblichen überlegen, das weißt du. Nutze das nicht aus."

Sie schenkte ihm ein hintergründiges Lächeln. „Ich werde es versuchen."

Gabe zog einen Schlüssel aus seiner Tasche und griff nach dem stabilen Vorhängeschloss und der Kette, die um die Gitterstäbe und die Tür des Käfigs gewickelt waren. Er schloss sie mit einem Klicken auf und zog die Tür weit auf. Die Fee schlüpfte schnell hindurch, bevor er es sich anders überlegen konnte, und atmete erleichtert tief durch, als sie frei war.

Avery spürte, wie Shadows Magie um sie herum anschwoll, trat einen Schritt zurück und beobachtete sie neugierig. Sie mochte zwar eine menschliche Gestalt haben, aber ihre violetten Augen leuchteten von innen heraus und ihre Bewegungen waren schnell und anmutig. Ihr Haar sah aus, als wäre es von echtem Silber und Gold durchzogen. Als wäre sie sich Averys Blick bewusst, flimmerte sie leicht auf, ihre Magie schwoll erneut an, und binnen Sekunden erlosch das Leuchten in ihren Augen, ihr Haar nahm einen natürlichen Karamellton an und fiel ihr weich ins Gesicht. „Besser?"

„Besser", stimmte Avery nickend zu.

Shadow schritt durch den Raum und nahm ihre Waffen auf. Sie befestigte ihre Schwertscheide am Gürtel und steckte das Schwert hinein, schnallte den Dolch an ihren Oberschenkel und schwang den Bogen über ihre Schulter, dann drehte sie sich zu ihnen um, die schweigend zusahen. „Zeit zu gehen.“

Gabe sah unbehaglich aus. „Wohin willst du gehen? Es ist eiskalt draußen.“

„Ich bin erfinderisch“, schoss sie zurück.

„Bleib hier“, sagte er.

„Was?“, fragte Zee und trat zwischen sie. „Bist du von Sinnen? Als ich sagte, lass sie frei, meinte ich nicht, lade sie ein zu bleiben.“

„Ich fühle mich für sie verantwortlich“, sagte Gabe in scharfem Ton. „Wir haben mehr als genug Platz.“

Avery beobachtete ihn und versuchte, ihre Belustigung zu verbergen. Sie war sich ziemlich sicher, dass Gabe mehr als nur ein flüchtiges Interesse an Shadow hatte. Und warum auch nicht? Sie war verdammt heiß und obendrein eine Kriegerin. Wenn Gabe einen Typ hatte, war Avery bereit zu wetten, dass sie es war.

Shadow wartete Zees Antwort nicht ab. „Ausgezeichnet. Ich nehme an.“

Drei

Ist das dein Ernst?“, fragte Reuben. Er fläzte sich auf Alex’ Sofa, ein Bier in der einen Hand und ein Stück Pizza in der anderen, das er auf halbem Weg zum Mund angehalten hatte.

Avery wusste, dass Reuben sich nicht so leicht vom Essen abhalten ließ, also musste er wirklich schockiert sein.

„Ja“, antwortete Alex und griff ebenfalls nach einem Stück Pizza.

Briar rutschte auf ihrem Sitz vor. „Wirklich? Eine Fey ist hier, in White Haven?“

„Ja. Sie wohnt bei Gabe und den anderen Nephilim. Es ist wie eine verdrehte Version von Schneewittchen und den sieben Zwergen.“

El kicherte und hätte fast ihr Bier ausgespuckt. „Ich wünschte, ich wäre dabei gewesen! Newton wird stinksauer sein, wenn er das erfährt!“

Avery lachte. Es war Freitagabend, einen Tag, nachdem sie mit Zee bei Gabe gewesen waren, und sie saßen in Alex’ Wohnung, entspannten auf seinem bequemen, hellbraunen Ledersofa und den Sesseln, die um ein loderndes Feuer gruppiert waren, und aßen Pizza. Die Lampen brannten, in den dunklen Ecken standen

Kerzen und der Rauch von Räucherstäbchen zog durch den Raum. Es hatte zu regnen begonnen und das stetige Trommeln hüllte sie ein.

Die fünf Hexen von White Haven hatten sich zu einem ihrer regelmäßigen Treffen versammelt. Reuben, ein großer, blonder Surfer und Wasserhexer, war mit El zusammen, einer langbeinigen, blonden Feuerhexe mit der Fähigkeit, magisch aufgeladenen Schmuck herzustellen. Briar, klein, dunkelhaarig und zierlich, war eine Erdhexe, bekannt für ihre Fähigkeit zu heilen und großartige Salben, Lotionen und Kerzen herzustellen. Sie hatte eine rätselhafte Beziehung zu Newton, ihrem Freund, dem Kriminalinspektor, der durch die Hand von Suzanna Grayling, einer von Averys Hexenvorfahrinnen, fast gestorben wäre. Suzanna war es gewesen, die an Samhain die Wilde Jagd heraufbeschworen hatte. Im Sommer hatte es eine Weile so ausgesehen, als würden Briar und Newton anfangen, sich zu verabreden, aber dann erklärte Newton, er könne keine Beziehung mit einer Hexe haben. Nachdem er dem Tod jedoch von der Schippe gesprungen war, schien er diese Ansicht noch einmal zu überdenken. Er musste sich allerdings beeilen. Briar hatte viele Verehrer, nicht zuletzt Hunter Chadwick, den Wolfswandler, der inzwischen nach Cumbria zurückgekehrt war, aber Avery wusste, dass er immer noch mit Briar in Kontakt stand.

Avery kuschelte sich in die Ecke des Sofas, nippte an ihrem Bier und bemerkte: „Die Bude könnte eine weibliche Hand vertragen. Sie ist so kahl und kalt."

Alex sah sie nur an. „Ich bin mir nicht ganz sicher, ob Shadow der häusliche Typ ist. Sie war ziemlich schwer bewaffnet."

„Ich glaube, Gabe steht auf sie."

„Wirklich?", fragte Briar. „Wie kommst du darauf?"

„Die Art, wie er sie beobachtet hat", erzählte Avery ihr. „Und warum sollte er sie einladen, bei ihnen zu wohnen? Das ist doch verrückt. Sie könnte sie im Schlaf ermorden."

„Das bezweifle ich", sagte Reuben. „Die Nephilim haben sehr geschärfte Sinne. Und sie sind schnell. Ich schätze, sie werden sich gegenseitig die Waage halten."

Alex zuckte mit den Schultern. „Nun, das ist nicht unsere Sorge. Sie sind erwachsen. Das können sie unter sich ausmachen."

„Es wird unsere Sorge sein, wenn die Kacke am Dampfen ist", warf Reuben ein, als er nach einem weiteren Stück Pizza griff.

Sie wurden von einem Klopfen an der Tür unterbrochen, und Newton steckte den Kopf herein. „Ich bin's nur. Noch Platz für einen mehr?"

„Wenn man vom Teufel spricht", sagte El grinsend. „Komm nur rein."

Er sah misstrauisch aus, als er mit ein paar Bieren in der Hand hereinkam und sich zu ihnen ans Feuer gesellte. Er musste gerade von der Arbeit gekommen sein, denn er trug immer noch seinen Anzug. „Warum redet ihr über mich?"

Alex grinste. „Sagen wir einfach, das Leben in White Haven wird immer interessanter."

Newton stöhnte. „Wieso? Was ist denn jetzt schon wieder passiert?"

„Eine Fey hat die Wilde Jagd überlebt und wohnt jetzt im Chez Nephilim."

Newton sah aus, als hätte man ihm eine Ohrfeige verpasst. „Was? Soll das ein Witz sein?“ Er sah sie alle verdutzt an. „Das ist nicht komisch.“

„Kein Witz. Tut mir leid, Newton“, sagte Avery und tätschelte ihm den Arm. „Gabe hat über einen Monat nach ihr gesucht, seit Samhain, und letzte Woche hat er sie gefunden.“

„Sie ist eine der beiden, die entkommen sind? Gabe hat gesagt, sie wären tot!“, sagte Newton immer noch ungläubig.

„Eine ist es, aber sie nicht“, erklärte Alex und streckte sich vor dem Feuer wie eine Katze. „Ihr Name ist Shadow. Aber nach allem, was wir mitbekommen haben, ist sie nicht im Begriff, einen Amoklauf durch Cornwall zu starten, also ist sie nur eine weitere seltsame Einwohnerin.“

Newton nahm einen langen Zug von seinem Bier, bevor er seine Krawatte lockerte, sie abnahm und den obersten Knopf seines Hemdes öffnete. Seine grauen Augen sahen müde aus. „Darauf kann ich gerade echt verzichten.“

„Wieso? Was ist passiert?“, fragte Briar und sah besorgt aus.

Er fuhr sich mit der Hand durchs Haar und zögerte einen Moment. „Auf dem Gelände des Harecombe College wurde eine Studentin tot aufgefunden.“

„Oh nein!“, sagte Briar und fuhr sich mit der Hand an den Mund.

„Das ist schrecklich“, stimmte Avery zu und spürte, wie sich Furcht in ihr ausbreitete. „Was ist passiert?“

„Sie wurde heute Morgen auf dem Campus gefunden, fast erfroren – ihre Lippen und ihre Haut waren blau, und es gab keine offensichtlichen Wunden.“

Alex runzelte die Stirn. „Also, woran ist sie gestorben? Unterkühlung?"

„Nein", sagte Newton und seufzte dann, als zögerte er, seine nächsten Worte auszusprechen. „Wie gesagt, es gab keine sichtbaren Verletzungen, aber es gab feinste Spuren an ihrem Hals. Zwei Einstichwunden."

„Einstichwunden!", rief Avery aus.

Er nickte. „Die erste Autopsie hat ergeben, dass sie eine Menge Blut verloren hat."

„Wie viel?", fragte Reuben.

„Im Moment sind wir uns nicht sicher, aber weit über die Hälfte ihres körpereigenen Blutes. Morgen weiß ich mehr."

Sie sahen sich vielsagend an, aber es war El, die aussprach, was sie alle dachten. „Ich kann nicht glauben, dass ich das jetzt vorschlage, aber es klingt nach einem Vampir."

Newton funkelte sie an. „Oh, fang du bloß nicht auch noch damit an. Dieses Wort wird auf der Polizeiwache schon überall geflüstert."

„Was glaubst du denn, was es ist?", fragte Reuben und zog eine Augenbraue hoch. „Irgendein Verrückter, der Leute aus irgendeinem makabren Grund ihres Blutes beraubt?"

„Das wäre mir lieber als ein verdammter Vampir", sagte Newton verärgert. „An Hexen und Nephilim habe ich mich gewöhnt, und jetzt soll ich auch noch Fey und Vampire akzeptieren?"

„Ich glaube, wenn man diese Büchse der Pandora einmal geöffnet hat, Newton, dann nimmt das einfach kein Ende", sagte Alex mit einem traurigen Lächeln. „Dieses Wissen wird man nicht mehr los."

Avery bemerkte, wie Briars Blick zu Boden sank, und ihr wurde klar, dass dies ein weiterer Grund für Newton war, sich nicht auf sie einzulassen. Nicht, weil es Briars Schuld war, sondern weil sie Teil jener anderen Welt war – der paranormalen Welt unterhalb des Alltäglichen. Und ob es ihm gefiel oder nicht, leider gehörte Newton ebenfalls dazu. Er wollte es sich nur noch nicht eingestehen. Er dachte, er stünde am Rande, aber da lag er falsch. Avery seufzte innerlich. Manchmal war das Leben einfach zu schwer.

„Wer leitet den Fall?", fragte Avery ihn.

„Ich natürlich. Er hat schon den Stempel ‚seltsam' aufgedrückt bekommen, und wir wissen ja, was das heutzutage bedeutet."

Sehr zu Newtons Ärger war er zum bevorzugten Ermittler für das geworden, was die Polizei als die seltsamen okkulten Vorkommnisse in Cornwall bezeichnete.

Er seufzte tief. „Ich musste heute ihre Familie sehen. Es war schrecklich. Ihre Mutter konnte nicht aufhören zu weinen und ihr Vater saß da, als wäre er zu Stein erstarrt." Er blickte auf sein Bier. „Ich hätte mehr davon mitbringen sollen, aber ich muss nach Hause fahren."

„Nimm mein Bett", bot Alex an. „Dann kannst du ein paar trinken. Ich kann zu Avery gehen."

Newton schüttelte den Kopf. „Ich muss sowieso früh aufstehen und zurück zum Tatort."

„Tut mir leid, Newton", sagte El. „Das ist ein beschissener Start in die Weihnachtszeit."

Er zuckte die Achseln. „Es ist, wie es ist. Erzählt mir von dieser Fey-Frau. Sollte ich mir Sorgen machen?"

„Nein", sagte Alex. „Für eine mächtige Unsterbliche scheint sie ziemlich vernünftig zu sein. Daran hat sie uns aber gerne erinnert. Und außerdem, wenn jemand etwas tun muss, werden wir das schon regeln, zusammen mit den Nephilim. Du hast alle Hände voll zu tun. Was machst du über Weihnachten? Ich glaube, wir haben beschlossen, dass wir alle für den Tag zu Reuben gehen. Du könntest mitkommen."

Reuben nickte. „Klar, das solltest du. Um dich von der Arbeit abzulenken."

„Mal sehen. Vielleicht muss ich arbeiten, wenn das hier so weitergeht."

Briar runzelte die Stirn. „Du glaubst also schon, dass es einen weiteren geben wird?"

Newton leerte seine Flasche und öffnete die nächste. „Gibt es immer, Briar, merk dir meine Worte."

Als Avery am nächsten Morgen ihren Laden, Happenstance Books, aufschloss, versuchte sie, Newtons düstere Nachrichten aus ihren Gedanken zu verbannen, während sie sich auf den kommenden Tag freute.

Sie würden sicher viel mit Weihnachtseinkäufern zu tun haben und mussten eine Menge Bestand von gestern nachfüllen. Der zunehmende Besucherstrom, den White Haven nach der Publicity durch den Walk of the Spirits erlebte, schlug sich in großartigen Verkaufszahlen nieder.

Nachdem sie in ihrer Wohnung über dem Laden gewesen war, um ihre Katzen zu füttern und ausgiebig zu knuddeln, betrat Avery den kleinen Hinterraum und schaltete den Wasserkocher und die Kaffeemaschine ein, damit alles bereit war, wenn Sally und Dan kamen; überraschenderweise war sie vor Sally da, die normalerweise als Erste kam. Sally war die Geschäftsführerin des Ladens und Dan war Angestellter, obwohl beide gute Freunde waren.

Avery ging dann in den Laden und atmete mit einem verträumten Gesichtsausdruck ein. Der Duft von Zimt und Muskatnuss aus dem Duftöl-Brenner hinter der Theke war noch vom Vortag übrig geblieben. Die Lichterketten, die für Halloween aufgehängt worden waren, blieben, aber die Kürbisse, Hexen und Ghule waren verschwunden und durch einen großen Weihnachtsbaum im vorderen Fenster sowie Zweige von grünen Kiefern und Misteln auf den Regalen und Auslagen ersetzt worden. Riesige Christbaumkugeln hingen in Trauben von der Decke, und der ganze Ort funkelte dank Sallys dekorativer Note.

Sie war gerade in die Küche zurückgekehrt, um sich ihren zweiten Kaffee des Tages zu holen, als Sally sich mit zwei großen Tupperdosen durch die Hintertür zwängte. Avery eilte herbei, um ihr die Tür aufzuhalten. „Warte, lass mich helfen!"

„Danke, Avery", sagte Sally mit geröteten Wangen. „Ich habe für heute gebacken." Sie stellte die Behälter auf den Tisch und streifte ihren Mantel ab. „Ich kann nicht glauben, dass du vor mir hier warst!"

„Keine Sorge, das wird wahrscheinlich nicht wieder vorkommen." Sie spähte auf die Dosen und versuchte, die Form der Kuchen darin zu erkennen. „Was hast du gemacht?"

Sally antwortete mit einem schelmischen Funkeln in den Augen. „Mince Pies, die ganz kleinen, und mit Brandy versetzte Clotted Cream."

„Wow! Für uns?"

„Für uns und unsere Kunden."

„Klasse", sagte Avery und beäugte sie anerkennend. „Hast du von dem Todesfall am College gestern gehört?"

Sally nickte mit ernstem Gesicht. „Ja, Dan hat es mir gestern Nachmittag erzählt. Das arme Mädchen und ihre armen Eltern. Kümmert sich Newton darum?"

Avery nickte, aber ihr Gespräch wurde durch Dans Ankunft unterbrochen. Er erschien, eingepackt in einen großen, schweren Mantel und mit einer Mütze, die er beim Eintreten vom Kopf zog und einen dichten Schopf dunkler Haare enthüllte. „Meine Damen", grüßte er, als er die Tür hinter sich zuschlug. „Da draußen ist es kalt genug, um sich die Eier abzufrieren." Er hob den Kopf. „Mmm, aber zum Glück rieche ich Kaffee, und sind das deine köstlichen Mince Pies, Sally?"

Sally schüttelte den Kopf über ihn. „Wenn es um mein Gebäck geht, ist dein Geruchssinn unheimlich gut."

„Ich weiß. Ein Glück, dass du verheiratet bist, sonst müsste ich dir wohl den Hof machen."

Darüber lachte Sally. „Idiot. Wir haben gerade über das arme Mädchen gesprochen, das gestern am College gestorben ist."

Dans Laune änderte sich sofort. „Ja, das ist schrecklich. Ich habe mich mit einem meiner Kumpel unterhalten, der dort unterrichtet. Verständlicherweise redet der ganze Laden darüber, und das hat die Stimmung der Leute etwas gedrückt."

Avery nickte. „Irgendwelche Vermutungen, wie sie gestorben ist?" Sie nahm an, dass die Nachricht, dass der Körper ohne Blut war, noch nicht an die Öffentlichkeit gedrungen war.

Dan beobachtete sie. „Nein. Wieso, was weißt du?"

„Es klingt nur ein bisschen ungewöhnlich, das ist alles."

„Nun, ich nehme an, du weißt dank Newton mehr als wir. Ich weiß, dass sie aufrecht sitzend auf einer Bank gefunden wurde."

„Was?" Avery wäre vor Schreck fast zurückgewichen. „Das wusste ich nicht!"

„Ja, sehr seltsam." Dan nickte nachdenklich, als er sich einen Kaffee holte. „Ich habe gestern auch Dylan gesehen. Er ist ziemlich fertig. Er kannte sie."

Dan bezog sich auf seinen Freund Dylan, einen der drei paranormalen Ermittler, die den Hexen halfen.

Sally und Avery sahen sich schockiert an, und Avery fummelte nach ihrem Handy. „Ich rufe ihn an. Armer Dylan. Das wird ja immer schlimmer."

Dan hielt ihre Hand zurück. „Nicht jetzt, Avery. Ich glaube, er hatte eine lange Nacht, ein paar Drinks, um schlafen zu können. Ruf ihn vielleicht später an."

Sie steckte ihr Handy weg und fragte sich, ob ihm etwas Magie helfen würde, doch sie verwarf den Gedanken schnell wieder. Magie war bei so etwas nicht nützlich. Sie würde die Trauer nur überdecken oder den Heilungsprozess verlangsamen. Am besten war es, ihn auf natürliche Weise trauern zu lassen. „Klar, ich rufe später an. In der Zwischenzeit sollten wir den Laden auffüllen und uns für den Tag bereithalten.“

Am Vormittag war im Laden viel los, und ein stetiger Strom von Kunden kam herein und brachte jedes Mal, wenn sich die Tür öffnete, einen Schwall kalter Luft mit sich. Draußen war der Tag bewölkt und dunkel, was die Weihnachtsbeleuchtung im Laden noch heller erstrahlen ließ.

Sally brachte eine Ladung Mince Pies heraus und verteilte sie, zur Freude der Kunden und von Avery und Dan gleichermaßen. Avery knabberte hinter der Theke an ihrem Pie und schaute geistesabwesend aus dem Fenster, als sie sah, wie Cassie den Laden betrat. Es war schon ein paar Wochen her, seit sie sie das letzte Mal gesehen hatte, und Avery verließ die Theke, um am Weihnachtsbaum mit ihr zu sprechen.

„Hey, Avery“, sagte Cassie und streckte die Arme aus, um sie zu umarmen.

„Hey du“, erwiderte Avery und erwiderte die Begrüßung. Sie trat einen Schritt zurück, um sie zu mustern. „Du siehst anders aus. Ich kann nur nicht genau sagen, warum.“ Äußerlich sah Cassie noch genauso aus; ihr hellbraunes, schulterlanges Haar hatte sich nicht verändert, und sie trug ihre üblichen Röhrenjeans, flache Lederstiefel und eine Dreivierteljacke. Es war ihre Art, die anders wirkte. „Du hast etwas Härteres an dir. Ich meine das nicht böse!“, betonte sie entschuldigend.

Cassie lachte. „Nein, schon gut. Das höre ich oft. Ich glaube, das liegt daran, dass ich selbstbewusster bin als noch vor ein paar Monaten, als du mich kennengelernt hast."

Avery nickte. „Ja, das ist es. Eine Zeit lang sahst du so aus, als hättest du eine Heidenangst vor all den Spukgestalten und Geistern, und jetzt siehst du so aus, als könntest du ihnen ernsthaft in den Arsch treten."

Cassie beugte sich verschwörerisch vor. Sie war durchschnittlich groß, ein wenig kleiner als Avery. „Das liegt daran, dass ich das wahrscheinlich könnte – wenn sie körperlich wären! Wir haben alle gelernt zu kämpfen."

Averys Mund klappte vor Schreck auf. „Kämpfen! Richtige Kämpfe?"

„Ja. Seit Monaten schon, seit dem Sommer, und in den letzten Wochen noch intensiver. Um Spukgestalten und anderem seltsamen paranormalen Zeug entgegenzutreten, braucht man Charakterstärke, aber die muss man mit körperlicher Fitness, Kraft und Beweglichkeit untermauern. Ich, Dylan und Ben haben alle zusammen trainiert."

Avery blickte sich im Laden um, und als sie sah, dass Dan und Sally alles im Griff zu haben schienen, zog sie Cassie ins Hinterzimmer, ihren De-facto-Treffpunkt. Sobald die Tür geschlossen war, fragte sie: „Seid ihr angegriffen worden oder so? Ist das der Grund?"

Cassie griff nach einem Mince Pie aus dem Vorrat in der zweiten Dose. „Ja und nein. Nur die üblichen auf uns zustürmenden Geister, herabfallende Gegenstände, geworfene Gegenstände, seltsamer Rauch, Erscheinungen und Tricks. Man muss voll auf der Höhe sein, Avery. Aber das weißt du ja!"

„Ich schätze schon", sinnierte Avery. „Aber ich habe Magie, die mir hilft."

„Deshalb das Training! Wir haben alle im Sommer damit angefangen, etwa einen Monat, nachdem wir euch kennengelernt und begriffen hatten, was da draußen wirklich los ist." Cassie nahm sich noch einen Mince Pie. „Die sind köstlich! Jedenfalls war es ziemlich intensiv, aber in den letzten Wochen habe ich wirklich angefangen, den Unterschied zu spüren. Ich meine, natürlich bin ich nach so wenigen Monaten keine Expertin, aber ich habe jetzt genug Fähigkeiten, um mich selbst zu verteidigen. Natürlich mit Hilfe einiger eurer magischen Tricks."

„Wow! Nicht schlecht. Ich bin so beeindruckt", sagte Avery und bewunderte Cassies schlanke Gestalt. „Also bist du jetzt auf alles vorbereitet?"

„Ich würde nicht alles sagen ... aber das bringt mich zu dem, weswegen ich hier bin. Wir haben über Gegenstände nachgedacht, bei denen du uns helfen könntest."

„Erzähl", sagte Avery fasziniert. Sie erinnerte sich vage daran, vor ein paar Wochen ein Gespräch über Gegenstände geführt zu haben, die mit Magie aufgeladen werden könnten.

Cassie sah aufgeregt aus. „Wir wurden gebeten, dieses alte Haus in West Haven zu untersuchen, dem kleinen Dorf an der Straße zwischen White Haven und Harecombe. Das Haus hat eine okkulte Vergangenheit, und das Paar, das es vor Kurzem gekauft hat, will, dass wir es untersuchen, obwohl ich nicht glaube, dass dort wirklich etwas passiert. Wir stellen Aufnahmegeräte und ein paar Kameras an einigen wichtigen Stellen auf, aber ...", sie hielt inne und überlegte ihre nächsten Worte. „Nach unserer ersten Inspektion des Hauses habe ich einfach ein schlechtes Gefühl dabei."

„Bei dem Haus oder den Leuten, die euch engagiert haben?"

Sie zuckte mit den Schultern und runzelte die Stirn. „Bei beidem, eigentlich. Irgendetwas stimmt da nicht. Wir haben den Job angenommen, und das Geld ist gut, aber ich habe mit den Jungs darüber gesprochen. Wir brauchen magische Unterstützung."

Avery war besorgt. Keiner von ihnen hatte jemals zuvor Bedenken wegen einer Untersuchung geäußert. „Willst du, dass ich oder eine der anderen Hexen mitkommen?"

Cassie schüttelte den Kopf. „Nein, das schaffen wir allein. Es wird etwa eine Woche dauern, das Ganze zu überwachen, und dann bleiben wir vielleicht über Nacht. Es wird ein längerer Auftrag sein, Zeit, die du nicht haben wirst. Außerdem können wir uns nicht ständig auf euch verlassen."

„Ihr wart eine ganze Weile ziemlich selbstständig", warf Avery ein. „All die Geistersichtungen, denen ihr nachgegangen seid."

„Ich schätze schon, aber das hier fühlt sich anders an, und ich kann es nicht erklären."

Avery dachte einen Moment nach. „Also, um auf die magischen Gegenstände zurückzukommen: Du meinst so etwas wie einen Ring, der einen Zauber auslösen kann, oder Energiekugeln oder Feuerbälle?"

„Ja", sagte Cassie mit leuchtendem Gesicht. „Genau. Alex hat uns einige einfache Bannsprüche beigebracht. Briar hat mir ein paar grundlegende Tränke gezeigt, die ich in eine Art

Salzbomben gefüllt habe, und El meinte, sie könnte definitiv Magie in Schmuck oder ein Messer einarbeiten. Kannst du also mit irgendetwas helfen? Feuerbälle klingen gut!"

Avery grinste. „Das tun sie, wenn ich herausfinden kann, wie ich sie so herstelle, dass ihr sie benutzen könnt! Überlass das mir. Ich sehe mal, was ich tun kann." Und dann kam ihr ein Gedanke. „Es wäre auch nützlich, euch ein paar einfache Schutzzauber beizubringen – weißt du, um euch selbst zu schützen. Ich benutze oft einen Schattenzauber, um mich zu verstecken. Vielleicht kann ich den in etwas verpacken. Aber das wäre dann eine einmalige Sache. Sobald du ihn freisetzt, ist er weg, bis ich dir einen neuen mache", warnte sie.

„Das wäre fantastisch", sagte Cassie und sah erleichtert aus.

„Ich bin jedenfalls froh, dass du hier bist", sagte Avery, ging zur Theke und setzte den Wasserkessel auf. „Hast du von dem Todesfall am College gehört?"

Cassies Gesichtszüge entgleisten, und sie ließ sich schwer auf den Stuhl fallen. „Oh, das. Ich kann gar nicht aufhören, daran zu denken. Du weißt, dass Dylan sie kannte – sozusagen?"

„Dan hat es erwähnt."

„Sie war die Cousine von einem seiner Kumpel, so viel weiß ich. Sie haben sie auf einer Bank gefunden!"

Avery nickte. „Ja, das hat Dan mir auch erzählt. Das ist einfach seltsam."

„Gestern Abend gab es eine große Party, so eine Art Feier zum Semesterende."

Avery überlegte, ob sie Cassie erzählen sollte, was Newton über den Blutverlust gesagt hatte, und entschied sich dann dafür.

Cassie war eine Freundin, der man vertrauen konnte. „Newton meinte, sie hätte viel Blut verloren, und es gab zwei schwache Einstichwunden an ihrem Hals." Sie schenkte ihnen beiden eine Tasse Tee ein und setzte sich zu Cassie an den Tisch.

Cassie wurde sichtlich blass. „Wie von einem Vampir?"

„Jep, aber keine richtigen Bissspuren. Es ist besonders beunruhigend, weil Harecombe so nah an White Haven liegt, und ich glaube, viele Jugendliche von hier gehen dort zur Schule."

„Wohnt Caspian nicht dort?"

„Ja, in dem riesigen Haus, das er von seinem verrückten Vater geerbt hat." Avery wurde klar, dass sie keine Ahnung hatte, mit wem Cassie zusammenwohnte. „Wo wohnst du eigentlich? Mit Ben und Dylan?"

„Auf keinen verdammten Fall", sagte Cassie ungläubig. „Ben ist so unordentlich, das ist unglaublich. Nein, ich wohne mit ein paar Mädels in Harbour Village, Penryn. Ben und Dylan wohnen allerdings zusammen in Falmouth, nicht allzu weit von mir entfernt. Wir haben dort unser Geschäft aufgebaut, nachdem wir aus dem Raum an der Uni rausgeschmissen wurden. Sie haben es geschafft, ein ziemlich großes Haus zu bekommen. Es muss zwar noch viel daran gemacht werden, aber es ist perfekt für unsere Zwecke."

„Ich erinnere mich, dass du erwähnt hast, dass das passieren könnte", sagte Avery und nippte an ihrem Tee. Sie und Alex hatten im Sommer ihr Büro auf dem Campus in Penryn besucht. Sie besaßen eine beeindruckende Auswahl an Geräten, die sie zur Überwachung von Geistern und Poltergeistern sowie zum Testen von Personen einsetzten, die von sich behaupteten, übersinnliche oder telekinetische Fähigkeiten zu haben. „Schade, dass es nicht geklappt hat."

„Wahrscheinlich ist es besser so. Diese ganze zusätzliche Aufmerksamkeit, die wir im Moment durch den ‚Walk of the Spirits' bekommen, würde ihnen nicht gefallen."

„Ich dachte, das würde ihnen gefallen!"

Cassie rümpfte die Nase. „Manchmal gibt es so etwas wie zu viel Publicity!" Sie leerte ihre Tasse und stand dann auf. „Wie auch immer, ich sollte besser gehen. Ich treffe mich später noch mit Dylan. Ich werde ihn fragen, ob er noch etwas gehört hat. Danke für den Tee und die Mince Pies!"

Avery stand ebenfalls auf und begleitete sie zur Tür. „Okay, und ich werde ein paar Amulette und magische Hilfsmittel für euch herbeizaubern. Aber frag einfach, wenn ihr uns braucht. Und wenn wir aus irgendeinem Grund nicht helfen können, haben wir Hexenfreundinnen, die es können."

Als Avery Cassie nachsah, dachte sie darüber nach, dass sie nicht wollte, dass ihr, Ben oder Dylan etwas zustieß.

Vier

Nach Feierabend ging Avery hoch in ihre Wohnung; der Duft frischer Kiefernnadeln ihres Weihnachtsbaums beruhigte ihre Sinne. Sie atmete tief durch und ließ die Sorgen des Tages von sich abfallen. Im Laden war den ganzen Tag über viel los gewesen, was großartig, aber auch anstrengend war.

Die Nacht war bereits hereingebrochen, denn um diese Jahreszeit wurde es schon um 16:00 Uhr dunkel, also schloss Avery alle ihre Jalousien, um die kühle Nacht auszusperren, entzündete das Feuer mit einem Zauber, knipste ein paar Lampen an und ging in die Küche, um die Katzen zu füttern.

Medea und Circe strichen ihr um die Beine, froh, sie zu sehen, und sie kraulte sie hinter den seidigen Ohren. Nachdem sie die beiden gefüttert hatte, schenkte sie sich ein Glas Wein ein und ging dann auf den Dachboden, ihren liebsten Teil des Hauses und der Ort, an dem sie ihre Zauber wirkte. Avery hatte den ganzen Tag über Cassies Bitte nachgedacht und schließlich entschieden, wie sie den Schattenzauber einfangen konnte. Sie entzündete auch auf dem Dachboden das Feuer, ließ mit Magie Lampen, Kerzen und Räucherstäbchen aufleuchten, setzte sich dann an ihren großen Holztisch und zog ihre Grimoires zu sich heran.

Das vertraute Gefühl und der Geruch der Seiten kitzelten ihre Sinne, und sie spürte den Funken der Magie unter ihren Fingern, der sich um ihre Arme legte und durch den Raum schwebte. Als sie die Bücher aufschlug, war es, als würde ihnen ein Seufzer entweichen, eine spürbare Aufregung darüber, dass ihre Seiten umgeblättert wurden. Die Beziehung einer Hexe zu ihrem Grimoire war etwas Besonderes. Es verband sie mit ihren Vorfahren und hielt deren Gedanken, Gefühle und Wissen zusammen. Sie fühlte sich nie mehr wie sie selbst, als wenn sie Magie wirkte, und sie wusste, dass es den anderen Hexen genauso ging. Sie lächelte, als sie über die Seiten strich, die durch jahrelangen Gebrauch weich geworden waren und durch einen Zauber geschützt wurden, der sie vor dem Zahn der Zeit bewahrte.

Sie blätterte durch die ersten Seiten und erinnerte sich an ihre Begegnung mit Suzanna Grayling nur wenige Wochen zuvor, ihrer Vorfahrin und einer direkten Nachfahrin von Helena, die unglücklicherweise auch die Hexe war, die an Samhain die Wilde Jagd beschworen hatte. Suzanna hatte dieses Grimoire und die neue Linie der Hexen von White Haven begonnen und den Faden nach Helenas Tod einige Jahrhunderte zuvor wieder aufgenommen. So viel Tod, so viel Zorn. Avery seufzte, als sie mit der Hand über Suzannas Namen fuhr, der in ihrer Schrift vorne im Buch stand. Sie konnte immer noch nicht fassen, dass Suzanna es geschafft hatte, durch die Zeit bis in die Gegenwart zu reisen. Was sie alles gesehen und erlebt haben musste; Avery hatte nie auch nur die Gelegenheit gehabt, mit ihr darüber zu sprechen.

Ihre Zauber waren akribisch, mit Anmerkungen in winziger Schrift an den Rändern, mit Korrekturen und Empfehlungen. Nichts hier deutete auf ihre Denkweise oder ihre Absichten hin. Was für eine Verschwendung. Avery hoffte inständig, dass, was auch immer ihr in Zukunft widerfahren mochte, sie nicht zu solch unüberlegten und zerstörerischen Taten verleitet werden würde.

Sie schauderte, als hätte sich eine Dunkelheit auf ihrem Dachboden niedergelassen, und raffte sich auf. Sie drehte sich zu den Regalen hinter sich um und suchte ein paar schwarze Kerzen, um Negativität abzuwehren, und ein Räucherbündel, um den Raum zu reinigen.

Als das erledigt war, kehrte Avery zum Grimoire zurück und suchte nach einem Bannzauber, wobei sie immer wieder inne hielt, um Illustrationen, altertümliche Schriften und gelegentliche tagebuchartige Einträge zu betrachten. Als ihr klar wurde, dass sie stundenlang suchen könnte, sprach sie einen Findezauber und sah zu, wie sich die Seiten von selbst zu bewegen begannen, als ob eine unsichtbare Hand das Buch durchsuchte. Sie lächelte, als die Seiten an der richtigen Stelle aufschlugen. Da ist er ja. Ein Zauber, der es dem Anwender ermöglichte, eine Verzauberung in einer Kiste, einer Flasche oder einem anderen Gefäß zu platzieren. Zuerst musste sie einen geeigneten Gegenstand finden.

Hinter ihr im Regal stand eine Auswahl an Flaschen und Gläsern unterschiedlicher Größe. Einige waren aus Glas, andere aus Keramik, und sie hatte auch ein paar kleine Holzkisten, die funktionieren könnten. Sie entschied sich, eine zierliche Glasflasche mit Schraubverschluss auszuprobieren. Sie stellte sie auf den Tisch und befolgte den Zauber genau. Sie musste Schutzzauber verwenden, um sie zu sichern, und sie brauchte auch Wachs, um sie zu versiegeln, wenn der Zauber darin war.

Sie arbeitete konzentriert und bemerkte nicht einmal die Zeit, bis Alex von unten heraufrief. Sie rief zurück: „Ich bin hier oben!"

Er rannte die Treppe hoch und lächelte, zweifellos amüsiert über ihren sehr unordentlichen Arbeitsplatz. Der Tisch war jetzt mit Gegenständen übersät. „Was treibst du da?", fragte er und sah ihr zu, wie sie den Zauber beendete.

Avery grinste. „Ich habe erfolgreich einen Schattenzauber in diese Flasche für Cassie und die anderen gepackt. Etwas, das ihnen bei ihrer Arbeit hilft. Er ist gut für die Tarnung, aber jetzt brauche ich etwas mit ein bisschen mehr Wumms!" Sie zeigte ihm die Flasche. Ein tintenblauer Rauch wand sich darin, der Deckel war mit schwarzem Wachs versiegelt.

„Ah ja. Zauber, die ihnen bei Dingen helfen, die in der Nacht poltern!" Er nahm das Glas und untersuchte es. „Sehr cool. Ich habe ihnen auch ein paar einfache Verbannungszauber beigebracht. Woran hast du sonst noch gedacht?"

„Vielleicht eine Energiebombe, in so etwas wie einer Salzkugel. Etwas, das beim Werfen leicht zerbricht, um einen Angreifer wegzuschleudern." Sie runzelte die Stirn. „Ehrlich gesagt, fällt es mir schwer. Es ist eine andere Art, über die Anwendung meiner Magie nachzudenken."

Er küsste sie, als er die Flasche wieder auf den Tisch stellte. „Vielleicht solltest du etwas von dem Tornadowind abfüllen, den du so gut kontrollierst."

Ihr Mund klappte auf. „Das ist eine brillante Idee!" Ihr Gehirn begann auf Hochtouren zu laufen, als sie anfing zu planen, wie sie das anstellen könnte.

„Nein, nein, nein. Ich meine nicht jetzt! Ich habe thailändisches Essen mitgebracht, und es wartet unten darauf, gegessen zu werden. Komm schon. Ich verhungere." Alex packte ihre Hand und zog sie die Treppe hinunter.

Ihr Magen knurrte, als sie ihm folgte, und sie merkte, dass sie auch am Verhungern war. Alex hatte ein halbes Dutzend Schachteln auf der Theke ausgebreitet, und als sie anfing, sich Essen auf den Teller zu schaufeln, fragte sie: „Hast du Zee heute gesehen?"

Alex grinste, während er seinen eigenen Teller belud. „Ja, habe ich, und im Chez Nephilim geht's hoch her."

Sie gingen mit ihren Tellern und Getränken zum Sofa, und Avery wollte unbedingt wissen, was los war. „Lass mich nicht zappeln! Was ist dort los?"

„Feenmagie kann einige interessante Dinge bewirken!", sagte er rätselhaft.

„Wie zum Beispiel?"

„Shadow wohnt in einem der Nebengebäude, und es ist mitten im Winter mit Kletterpflanzen bedeckt." Er grinste. „Klingt faszinierend, aber Zee schien nicht allzu begeistert zu sein."

„Warum nicht?"

„Ich habe keine Ahnung. Er hat nur gegrunzt."

Avery kaute nachdenklich. „Ich finde, wir sollten morgen hingehen. Wir haben beide frei, und ich würde zu gerne sehen, was da vor sich geht!"

Er sah sie mit hochgezogenen Augenbrauen an. „Das ist vielleicht keine gute Idee. Sie könnten denken, wir spionieren."

„Tue ich ja!"

„Du bist unverschämt."

„Ich weiß, aber du auch." Avery aß weiter und überlegte, wie sie Alex überreden konnte, dass sie hingehen sollten.

„Na ja, in dem Fall sollten wir die anderen besser mitnehmen, denn Reuben ist heute auf ein Bier vorbeigekommen und er will auch mit, also habe ich gesagt, dass wir morgen früh zusammen gehen würden."

Avery warf ein Kissen nach ihm. „Du hattest es also schon alles ausgemacht!"

Alex lachte. „Eigentlich will Shadow uns sehen."

„Wirklich? Warum?"

„Ich weiß es nicht, aber ich schätze, wir werden es bald herausfinden."

Am nächsten Tag holte Reuben Alex und Avery mit seinem VW Variant ab. El und Briar waren schon bei ihm und sahen sehr aufgeregt aus. Die Fahrt zum Bauernhaus schien eine Ewigkeit zu dauern, und als sie in den Hof einbogen, hatten Briar und El schon ein Dutzend Szenarien durchgespielt, was Shadow von ihnen wollen könnte.

Es war leicht zu erkennen, in welches Nebengebäude Shadow eingezogen war. Es war ein langes, niedriges Gebäude, das links zurückgesetzt lag und wie ein alter Stalltrakt aussah. Das Gebäude war aus massivem Stein und Ziegeln gebaut, mit einfachen Fenstern und mehreren Türen, aber jetzt war es von einer raschelnden Wand aus grünem Laub bedeckt und das Dach war mit Moos bewachsen. Und das Grün hatte auch dort nicht haltgemacht. Ranken waren am Bauernhaus aufgetaucht, kleine Sträucher und Grünzeug bahnten sich ihren Weg durch die Steinplatten, und ein köstlicher Duft von Geißblatt lag in der Luft.

Avery blieb vor Staunen der Mund offen stehen. „Wow. Dieser Ort sah vor zwei Tagen noch nicht so aus. Hier wuchs nichts – absolut gar nichts!"

Briar machte große Augen vor Bewunderung. „Ihre Magie muss sehr stark sein, um mitten im Winter so viel Wachstum zu erzeugen."

„Könntest du das auch?", fragte El.

Briar schüttelte den Kopf. „Auf keinen Fall. Ich könnte eine einzelne Pflanze für ein paar Stunden zum Blühen bringen, aber ich könnte es nicht aufrechterhalten, und schon gar nicht in diesem Ausmaß. Aber die Fey sind von der Erde. Es ist ihr Element."

„Sehr wahr", sagte eine Stimme links von ihnen.

Sie alle wirbelten herum, die Hände zur Verteidigung oder zum Angriff erhoben. Für eine Sekunde konnte Avery nicht erkennen, woher die Stimme gekommen war, und dann zitterte ein Baum an der Seite des Hofes leicht, und Shadow trat hinter ihm hervor. Ihre graue und schwarze Kleidung verschmolz mit den Steinen des Hofes. Sie durchquerte den Hof, um zu ihnen zu stoßen, und wieder einmal spürte Avery, wie außerweltlich sie war, obwohl sie so menschlich aussah.

„Netter Trick", sagte Reuben und beobachtete die Fey aufmerksam.

„Ich weiß", antwortete sie. Shadow legte den Kopf schief und musterte Reuben mit einem langen, intensiven Blick.

Er starrte zurück und weigerte sich, auch nur einen Zentimeter nachzugeben. „Was?"

„Wasser. Das ist Euer Element. Ich kann spüren, wie es durch Euch fließt." Sie kam näher und hob den Kopf, als ob sie schnüffeln würde. „Es ist noch unberührt. Ihr habt es kaum berührt."

Reuben runzelte die Stirn. „Ja, nun, ich habe es jahrelang gemieden. Stell dir das mal vor."

„Ihr solltet keine Angst davor haben", sagte sie, bevor sie sich El zuwandte und Reuben finster dreinblickend zurückließ. „Und Ihr manipuliert Feuer – sehr gut." Sie lächelte El an, und wenn überhaupt, ließ sie das noch außerweltlicher aussehen. „Schwester, ich rieche Metalle an Euch und Juwelen. Ihr schmiedet die alte Magie zu Waffen?"

El lachte. „Und Schmuck und ein paar andere Dinge."

„Ihr müsst mir zeigen, wie", sagte sie, sichtlich fasziniert von El.

Avery dachte darüber nach, wie Shadow sie „Schwester" nannte. Es war seltsam zu hören, aber körperlich waren sie sich ähnlich, und sie liebte offensichtlich ihre eigenen Waffen.

Aber Shadow war schon weitergezogen und wandte sich Briar zu. „Und Ihr seid von der Erde. Klein und geerdet. Es quillt in Euch auf, sammelt sich um Eure Füße und fließt durch Eure Sehnen und Knochen. Ihr seid stärker, als Ihr ausseht.“

Alle starrten nun Shadow an, fasziniert davon, was sie als Nächstes sagen würde, und Avery vergaß beinahe, wie kalt ihr war, als sie auf dem Hof stand, während ein bitterer Wind über die Moore und Felder dahinter peitschte.

„Alex.“ Sie drehte sich zu ihm um, sah zu ihm auf und schloss die Augen ein wenig. „Ihr habt das Gesicht, Geistwanderer. Und Ihr verbannt jene, die in dieses Reich eindringen.“ Sie schauderte. „Ihr beschreitet manchmal einen dunklen Pfad.“

Alex sah erschrocken aus, aber Avery hatte kaum Zeit zu reagieren, bevor Shadow sich ihr zuwandte. Es war beunruhigend, diese violetten Augen auf sich gerichtet zu haben, in diesem schmalen Gesicht mit dem spitzen Kinn. Ihre kleinen Ohren hatten eine leichte Spitze, die gerade so hinter ihren langen Wellen seidigen Haares sichtbar war. Avery fühlte sich wie hypnotisiert. Das hatte sie definitiv nicht erlebt, als Shadow erst zwei Tage zuvor im Keller gewesen war. „Meisterin der Luft und Sucherin nach arkanem Wissen. Interessant“, sagte sie, bevor sie sich schnell umdrehte und Avery benommen zurückließ.

„Es ist kalt“, verkündete Shadow der Gruppe. „Folgt mir.“

Sie marschierte zur Tür des Nebengebäudes und ließ die anderen in ihrem Kielwasser trotten, die sich gegenseitig verdutzt und leicht verwirrt ansahen. Alex formte mit den Lippen zu Avery: „Was war das?“

Sie zuckte mit den Schultern, schenkte ihm ein halbes Lächeln, hakte sich bei ihm unter und drückte seinen Arm. Das Innere des Gebäudes war mit Teppichen, Decken und Fellen ausgekleidet, und ein paar Stühle und andere einfache Möbelstücke waren aus dem Haupthaus herbeigeholt worden. Ein rauchloses Feuer brannte in einer Grube in der Mitte des Raumes, und Shadow wies sie zu den darum herum aufgestellten Sitzen. „Das ist mein Zuhause. Willkommen.“

Briar setzte sich und wärmte ihre Hände über den knisternden Flammen. „Warum seid Ihr hier draußen und nicht im Haupthaus?“

„Hier gehört der Raum ganz mir, und die geflügelten Männer stören mich nicht.“

„Und warum sind wir hier?“, fragte Avery und fügte dann, aus Sorge, sie könnte sie beleidigt haben, hinzu: „So schön es auch ist, Euch zu sehen!“

In Shadows Augen blitzte eine Herausforderung auf, aber auch Neugier. „Ihr und Euresgleichen habt meinesgleichen verbannt. Das hätte nicht möglich sein dürfen. Wir waren stärker, unsere Magie mächtiger. Wir wurden von Herne selbst angeführt, und die besten Krieger unseres Landes standen an seiner Seite. Ich wollte wissen, wie Ihr das geschafft habt.“

„Wir haben unsere Magie vereint“, erklärte Avery. „Die Hohepriesterin unseres Zirkels hat unsere Energien gebündelt, um Euch zurückzuhalten.“

„Falls es Euch ein besseres Gefühl gibt“, sagte Reuben trocken, „es war nicht einfach.“

„Es gibt mir kein besseres Gefühl. Ich bin hier, allein, abgeschnitten von meiner Welt und meinem Volk.“

Reuben war streitlustig. „Tja, wenn Ihr nicht durch unsere Mauer gebrochen wärt – und dabei übrigens eine Hexe verletzt hättet – wärt Ihr jetzt nicht hier gefangen, oder?“

Eine Woge der Magie erfüllte die Luft um sie herum, und Avery sah sich alarmiert um und bemerkte, dass Shadows Hände geballt waren.

„Reuben“, sagte Alex mit warnendem Unterton.

Reuben blickte ihn an und nickte, ließ die Schultern sinken und atmete tief durch, um sich zu beruhigen.

„Ihr habt einen meiner Brüder getötet“, sagte Shadow anklagend.

„Nicht wir“, erwiderte Alex schnell. „Einer der Nephilim hat es getan, und auch nur, um ihn daran zu hindern, andere zu töten. Sie sind mit der Wilden Jagd hierhergekommen, Shadow. Wir haben nur die Unsrigen beschützt.“

Shadow verstummte für einen Augenblick und die Spannung stieg.

Averys Puls pochte laut in ihren Ohren, und sie sammelte ihre Magie, bereit, zur Selbstverteidigung zuzuschlagen, falls es nötig werden sollte. Was geht hier nur vor?

Briar ergriff als Nächste das Wort und beugte sich zu Shadow vor. „Es tut mir leid, Shadow. Niemand hat damit gerechnet, dass eine von Euch hier stranden könnte. Das war nicht unsere Absicht. Wenn es andersherum wäre und ich in Eurer Welt gestrandet wäre, hätte ich schreckliche Angst und wäre sehr einsam.

Und ich würde mir eine Freundin wünschen, jemanden, dem ich vertrauen kann. Wenn Ihr das wollt, können wir helfen."

„Ich habe keine Angst, ich bin eine Fae", sagte sie mit einer überheblichen Art, die zum Verrücktwerden war. „Aber, ja, ich bin allein. Ich will, dass Ihr diesen Durchgang wieder öffnet, damit ich nach Hause kann."

Briar senkte kurz bedauernd den Blick. „Das ist unmöglich. Die Hexe, die diesen Durchgang geöffnet hat, hat es jahrelang geplant. Sie hat auf den günstigsten Zeitpunkt gewartet, Reserven unserer Magie genutzt und einen mächtigen Zauber gewirkt, um es zu schaffen. Wir können ihn nicht nachbilden, und sie kann es auch nicht – wir haben sie in Eure Welt verbannt."

„Das haben wir Euch neulich schon gesagt", sagte Avery sanft. „Es war keine Lüge."

Shadow sprang mit wildem Blick auf. „Es muss einen Weg geben! Ich kann nicht hier bei diesen Halb-Sylphen bleiben!"

„Halb was?", fragte El verwirrt.

„Sylphen. Das sind Fae, die fliegen – Kreaturen des Himmels. Das sind sie!" Sie deutete hinter sich, wo das Farmhaus stand.

„Aber sie sind Nephilim", sagte Avery. „Die Söhne von Engeln und Menschen, vor Tausenden von Jahren geboren."

„Ich kenne diese Worte nicht, und ich weiß nicht, was Engel sind. Aber ich rieche die Magie der Fae an ihnen. Sie sind zum Teil Fae!"

Averys Gedanken schossen nur so voller Fragen durch ihren Kopf. „Okay, Halb-Sylphen, gut, wie auch immer. Ist das nicht gut? Sie sind halb Fae – ein Teil Eures Volkes!"

„Nicht meines Volkes. Ich bin eine Erd-Fae." Sie wurde etwas sanfter. „Aber ja, immerhin zum Teil Fae. Doch sie haben ihr wahres Land nie gekannt. Sie sind hier in diesem Schattenland gefangen, genau wie ich." Sie setzte sich wieder. „Ihr alle habt Magie. Sie nicht. Ihr müsst mir helfen, nach Hause zu kommen."

Die Hexen sahen sich sichtlich ratlos an, und El antwortete. „Wir wissen nicht wie, Schwester. Die Tore, die sich einst zwischen unseren Welten öffneten, haben sich vor langer Zeit geschlossen."

Shadows Miene war widerspenstig. „Aber es muss doch etwas geben! In unserer Welt, in den Sommerlanden, gibt es besondere Orte, die mit Worten der Macht geöffnet werden können. Und es gibt auch Artefakte, die diese Macht besitzen, in ihren Metallen oder auf ihren Seiten eingeschlossen. Das war es, was ich getan habe – nun ja, eine Sache von vielen." Sie wirkte hinterhältig, als ob das, was auch immer es war, dubios gewesen war. Gab es in den Sommerlanden irgendwelche Gesetze? Waren ihre Aktivitäten illegal?, fragte sich Avery, als ihre Gedanken abschweiften. Shadow fuhr fort: „Ich war eine Schatzsucherin, eine Jägerin nach solchen Dingen. Manchmal von anderen angeheuert, manchmal suchte ich für mich selbst. Es muss einige dieser Dinge hier geben!"

Reuben sah verzweifelt aus. „Vielleicht gibt es die. Im Laufe der Jahrhunderte gab es Gerüchte über arkane Objekte – geheimnisvolle Bücher mit unbekannten Kräften und Gegenstände, die unglaubliche Magie ausüben, aber sie sind wahrscheinlich in der Zeit verloren gegangen, unter der Erde vergraben. Sie sind nur Mythen und Legenden!"

„Weder Mythos noch Legende!", beharrte Shadow. „Sie sind echt, und sie sind irgendwo hier. Ich werde sie finden, und Ihr werdet mir helfen."

Fünf

Die Hexen saßen an einem Tisch in einem Pub an einer Landstraße auf dem Weg nach White Haven, aßen zu Mittag und besprachen ihr Gespräch mit Shadow.

„Sie spinnt", sagte Reuben und nippte an seinem Bier. „Ich werde nicht für sie durchs ganze Land hetzen, um verdammte Artefakte zu suchen, die sie ins Summerland zurückbringen kann!"

„Ich habe Mitgefühl mit ihr", sagte Briar, „aber du hast recht. Wir müssen uns um unsere Geschäfte kümmern! Was sie verlangt, ist unmöglich."

Avery seufzte und starrte in ihr Bier. „Mir macht es nichts aus, ein bisschen für sie zu recherchieren. Es könnte tatsächlich ziemlich interessant sein! Aber es könnte ewig dauern. Es gibt Tausende von Hinweisen auf seltsame mythische Objekte und arkane Bücher, die Geheimnisse bergen. Einiges davon wird völliger Blödsinn sein! Die Schwierigkeit wird darin bestehen, die Körnchen Wahrheit unter dem ganzen Mist zu finden."

„Du sprichst von einer lebenslangen Suche, Avery", sagte El nachdenklich. „Aber wir wissen nicht, wie lange ihre Lebenszeit ist. Sie ist kein Mensch, ihre Magie ist anders, und die Fey sollen so gut wie unsterblich sein – wenn die Mythen wahr sind. Sie könnte also viel länger Zeit für die Suche haben als wir."

„Ich finde es gut, dass sie bei Gabe ist", sagte Alex. „Soweit wir wissen, haben sie vielleicht auch eine viel längere Lebensspanne. Und was hat sie über Sylphen gesagt?"

„Das sind mythologische Luftgeister", sagte Avery und runzelte die Stirn. „Ich habe von ihnen gehört. Aber ich habe sie nie als Fey betrachtet."

Reuben lachte. „Nun, ich habe nie an Gott oder Engel geglaubt. Sie sind alle Teil der christlichen Religion, an die, seien wir ehrlich, keiner von uns glaubt. Das ist ein religiöses Konstrukt, bei dem es nur um Kontrolle geht. Und die Christen haben alle möglichen heidnischen Glaubensvorstellungen und Feste gekapert. Warum nicht auch Sylphen? Wenn die Grenzen zwischen den Welten vor Jahren wirklich so fließend waren, könnten sie durchaus in unserer Welt gewesen sein. Und wie seltsam wären die wohl gewesen!"

Alex zuckte mit den Schultern. „Gott, Engel oder Sylphen, was macht das schon für einen Unterschied? Am Ende sind es nur Worte. Was auch immer sie sind, die Nephilim sind halb Mensch, halb irgendetwas. Und wenn Shadow Fey spürt?" Er zuckte mit den Schultern. „Ich traue ihr zu, dass sie es weiß. Und was hätte sie davon zu lügen? Es bedeutet ihr nichts."

„Das hilft uns aber nicht dabei, wie wir ihr helfen können, oder?", sagte Briar frustriert. „Stellt euch vor, einer von uns wäre in die Anderwelt gesogen worden? Allein bei dem Gedanken schaudert es mich!"

„Alle Mythen deuten darauf hin, dass wir als Sklaven benutzt würden. Wenigstens muss sie das nicht erleiden", warf El ein. „Ich habe überlegt, ob ich sie in meinen Laden einladen soll. Sie schien ziemlich interessiert an dem, was ich tue."

„Ja, das war sie, Schwesterherz!", sagte Reuben grinsend. „Sie wird sich zu Tode langweilen. Das könnte sie beschäftigen und von Ärger fernhalten."

Alex leerte sein Glas. „Wenn Gabe auch nur einen Funken Verstand hat, wird er sie in seinem Sicherheitsunternehmen einsetzen. Das wird sie auch auf Trab halten." Sein Telefon klingelte und er nahm ab. „Newton, wie läuft's?" Er runzelte die Stirn. „Noch einer? Wo?" Er nickte. „Kein Problem. Wir treffen dich dort." Er sah die anderen an, als er auflegte. „Es gab einen weiteren Todesfall am Harecombe College. Er will uns sofort dort haben."

Als die Gruppe am College ankam, war es fast drei Uhr nachmittags. Der Himmel war wolkenverhangen und der Tag wurde bereits dunkler. Avery konnte Schnee riechen und sagte voraus, dass die Moore bis zum Abend damit bedeckt sein würden.

Newton traf sie auf dem Parkplatz und sah gehetzt aus. Er trug einen schweren Wollmantel über seinem Anzug und einen dicken Schal, aber er sah trotzdem aus, als würde er frieren. Kein Wunder, der Wind war eisig. „Wir haben nicht viel Zeit. Der Gerichtsmediziner ist zu unserem Glück mit einem anderen Todesfall aufgehalten worden, und wir haben nur einen über das

Wochenende. Bevor also die Spurensicherung loslegt, möchte ich eure Meinung hören.“

„Du willst, dass wir uns eine Leiche ansehen?“, fragte Briar mit blassem Gesicht.

Newton nickte. „Wenn du nicht willst, bleib im Auto. Ich weiß, es ist grausig. Aber ich würde nicht fragen, wenn ich eure Hilfe nicht brauchen würde.“

„Ich gehe, wenn sonst niemand will“, bot Alex an.

„Nein. Wenn hier etwas Seltsames vor sich geht, will ich davon wissen“, sagte Avery, und El und Reuben stimmten zu.

„Schon gut, ich komme mit“, sagte Briar, die alles andere als sicher aussah. „Ich wollte mich nur darauf vorbereiten.“

„Danke“, sagte Newton und sah sie alle an. „Ich weiß das wirklich zu schätzen. Sobald wir uns dem Tatort nähern, habe ich Schuhüberzieher für euch. Und fasst nichts an!“

Sie folgten ihm über das College-Gelände zu einem Gebäude am Rande der Sportplätze. Er ging um die Rückseite herum, wo ein paar große Mülltonnen halb offen standen und mit Müll gefüllt waren. Officer Moore, Newtons Partner, stand Wache, und ein uniformierter Polizist stand am anderen Ende des Gebäudes. Moore nickte ihnen zu und ging dann weg, um sie allein zu lassen. Wie üblich sagte er nichts.

„Sie ist hier“, sagte Newton und senkte traurig die Stimme. Er reichte ihnen die Plastik-Überschuhe, wartete, bis sie sie alle angezogen hatten, und führte sie dann zu den riesigen quadratischen Mülltonnen. Er deutete zwischen sie, und auf dem Boden saß eine junge Frau aufrecht. Ihre Augen waren weit geöffnet und starrten ins Leere. Ihre Haut war blass, fast blau, und ihre Lippen waren geöffnet, als wollte sie gerade etwas sagen.

„Oh, nein!", sagte Briar und schauderte. „Das ist schrecklich."

Newton blickte grimmig. „Ja, das ist es. Willkommen in meiner Welt."

„Wonach sollen wir suchen?", fragte Alex, ohne den Blick von der Leiche der jungen Frau zu nehmen.

„Sie ist sehr blass, wie ihr sehen könnt. Fast blau. Es könnte daran liegen, dass es verdammt kalt ist, aber ich glaube, es liegt daran, dass sie einen erheblichen Blutverlust erlitten hat. Sie hat winzige Einstichwunden am Hals, genau wie die andere. Könnt ihr irgendwelche Anzeichen von Magie erkennen? Oder könnt ihr einen Vampir aufspüren? Bewegt sie nur nicht!"

Alex sah ihn an. „Da ich noch nie einem Vampir begegnet bin, habe ich keine Ahnung, welche Signaturen sie hinterlassen. Und es ist knifflig, ohne sie zu berühren, Newton."

Er seufzte. „Ich weiß. Aber ich will nur deine Meinung hören."

Briar war so blass wie das tote Mädchen, und El sagte: „Hilf mir, die Gegend abzusuchen, Briar."

Sie nickte und sah dankbar aus. „Klar."

Die beiden entfernten sich, während sie leise miteinander sprachen, und Alex kauerte sich neben die Leiche, während Avery und Reuben sich auf der anderen Seite hinhockten.

Avery blickte zu Newton auf. „Hast du gesagt, die andere war auch positioniert? Saß sie auch aufrecht?"

„Ja, aber auf einer Bank, wo jeder sie sehen konnte."

Avery hielt ihre Hände über den Körper des Mädchens und versuchte, Magie zu spüren, während Alex und Reuben ihre Kleidung und Haut so sorgfältig wie möglich untersuchten, ohne sie zu berühren. Avery schloss die Augen, um sich besser konzentrieren zu können. Sie spürte etwas. Es war jedoch schwer einzuordnen. Es war, als ob sie Dunkelheit spürte. Aber sie war sehr schwach. Sie seufzte entnervt. „Ich kann nichts fühlen. Nicht wirklich."

„,Nicht wirklich' klingt aber nach etwas", sagte Newton, und ein Anflug von Hoffnung schlich sich in seine Stimme.

„Ich weiß nicht, wie ich es erklären soll, außer dass ich Dunkelheit spüre – fast wie eine Leere, nehme ich an."

„Aber Ihr könnt die Wunden an ihrem Hals sehen", sagte Alex. Er deutete auf die blassen, runden Male über ihrer Halsschlagader, die fast fünf Zentimeter voneinander entfernt waren, und die Haut sah bereits eher vernarbt als roh und frisch aus.

Reuben grunzte. „Es gibt nicht viele Dinge, die solche Spuren am Hals hinterlassen würden."

„Also, Ihr glaubt, es ist ein Vampir", sagte Newton und zog seinen Schal enger um den Hals, als wolle er ihn schützen.

Avery musste ihm zustimmen. „Es ist möglich."

„Lasst mich sehen, was ich fühlen kann", sagte Alex mit gerunzelter Stirn.

Sie sahen ein paar Sekunden lang zu, und dann zuckte Alex zurück und landete schwer auf dem Boden. „Wow. Das war intensiv!"

„Was?", Newton kauerte sich ebenfalls hin und sah besorgt aus.

Alex schüttelte den Kopf. „Ich hatte eine Vision, fast eine Momentaufnahme ihrer letzten Augenblicke, und es war genau, wie du sagtest, Avery. Ich hatte das Gefühl, in eine Leere gefallen zu sein." Er rieb sich das Gesicht. „Scheiße. Ich wünschte, ich hätte das nicht getan. Das war schrecklich. Ich habe ihre Verzweiflung und Verwirrung gespürt."

Avery streckte die Hand aus und drückte seinen Arm. „Tut mir leid, dass du das fühlen musstest."

„Mir tut leid, dass sie das fühlen musste", antwortete er.

Reuben schaute schweigend zu, und dann schloss er fast bedauernd ebenfalls die Augen und hielt seine Hände über sie. Er nickte. „Ja, ich hatte offensichtlich nicht diese übersinnliche Verbindung, aber ich spüre auch die Schwärze. Aber das könnte auch nur der Tod sein, während sie das Bewusstsein verliert." Er öffnete seine Augen wieder. „Und ja, es gibt einen großen Blutverlust. Gewalt spüre ich aber keine."

„Wie kann ihr Tod nicht gewaltsam sein?", rief Newton. „Das ergibt keinen Sinn!"

„Es fühlt sich sanft an, eine Art Entgleiten", sagte Reuben und versuchte, die richtigen Worte dafür zu finden.

Avery nickte. „Ja, genau so fühlt es sich an. Woher weißt du von dem Blutverlust?"

„Ich habe meine Wasserelementarkräfte genutzt und mit El geübt. Ich kann Wasser und Flüssigkeiten im Körper spüren – das ist etwas, was mir aufgefallen ist, als wir Els Fluch aufgehoben haben. Und folglich weiß ich, dass sie weniger Blut hat, als sie haben sollte."

Newton stand auf und ging weg, und die anderen folgten ihm, zu denen sich El und Briar gesellten, die ihre Suche beendet hatten. „Habt ihr beiden etwas gefunden?"

„Überhaupt nichts", berichtete El. „Jedenfalls nichts Magisches."

Newton fuhr sich durch die Haare und sah müde und besorgt aus. „Also, wir wissen, dass dies etwas Übernatürliches sein muss, und höchstwahrscheinlich ein Vampir ist. Was wisst Ihr über sie?"

Avery sah verblüfft aus. „Nicht viel."

„Nun, ich schlage vor, Ihr recherchiert ein wenig, denn wenn das ein Vampir ist, werde ich Eure Hilfe brauchen, um ihn zu finden und dann zu töten. Und wenn es kein Vampir ist, will ich wissen, was es ist."

Reuben sah skeptisch aus. „Haben Sie diese Theorie gegenüber Ihren Kollegen erwähnt? Officer Moore zum Beispiel?"

„Nein." Newton blickte hinüber, wo Moore sich mit dem Schutzmann unterhielt. „Aber er weiß, dass ich Euch in okkulten Dingen zu Rate ziehe, und auf der Wache kursieren bereits Gerüchte." Er sah unbehaglich aus. „Sie wissen nicht, was ich tue, und das soll auch so bleiben, also je schneller wir das hier beenden, desto besser."

Avery und Alex verbrachten den Rest des Sonntags zusammen in Averys Wohnung und sprachen über die beiden Todesfälle und Vampire.

„So habe ich mir meinen Tag nicht vorgestellt", sagte Alex, als er die Bücher in Averys Regal auf dem Dachboden durchsah.

„Ich auch nicht", sagte Avery und runzelte die Stirn, als ihr ein Gedanke kam. „Während du die Regale durchsuchst, flitze ich schnell zum Laden runter und schaue mir meinen Bestand an okkulten Büchern an."

„Und vielleicht findest du auch ein paar Bücher für Shadows Problem?"

Avery nickte. „Natürlich. Das hätte ich fast vergessen."

Alex sah sie verwirrt an. „Warum flitzt du runter? Warum benutzt du nicht deinen Hexenflug?"

„Natürlich!" Ohne ein weiteres Wort und bevor sie einen Moment Zeit hatte, an sich zu zweifeln, hüllte Avery die Elementarluft wie einen Mantel um sich, stellte sich ihren Laden vor und war innerhalb einer Sekunde dort, schwankte unsicher. Aber sie fiel nicht um, und sie war nicht bewusstlos. Ja!

Der Laden war dunkel und düster, nur erhellt vom Schein der Lichter des Weihnachtsbaums im vorderen Fenster. Anstatt ein Licht anzumachen, zauberte Avery sich ein Hexenlicht über die Schulter, in dem sicheren Wissen, dass es hinten im Laden und hinter einem großen Bücherregal niemand von draußen sehen würde.

Sie hatte einen großen Vorrat an okkulten Büchern, einige neu, aber viele waren alt und über die Jahre bei Haushaltsauflösungen gesammelt worden. Sie begann, Bücher herauszuziehen, mit dem Ziel, ihre Suche breit zu fächern. Es gab ein paar Titel, an die sie sich nicht erinnern konnte, sie schon einmal gesehen zu haben, aber Sally war erst vor ein paar Wochen bei einer Haushaltsauflösung gewesen, also stammten sie vielleicht von dort. Als sie ein paar herauszog, erschien ein Zeichen auf dem Einband eines alten Lederbandes – ein Zeichen, das nur durch das Hexenlicht sichtbar wurde. Vor Schreck hielt sie einen Moment lang den Atem an. Wo kam das denn her?

Das Buch sah gewöhnlich genug aus, wenn auch alt. Es war ungefähr so groß wie ein DIN-A4-Blatt und etwa zweieinhalb Zentimeter dick, mit einem abgenutzten Ledereinband und verblassten Buchstaben, die besagten: Mysterien des Okkulten. Avery blätterte durch die ersten paar Seiten und überflog dann den Inhalt, der psychische Phänomene, Tarot-Lesungen sowie Runen und ihre Verwendung umfasste. Es ist kein Grimoire, aber das ist ein Hexenmal, überlegte sie. Vielleicht sind im Inneren noch mehr Hexenmale? Vielleicht hat es früher einer Hexe gehört?

Nachdem sie noch ein paar weitere Bücher durchgesehen hatte, sammelte sie den Stapel ein und flog zurück zum Dachboden, wo sie vor dem Kamin landete. Alex stieß einen überraschten Schrei aus, als sie erschien. „Verdammt! Ich glaube, ich gewöhne mich nie daran, dass du das tust."

„Soll ich nächstes Mal eine Glocke läuten?", sagte sie frech.

„Ja, bitte. Ich hätte fast mein Bier verschüttet!" Er reichte ihr ein Glas Wein, als sie die Bücher auf den Boden neben das Sofa legte. „Etwas, um unsere Stimmung aufzuhellen."

„Prost, ich glaube, das kann ich gebrauchen." Sie ließ sich neben ihm nieder und nippte genüsslich daran. „Ich habe ein interessantes Buch mit einem Hexenmal darauf gefunden."

Seine Augen weiteten sich überrascht. „Ein Grimoire?"

„Nein." Sie zog es aus dem Stapel hervor und reichte es ihm. „Dieses hier. Es sieht wie ein gewöhnliches, wenn auch altes, Sachbuch über das Okkulte aus. Das Mal ist auf der Vorderseite, aber vielleicht sind im Inneren noch mehr. Ich habe es nicht so genau untersucht."

Mit einem geflüsterten Zauber löschte Alex die Lampen, sodass sie nur noch im Schein des Kaminfeuers und der Kerzen saßen, und dann, mit einer Bewegung seines Handgelenks, zauberte er ein Hexenlicht über sie beide. „Mysterien des Okkulten", sagte er und las den Titel. „Nicht gerade aufregend. Aber das ist ein interessantes Mal." Er hob das Buch näher an sich heran und kniff die Augen zusammen.

„Ich erkenne es nicht. Meinst du, es bedeutet etwas?"

Er schüttelte den Kopf. „Vielleicht ist es nur eine Art, ein interessantes Buch zu markieren." Er drehte und wendete es, betastete den Einband sorgfältig, bevor er es aufschlug und die Seiten sanft umblätterte. „Ich spüre auch keine Magie darauf." Er gab es ihr zurück. „Es ist deine Entdeckung. Vielleicht solltest du Sally fragen, ob sie sich erinnert, woher sie es hat. Wie auch immer, ich überlasse es dir, während ich die hier sortiere, die ich in deinem Regal gefunden habe. Sei nur vorsichtig, falls etwas zwischen den Seiten hervorspringt."

„Idiot", sagte sie lachend.

Die nächste halbe Stunde schwiegen beide, während sie die Bücher durchsuchten. Avery war frustriert. „In diesem Buch gibt es kein einziges weiteres Mal."

„Vielleicht braucht es einen anderen Zauber, um sie zu enthüllen?"

„Vielleicht. Hast du etwas gefunden?"

„Nur die übliche Geschichte und Überlieferung über Vampire – Knoblauch und Weihwasser, um sie abzuwehren, und ein Pfahl durchs Herz, Verbrennen oder Enthauptung, um sie zu töten. Ich hatte allerdings einen schrecklichen Gedanken." Er drehte sich zu ihr um. „Was, wenn diese Leichen tatsächlich von Vampiren gebissen wurden und anfangen, sich zu verwandeln?"

„Du meinst, sie werden auch zu Vampiren?" Sie verdrehte die Augen. „Hast du die alten Hammer-Horrorfilme gesehen?"

„So steht es in den Überlieferungen, Avery! Das könnten sie." Alex sah sehr ernst aus.

Avery schauderte, und der plötzliche Hagelschauer gegen das Fenster ließ sie zusammenzucken. „Jetzt grusle ich mich auch!"

Alex grinste und streckte die Hand aus, um ihren Fuß zu streicheln, der auf seinem Schoß lag. „Ich gehe in die Küche und koche uns ein Festmahl, etwas Knoblauchlastiges, weil ich am Verhungern bin und eine Knolle pro Tag hält die Vampire fern. Du kannst weiterlesen. Kommst du allein zurecht?"

Sie warf ein Kissen nach ihm. „Ja, mir wird nichts passieren!"

„Vielleicht solltest du Dan morgen fragen, ob es so etwas wie cornische Vampire gibt", sagte er, während er vom Sofa aufstand und zur Treppe ging. „Oder du fragst natürlich Genevieve und den Zirkel."

D an sah Avery am Montagmorgen mit gerunzelter Stirn an. „Suchst du den Ärger eigentlich absichtlich?"

„Nein! Der Ärger scheint mich einfach zu finden, danke auch", antwortete Avery pikiert.

Es war kurz nach neun und im Laden war es noch ruhig. Draußen herrschte eine bittere Kälte und es war immer noch dunkel, das Licht von dichten Wolken gedämpft. Vom Vorabend lag noch Hagel auf dem Boden und die Bürgersteige waren glatt. Avery hatte Sally und Dan gerade über die Ereignisse des Wochenendes auf den neuesten Stand gebracht und Sally sah entsetzt aus. „Das arme Mädchen. Ich habe es in den Nachrichten gesehen. Ich hätte nicht gedacht, dass du da mit drinsteckst!"

„Newton wollte unsere Meinung wissen", erklärte sie. „Und obwohl es schrecklich war, mussten wir helfen."

Dan saß auf dem Hocker hinter der Theke, das Kinn in die Hand gestützt, und starrte ins Leere. „Mir fallen keine besonderen Geschichten über kornische Vampire ein, aber sie müssen ja nicht aus Cornwall stammen, oder? Angenommen, diese Todesfälle werden tatsächlich von Vampiren verursacht. Sie könnten erst vor Kurzem hier angekommen sein. Oder wiederauferstanden."

„Wiederauferstanden?", fragte Avery erschrocken. „Meinst du, wie einer, der gerade aufgewacht ist?"

„Ich weiß es nicht! Du bist die Hexe. Wo war er die ganze Zeit, wenn die Morde erst jetzt angefangen haben?"

„Das ist ein ausgezeichneter Punkt", gab Avery zu. „Gibt es andere Kreaturen, die den Tod durch Verbluten verursachen?"

„Keine, die mir auf Anhieb einfallen."

Sally sah sie mit offenem Mund an. „Führt ihr beide ernsthaft eine Diskussion über die reale Möglichkeit von Vampiren?"

„Ja, das tun wir", antwortete Avery. „Es gibt da draußen eine ganze, große paranormale Welt. Das kannst du doch sicher nicht bezweifeln?"

Sie seufzte. „Nein, nicht wirklich. Ich will es nur nicht wahrhaben. Es ist Weihnachten und ich bin in fröhlicher Stimmung. Oder war es."

„Ich auch", sagte Dan. „Wenn ich ehrlich bin, Avery, ist das nicht das Gespräch, das ich an einem Montagmorgen erwartet hätte. Und nein, ich weiß auch nichts über magische Gegenstände, die Tore zur Anderwelt öffnen könnten. Allerdings", sagte er und hob den Finger, „gibt es viele seltsame Gegenstände, die in der britischen und eigentlich der weltweiten Folklore erwähnt werden. Gegenstände, die mythischen Wesen gehörten und große Kräfte besaßen. Aber das sind Gegenstände aus Mythen, und wenn es sie je gab, sind sie längst verloren."

„Was für Gegenstände denn?", fragte Sally, sichtlich erleichtert, nicht über Vampire sprechen zu müssen.

„Nun, zum Beispiel gibt es die dreizehn magischen Gegenstände Britanniens, gemeinhin die Dreizehn Schätze genannt, die oft in den Artussagen und anderen Legenden erwähnt werden.“

„Was für Schätze denn?“, fragte Avery.

Dan dachte ein paar Sekunden nach. „Es gibt ein Schwert, dessen Klinge in Flammen aufging, wenn es von einem würdigen Mann gezogen wurde. Es gibt ein Halfter, das einem Mann gehörte, der sich nur eines seiner Pferde wünschen musste und es erschien im Halfter, und es gibt einen Topf, der jede Speise enthielt, die man sich wünschen konnte. Merlin sammelte sie alle und legte sie in seinen Glasturm, bereit für die Rückkehr von König Artus.“

Sally sah unbeeindruckt aus. „Na ja, das ist keine sehr aufregende Sammlung magischer Gegenstände.“

„Wären sie schon, wenn du am Verhungern wärst und ein Pferd bräuchtest“, sagte Dan. „Es gibt natürlich noch mehr, aber die müsste ich nachschlagen.“

„Was ist mit Ringen der Macht?“, fragte Avery.

„Ich glaube, das verwechselst du mit Der Herr der Ringe.“

Avery funkelte ihn an. „Nein, tue ich nicht. Frecher Kerl. Ich kenne den Unterschied zwischen Mythos und Fiktion, danke sehr.“

„Ich bin froh, dass du es tust, denn für mich verschwimmt langsam alles“, sagte Dan und rieb sich den Kopf. „Hast du Caspian gefragt oder die reizende Genevieve? Oder vielleicht Jasper? Hast du nicht gesagt, dass er sich auch für so etwas interessiert?“

„Jasper hatte ich ganz vergessen", sagte Avery nachdenklich. Jasper war ein Mitglied des Cornwall-Zirkels und einer der Hexer, die in Penzance lebten. „Ich rufe ihn später an. Kannst du in der Zwischenzeit für mich nachforschen?"

„Absolut. Ich quetsche das sicher zwischen Pub und Fußball."

Sie wurden durch die Ankunft ihres ersten Kunden unterbrochen und trennten sich. Avery grübelte über uralte Gegenstände und Vampire. Sie kehrte zu den Bücherregalen zurück und fragte sich, ob sie irgendwelche Bücher übersehen hatte, die nützlich sein könnten. In Gedanken versunken durchstöberte sie die Regale mit arkanen und okkulten Werken und zuckte zusammen, als Bens Stimme sie aufschreckte.

„Bei Feuer und Erde! Verdammte Axt, Ben, du hast mir fast einen Herzinfarkt verpasst."

Er sah entschuldigend aus. „Tut mir leid, Avery, ich wollte dich nicht erschrecken." Seine Wangen waren rot von der Kälte, und er zog seine Wollmütze ab und fuhr sich durchs dunkle Haar, damit es nicht am Kopf kleben blieb.

„Schon gut, ich werde es überleben. Bist du wegen der Zauber gekommen, um die Cassie gebeten hat? Ich habe bisher nur einen fertig."

„Nein, obwohl ich ihn mitnehme, wenn er fertig ist. Ich dachte, ich zeige dir das hier." Er zog eine alte Flasche aus seiner Tasche und schüttelte sie sanft. Die Flasche war alt, das Glas trübblau, und mit einem alten Korken verschlossen, der mit Wachs versiegelt war, ganz ähnlich wie das, was sie für Cassie vorbereitet hatte. Aber anstatt mit Rauch gefüllt zu sein, enthielt sie eine Ansammlung von Nadeln und Nägeln und eine getrocknete, dunkle Flüssigkeit.

„Das ist eine Hexenflasche!", rief sie aus und nahm sie aus Bens Hand. Sie trat hinter den Regalen hervor und ging zum Fenster, um sie im Licht zu untersuchen, Ben folgte ihr. „Wo hast du die gefunden?"

„Sie wurde in dem Haus gefunden, das wir untersuchen sollen. Das, das das Paar gerade renoviert. Sie haben ein paar beschädigte Dielenbretter hochgehoben und das hier gefunden. Das wurde benutzt, um Flüche abzuwehren, nicht wahr?"

Avery nickte und untersuchte die Flasche weiter. Sie drehte sie im Licht und hörte das Klimpern, als sich die Nägel und Nadeln in der Flasche bewegten. Sie sah winzige Haut- und Fingernagelstücke, die sich zwischen dem Metall verschoben. Ein schwacher Hauch von Magie haftete noch daran, wie der Rest eines Parfums auf Kleidung. Sie lächelte vergnügt. „Wow, das ist interessant. Stell dir vor, so etwas in diesem Haus zu finden!"

„Wie alt glaubst du, ist sie?", fragte Ben und sah zu, wie Avery die Flasche drehte, ebenso fasziniert davon wie sie.

„Wahrscheinlich hundert Jahre alt, vielleicht älter, aber das Hexenmuseum könnte es besser datieren als ich." Sie sah Ben an. „Wie alt ist das Haus?"

„Ich glaube, aus dem späten achtzehnten Jahrhundert. Es ist von einem alten Garten umgeben, der wahrscheinlich nicht einmal mehr halb so groß ist wie früher. Ich denke, das Grundstück wurde im Laufe der Zeit verkauft. Jedenfalls restaurieren Rupert und Charlotte es gerade."

„Und spukt es dort nachts?", fragte Avery nachdenklich.

„Nein. Es ist seltsam. Wir wurden noch nie gebeten, ein Haus zu untersuchen, bevor es Anzeichen von Spuk aufweist. Glaubst du, das deutet darauf hin, dass es das in der Vergangenheit vielleicht getan hat?"

Avery zuckte verwirrt die Achseln. „Diese Flasche schützte den damaligen Besitzer vor einem Fluch, einer Verhexung oder anderen negativen Energien. Sie bietet Schutz. Das deutet also darauf hin, dass in der Vergangenheit vielleicht etwas Unangenehmes auf den Besitzer gerichtet war, aber das sagt uns nicht, was es war."

„Und die Sachen da drin sind gewöhnlich?"

„Ziemlich gewöhnlich. Die Nägel und die Haut stammen wahrscheinlich von der Person im Haus, und die getrocknete Flüssigkeit ist wahrscheinlich Menstruationsblut. Das hätte eine Menge Macht verliehen."

Ben verzog das Gesicht. „Igitt. Und wie funktioniert das?"

„Indem man etwas vom Besitzer in die Flasche gibt, wie Haut und Blut, würde man den Fluch von der Person selbst ablenken – eine Art Irreführung – und die Nadeln würden das Böse zum Platzen bringen oder es aufspießen. Oft wurden sie draußen aufgestellt, oder unter einer Herdstelle – dem Herzen des Hauses. Manchmal wurden Rosmarinzweige verwendet, oder Urin, oder Wein. Das hängt von der Hexe ab, die den Zauber wirkt, von der Person, die Schutz brauchte, und von der Art der Bedrohung. Manchmal hat sich jemand selbst eine gemacht, um sich vor einer Hexe zu schützen."

„Benutzt ihr sie heute noch?"

Sie lächelte. „Das hier ist ziemlich rudimentär – ein einfacher Zauber. Ich verwende sogar etwas sehr Ähnliches für Cassie und dich. Eine Flasche, die einen Schutzzauber für euch enthält, aber viel raffinierter."

Ben verstummte für einen Moment. „Der Fund lässt mich zweifeln, ob sie mehr über das Haus und die früheren Besitzer wissen, als sie uns erzählt haben."

„Was haben sie dir denn erzählt?"

„Dass es einem Medium gehörte und ihr Ruf darauf hindeutet, dass sie echt war. Rupert scheint zu glauben, dass Geister dem Haus auf irgendeine Weise ihren Stempel aufgedrückt haben könnten." Ben runzelte die Stirn und Avery spürte, dass er die gleichen Bedenken hatte wie Cassie.

„Du siehst genauso besorgt aus wie Cassie."

Er zuckte die Achseln. „Ich weiß. Ich kann auch nicht erklären, warum. Dylan geht es genauso."

Avery war fasziniert. „Ich würde es mir gerne ansehen – nur um zu sehen, ob ich etwas spüre. Wäre das möglich?"

„Sicher. Ich könnte dich sicher als Beraterin ausgeben."

„Großartig. Wann fahrt ihr das nächste Mal hin?"

„Morgen Nachmittag, um einige der Aufnahmen abzuholen. Cassie hat dir wahrscheinlich erzählt, dass wir im Moment nur Überwachungsdaten sammeln."

Avery nickte. „Toll. Ich schaue mal, ob eine der anderen mitkommen kann. Ich hätte gerne eine zweite Meinung. Aber komm und hol dir diesen Zauber ab, bevor du gehst."

Avery ließ Sally wissen, dass sie den Laden für ein paar Minuten verließ, und führte Ben dann auf den Dachboden ihrer

Wohnung. Ben sah sich mit einem breiten Grinsen im Gesicht um. „Oh, wow! Sieh dir diesen Ort an."

Avery sah ihn für eine Sekunde verwirrt an. „Ach ja, ich hatte vergessen, dass du noch nie hier oben warst." Sie lachte. „Das ist mein Allerheiligstes, das nur die wenigen Privilegierten zu sehen bekommen."

„Dann hab ich ja Glück", rief Ben. „Das ist ein echter Zauberraum, was?" Sein Blick wanderte durch den Raum und für einen Moment sah Avery ihren heiligen Ort mit neuen Augen. Die Grimoires auf dem Holztisch lagen aufgeschlagen da, wo sie sie vorhin gelassen hatte. Sie offenbarten ihre altertümliche Schrift und Illustrationen und reichten aus, um den Uneingeweihten einen Schauer des Seltsamen zu bereiten. Über dem Tisch hingen Kräuterbündel und ihr sanfter Duft erfüllte den Raum mit dem Versprechen erdverbundener Magie. An den Wänden standen mehrere tiefe Regale, gefüllt mit Flaschen mit weiteren getrockneten Kräutern, Wurzeln, Blättern, Pulvern, Tinkturen, dunklen und klaren Flüssigkeiten, Edelsteinen und anderen wichtigen Zutaten für die Zauberei. Daneben standen ihre Bücher, Körbe mit Kerzen, Töpfe mit lebenden Kräutern, Waagen und Schalen, ein Mörser mit Stößel und andere arkane Gegenstände. Ihr Athame lag auf dem Tisch, neben einem kleinen, silbernen Schneidemesser und Silberschalen mit Salz und Wasser. Sie hatte auch immer etwas Saisonales dort und im Moment waren es Bündel aus Kiefer, Efeu und Stechpalme. Ja, das war definitiv ein Zauberraum und jedes Mal, wenn Avery hierherkam, belebte es ihre Seele und erfüllte sie mit Freude.

„Das bist so du“, sagte Ben mit großen Augen. „Ich vergesse diese Seite von dir, wenn wir unten und in Pubs reden, so seltsam das auch klingt. Ich meine, ich weiß, dass du eine Hexe bist.“

Avery war amüsiert, aber sie war freundlich und spürte sein Unbehagen und seine Verwunderung. „Das ist keine Seite von mir, Ben. Das bin einfach ich – ganz und gar.“

„Ich weiß, wirklich.“ Er grinste wieder, kindlich. „Na los, mach dein Ding.“

Avery lachte. „Du meinst das hier?“ Die Kerzen auf dem Tisch flammten auf, ebenso wie das Feuer im Kamin, und sie ließ einen Windhauch durch den Raum wehen, der die Seiten der Grimoires rascheln und die Kräuter von den Balken schwingen ließ.

„Genial“, murmelte er, als er zum Tisch ging und mit den Händen darüberfuhr. Er hielt inne, um die Bücher anzusehen. „Darf ich sie anfassen?“

„Natürlich. Sie sind durch einen Zauber vor Abnutzung geschützt, aber sei trotzdem vorsichtig.“

Er blätterte die Seiten um, während Avery nach der Flasche mit dem Zauber griff, den sie für sie gemacht hatte. „Hier, bitte. Er ist zur Verteidigung, nicht zum Angriff.“

Ben drehte sich um und nahm sie ihr ab, während er beobachtete, wie der Rauch träge in der Flasche waberte. „Genial. Was bewirkt er?“

„Das ist mein Schattenzauber. Wenn ihr euch verstecken müsst, zieht den Korken und entfesselt den Zauber. Er wird etwa eine halbe Stunde anhalten, wenn ich nicht da bin, um ihn zu erneuern. Das Wachssiegel ist dünn, sodass es sich leicht öffnen lässt, und die Flasche ist stabil, sollte also nicht zerbrechen.“ Ben nickte und steckte sie ein. „Ich sollte hinzufügen, dass er nachts und in schlecht beleuchteten Gebäuden wirksamer ist. Bei hellem Tageslicht wird er nicht funktionieren.“

„Danke. Wir stellen gerade eine Zauberausrüstung zusammen, da ist das super.“

„Wie ich sehe“, sagte Avery nachdenklich. „Ich werde dir auch einen Minitornado in eine Flasche füllen und einen Energieimpuls – genug, um eine Ablenkung zu schaffen. Ich werde ein paar Flaschen von jedem machen, jetzt, wo ich weiß, dass ich es kann.“

Er lächelte. „Du bist die Beste. Wie auch immer, ich sollte besser gehen. Ich schicke dir die Adresse.“

Sie nickte und folgte ihm die Treppe hinunter und durch den Laden hinaus und spürte, wie ein Schauer sie überlief, der nichts mit dem Wetter zu tun hatte.

Nach der Arbeit machte sich Avery auf den Weg zum „Wayward Son“, um etwas Zeit mit Alex zu verbringen, der hinter der Theke arbeitete. Nur wenige Minuten nach ihrer Ankunft tauchten auch Reuben und El auf und machten es sich auf den Barhockern neben Avery bequem. Die Kneipe war ein inoffizieller Treffpunkt, und an den meisten Abenden kam nach der Arbeit eine der Hexen oder Newton auf einen Drink vorbei, um abzuschalten.

„Oh, gut, ich bin froh, dass ihr zwei da seid“, sagte Avery. „Hat einer von euch Lust, mich zu dem Haus zu begleiten, das unsere freundlichen Geisterjäger untersuchen? Es ist morgen Nachmittag, und Alex kann nicht mitkommen."

Alex verzog das Gesicht, als er El und Reuben ein Pint hinstellte. „Leider sind meine neuen Mitarbeiter krank, und wir haben zu viel zu tun, um die Bar unterbesetzt zu lassen."

„Ich bin auch beschäftigt", sagte El und griff nach ihrem Getränk. „Tut mir leid, Ave."

„Ich kann mitkommen", sagte Reuben fröhlich. „Der Laden läuft auch ohne mich ganz gut. Und ich muss mal raus und was Neues sehen. Um wie viel Uhr?"

„Gegen zwei", sagte Avery.

„Perfekt. Ich fahre – dein Lieferwagen ist eine Klapperkiste."

Avery fühlte sich leicht auf den Schlips getreten, musste ihm aber zustimmen. „Na gut." Sie blickte ans andere Ende der Bar, wo Zee einen Kunden bediente. „Gibt's was Neues von unserer neuen Freundin?"

Alex grinste. „Ich glaube, sie hat in ein Wespennest gestochen. Anscheinend ist sie sehr entschlossen. In den letzten Tagen, als sie deren Aktivitäten beobachtet hat, ist ihr klar geworden, dass sie vorerst hier festsitzt. Gabe ist damit beschäftigt, sein Geschäft aufzubauen und Geld zu verdienen, und sie weiß, dass sie vorerst nach unseren Regeln spielen muss."

Avery runzelte die Stirn. „Was meinst du mit nach unseren Regeln?"

„Jobs, Geld. Zee sagte, Niel habe sie beschuldigt, eine Schmarotzerin zu sein, und wenn er Rechnungen bezahlen müsse, dann müsse sie das auch."

Avery erinnerte sich an Niel aus der Old Haven Church. Sein voller Name war Othniel, und er war blond und bärtig, mit sehr beeindruckenden Koteletten.

Reuben verschluckte sich fast an seinem Pint. „Schmarotzerin! Das ist ja zum Totlachen. Also arbeitet sie mit Gabe zusammen?"

„Vorerst." Alex fing Zees Blick auf, als dieser mit dem Bedienen fertig war, und rief ihn zu sich. „Erzähl den Leuten, was Shadow vorhat."

Zee stöhnte. „Sie versucht, einen von uns zu rekrutieren, der ihr bei ihrem Artefakt-Finde-Geschäft hilft. Sie hat das große Geld versprochen. Das ist, was man Bullshit nennt." Sein Gesicht verzog sich verärgert. „Sie stiftet Streit."

„Also müssen einige von euch interessiert sein", spekulierte El.

„Ein paar. Barak und Ash."

„Ash!", sagte Reuben, und sein Gesicht wurde lang. „Aber er arbeitet für mich! Und er ist auch noch verdammt gut."

„Keine Sorge", sagte Zee. „Gabe will davon nichts wissen. Ich glaube nicht, dass er es ertragen kann, wenn jemand anderes mit ihr zusammenarbeitet, was an sich schon besorgniserregend ist. Und Caspian hat ihm gerade einen Vertrag angeboten."

Die Hexen sahen sich schockiert an, sogar Alex. „Das hast du nicht erwähnt! Was für einen?"

Zee zuckte mit den Schultern. „Anscheinend ist der Vertrag mit dem Sicherheitsteam, das seine Lagerhäuser bewacht, gerade ausgelaufen, und er hat beschlossen, sie lieber durch uns zu ersetzen. Das ergibt Sinn. Wir wissen, was er ist."

Avery nippte nachdenklich an ihrem Wein. „Wow. Ja, das ergibt Sinn, aber ich bin trotzdem überrascht. Das muss ein großer Auftrag sein."

Zee nickte. „Ich muss vielleicht ein paar Schichten weniger machen, Alex, wenn das klappt."

Alex zuckte mit den Schultern. „Ich verliere dich nur ungern, aber du bist hier verschwendet. Sag mir nur rechtzeitig Bescheid."

„Ich bin über Weihnachten hier, also sage ich dir im Januar Bescheid."

„Super, das wäre toll", sagte Alex erleichtert.

Reuben drehte sich plötzlich abgelenkt um, und sein Gesichtsausdruck verfinsterte sich. Er nickte in Richtung des stummgeschalteten Fernsehers an der Wand. Die Nachrichten hatten begonnen, und am unteren Rand des Bildschirms lief eine Schlagzeile: Mädchen tot in Harecombe aufgefunden.

Ihre gemeinsame Stimmung sank auf den Nullpunkt. „Nicht noch eine", sagte El. „Die müssen zusammenhängen."

Avery sprach etwas aus, worüber sie seit ein paar Stunden nachgedacht hatte, seit sie Ben gesehen hatte. „Ich hoffe, es hat nichts mit diesem Haus zu tun."

„Dem Haus des Mediums?"

„Jep. Es liegt zwischen hier und Harecombe. Ben und die anderen finden es alle seltsam, und sie haben einen guten Riecher, und nun ja, wir alle wissen, dass es keine Zufälle gibt."

Alex hielt ihren Blick für einen Moment fest. „Sei vorsichtig, wenn du morgen hingehst. Reuben – pass auf, dass ihr nichts passiert."

„Ich bin doch kein Kind!", protestierte Avery.

Reuben tätschelte ihr scherzhaft den Kopf. „Natürlich werde ich das! Aber macht euch um mich keine Sorgen", sagte er gespielt beleidigt.

„Pass du auch auf dich auf", sagte El und legte eine Hand auf seinen Arm. „Bitte keine Heldentaten."

Alex runzelte die Stirn. „Drei Tote in Harecombe. Ich frage mich, ob wir von Caspian hören werden."

Kaum hatte er ausgesprochen, klingelte Averys Telefon. „Es ist Genevieve." Sie nahm ab. „Hey, wie –" Aber bevor sie ein weiteres Wort sagen konnte, verstummte sie und nickte. „Ja, ich werde da sein."

„Lass mich raten", sagte Reuben. „Noch ein Treffen?"

„Morgen, bei ihr in Falmouth. Reuben, du kommst auch mit."

Sieben

E s war ein stürmischer Tag, und der Wind trug die Verheißung von Schnee mit sich. Die Moore waren bereits mit einem Hauch von Weiß bedeckt, und dicke Wolken verhüllten den Himmel.

Avery spürte, wie die Sonnenwende näher rückte; die längste Nacht des Jahres. Noch eine Nacht, die mit der Wilden Jagd in Verbindung gebracht wurde, aber das konnte doch sicher nicht zweimal passieren. Aber mehr noch, es war eine Zeit des Feierns, die den symbolischen Tod und die Wiedergeburt der Sonne und die Drehung des Rades markierte. Sobald diese Nacht vorüber war, nahte der Sommer erneut. Für die Heiden markierte sie das Julfest. Dieses Jahr fiel es auf den 22. Dezember, und die Hexen wollten es gemeinsam feiern, mit einem Feuer, Kerzen und Geschichten. Ähnlich wie die Sommersonnenwende wäre es eine Zeit, sich wieder mit der Erde und miteinander zu verbinden. Doch Avery schauderte. Es war dunkel und kalt, und Mädchen starben. Jemand jagte sie.

Sie fuhren an ein paar verstreuten Häusern vorbei, und dann bog die Straße ins Landesinnere ab. Vor Ort wurde sie die Küstenstraße genannt, aber das war irreführend; das Dorf lag ein gutes Stück vom nächsten Strand entfernt. Früher hatte es dort einmal ein Postamt gegeben, aber jetzt gab es ein paar Dutzend Häuser, einen beliebten Pub namens The Sloop an der Hauptstraße und einen kleinen Laden.

Kurz vor West Haven ergriff Reuben das Wort. „Du bist still. Alles in Ordnung bei dir?"

„Ich denke nur an diese armen Mädchen und hoffe, dass kein Vampir dahintersteckt."

„Was sonst würde durch Einstichwunden am Hals Blut aussaugen?"

Sie wandte sich ihm zu und drehte sich in ihrem Sitz. „Ich weiß nicht, was ich denken soll. Verdächtig ist es auf jeden Fall, aber es gibt viele gestörte Menschen auf dieser Welt."

Er sah sie an und schüttelte leicht den Kopf. „Ja, die gibt es, aber das hier ist etwas anderes. Vielleicht hat es etwas mit diesem Haus zu tun. Vielleicht wurde etwas gestört. Warum sonst sollte man paranormale Ermittler engagieren? Gut, dass wir Zauber für sie gemacht haben. Sie könnten in Gefahr sein."

Avery blickte zu der Tasche auf dem Rücksitz. Sie hatten Zauber dabei, die in Flaschen, Tränke, Salzbomben und sogar Schmuck verpackt waren. „Glaubst du, es gibt so etwas wie einen okkulten Schwarzmarkt?"

„Was für eine seltsame Frage! Warum fragst du das?"

„Na ja, all das Zeug, das wir hergestellt haben. Ich wette, das würde gutes Geld einbringen, wenn es jemand stehlen und verkaufen wollte."

Reuben nickte. „Ja, das würde es, und ja, es gibt zweifellos einen. Die Leute würden mit allem handeln. Und dieses Zeug ist handfeste Magie, unverdünnt und wirksam. Sie sollten es wahrscheinlich wegschließen. Wusstest du, dass El ein Messer verzaubert hat, das die meisten Dinge – sogar einige Metalle – wie Butter durchschneidet?"

Avery war verblüfft. „Nein. Du meinst so etwas wie Seile oder Ketten?"

„Jep. Solange die Kette nicht zu dick ist. Und sie hat einen Schlüssel verzaubert, der alles aufschließt, und einen Fluch in einem Medaillon platziert."

„Wow. Sie ist so gerissen! Ich wünschte, mir wäre so was eingefallen. Und was ist mit dir? Was hast du für sie gemacht?"

„Nichts. Ich bin bei diesem Zeug immer noch nicht so gut wie ihr. Ich kann gut Wasser kontrollieren, besonders beim Surfen –"

„Ja, ich erinnere mich an das eine Mal, als du diese riesige Welle heraufbeschworen hast." Sie bezog sich auf einen Tag kurz nach Gils Tod, als Reuben so wütend und von Trauer erfüllt war, dass er sich und El beinahe am Ufer ertränkt hätte. Es war eine dunkle Zeit für ihre Beziehung gewesen, und eine Weile war El nicht sicher, ob sie sich davon erholen würde. Reuben wusste das auch.

„Nicht gerade meine Sternstunde", murmelte er.

„Du hast getrauert."

„Das ist keine Entschuldigung für mein Verhalten." Er hielt inne und dachte nach. „Ich würde beim Julfest gerne an Gil erinnern. Ich weiß, das ist traditionell eher eine Samhain-Sache, aber damals hat es sich für mich nicht richtig angefühlt. Jetzt würde es das."

Reubens Bruder, Gil, war im Sommer gestorben, während sie nach ihren Grimoires suchten. Er war von Caspian Faversham getötet worden – versehentlich, wie Caspian behauptete. Avery lächelte. „Das ist eine tolle Idee. Was möchtest du tun?"

„Ich möchte zum Mausoleum in Old Haven hinaufgehen und dort auf den Sonnenaufgang warten. Ich weiß, es ist eine seltsame Art, die Sonnenwende zu feiern, aber ..."

„Aber wir haben die letzte Sonnenwende mit ihm gefeiert, also warum nicht auch diese? Er wird im Geiste dabei sein. Ich finde, das ist eine brillante Idee." Und gruselig und kalt, aber Reuben brauchte das. „Solange wir ein Feuer machen können."

„Abgemacht", sagte er und warf ihr einen dankbaren Blick zu, als er vor einem alten Haus am Ende einer langen Straße hinter Bens Lieferwagen anhielt. „Da wären wir."

Avery stieg aus dem Auto, zog ihren Mantel enger und schlang ihren Schal fester um den Hals. Reuben kam zu ihr, und sie betrachteten das Haus, das am Rande des Dorfes stand. Es hatte drei Stockwerke und war aus roten Ziegeln gebaut, mit einem schweren steinernen Portikus über der Eingangstür, der eine kleine Veranda bildete. Ein großes Fenster befand sich links von der Eingangstür, aber mehrere Fenster reichten nach rechts, und ein kleiner Turm erhob sich auf der linken Seite des Hauses vom Dach. Der Vorgarten war vernachlässigt und mit Unkraut überwuchert.

„Es sieht ganz normal aus", sagte Reuben und kniff die Augen zusammen.

Avery nickte. „Ich spüre von hier aus nichts Seltsames." Sie blickte die Straße hinunter und dann zurück zum Haus. „Warum ist es größer als die anderen? Wurde es aus etwas anderem umgebaut?"

„Hat Ben nicht gesagt, dass es früher wahrscheinlich viel mehr Land hatte? Vielleicht wurde es vor den anderen gebaut." Er ging vor zum Haus. „Komm, lass uns aus der Kälte reingehen."

Avery zögerte kurz vor der Veranda und zeigte auf eine Plakette am Steinportikus. „Heilige Scheiße. Hast du gesehen, wie es heißt? Haus der Geister."

„Hat Ben nicht gesagt, die Besitzerin sei ein Medium? Das ist gute Werbung!", erklärte Reuben, als er die Stufen hinaufsprang. Die Haustür stand einen Spalt offen, und Reuben klopfte laut, während er sie aufstieß. „Hallo? Wir sind hier!"

Stille.

Reuben hob fragend die Augenbrauen in Averys Richtung, ging hinein und schloss die Tür hinter ihnen.

Das Haus war wärmer, als Avery erwartet hatte. Die lange, breite Diele war mit Minton-Fliesen ausgelegt, Holzvertäfelungen bedeckten die untere Hälfte der Wände, und an der Decke verliefen an den Rändern verzierte Architrave. Türen führten zu beiden Seiten in große Räume, und Avery erhaschte einen Blick auf alte Holzmöbel und eine altmodische Einrichtung. Reuben ging den Flur entlang und rief Begrüßungen. Das Haus erstreckte sich weiter nach hinten, als sie erwartet hatten, aber sie waren noch nicht weit gekommen, als sie einen Ruf von oben hörten.

Ben erschien oben an der Treppe und lehnte sich über das Geländer. Er sah staubig aus. „Ihr habt es geschafft."

„Das hätte ich mir nicht entgehen lassen", sagte Reuben trocken. Er hob die Tasche, die er trug. „Und wir bringen Geschenke mit."

Ben grinste. „Genial. Kommt hoch."

Sie stiegen die Treppe hinauf und folgten ihm einen schwach beleuchteten Korridor entlang, vorbei an mehreren Türen auf beiden Seiten. Avery brannte darauf, einen Blick in die Zimmer zu werfen, an denen sie vorbeikamen, aber Ben eilte weiter und gab Avery keine Gelegenheit, sich richtig umzusehen, bis er schließlich vor einer Doppeltür am anderen Ende anhielt.

„Das ist das Hauptschlafzimmer", sagte Ben und stieß die Türen mit einer großen Geste auf. „Es ist ziemlich beeindruckend."

Avery schnappte nach Luft, als sie eintrat. „Wow! Du hast nicht übertrieben." Es war ein riesiges Eckzimmer mit zwei großen Fenstern zur Rück- und Seitenfront des Hauses, die einen weiten Blick auf die Felder und den Garten dahinter boten. Wie der Rest des Hauses hatte es all seine ursprünglichen Merkmale behalten, und die Wände waren mit grüner Chinoiserie bedeckt. Die Möbel waren aus massiver Eiche, und alte, abgenutzte Teppiche bedeckten den Boden. „Das ist echt cool."

„Sogar die verrückte Vogeltapete?", fragte Reuben verblüfft.

„Besonders die verrückte Vogeltapete", sagte Avery. „Deine durchgeknallte, tote Schwägerin würde sie mögen." Alice, Gils tote Frau und dämonenbeschwörende Hexe, war auch Innenarchitektin gewesen, bevor sie von ihren eigenen Dämonen getötet wurde. „Verrückt, aber sie hatte einen großartigen Geschmack. Sie würde diesen Ort lieben."

Cassie und Dylan hantierten neben dem Bett an einer Kameraausrüstung herum, und Cassie hielt einen Moment inne. „Ich stimme dir zu, Avery. Dieser Ort ist echt cool. Ich fühle mich wie in der Zeit stehen geblieben. Wartet nur, bis wir euch den Rest des Hauses zeigen!"

Reuben setzte ein verschmitztes Lächeln auf, als er zu ihnen hinüberging. „Warum filmt ihr im Schlafzimmer? Ist das irgendein Porno-Dreh?"

Avery kicherte, als Cassie ihn mit offenem Mund anstarrte. Dylan zwinkerte. „Schön wär's. Nein, wir filmen nur ganz normalen alten Geisterkram. Oder so was in der Art."

Ben deutete auf eine weitere Kamera, die an der Wand auf der anderen Seite des Raumes montiert war. „Zum Glück für uns hat Charlotte gestern verkündet, dass sie seltsame Träume hatte, nachdem wir tagelang absolut nichts erlebt haben. Sie dachte, es wäre etwas hier drin, das über ihr steht. Offensichtlich haben wir bis jetzt nicht hier drin gefilmt."

Reuben rückte näher an die Kamera heran und versuchte, den Bildschirm zu sehen, auf dem Dylan die Aufnahmen abspielte. „Schon was gefunden?"

Dylan verzog das Gesicht. „Nicht sicher. Das sind ein paar Minuten der Aufnahme von letzter Nacht. Ich werde sie genauer untersuchen, sobald wir sie zu Hause haben, aber ich wollte nur sehen, ob wir irgendetwas erwischt haben. Alles ist mit Wärmebild, weil es natürlich dunkel ist."

Sie drängten sich hinter Dylan und sahen sich ein paar Sekunden lang sehr dunkle Aufnahmen an, bevor Avery in der Wärmebildaufnahme Umrisse ausmachen konnte. Sie konnte das Bett ganz schwach gegen die Schwärze des Raumes erkennen und zwei Gestalten unter den Laken. Sie hörte etwas, das wie angestrengtes

Atmen und ein seltsames, rasselndes Geräusch klang. Avery bekam sofort eine Gänsehaut.

„Ist das Atmen?", fragte sie alarmiert.

Dylan hob die Augenbrauen. „Klingt so, aber dann ist da noch dieses schreckliche Rasseln."

„Wie ein Todesröcheln", bemerkte Reuben und blickte stirnrunzelnd auf den Bildschirm. „Aber da ist nichts. Heißt das, es ist ein Geist?"

„Aber es gibt keine geisterhafte Gestalt, und offensichtlich ist es nichts Menschliches, sonst würden wir etwas sehen. Man kann Körperwärme nicht verbergen – selbst wenn sie kühler ist."

Er hatte recht. Die Nephilim waren ziemlich deutlich zu sehen gewesen, als sie in der Kirche gefilmt hatten, und Menschen hatten sehr klare Abbildungen.

Cassie blickte stirnrunzelnd auf den Bildschirm. „Nun, wir können vielleicht nichts sehen, aber wir können etwas hören. Was ist es?"

Reuben zuckte mit den Schultern. „Vielleicht ist es etwas, dem wir noch nicht begegnet sind."

„Vielleicht ist es dieser Kamera entgangen, wird aber auf der da sein", sagte Ben und zeigte auf die andere Kamera.

„Ich werde die Aufnahmen später richtig studieren", sagte Dylan und wechselte die Speicherkarte. „Und ich werde mir die Tonspur noch einmal anhören."

„Aber ich habe nicht das Gefühl, beobachtet zu werden", warf Ben ein. „Ich habe mich inzwischen daran gewöhnt, dass Geister in der Nähe sind, und es ist, als ob eine Präsenz direkt am Rande des Sichtfeldes lauert. Hier – nichts!"

„Jetzt nicht", sagte Dylan. „Aber ich wette, wenn wir die ganze Nacht hier wären, würden wir etwas spüren."

Ben verzog das Gesicht. „Ich zögere wirklich, über Nacht hier zu bleiben, bis wir wissen, womit wir es zu tun haben. Ich habe einen starken Selbsterhaltungstrieb."

Dylan sammelte seine Ausrüstung zusammen und verstaute alles in einer großen Reisetasche. „Vielleicht haben wir keine Wahl."

Während er packte, ging Cassie zur Tür und fragte Avery: „Lust auf eine Führung?"

Avery grinste. „Und wie!"

Reuben und Avery folgten den anderen dreien durch das Haus, während diese ihnen die Räume zeigten. Ein dicker, modriger Geruch durchdrang alles, und Staub schien in der Luft zu hängen. Die Tapete war alt und blätterte an manchen Stellen ab, einst glamourös, aber jetzt verblasst und traurig, und der Teppich unter den Füßen war fadenscheinig. Es war klar, dass an einigen Stellen mit Renovierungsarbeiten begonnen worden war, aber andere Räume, einschließlich des Flurs und der Treppe, waren überhaupt nicht angerührt worden.

„Verdammt! Das ist eine gewaltige Aufgabe", rief Reuben entsetzt aus, als er sich umsah. „Das ganze Haus muss entkernt werden."

Cassie nickte. „Ich weiß. Aber es wird fantastisch sein, wenn es erst einmal fertig ist."

„Aber es ist unheimlich", sagte Avery. „Ich weiß, was du neulich meintest. Es fühlt sich ... seltsam an."

„Madame Charron hätte es das Haus der Geheimnisse nennen sollen", schlug Reuben vor.

Ben ging voran und stieß eine Tür zu einem Raum im hinteren Teil des ersten Stocks auf. „Es gibt ein paar Räume, von denen wir glauben, dass sie für Séancen genutzt wurden. Dieser große hier hat einen zentralen Tisch, und die Tapete ist ziemlich opulent. Sie war es, sollte ich sagen."

Er hatte recht, dachte Avery, als sie sich umsah. Es hatte einen verblassten Glamour. Die untere Hälfte der Wände war holzgetäfelt, die obere Hälfte tapeziert. Die Vorhänge waren aus schwerem Brokat, jetzt wie alles andere matt und voller Mottenlöcher, es gab einen riesigen, bodenlangen Spiegel und einen kunstvollen Kronleuchter, der in der Mitte des Raumes hing. „Haben sie es voll möbliert gekauft?"

„Jap. Abgesehen von einigen Büchern, die Joan, die Haushälterin, vor ein paar Wochen vor dem Verkauf veräußert hat", erklärte Ben. „Rupert war nicht begeistert. Er wollte alles haben!"

Avery erinnerte sich an das Buch, das sie in ihrem Regal gefunden hatte, das mit dem Hexenmal darin, das sie vorher noch nicht in ihren Regalen gesehen hatte, und ein seltsames, mulmiges Gefühl machte sich in ihrer Magengrube breit. „Wisst ihr, wer die Bücher gekauft hat?"

Ben sah sie an und runzelte die Stirn. „Keine Ahnung. Warum?"

„Ich hab mich nur gefragt", sagte sie vage.

Reuben begann, die Wand um den Kamin herum abzutasten. „Habt ihr hier irgendwelche Geheimfächer gefunden?"

„Nein, aber wenn ich ehrlich bin, haben wir uns auf die anderen Sachen konzentriert", sagte Dylan und beobachtete Reubens Fortschritte mit Interesse. „Ich bin mir ziemlich sicher, dass Rupert diesen Ort sehr gründlich durchsucht und nichts gefunden hat."

Reuben grunzte enttäuscht, und nach einigen weiteren vergeblichen Versuchen führte Cassie sie nach unten in die Küche, die sich, wie in vielen Häusern, im hinteren Teil des Gebäudes befand. Sie war eine einzige Baustelle, nur das Kochfeld und der Herd standen noch an ihrem Platz, dazu ein freistehender Kühlschrank und eine einfache Küchenspüle unter dem Fenster. Cassie füllte den Wasserkocher, schaltete ihn ein und wühlte zwischen den Trümmern nach sauberen Tassen.

Reuben verzog das Gesicht, als er den Raum in Augenschein nahm. „Wohnen die Typen, denen das hier gehört, ernsthaft hier?"

„Das können sie sich nicht leisten", sagte Ben. „Sie haben ihr ganzes Geld in diese Bude gesteckt."

Avery blickte aus der gläsernen Doppeltür, die auf eine gepflasterte Terrasse führte. Der Garten war ein einziges Gewirr aus überwucherten Sträuchern und verunkrauteten Beeten. „Das wurde lange Zeit vernachlässigt."

„Hier hat jahrelang eine alte Dame mit einer Haushälterin gelebt", erklärte Cassie. „Es war viel zu groß für die beiden."

Avery lehnte sich an den Rahmen und sah sich wieder in der Küche um. „Was wisst ihr über die Vorbesitzerin?"

Dylan reichte Avery eine dampfende Tasse Tee. „Die Dame des Hauses war die Tochter des Mediums. Sie hat das Haus von ihrer Mutter geerbt und seitdem allein hier gelebt – na ja, abgesehen von der Haushälterin. Ihre Mutter, Madame Charron, war bekannt für ihre Fähigkeit, mit den Verstorbenen zu sprechen ..." Dylan nahm eine gruselige Stimme an, „jenseits des Schleiers."

„Aber sie muss doch eine Scharlatanin gewesen sein, oder?", fragte Avery, während sie an ihrem Tee nippte und seine Wärme genoss.

„Nicht nach dem, was ich gehört habe", sagte Ben und bezog sich dabei auf sein Gespräch vom Vortag.

Dylan zuckte mit den Schultern. „Schwer zu sagen, aber sie war in den 1920er und 30er Jahren sehr berühmt."

Reuben lehnte sich an die Arbeitsplatte. „Wann hast du das herausgefunden?"

„Rupert hat es uns erzählt", sagte Cassie. Sie hatte auf einer Arbeitsplatte etwas Platz geschaffen und saß nun dort, die Beine gegen die alten Schränke schwingend. „Es stellt sich heraus, dass sie Okkultisten sind, oder besser gesagt, sie studieren es. Sie konnten es kaum erwarten, diesen Ort in die Finger zu bekommen, als er auf den Markt kam. Deshalb haben sie auch ihr ganzes Geld hineingesteckt."

„Aber sie lieben es", sagte Ben. „Sie sind von jeder einzelnen Sache fasziniert – Geräusche in der Nacht, Hexenflaschen, einfach alles. Keine zehn Pferde würden sie hier wegbekommen. Besonders jetzt, wo Charlotte ihre seltsamen Träume hat und das Gefühl, dass jemand sie beobachtet."

Reuben sah verwirrt aus. „Also, angenommen, Madame Charron hätte eine gewisse Fähigkeit besessen, dann könnte sie etwas beschworen haben, das jetzt hier im Haus festsitzt. Hat sie ein Ouija-Brett benutzt oder eine Kristallkugel?"

„Nicht sicher", grübelte Dylan. „Aber ich werde mich mal umhören. Ich schätze, sie könnte echt gewesen sein. Ich meine, wir versuchen, dieses Zeug zu entlarven, denn seien wir mal ehrlich, die meisten Leute täuschen es nur vor, aber ihr seid echt."

„Ich könnte keine Geister beschwören", sagte Reuben nachdrücklich. „Ich bin ein Hexer und kann Elementarmagie formen, Zauber wirken und verdammt gute Tränke brauen, wenn ich mich wirklich anstrenge, aber ich könnte keinen Geist beschwören, selbst wenn ich ein ganzes Jahr dasitzen würde, und Avery auch nicht. Das ist eine andere Art von Fähigkeit – die Sorte, die Alex hat."

Avery schüttelte verwirrt den Kopf. „Vielleicht überinterpretieren wir das Ganze. Ihr habt im Haus nichts gefunden, außer in dem Schlafzimmer. Es könnte ihr Geist sein. Oder der ihrer Tochter. Oder Madame Charron hat vielleicht absichtlich etwas zu einem finsteren Zweck beschworen, oder versehentlich etwas herbeigerufen und konnte es nicht wieder loswerden. Oder was auch immer es ist, es ist schon lange hier, schon bevor das Medium kam."

„Verdammt!", rief Ben aus. „So viele Möglichkeiten!"

„Meinst du, das hat irgendetwas mit den Todesfällen der jungen Mädchen zu tun?"

Dylans Stimme war leise. „Sag das nicht, Avery. Eines dieser Mädchen war die Cousine meines Kumpels."

„Warum sollte es?", fragte Cassie und blickte zwischen ihnen hin und her. „Das hat doch sicher überhaupt nichts damit zu tun."

Reuben lachte. „Avery hat eine Aversion gegen Zufälle. Ich schätze, das haben wir alle. Und die Todesfälle scheinen eine übernatürliche Ursache zu haben, und hier untersucht ihr ein Haus mit einer okkulten Geschichte."

Avery warf ihm einen besorgten Blick zu. „Und dieses Haus liegt in der Nähe von Harecombe und dem College-Gelände."

Dylan stöhnte. „Verflucht. Wenn ich ehrlich bin, ist mir das auch durch den Kopf gegangen, aber ich habe versucht, mir einzureden, dass ich es mir nur einbilde."

„Hör immer auf dein Bauchgefühl", sagte Reuben. „Ich gebe nicht oft Ratschläge, aber der ist eine todsichere Sache. Wir alle haben eine Art zweites Gesicht – einen Anflug von Wissen, was richtig oder falsch ist. Ignoriere es nicht."

„Ich wünschte, wir könnten das analysieren!", sagte Ben mit bedauerndem Blick.

Avery seufzte. „Ich hoffe, die Studenten treffen auf dem Gelände Vorkehrungen."

Cassie nickte. „Der Unterricht ist jetzt vorbei."

„Und vergessen wir die Hexenflasche nicht", fügte Avery hinzu. „Die wurde aus einem bestimmten Grund hier platziert."

„Nur noch mehr Mist, um uns zu verwirren. Wo sind die Besitzer des Hauses?", fragte Reuben frustriert.

„Bei der Arbeit", sagte Ben. „Sie vertrauen uns, dass wir hier reingehen, und manchmal sind auch Handwerker hier."

Avery spülte ihre leere Tasse in der Spüle aus. „Zeigt uns, wo sie die Hexenflasche gefunden haben."

Ben führte sie in den großen Raum rechts von der Haustür. Die Wände waren mit alter, abblätternder Tapete bedeckt, unter der der Putz durchhing und rissig war. In der Mitte der hinteren Wand befand sich ein großer Kamin, und einige Fliesen im Kaminboden waren angehoben. „Die Kaminsteine sind gesprungen, und wie ihr seht, haben sie einige angehoben, um sie zu reparieren; sie war da drunter."

Avery und Reuben kauerten sich hin und sahen das Loch, in dem die Flasche gewesen sein musste. Avery hielt ihre Hände darüber und sandte eine Ranke Magie aus, aber alles, was sie spürte, waren die Überreste eines alten Zaubers. Als sie fertig war, griff Reuben so weit hinein, wie er konnte. Avery hörte ein Rascheln, als er triumphierend etwas hervorzog.

In seiner Hand war ein kleines, gelbes Stück Papier, knochentrocken und brüchig. Er faltete es vorsichtig auseinander und enthüllte eine Reihe von Runen in der Mitte.

„Was bedeuten sie?", fragte Cassie und durchbrach die Stille.

„Etwas mit dem Mond zu tun und Schutzrunen, glaube ich. Ich müsste sie nachschlagen", antwortete Reuben.

„Ich erkenne sie", sagte Avery und nahm es Reuben ab. „Es ist eine Warnung vor der Nacht, als wäre sie ein Fluch, und der Rest ist ein Schutzzauber." Sie blickte zu den Geisterjägern auf. „Können wir uns das ausleihen?"

„Seid nur vorsichtig damit", mahnte Ben.

Reuben wippte auf seinen Fersen. „Ich glaube, in diesem Haus ging etwas Seltsameres vor als nur Séancen, Leute. Ihr solltet euch vielleicht mit dem Beutel voller Zauber vertraut machen, den wir euch gebracht haben."

Die Haustür knallte auf, was sie störte, und ein Mann rief: „Ben, bist du hier?"

„Das ist Rupert", sagte Ben und ging zur Tür hinaus, die anderen folgten ihm. „Ich komme schon, Rupert."

Rupert wartete im Flur auf sie. Avery schätzte ihn auf Ende dreißig oder Anfang vierzig, und er war von durchschnittlicher Größe und Statur, aber er strahlte eine beunruhigende Intensität aus. Seine Augen lagen tief in den Höhlen, mit schweren Lidern, die ihn wie einen Falken aussehen ließen, und er beäugte Reuben und Avery mit Interesse, während Ben sie vorstellte. „Das sind meine Freunde, die ich erwähnt habe. Avery besitzt einen Buchladen in White Haven und interessiert sich für das Okkulte. Ich dachte, sie wüsste vielleicht etwas, das uns bei diesem Haus helfen könnte."

Rupert hielt ihre Hand beim Schütteln einen Augenblick länger fest, als es angenehm war. „Und, tun Sie das?", fragte er. „Also, wissen Sie etwas über dieses Haus?"

„Ich fürchte, nicht mehr als Sie. Aber es ist faszinierend." Warum hatte sie das Gefühl, dass sie so viel wie möglich von sich vor ihm verbergen musste?

Er wandte sich an Reuben. „Und Sie? Arbeiten Sie auch in dem Buchladen?"

Reuben schüttelte den Kopf. „Nein, ich bin ein Freund von Avery. Wir sollten jetzt wahrscheinlich gehen und euch in Ruhe lassen." Er sah Avery fragend an und sie nickte.

Sie verabschiedeten sich, die Geisterjäger versprachen, sich zu melden, und die ganze Zeit über spürte Avery Ruperts Blick auf ihnen, und dieses Gefühl ließ nicht nach, bis sie das Haus verlassen hatten und die Straße entlangfuhren.

Acht

„Können wir nicht statt zum Treffen in den Pub gehen?",
fragte Reuben und blickte hoffnungsvoll auf einen urigen
Landgasthof auf dem Weg zu Genevieves Haus.

„Nein! Obwohl, vielleicht haben wir ja Zeit für ein schnelles
Glas Wein, damit wir nicht zu früh ankommen", lenkte Avery
ein.

Reuben grinste sie an. „Das liebe ich an dir, Avery. Du bist
immer für einen guten Tropfen zu haben."

„Idiot! Du hast damit angefangen", sagte sie, stieg schmun-
zelnd aus und rannte fast zum Pub. Es war eiskalt und die
Dämmerung war hereingebrochen, was die Temperaturen in den
Keller fallen ließ.

Sie bestellten Getränke und Snacks von der Karte und mach-
en es sich in einer Ecke am Kamin gemütlich, umgeben von
funkelnden Weihnachtslichtern und dem Klang von Michael
Bublé, der im Hintergrund „Rudolph the Red-nosed Reindeer"
sang.

Reuben spähte über den Rand seines Pints Guinness zu ihr
hinüber. „Wie viel erzählen wir dem Zirkel über das Haus der
Geister?"

„Ich denke, wir müssen ihnen alles erzählen", sagte Avery. „Drei Frauen sind unter mysteriösen Umständen gestorben. Wir müssen einfach."

Reuben stöhnte. „Ich nehme an, du hast recht. Aber sobald wir etwas sagen, werden sich Genevieve und die anderen darauf stürzen. Wir werden keine ruhige Minute mehr haben."

„Aber sie werden wahrscheinlich etwas wissen, was wir nicht wissen", sagte Avery und nippte nachdenklich an ihrem Rotwein. „Rasmus verfügt über einen riesigen Wissensschatz, ebenso wie Oswald. Vielleicht haben sie schon eine Ahnung, was die Ursache dafür sein könnte."

„Vielleicht wissen sie sogar etwas über das Haus", sagte Reuben und verstummte dann, als die Bardame ihre Essensbestellung brachte. „Dieser Ort muss zu seiner Zeit ziemlich berüchtigt gewesen sein. Und Rasmus muss mittlerweile fast hundert sein."

Avery warf den Kopf in den Nacken und lachte. „Sei nicht albern! So alt ist er nicht!"

Reuben zwinkerte. „Vielleicht nicht. Aber ich wette, unter dieser biederen Fassade verbirgt sich eine alte Klatschbase."

„Du bist so ungezogen, Reuben."

„Ich weiß. Aber wenn ich keine Scherze machen würde, würde ich verrückt werden. Ich meine, im Ernst, ein Haus mit einer okkulten Geschichte, jetzt mit okkulten Besitzern, eine versteckte Hexenflasche, seltsame Geräusche, Frauen, denen das Blut ausgesaugt wurde ..." Er ließ den Satz ausklingen, und beide schwiegen einen Moment lang.

Nach ein paar Bissen Pommes sagte Avery: „Ich frage mich, was diese Runen wirklich bedeuten?"

„Die auf dem Papier? Ich dachte, du hättest gesagt, es sei eine Warnung vor der Nacht?"

„Vielleicht." Sie zuckte mit den Schultern. „Es war ein Zeichen für den Mond, aber ich kann mich auch irren. Wir lassen El und Alex draufschauen. Die sind bei so was besser als wir."

„Vampire brauchen keinen Vollmond", sagte Reuben und tunkte seinen Chip in Mayonnaise. „Das sind Werwölfe."

„Ich bin mir ziemlich sicher, dass es kein Werwolf ist. Ich glaube, die würden eine größere Sauerei hinterlassen."

„Ich wette, Hunter könnte das mit seiner Spürnase sagen."

„Ich wette, das könnte er nicht. Wir jagen im Moment nur Schatten. Die haben keinen Geruch."

„Aber es atmet – wenn auch auf eine raue, seltsame Weise. Also kein Schatten." Reuben zeigte mit seiner Gabel auf sie, um seinen Standpunkt zu unterstreichen.

„Nun, was auch immer es ist, wenn es so weitermacht, wird es diese Woche noch mehr Tote geben. Das ist ziemlich furchterregend."

„Aber Charlotte, oder wie auch immer sie heißt, war unverletzt, und Rupert auch. Was hat das zu bedeuten? Vielleicht steht der Eindringling mit der rauen Stimme doch nicht mit den Todesfällen am College in Verbindung."

„Wenn wir keine konkreteren Beweise bekommen, müssen wir entweder das Haus oder das College beobachten."

Avery war für einen Moment sprachlos. „Das College beobachten? Das klingt entsetzlich."

„Aber vielleicht sehen wir ja etwas. Und wir sind Hexen. Wir haben mehr Schutz als die meisten. Es gibt aber eine gute Sache an all dem.“

„Wirklich? Was denn?“

Reuben grinste triumphierend. „Das hier hat nichts mit unserer Magie zu tun.“

Genevieve wohnte in einem eleganten georgianischen Haus in einer ruhigen Seitenstraße in Falmouth, und es passte perfekt zu ihr. Und überraschenderweise war es voller Spielzeug. Avery konnte Spielzeug auf dem Boden des Flurs und eine Kiste voller Spielzeug in dem Zimmer rechts von der Eingangstür sehen.

Genevieve muss Averys verwirrten Gesichtsausdruck bemerkt haben. „Ich habe drei Kinder“, erklärte sie. „Sie sind da drin und sehen fern.“

„Das wusste ich gar nicht“, sagte Avery und fühlte sich schrecklich, weil sie dieses Detail aus ihrem Leben nicht kannte.

„Das liegt daran, dass ich es nie erwähnt habe“, erklärte sie, ohne weitere Informationen über sie hinzuzufügen. Avery nahm an, dass sie ihr Privatleben privat halten wollte und dass irgendwo im Haus der Vater der Kinder sein musste, sonst hätte sie sie nicht allein lassen können.

Genevieve zuckte entschuldigend mit den Schultern, als sie ihre Mäntel entgegennahm. „Es tut mir leid, dass diese Versammlung so kurzfristig einberufen wurde, aber es ist wichtig. Und ich habe nur ein paar wenige aus dem Zirkel eingeladen. Ich habe beschlossen, die Zahl klein zu halten, was einige unserer Mitglieder vielleicht verärgern wird, aber da müssen sie durch. Geht die Treppe hoch und dann die erste rechts. Wir treffen uns in meinem Zauberzimmer."

„Hey, du bist der Boss", sagte Reuben. „Entschuldige, wenn ich hier reinplatze, aber wir waren sowieso den ganzen Nachmittag zusammen."

„Das ist schon in Ordnung", sagte sie und wischte seine Entschuldigungen beiseite. „Ich hole ein paar Snacks und komme dann zu euch hoch."

Genevieve sah nervös aus, was ungewöhnlich war. Avery war es gewohnt, dass sie schroff und unhöflich war, aber diese Seite hatte sie noch nie an ihr gesehen. Sie sah ihr nach, wie sie den Flur entlangging, und folgte dann Reuben die Treppe hinauf.

Genevieves Zauberzimmer entpuppte sich als ein langer Raum im hinteren Teil des Hauses, der von Ecklampen und Kerzen erhellt und vom Duft der Vanille erfüllt war. Der Boden war mit weichen Kokosmatten ausgelegt, auf denen farbenfrohe Teppiche lagen. Die gesamte lange Innenwand gegenüber den Fenstern war mit Regalen voller magischer Utensilien und Bücher gesäumt, und gleich neben der Tür stand ein großer Arbeitstisch, der mit Dokumenten überladen war. Am anderen Ende des Raumes, neben dem Kamin, standen eine Chaiselongue und ein Tisch mit einer Auswahl an Getränken, aber ansonsten gab es keinerlei Möbel, außer vielen großen Bodenkissen und niedrigen, runden Tischen. Avery fühlte sich wie in einer Szene aus Tausendundeiner Nacht.

Rasmus und Eve waren schon da. Rasmus stand mit dem Rücken zum Feuer und hielt ein kleines Glas mit etwas in den Händen, das wie Sherry aussah. Er trug wieder eine seiner dunklen Samt-Raucherjacken und eine gerade geschnittene schwarze Hose, und sein weißer Haarschopf stand ihm vom Kopf ab. Er sah mürrisch aus, in Gedanken versunken, und nahm ihre Ankunft kaum zur Kenntnis.

Eve stöberte in Genevieves Bücherregalen und lächelte, als sie ankamen, sichtlich erfreut, sie zu sehen, doch nachdem sie sich begrüßt hatten, verschwand ihr Lächeln.

„Ich hatte gehofft, Genevieve hätte euch eingeladen. Diese Todesfälle sind schrecklich.“

Avery stimmte zu. „Die schlimmsten. Wir sind gespannt, was die anderen über die Ursache denken.“

„Ich habe keine Ahnung“, gestand Eve. „Alles, was ich weiß, habe ich aus den Nachrichten, und die sagen nicht viel. Und Genevieve auch nicht.“

„Newton hat uns das Wenige erzählt, was wir wissen“, sagte Avery und nahm ein Glas Gin Tonic von Reuben entgegen, nachdem er an der Anrichte in der Ecke die Getränke gemischt hatte. „Den Opfern scheint teilweise das Blut entzogen worden zu sein, was auf etwas Übernatürliches hindeutet. Ich nehme an, das weiß Genevieve auch.“

„Irgendwelche Ideen, Rasmus?“, fragte Eve und fing seinen Blick auf.

„Keine, die ich im Moment teilen möchte“, brummte er. Sein Gesicht war von Sorgenfalten durchzogen.

Avery wollte ihn gerade weiter befragen, als Oswald, Caspian und Jasper eintrafen und einen Schwall bitterkalter Luft mit sich brachten.

„Hätte ich gewusst, dass ihr kommt", sagte Oswald zu Avery und Reuben. „Hätte ich mich mitnehmen lassen." Er sah durchgefroren und müde aus, mit dunklen Ringen unter den Augen, und ging sofort zum Feuer, um sich neben Rasmus zu stellen.

„Tut mir leid", sagte Reuben. „Wir waren den ganzen Nachmittag nicht in White Haven. Einen Drink?"

„Whiskey, und zwar einen großen."

Reuben unterdrückte ein Grinsen, als er ihm den Drink einschenkte, doch dann vertiefte sich Oswald sofort in ein gedämpftes Gespräch mit Rasmus, und Caspian und Jasper zogen fragend die Augenbrauen in Richtung der anderen hoch. Sie gesellten sich zu Eve und Avery, während Reuben den Barkeeper spielte.

„Es scheint, wir müssen uns wieder unter Stress treffen", sagte Jasper mit seiner tiefen Stimme.

„Wenigstens stehen wir nicht der Wilden Jagd gegenüber", sagte Caspian und nahm einen Whiskey an.

„Wie geht es der jungen Hexe, die verletzt wurde?", fragte Avery Jasper.

„Mina hat sich gut erholt, danke, aber ich werde sie aus allem, was hier vor sich geht, heraushalten. Sie ist noch nicht so weit." Er schüttelte bedauernd den Kopf. „Ich glaube, die Ereignisse von Samhain haben viele Mitglieder des Zirkels beunruhigt, und deshalb hat Genevieve einige aus dem heutigen Treffen herausgelassen."

„Sehr wahr", sagte Genevieve, als sie in den Raum rauschte, gefolgt von Claudia, die, zumindest in Averys Augen, mit ihrem langen, fließenden, auffällig bedruckten Kleid wie eine verrückte Bohème aussah. Sie bemerkte Eves weit aufgerissene Augen und wandte sich ab, um nicht zu kichern. Genevieve fuhr unbeirrt fort. „Diese Mordserie ist nichts für schwache Nerven. Ich brauche Hexen, auf die ich mich verlassen kann."

„Ich bin froh, dass wir deinen Erwartungen entsprechen", lispelte Caspian.

„Das wirst du vielleicht nicht mehr sein, wenn ich dir sage, womit wir es meiner Meinung nach zu tun haben." Sie sah düster drein, als sie und Rasmus sich einen langen Moment lang anstarrten. „Setzt euch, alle zusammen."

Sie ordneten sich in einem groben Kreis an, jeder fand ein bequemes Kissen, und Avery zog ihre Stiefel aus und schlug die Beine übereinander, während sie es sich gemütlich machte. Das hier fühlte sich an, als könnte es eine Weile dauern.

Genevieve stellte ein Tablett mit Keksen und Käse für alle in Reichweite auf den Boden und setzte sich dann ebenfalls mit gekreuzten Beinen auf ein großes Kissen. „Ich lasse Claudia das erklären."

Claudia begann ohne Umschweife. „Wir haben das schon einmal gesehen."

„Was? Die Morde?", fragte Eve verwirrt.

„Ja, drei Mädchen am Anfang, und dann werden es mehr – auch Männer."

Sie blickten sich alarmiert an.

„Wer ist *wir*?“, fragte Avery.

„Ich, Rasmus und Oswald. Wir sind die Einzigen, die alt genug sind.“ Sie schloss kurz die Augen, als wolle sie eine Erinnerung unterdrücken. „Wir wussten damals nicht, was wir jagten – anfangs – und wir wussten nicht einmal, ob die Todesfälle zusammenhingen. Sie waren über ganz Cornwall verteilt, in kleinen Gemeinden. Nachrichten verbreiteten sich nicht so schnell wie heute. Wir haben damals zu langsam gehandelt, aber jetzt ...“ Ihre Worte hingen in der Luft.

„Ich bin nicht sicher, ob ich die Kraft dafür habe“, sagte Rasmus, seine raue Stimme voller Kummer. „Die Jagd kostet Energie, die ich nicht habe.“

Genevieves Ton war schrill. „Mit deiner Magie ist alles in Ordnung, Rasmus. Sie ist besser als die der meisten anderen.“

Er machte eine abwehrende Handbewegung, und eine Woge der Magie schwappte durch den Raum, die eine Note des Bedauerns mit sich trug, die schwermütig in der Luft hing. „Es ist nicht meine Magie, an der ich zweifle.“

„Könnt ihr auf den Punkt kommen?“, sagte Caspian und verengte die Augen. „Es ist ein wenig spät für Spielchen.“

„Ich hasse es, das Wort auszusprechen“, sagte Rasmus, dem der Widerwille ins Gesicht geschrieben stand.

Oswald schnaubte ungeduldig. „Es ist ein verdammter Vampir. Ich hasse diese verfluchten Dinger. Sie bringen den Tod, wohin sie auch gehen.“

Avery stockte der Atem. Es war eine Sache, über Vampire zu spekulieren, aber eine ganz andere, es bestätigt zu bekommen.

„Bist du sicher?", fragte Reuben und beugte sich vor, die Hand um sein Glas gekrallt.

„Als das das letzte Mal passierte, wurden zehn Menschen getötet, bevor wir es aufhalten konnten, und alle zehn sind von den Toten auferstanden."

„*Von den Toten auferstanden*?", Eve war ungläubig. „Aber woher wisst ihr das? Was habt ihr mit ihnen allen gemacht?

Claudia antwortete mit neutraler Stimme. „Wir mussten jeden Einzelnen von ihnen töten."

„Wie?"

„Eine Mischung aus Enthauptungen und Pfählen durchs Herz." Ihre Stimme war so sachlich, dass Avery es nicht ganz begreifen konnte.

„Und ich habe einen verbrannt", fügte Oswald hinzu und blickte nur in sein Getränk. Es war, als könnte er es nicht ertragen, ihnen in die Augen zu sehen. „Vergesst das nicht. Ich kann es nicht."

Für einen Augenblick war es still im Raum, und die jüngeren Hexen starrten mit vor Schock geweiteten Augen.

Genevieve nahm einen kräftigen Schluck von ihrem Getränk. „Jetzt wisst ihr, warum ich nur Hexen brauche, auf die ich mich verlassen kann."

Caspian runzelte die Stirn. „War mein Vater daran beteiligt?"

„Ja", sagte Rasmus. „Er war einer unserer effektivsten Jäger. Er hat vier von ihnen getötet."

Caspian nickte geistesabwesend, und Avery erkannte, dass es ihm genauso schwerfiel, dies zu verarbeiten wie den anderen.

„Aber nicht meine Familie, nehme ich an?", fragte Reuben. „Wir waren ja *ex*-*communicado*."

„Niemand von den Hexen von White Haven", bestätigte Claudia. „Es waren natürlich noch andere Hexen beteiligt, aus ganz Cornwall, aber die sind inzwischen gestorben oder von hier weggezogen. Und ein paar unserer Mitglieder wurden im Kampf getötet. Es war eine schreckliche Zeit."

Reuben sah alarmiert aus. „Hexen sind *gestorben*?"

„Oh, ja. Täuscht euch da nicht", sagte Rasmus. „Vampire sind ein tödlicher Feind. Das hier ist nicht Twilight. Sie nehmen sich keine Menschen als Liebhaber. Sie haben keine Gefühle. Sie sind Mörder, Monster, Blutsauger, böse Parasiten ..." Seine Stimme brach und er schluchzte, wobei er sich eine Hand vors Gesicht hielt.

„Alter Freund", sagte Oswald, klopfte ihm auf die Schulter und sah selbst den Tränen sehr nahe aus. „Wir hätten dich da raushalten sollen."

„Nein." Rasmus' Kopf schnellte hoch, sein Gesichtsausdruck war grimmig. „Ich werde keinen Rückzieher machen." Er blickte die anderen Hexen trotzig an. „Ihr solltet wissen, dass meine Frau von einem dieser Dinger getötet wurde. Wir waren erst ein paar Jahre verheiratet. Wir haben versucht, Kinder zu bekommen." Seine Stimme brach erneut. „Entschuldigung. Das hätte ich nicht sagen sollen."

Ein Schock ging durch den Raum, zusammen mit einem Murmeln der Beileidsbekundungen, und Eve sagte: „Das tut mir so leid, Rasmus. Ich hatte keine Ahnung."

„Ich spreche nicht darüber", gestand Rasmus. „Es ist selbst jetzt noch viel zu schmerzhaft."

„Unser größtes Bedauern, und davon gab es viele, glaubt mir", sagte Claudia und hob endlich ihren Blick von Rasmus. „Ein weiteres war natürlich, dass wir nie den Vampir gefunden haben, der sie alle verwandelt hatte."

„Ah", sagte Reuben, als ihm ein Licht aufging. „Und jetzt ist er zurück."

„So scheint es."

Reubens blassblaue Augen, die normalerweise so neckisch waren, hatten sich wie ein stürmisches Meer verdunkelt. „Gibt es außer einem Pfahl durchs Herz, Enthauptung und Feuer noch andere Möglichkeiten, einen Vampir zu töten?"

„Weihwasser wird ihn verlangsamen", sagte Claudia. „Ihn zu erstechen, zu verstümmeln und auf ihn zu schießen, wird ihn ebenfalls verlangsamen, aber meines Wissens garantieren nur diese drei Dinge den Tod. Ich habe sie nach dem Pfählen sowieso vorsichtshalber verbrannt. Ich gehe gern auf Nummer sicher."

Das ist ein Albtraum. Avery versuchte, sich vorzustellen, wie Claudia so etwas tat, aber es war unmöglich, sich diese exotische ältere Dame und die sehr adretten Oswald und Rasmus als Vampirjäger vorzustellen. Ich werde aufwachen und darüber lachen. Aber dann traf Averys Blick den von Reuben, und sie wusste, dass es bitterer Ernst war.

„Wie finden wir ihn?", fragte Caspian. „Und warum hat er das letzte Mal aufgehört?"

„Leider", sagte Oswald, erhob sich langsam und ging zum Tisch, um sein Getränk aufzufüllen, „haben wir auf keine der beiden Fragen eine Antwort."

Wenn die Stimmung vorher schon düster war, fühlte sie sich jetzt noch schlimmer an. Draußen frischte der Wind auf und rüttelte am Fenster, was jeden Einzelnen von ihnen zusammenzucken ließ.

„Und die Opfer? Wenn sie einmal gebissen und getötet wurden, gibt es eine Möglichkeit, ihre Verwandlung zu verhindern?", fragte Caspian.

„Nicht, dass wir wüssten, aber für uns war es sowieso zu spät", sagte Claudia.

Genevieve sprach zum ersten Mal seit einer Weile. Sie hatte zugehört, und Avery konnte sehen, wie sie Möglichkeiten und Strategien abwog. „Wie lange dauert es, bis die Toten wieder wandeln?"

Claudia dachte einen Moment nach. „Ich glaube, es waren ungefähr vier Tage. Da sind sie aus dem Leichenschauhaus verschwunden."

„Theoretisch wird das erste Mädchen also heute Nacht verschwinden?"

„Ja."

Sie atmete aus und schien unter der Last dieser Nachricht in sich zusammenzusinken. „Bei der heiligen Göttin. Das ist eine Katastrophe."

„Aber wir wissen jetzt, wogegen wir kämpfen", warf Oswald ein, „anders als früher. Wir können früher mit der Jagd beginnen und hoffentlich weitere Todesfälle verhindern."

„Richtig", sagte Jasper entschlossen. „Wir brauchen einen Plan. Womöglich sollten wir die Aufgaben aufteilen, um unseren Angriff effizienter zu gestalten. Ich tue alles, was nötig ist. Genevieve?"

„Danke, Jasper. Ich habe mir darüber schon ein paar Gedanken gemacht. Wir müssen mehrere Dinge tun, das Wichtigste ist, seinen Unterschlupf zu finden. Er kann nicht bei Tag umherwandeln, also muss er sich an einem dunklen und sicheren Ort aufhalten."

„Sind wir uns *sicher*, dass er nicht bei Tag umherwandeln kann?", fragte Eve. „Könnte er sich nicht als Mensch tarnen?"

„Ich bin mir ziemlich sicher, dass nicht", sagte Jasper. „Ich habe die Überlieferungen über Vampire recherchiert, und es gibt nichts, was darauf hindeutet, dass sie ihre Unfähigkeit, sich im Sonnenlicht zu bewegen, überwinden können. Es würde sie auf der Stelle töten."

Oswald stimmte zu. „Ja, das glauben wir auch, und vor all den Jahren deutete nichts auf etwas anderes hin."

Eve sah erleichtert aus. „Gut. Das ist wenigstens etwas."

Genevieve fuhr fort: „Wir sind also natürlich im Vorteil, wenn wir ihn tagsüber finden und töten können, während er schläft. Aber das bedeutet potenziell, dass wir seine Bewegungen verfolgen müssen, und das ist sehr gefährlich. Nachts ist er stark, schnell und tödlich. Aber die Todesfälle ereignen sich im Moment alle in Harecombe, auf dem College-Gelände. Das deutet darauf hin, dass er in der Nähe ist. Die Morde müssen aus günstiger Gelegenheit geschehen."

Avery warf ein: „Wir haben eine Theorie, wo er sein könnte – oder zumindest, womit er in Verbindung steht." Sie informierte sie über das Haus, das Ben und die anderen untersuchten. „Es hat eine seltsame Vergangenheit, und einige merkwürdige Vorkommnisse in letzter Zeit dort scheinen ein zu großer Zufall zu sein, um nicht damit zusammenzuhängen."

Eine spürbare Aufregung erfüllte den Raum. „Das sind sehr interessante Neuigkeiten", sagte Genevieve, „und definitiv eine Untersuchung wert."

„Leider habe ich noch nie von diesem Ort gehört", gestand Oswald mit gerunzelter Stirn.

Claudia schüttelte verwirrt den Kopf. „Ich auch nicht."

„Wir arbeiten bereits mit Ben zusammen, also können wir weiterhin helfen", schlug Avery vor.

Genevieve sah erfreut aus. „Einverstanden. Aber Jasper, kannst du auch den Hintergrund des Hauses recherchieren? Finde heraus, ob es irgendeine Möglichkeit gibt, dass es mit den Ereignissen von vor Jahren in Verbindung stehen könnte."

„Natürlich. Kannst du mir ein Datum nennen?", fragte er.

„1979", sagte Claudia sofort. „Genau um diese Jahreszeit. Vor genau vierzig Jahren. Das werde ich nie vergessen."

„Besteht die Möglichkeit, dass ihr mich den Geisterjägern vorstellen könnt?", fragte Jasper Avery und Reuben.

„Kein Problem", antwortete Reuben. „Ich bin sicher, sie werden über die Hilfe froh sein. Ich rufe Ben morgen an und arrangiere das."

„Bevor wir weitermachen", sagte Claudia, „wer genau aus unseren eigenen Zirkeln wird sich beteiligen? Genevieve, du bist hier natürlich auf dich allein gestellt, und Jasper hat Mina verständlicherweise bereits ausgeschlossen."

„Ich werde auch meine andere Hexe, Bran, hier raushalten", sagte Jasper. „Ich möchte ihn freihalten, damit er ein Auge auf Mina – und Penzance im Allgemeinen – haben kann. Ich werde sie natürlich beide auf dem Laufenden halten."

Avery beugte sich vor; sie hasste es, da mit hineingezogen zu werden, wusste aber, dass niemand aus White Haven außen vor gelassen werden wollte. „Unser ganzer Zirkel wird helfen."

Genevieve sah erleichtert aus. „Gut, das dachte ich mir. Caspian?"

„Meine Schwester wird es tun, und möglicherweise meine Cousins. Ich werde nachfragen." Er sah düster aus. „Wenn wir sie brauchen, werde ich sie zwingen, zu helfen."

„Eve?", fragte Genevieve.

„Nate wird natürlich helfen. Wir werden alles tun, was du brauchst."

Genevieves Gesichtszüge wurden für einen Moment weicher. „Gut, danke. Und Claudia?"

„Ich habe zwei weitere Hexen in Perranporth, aber ich werde Lark da raushalten. Sie ist auch noch jung und war, wie Mina, an Samhain überfordert. Aber Cornell wird helfen, falls nötig. Er ist schnell und stark, und ehrlich gesagt werde ich Schwierigkeiten haben, ihn da rauszuhalten."

Avery hatte eine vage Erinnerung an Lark und Cornell. Lark war Ende Teenager und sicherlich talentiert, aber ja, sie war sich ihrer Stärken noch unsicher. Cornell hingegen war mehrere Jahre älter und fast zu selbstsicher, wenn Avery sich richtig erinnerte.

Oswald war aufgestanden, ging lauschend auf und ab und fügte hinzu: „Rechnet Ulysses natürlich dazu."

Rasmus sah nachdenklich aus. „Meine Tochter, Isolde – aus meiner zweiten Ehe, nur falls ihr euch wundert – wird helfen wollen, obwohl ich nicht sicher bin, ob ich das will. Aber, nun ja", er blickte zu Genevieve, „du kennst Isolde! Und Drexel wird es auch, obwohl er kaum zwanzig ist. Mein Zirkel ist sehr eigensinnig", murmelte er.

Avery lächelte. Sie hatte vergessen, dass Isolde seine Tochter war. Sie hatte sie und Drexel an Samhain getroffen, aber da war der ganze Zirkel anwesend, und es war schwierig, den Überblick zu behalten, wer wer war. Rasmus schien sich aufgeheitert zu haben, als alle ihre Beteiligung zusagten, und trotz der Risiken begann auch Avery, dem bevorstehenden Kampf positiv entgegenzusehen.

Genevieve wandte sich an Avery und Reuben. „Ihr habt einen guten Draht zu Newton. Vielleicht könnt ihr mehr über die Todesfälle herausfinden? Zugang zu den Leichen bekommen?"

Caspian grunzte. „Das könnten wir alle. Ein einfacher Zauber bringt uns ins Leichenschauhaus."

Genevieve sah ihn verärgert an. „Das weiß ich. Aber ich will wissen, was die Polizei weiß!"

Caspian nickte ihr kaum merklich zu.

„Was sollen wir mit den Leichen machen?", fragte Reuben. „Ich meine, wenn wir sie jetzt enthaupten, wird sie das davon abhalten, von den Toten aufzuerstehen?"

Avery blieb der Mund offen stehen. „Reuben!"

Er zuckte mit den Schultern. „Ein Vampir weniger ist doch was Gutes, oder?"

Oswald wärmte sich wieder die Hände am Feuer. „Es könnte funktionieren. Aber es gibt nur einen Weg, das herauszufinden."

Reuben erhob sich. „Wenn das erste Opfer heute Nacht auferstehen wird, bedeutet das, dass wir jetzt ins Leichenschauhaus müssen und es töten, bevor es das tut. Ich rufe Alex, El und Briar an. Sie können uns dort treffen. Ich nehme an, es ist in Truro."

„Ich schließe mich euch an", sagte Caspian. „Es liegt auf meinem Heimweg, und wir werden die Leute brauchen. Wir haben keine Ahnung, was passieren könnte."

Reuben sah Caspian an, sein Gesichtsausdruck war kaum zu deuten. „Danke. Das wäre gut."

Es schien, als sei das Treffen zu Ende, denn alle erhoben sich nun und streckten ihre Glieder.

„Soll ich auch mitkommen?", fragte Eve.

„Nein. Das ist ein Umweg für dich", beruhigte Avery sie. „Geh nach Hause und informiere Nate, und trefft vielleicht ein paar Vorbereitungen."

„Und ich werde mit der Recherche beginnen." Jasper sah auf seine Uhr. „Es ist nicht spät. Ich fange heute Abend an, wenn ihr sicher seid, dass ihr mich nicht braucht?" Er sah Avery fragend an.

„Nein. Wir werden zu sechst im Leichenschauhaus sein."

„Außerdem", fügte Reuben hinzu, „wenn wir alle sterben, müsst ihr den Job zu Ende bringen."

Avery schlug ihm auf den Arm. „Reuben!"

Er rollte mit den Schultern. „Ich mache nur Spaß. Uns wird schon nichts passieren."

„Ich sollte mitkommen", sagte Oswald. „Es liegt auch auf meinem Weg, und ich habe zumindest schon einmal einen Vampir gesehen."

„Nein", sagte Caspian nachdrücklich. „Du bist eine mächtige Hexe, Oswald, aber du bist alt und körperlich langsam – nichts für ungut. Ich würde mir nur mehr Sorgen um dich machen, und das würde mich ablenken. Es wird ein andermal genug für dich zu tun geben."

Reuben nickte. „Einverstanden. Ihr Jungs entwickelt die Strategie, und wir handeln. Ich denke, euer Kampf mit ihnen letztes Mal bedeutet, dass ihr dieses Mal aussetzen dürft. Und das schließt vorerst auch dich ein, Genevieve, als unsere Hohepriesterin."

Oswald nickte, eine Mischung aus Erleichterung, aber auch Enttäuschung auf seinem Gesicht. „Du hast recht. Wir müssen herausfinden, warum es jetzt passiert und ob es eine Verbindung zum letzten Mal gibt. Das Wissen über dieses okkulte Haus könnte uns den Vorteil verschaffen."

„Einverstanden", sagte Claudia. „Vielleicht erinnern wir uns an etwas vom letzten Mal, das uns jetzt hilft."

Avery hatte einen Gedanken. „Ihr habt nicht gesagt, wo ihr die frisch verwandelten Vampire aufgespürt habt. Ihr habt erwähnt, dass ihr sie alle getötet habt. Wo?"

„Wir haben es geschafft, ein paar Orte ausfindig zu machen, die sie benutzt hatten", erklärte Rasmus. „Wir haben einen in die Enge getrieben, und er ist bei Tagesanbruch in eine Scheune geflohen. Er dachte, er hätte uns abgeschüttelt, aber wir fanden ihn, mit Heu bedeckt in einem Loch im Boden, und wir haben ihn gepfählt."

Oswald nickte. „Wir fanden einen in einer Höhle, versteckt im hinteren Teil. Auch da hatten wir ihn eine Nacht lang verfolgt und am Tag zugeschlagen."

„Und wir haben drei in einem verlassenen Minenschacht gefunden", sagte Claudia mit abwesendem Blick. „Das war knifflig. Der Ort war eine Todesfalle – herabgestürzte Balken, eingeschlossene Gase, verwinkelte Gänge ..." Ihre Stimme erstarb, als sie in Gedanken an die Vergangenheit versank.

„Hat mir lange Zeit Albträume bereitet", gab Oswald zu. „Es gab noch ein paar andere, aber ich kann mich nicht erinnern, wo wir die gefunden haben. Aber das fällt mir sicher noch ein."

„Wow", sagte Avery und sah sie voller Bewunderung an. „Ihr seid unglaublich."

Claudia lächelte. „Wir hatten keine Wahl, und ich habe aufrichtig gehofft, ihnen nie wieder gegenübertreten zu müssen."

„Ihr werdet Waffen brauchen", sagte Rasmus ganz geschäftsmäßig, während er eine Reisetasche neben dem Bücherregal aufhob und sie in die Mitte des Raumes stellte. Er wühlte einen Moment darin und zog mit einer schwungvollen Bewegung einen Pflock hervor. Er war ungefähr einen Fuß lang und hatte eine lange, scharfe Spitze. „Nehmt die Tasche. Da sind ungefähr ein halbes Dutzend von denen drin und ein Holzhammer."

Reuben nahm ihn ihm ab und wirbelte ihn in seinen Händen herum, als wäre er ein Trommelstock. „Du bist ja voller Überraschungen, Rasmus. Wir nehmen drei. Behalt den Rest für dich – nur für den Fall. Wir können später mehr machen."

Rasmus straffte die Schultern, als wappne er sich für einen Kampf. „In Ordnung. Ich sollte besser anfangen zu üben."

„Ich denke, das sollten wir alle, und anfangen, Zauber zu finden, die helfen könnten. Unsere Magie wird uns einen Vorteil verschaffen, aber ..." Claudia sah Avery, Caspian und Reuben eindringlich an. „Unterschätzt nicht die Stärke und Geschwindigkeit eines Vampirs. Sie sind übermenschlich, übernatürlich stark und bösartig. Vergesst das niemals. Ich hoffe, euch alle beim nächsten Treffen wiederzusehen."

Hoffnung. Das Wort hing in der Luft.

Reuben sagte: „Ich werde El bitten, auch ein Schwert mitzubringen. Und außerdem gibt es in der Leichenhalle bestimmt jede Menge Messer."

„Seid vorsichtig! Tragt Handschuhe – ihr mögt Hexen sein, aber wir hinterlassen trotzdem Fingerabdrücke – und geht keine Risiken ein", warnte Genevieve. „Wenn er entkommt, dann sei es so. Ich habe euch lieber alle lebendig, dann bekommen wir unsere Chance wieder. Und schützt eure Freunde und Familien – das gilt für uns alle. Es liegen schwere Zeiten vor uns, und es wird noch mehr Blut vergossen werden, bevor das hier vorbei ist."

Neun

Sobald Avery und Reuben im Auto saßen, rief Avery Alex an, um ihn über den Plan auf dem Laufenden zu halten, und bat ihn, El und Briar anzurufen. Sie konnte den Schock in seiner Stimme hören, aber er zögerte nicht. Das Letzte, was er sagte, war: „Wagt es ja nicht, ohne uns reinzugehen", und dann legte er auf.

„Ich rufe auch Ben an", sagte sie zu Reuben, während er sie aus Falmouth und auf die A39 in Richtung Truro steuerte. „Sie müssen wissen, in welcher Gefahr sie schweben. Sie dürfen nicht über Nacht in diesem Haus bleiben. Was, wenn das ein Vampir war, der über Charlotte stand?"

Er nickte. „Sie als eine Art Blutbank benutzen? Einverstanden. Aber ich frage mich, warum sie noch am Leben sind, wenn das mit dieser Sache zusammenhängt."

„Darüber mache ich mir später Sorgen", sagte Avery. Sie war erleichtert, als sie herausfand, dass Ben und die anderen nicht im Haus waren, und ließ sie versprechen, nachts nicht dorthin zu gehen, bis sie mehr Informationen hatten.

Sie blickte auf den Rücksitz, zog einen Holzpflock aus der Tasche und spürte sein Gewicht. „Man braucht eine Menge Kraft, um das jemandem ins Herz zu rammen."

„Deshalb der Hammer.“

„Aber dafür müssten sie schlafen – am Tag. Es wäre schwierig, wenn man gegen einen kämpft.“

„Buffy hat es geschafft“, sagte er grinsend.

„Ja, nun, ich bin nicht Buffy. Sie war eine Jägerin.“

„Aber du bist eine Hexe. Du kannst ihn mit einem gut getimten Windstoß hineintreiben.“

Sie dachte über seinen Vorschlag nach. „Das wäre tatsächlich möglich.“

„Natürlich ist es das. Du brauchst nur Übung.“

„Es gibt viele Dinge, die ich im Moment brauche. Vielleicht sollte ich mir zu Weihnachten eine Schaufensterpuppe wünschen.“

„Was ich im Moment brauche, ist die Wegbeschreibung zur Leichenhalle. Kannst du die heraussuchen?“

„Natürlich“, sagte Avery und griff erneut nach ihrem Handy. „Ich kann an nichts anderes denken, als was wir tun sollen, wenn wir dort ankommen. Ich kann nicht glauben, dass wir tatsächlich einem Vampir gegenüberstehen werden – heute Nacht!“

„Hoffentlich nicht. Hoffentlich stoßen wir nur auf ein totes Mädchen, das geköpft werden muss. Vielleicht auf drei tote Mädchen, die geköpft werden müssen.“

„Wir sollten es Newton sagen.“

Reuben klang alarmiert. „Verdammt nochmal, nicht jetzt! Und ich hoffe, Briar tut es auch nicht.“

Avery fand schnell die Wegbeschreibung zum Gerichtsmediziner von Cornwall. „Mist. Es ist nicht in Truro. Es ist etwas außerhalb, an der A39. Und es gibt mehrere Gebäude auf dem

Gelände, einschließlich eines Krematoriums. Ich sage den anderen Bescheid." Hinter ihnen konnte sie die Lichter von Caspians Audi sehen, also rief sie zuerst ihn an, bevor sie Alex Bescheid gab. „Meine Hände zittern", gestand sie Reuben.

„Das ist das Adrenalin", beruhigte er sie. „Du wirst froh darüber sein, wenn wir dort sind."

Allzu schnell erreichten sie das Büro des Gerichtsmediziners. Es lag in einer abgelegenen ländlichen Gegend, umgeben von Feldern, und war größer, als Avery erwartet hatte. Der Ort lag in Dunkelheit, abgesehen von einigen Sicherheitslichtern, aber Reuben fuhr auf den hinteren Teil des Parkplatzes und schaltete die Scheinwerfer aus, und Caspian parkte neben ihnen.

Ein dichter Frost bedeckte den Boden, und anstatt draußen zu warten, stieg Caspian zu ihnen in den Fond von Reubens Auto. „Mir gefällt das nicht. Es ist abgelegen, und der Vampir könnte da draußen sein und uns gerade jetzt beobachten."

„Der Vorteil ist", sagte Reuben und drehte sich um, um mit ihm zu sprechen, „es ist weit weg von öffentlichen Plätzen und von Orten, wo Menschen verletzt werden könnten. Obwohl, wenn das Mädchen aufersteht und entkommt, werden wir sie hier draußen niemals finden."

Caspian griff nach einem Pflock und wog ihn in der Hand, ganz wie Avery es getan hatte. „Ich habe schon viele Dinge getan, aber ich bin noch nie einem Vampir begegnet."

„Hat dein Vater dir jemals erzählt, was vor all den Jahren passiert ist?"

„Niemals." Seine Augen funkelten im schwachen Licht des Autos. „Und ich habe auch keine Ahnung, warum er nie darüber gesprochen hat."

„Vielleicht", schlug Avery vor, „war es so ein Albtraum, dass keiner von ihnen je wieder daran denken wollte. Rasmus hat seine Frau verloren!"

„Wir sollten heute Nacht in Zweiergruppen arbeiten", sagte Reuben. „Niemand sollte allein sein."

Caspian und Avery nickten, und dann verfielen sie in ein unbehagliches Schweigen und warteten auf die Ankunft der anderen.

Erst nach weiteren fünfzehn Minuten sahen sie in der Ferne Scheinwerfer näherkommen, und Alex rief an, um zu fragen, wo sie seien. Eine Minute später fuhr El in ihrem Land Rover vor, und sie stiegen alle aus ihren Autos, stampften mit den Füßen, um sich aufzuwärmen, während ihr Atem in Wolken vor ihnen aufstieg.

Alex lehnte sich mit verschränkten Armen und Leder-handschuhen an Els Land Rover. „Was zum Teufel ist heute passiert? Avery hat mir ein paar Details genannt, aber warum sind wir bei der Leichenhalle?"

Reuben ließ den Pflock kreisen. „Wir haben einen Vampir zu töten."

Briars Augen waren weit vor Überraschung. „Wirklich? Denn als Alex anrief, dachte ich, er macht einen Witz. Die ganze Fahrt hierher haben wir darüber diskutiert, was ihr bei dem Treffen herausgefunden habt."

„Es ist kein Witz", versicherte Avery ihr. „Ich mache es kurz, denn es ist eiskalt und ich will nicht im Dunkeln herumstehen, wissend, dass wir jeden Moment angegriffen werden könnten. Claudia und die anderen sind sich sicher, dass es ein Vampir ist, denn es ist schon einmal passiert. Wir denken, dass das erste Mädchen, das angegriffen und getötet wurde, sich heute Nacht ebenfalls in einen Vampir verwandeln wird, und wir müssen das verhindern."

El, Alex und Briar sahen sie schweigend an, blickten sich gegenseitig an und dann wieder zu den anderen drei. El lachte trocken. „Euch ist schon klar, dass ihr wie Verrückte klingt, oder?"

Caspian schnaubte ungeduldig. „Ich kann dir versichern, wenn du gehört hättest, was wir gehört haben, würdest du das nicht infrage stellen. Und wenn Avery dir später alles erzählt, wirst du es verstehen. In der Zwischenzeit, bringen wir es hinter uns. Wenn sie sich heute Nacht verwandelt, könnte dieser fette alte Vampir, der sie verwandelt hat, auf sie warten. Da draußen!", er stieß mit dem Kinn in Richtung der umliegenden Felder.

„Verstanden", sagte Alex entschlossen. „Wissen wir, wo ihre Leiche aufbewahrt wird?"

„Keine Ahnung", sagte Reuben und schüttelte den Kopf. „Mister Google stellt keine Online-Karten von der Anlage zur Verfügung."

Briar hatte sichtlich mit ihrem Plan zu kämpfen. „Moment mal. Woher sollen wir wissen, welches Mädchen welches ist? Das ist die Morgue von Cornwall. Da könnten Dutzende von Leichen drin sein. Und wenn wir sie finden, was ist, wenn sie einfach nur da liegt und völlig normal aussieht? Schlagt ihr ernsthaft vor, dass wir ihren Leichnam schänden? Das ist abscheulich!"

„Können wir das Problem besprechen, sobald wir drin sind?", fragte Caspian, der immer ungeduldiger wurde, drehte sich um und führte die Gruppe über den Parkplatz.

„Hast du dein Schwert dabei, El?", fragte Reuben, als sie ihm folgten.

Sie klopfte auf die Scheide, die an ihrer linken Seite befestigt war. „Zwei Schwerter. Eines für mich und Alex trägt das andere. Briar hat abgelehnt. Wozu brauche ich es?"

„Es kann sein, dass du sie enthaupten musst."

El blieb wie angewurzelt stehen und Briar lief ihr in den Rücken. „Ich soll was tun?"

Auch Reuben hielt an. „Ich habe nur gesagt, es kann sein."

El seufzte und ging weiter. „Vielleicht solltest du das Schwert tragen, denn ich bin nicht sicher, ob ich das kann."

Reuben nickte. „Ich mache es, wenn es nötig ist."

Als sie sich dem Hauptgebäude näherten, schaltete sich ein Sicherheitslicht ein, war aber innerhalb von Sekunden wieder aus, kurzgeschlossen durch Caspians Magie. Er wandte sich schnell den anderen Lichtern über dem Eingang und an der hinteren Ecke zu und schaltete auch sie mit einem Zauber aus. Avery bemerkte die Überwachungskameras und deaktivierte sie schnell, und dann drängte sich die Gruppe vor den Glastüren zusammen.

Caspian schlug vor: „Bevor wir reingehen, will ich die Umgebung auskundschaften."

„Einverstanden", sagte Reuben. „Ich will unsere Ausgänge und den allgemeinen Grundriss kennen."

Avery nickte. „Das Einzige, was ich auf der Karte erkennen konnte, ist, dass das Krematorium auf der rechten Seite ist." Sie zeigte auf ein viereckiges Gebäude mit einem separaten Eingang in einiger Entfernung.

„Dieser Ort ist größer, als ich dachte", sagte Briar und umarmte sich, um sich zu wärmen. „Ich komme mit dir, Caspian. Sind wir sicher, dass ihre Leiche nicht in der Morgue des Krankenhauses ist?"

„Ganz sicher. Ich habe nachgesehen", antwortete Caspian. „Nur wer im Krankenhaus stirbt, kommt in die Krankenhausmorgue, und das ist nur ein Zwischenlager. Sie wird hier sein. Das sollten sie alle. Reuben, wenn wir nach rechts gehen, gehst du nach links. Wir treffen uns auf der Rückseite. Dort wird es einen Hintereingang geben und wir kommen auf diesem Weg rein. Alex und Avery, seid ihr damit einverstanden, durch den Vordereingang zu gehen?"

„Alles, um aus der Kälte zu kommen", sagte Avery und begann zu zittern.

„Es wird genau wie im Museum sein, Avery", sagte Alex leise.

„Hoffen wir, dass es hier keine Wachleute gibt." Sie erinnerte sich, wie sie das Sicherheitssystem im Truro Museum kurzgeschlossen hatten und Wachen gekommen waren, um nachzusehen.

Alex nickte. „Mit ein bisschen Glück wird es keine geben."

Caspian schaute auf seine Uhr. „Zehn Minuten sollten reichen. Wir sehen uns drinnen. Ruft uns an, wenn ihr erklären müsst, wo die Morgue ist. Und macht nichts Unüberlegtes."

„Ihr auch nicht", sagte Alex, und Groll schlich sich in seine Stimme.

Innerhalb von Sekunden waren die anderen vier verschwunden und ließen Avery und Alex allein. Alex öffnete geschickt das Schloss der Tür und sie schlüpften hinein, während die erwärmte Luft ihre durchgefrorene Haut wärmte.

Die Stille umgab sie wie eine Decke, und es war vollkommen dunkel, abgesehen von der Alarmanlage, die links an der Wand blinkte. Alex kümmerte sich darum und die Lichter erloschen.

„Und wohin jetzt?", fragte er mit leiser Stimme.

Avery konnte gerade noch einen Empfangstresen auf der linken Seite ausmachen, einen langen Korridor, der zur Rückseite des Gebäudes führte, und Türen links und rechts, aber sie zögerte, ein Hexenlicht zu entzünden, da die Tür hinter ihnen aus Glas war.

„Ich bin mir sicher, dass die Morgue eher im hinteren Teil des Gebäudes sein muss, aber wir sollten auf dem Weg jeden Raum überprüfen", schlug Avery vor.

„Einverstanden." Alex überprüfte schnell die Tür zur Rechten und Avery die zur Linken. „Das ist ein Büro", rief er leise.

„Hier auch", antwortete Avery.

Alex ging den Korridor hinunter, am Empfangstresen vorbei, und Avery ließ ein Hexenlicht aufleuchten, sobald sie außer Sichtweite des Eingangs waren. Der Korridor mündete in eine T-Kreuzung mit einem weiteren Korridor, der von links nach rechts verlief.

Avery flüsterte: „Es wäre logisch, wenn die Morgue in der Nähe des Krematoriums wäre, in diesem Fall sollten wir es zuerst rechts versuchen."

Alex nickte und ging voran, und Avery lauschte angestrengt auf jedes Geräusch, aber es war immer noch still, was es noch unheimlicher machte. Sie kamen an mehreren Büros vorbei, aber es gab kein Zeichen von der Morgue, bis Alex eine Tür fand, die zu einem weiteren Korridor führte. Zufrieden, dass sie nichts übersehen hatten, ging er diesen entlang und kam schnell zu einer Tür mit Zugang per Chipkarte und einem Schild mit der Aufschrift Morgue.

„Bingo", sagte er, fuhr mit den Händen über das Bedienfeld und flüsterte einen Zauberspruch. Die Tür entriegelte sich mit einem Klick und sie betraten einen kleinen Vorraum mit einem Schreibtisch und einer großen weißen Tafel. Nummern liefen an der Seite herunter und daneben befanden sich Spalten mit Namen, Untersuchungen, Ankunftszeit und anderen Details. In der hinteren Wand befand sich eine Tür.

„Wie war der Name des ersten Mädchens?", fragte Alex, während er die Tafel absuchte und dann die andere Tür öffnete. Das Hexenlicht erhellte einen weiteren kurzen, aber breiten Flur mit ein paar Türen auf der rechten Seite.

Avery holte schnell ihr Handy heraus und suchte nach einem Nachrichtenbericht. „Bethany Mason, achtzehn Jahre alt." Sie blickte auf und suchte die Tafel ab. „Da. Nummer 4b."

„Das muss mit der Lagernummer übereinstimmen. Komm schon." Er ging den mit kahlen, weißen Kacheln ausgekleideten Korridor entlang. Der erste Raum auf der rechten Seite war sehr lang und voller Arbeitsflächen und Schränke aus Edelstahl, mit drei Rollbahren in der Mitte des Raumes. Verschiedene Gläser und Gegenstände aus Edelstahl lagen auf den Theken ausgebreitet. „Das muss der Autopsieraum sein", vermutete Alex.

Der nächste Raum war ebenfalls groß, doch auf der rechten Seite befanden sich Reihen von Türen, drei kurze Türen pro Reihe, und jede war nummeriert. In keinem dieser Räume gab es Fenster, also legte Alex den Lichtschalter um; sie blinzelten beide, als ein helles, weißes Licht die Schatten vertrieb.

Alex zeigte auf eine quadratische Tür in der Mitte der vierten Reihe. „Da ist 4b. Sie muss da drin sein."

„Da kommt man unmöglich allein wieder raus", sagte Avery. Sie klopfte auf ihren Rucksack, um sich zu vergewissern, dass der Pflock da war. „Das Schloss ist außen. Selbst wenn sie sich verwandelt, kommt sie nicht raus."

„Vielleicht, wenn man übermenschliche Kräfte hätte", sagte Alex grimmig. „Wir sollten auf die anderen warten. Lass uns nachsehen, ob die anderen Mädchen auch hier sind."

Avery suchte erneut auf ihrem Handy nach ihren Namen, während Alex den Korridor zurückging. Avery folgte ihm geistesabwesend, beobachtete ihn nur mit halbem Auge, während sie auf ihr Handy schaute. Er fand noch ein paar Büros, einen Raum mit Spinden, Waschbecken, Duschen und Toiletten, ein weiteres breites Vorzimmer und eine Doppeltür. „Das muss der Hintereingang sein", murmelte er. Er vergewisserte sich schnell, dass alle Alarme und Kameras deaktiviert waren, und riss dann die Tür weit auf. Die kalte Nachtluft strömte vom Parkplatz herein. Hinten parkten ein paar Lieferwagen, aber ansonsten war es leer.

„Wo zum Teufel sind sie?", murmelte Alex und trat hinaus, um sich umzusehen. Eine schwarze Gestalt schoss am Eingang vorbei, und Alex war verschwunden.

Avery blinzelte und dachte, sie hätte etwas verpasst. „Alex?" Sie rannte zur Hintertür und spähte hinaus, aber nichts bewegte sich, und Alex war nirgends zu sehen. Verdammt. Averys Herz hämmerte und ihr Mund wurde trocken. Sie wollte schreien, unterdrückte aber den Drang, steckte stattdessen ihr Handy ein, ließ den Rucksack fallen und zog den Holzpflock hervor. Ihre Magie stieg instinktiv auf und strömte in ihre Hände.

Eine Explosion aus hellem, weißem Licht ging von der Ecke des Gebäudes aus, und Alex fiel zu Boden, wo er in geduckter Haltung landete. Avery hörte einen Schrei, und Reuben und El rannten um die Ecke. El hatte ihr Schwert gezogen, und die Klinge blitzte mit weißem Feuer auf, das Einzige, was sie in der Dunkelheit erleuchtete. Da war noch ein Herabstoßen von Schwärze, ein noch tieferer Schatten vor dem Nachthimmel, und Avery taumelte zurück, als eine Luftwelle sie traf und den Gestank von Tod und verfaultem Fleisch mit sich brachte. Sie hatte kaum Zeit aufzusehen, als eine Gestalt von links mit ihr zusammenstieß. Caspian. Sie landete keuchend auf dem Boden, Caspian über ihr ausgestreckt. Sie spähte über seine Schulter und sah Briar auf sie zu rennen, die einen Feuerball in die Luft warf.

Caspian rollte sich weg und schleuderte einen zackigen Blitz auf die herabstürzende Gestalt, die daraufhin verschwand.

„Rein mit euch, sofort!", schrie Reuben, als er, El und Alex die Seite des Gebäudes entlang zum Hintereingang rannten.

Avery sprang auf die Beine, trat direkt hinter den Eingang und packte die Tür, bereit, sie zuzuziehen. Caspian wartete draußen und suchte den Himmel ab. Zuerst rannte Briar durch die Tür, gefolgt von El, Reuben und dann Alex, und Caspian wirbelte hinter ihnen herein. Avery zog die Tür mit einem lauten Wumms zu. Ein Schaudern durchfuhr die Tür, als etwas von außen dagegenprallte. Mit einer magischen Geste schob sie alle drei Riegel gleichzeitig vor und seufzte erleichtert auf, als sie sich gegen die Wand lehnte.

Avery war froh, alle unversehrt zu sehen, aber besonders Alex. „Ist alles in Ordnung?", fragte sie besorgt. „Was ist passiert? Hat es dich erwischt?"

Er nickte, sein Gesicht war im Hexenlicht blass. „Aufgewühlt, aber unverletzt. Ich habe es nicht einmal kommen sehen. Es ist schnell und stark." Er fasste sich an den Hals. „Ich kann seinen Griff immer noch spüren, und sein Geruch—würg! Es hat sicher nicht erwartet, dass ich mich wehre." Er sah die anderen an. „Wie geht es euch?"

„Genervt", sagte Reuben und klopfte sich ab. Er war über den Boden gerutscht, als er das Gebäude betrat, und gegen die gegenüberliegende Wand geprallt, wobei er El beinahe mitgerissen hätte. „Das Ding ist verdammt schnell."

„Und es stinkt", wiederholte El und rümpfte die Nase. „Aber mir geht es gut."

„Briar? Caspian? Seid ihr okay?", fragte Avery und wandte sich ihnen zu.

„Gerade so", sagte Briar, immer noch außer Atem. „Es hat uns beim Krematorium aus dem Hinterhalt angegriffen. Caspian hat uns mit einem Hexenflug buchstäblich in letzter Sekunde da rausgeholt."

Caspian sah genauso genervt aus wie Reuben. „Ich habe es nicht einmal gehört! Ich konnte uns nur bis zur Gebäudeecke bringen – ich hatte keine Ahnung, wohin wir flogen!"

„Das hat uns wertvolle Zeit verschafft", sagte Briar beruhigend zu ihm.

Ein weiterer Wumms an der Außentür unterbrach ihn, auf den ein antwortender Wumms vom Ende des Ganges folgte.

Sie verstummten, lauschten voller Furcht und hörten dann einen weiteren Wumms und einen markerschütternden Schrei.

„Scheiße. Sie ist wach", sagte Alex, zog sein Schwert und raste ohne einen Blick zurück den Korridor hinunter, El und Briar dicht auf seinen Fersen.

„Ich halte diese Tür", rief Caspian. „Reuben?"

Reuben nickte und umklammerte den Pflock fest in seiner rechten Hand. „Ich bleibe bei dir. Avery, geh mit Alex. Wir rufen, wenn wir dich brauchen."

Avery schlitterte Sekunden nach den anderen in die Leichenhalle und sah, wie die Tür mit der Aufschrift 4b von innen eingebeult wurde und wie ein Pappkarton zerknitterte.

Großartig. Ein Vampir draußen und einer drinnen. Wir sitzen in der Falle.

Bevor einer von ihnen handeln konnte, sprang die Tür auf, und eine knurrende Bethany fiel auf den Boden und kniff die Augen im hellen Licht zusammen. Ihre Haut war blass, fast bläulich, und ihre blutleeren Lippen waren zurückgezogen und enthüllten zwei lange, gekrümmte Eckzähne auf beiden Seiten ihres Mundes. Ihre Augen waren wie dunkle Gruben, und für einen kurzen Moment war ihr Blick unscharf, aber als sie sie sah, öffnete sich ihr Mund, ihr Kiefer unnatürlich weit.

Alles wurde chaotisch, Avery konnte kaum erfassen, was geschah, so schnell ging alles.

Die frisch verwandelte Vampirin sprang auf Alex zu, und er schleuderte sie gegen die Wand, wo sie zu Boden krachte, bevor sie wieder auf die Füße sprang. Briar warf einen Feuerstrahl auf sie, aber Bethany rannte mit katzenartigen Reflexen auf sie zu und wich dem Feuer aus. El und Alex hieben mit ihren Schwertern nach ihr, aber sie wich ihnen mühelos aus.

Die Vampirin schlang sich um Briar, und die Wucht ihres Sprungs riss sie beide zu Boden. Briar lag unter ihr, ihre Arme festgesetzt. Briar sah todesängstlich aus, als Bethany ihren Kiefer weit aufriss, ihre langen, gebogenen Zähne entblößte und bereit war, ihr in den Hals zu beißen. Avery stürzte vor, holte aus und rammte den Pflock mitten in den Rücken der Vampirin. Die Vampirin rollte von Briar herunter und sprang zum Türrahmen, wodurch sie ihnen den Weg versperrte. Sie fauchte und knurrte, während der Pflock nutzlos aus ihrem Rücken ragte.

Wie zum Teufel war das passiert?

Obwohl sie unter Schock stand, bemerkte Avery, dass sich das Mädchen seltsam bewegte, ihre Glieder steif waren und ihre Hände wie Klauen griffen. Ihr Mangel an Menschlichkeit war erschreckend. Sie griff hinter sich, riss den Pflock aus ihrem Rücken und warf ihn zur Seite.

Eine Reihe von Schreien ertönte aus dem Korridor, gefolgt von einem reißenden, stöhnenden Geräusch, und dann hörten sie Putz fallen, begleitet von einem Lärm wie ein brüllender Wind. Eine hagere Kreatur landete hinter dem Mädchen auf den Füßen und erhob sich zu ihrer vollen Größe von über einem Meter achtzig. Ihre Schultern waren breit, und sie trug den Anschein dunkler Kleidung, doch ihre Haut war grau und ledrig, und ihre Augen glänzten wie mattes Metall. Sie riss das ehemalige Mädchen an sich, umschloss es mit ihren dürren Gliedmaßen, und dann war sie verschwunden, durch das Loch, das sie in das Dach geschlagen hatte, nach oben springend, und Stille kehrte ein.

Zehn

Reuben und Caspian kamen schlitternd zum Stehen, und Reuben blieb unter dem Loch im Dach stehen und blickte nach oben. „Damit habe ich nicht gerechnet."

„So viel zum Thema ‚den Eingang blockieren'", sagte Caspian wütend.

Alex drehte sich schnell zu den Türen des Kühlraums um. „Wir haben nicht viel Zeit. Wir müssen die beiden anderen Mädchen töten, bevor wir gehen." Er zögerte. „Nicht töten, sie sind ja schon tot. Ihr wisst, was ich meine. Aber dieses Ding könnte zurückkommen, und ich will hier auf keinen Fall rumhängen."

„Einverstanden." Briar fuhr sich mit zitternder Hand über den Hals, sichtlich erschüttert, auch wenn sie versuchte, es zu verbergen.

Caspian nickte, als er den Lagerraum betrat. „Die Chance, dass es zurückkehrt, ist ziemlich groß, wenn es in der Nähe einen Ort hat, an dem es seinen neuen Freund lagern kann."

„Hat sie dich verletzt?", fragte Avery Briar und tat sich schwer, Bethany als ein es zu bezeichnen, trotz ihrer fehlenden Menschlichkeit.

Briar schüttelte den Kopf. „Nein. Du hast mich gerettet."

„Wir haben uns alle gegenseitig gerettet", antwortete sie.

Reuben stand immer noch im Korridor. „Ich schlage vor, drei von uns holen die Autos und fahren sie vor den Hintereingang, solange wir noch Zeit haben. Ich will nicht noch einmal angegriffen werden."

Caspian meldete sich sofort freiwillig. „Ich gehe."

„Ich auch", sagte El und gesellte sich zu ihnen. Auch sie sah erschüttert aus, und das war ungewöhnlich für El. „Ich weiß, was ich gerade gesehen habe, aber ich kann niemanden köpfen. Noch nicht."

„Ich kann das machen", sagte Alex und sah auf ein zweites Whiteboard an der Wand. „Die Namen, Avery?"

Reuben antwortete stattdessen. „Amy Warner und Clara Henderson. Ich habe vorhin nachgesehen."

„5c und 3a", stellte Caspian fest und beäugte die Türen misstrauisch, besonders die eine, die verbeult war und lose herabhing. „Seid ihr sicher, dass wir gehen sollten?"

„Ja." Alex' dunkle Augen trafen Caspians, und er blickte zu Reuben und El dahinter. „Beeilt euch und seid vorsichtig. Wir kümmern uns darum."

Sie nickten und rannten los, während die anderen drei für ein paar Sekunden stehen blieben und sich trostlos anstarrten. Wenn Avery ehrlich war, war das Letzte, was sie tun wollte, ein totes Mädchen zu köpfen, aber es musste getan werden.

„Plan?", fragte sie, den Pflock wieder schlagbereit in der Hand.

Alex sah entschlossen aus. „Briar, hol die Bahre, dann ziehen wir die nächste Leiche direkt heraus und auf die Bahre, damit wir genug Platz haben. Dann ..." Er hielt inne und schluckte, den Blick auf den Boden gerichtet, als ob von dort Kraft zu ihm strömen würde. „Ich werde das Schwert benutzen, um ihr den Kopf abzuschlagen." Er blickte zu Avery auf. „Halte dich mit dem Pflock bereit – nur für den Fall."

Sie hatten nur einen Pflock zwischen sich, da Caspian und Reuben die anderen beiden mitgenommen hatten.

Sie nickten zustimmend, und während Briar die Bahre holte, öffnete Alex die Tür des Kühlfachs. 3a befand sich im oberen Teil des Kühlregals, und die Leiche war mit einem weißen Laken bedeckt. Sobald die Bahre in Position und auf die richtige Höhe gebracht war, zogen sie die Leiche auf einer langen, weißen Ablage aus dem Kühlfach und rollten die Bahre dann in die Mitte des Raumes, wo sie sie auf Hüfthöhe absenkten. Alex zog das weiße Laken zurück und enthüllte den Kopf des Opfers. Sie war bereits obduziert worden, wie man an dem genähten Schnitt sehen konnte, der am Halsansatz endete.

Briar blickte auf das blasse Gesicht des jungen Mädchens und seufzte. „Was für ein Ende."

Es war das erste Mal – abgesehen von wenigen Sekunden zuvor, und das zählte Avery nicht wirklich –, dass sie eine Leiche sah. Sie fühlte vor allem eine überwältigende Traurigkeit.

„Na ja, wenigstens bewegt sie sich nicht", bemerkte Alex. Er hob seine Arme mit dem ausgestreckten Schwert hoch über den Kopf und atmete ein paar Mal tief durch.

„Seid ihr sicher, dass wir das tun müssen?", fragte Briar und sah zwischen Avery und Alex hin und her.

Alex zögerte nicht. „Ja." Er ließ das Schwert so schnell niedersausen, dass ein Rauschen in der Luft lag und dann ein dumpfes

Krachen zu hören war, als er den Hals des Mädchens durchtrennte und sie mit einem einzigen, sauberen Hieb köpfte. Ihr Kopf rollte zur Seite, Avery zugewandt, und obwohl sie es erwartet hatte, zuckte sie zusammen.

Ihr Blick traf den von Alex über der Leiche. „Gut gemacht."

Er sah blass aus. „Noch eine."

Sie zogen das Laken wieder über das Mädchen, schoben ihren Körper zurück an seinen Platz und schlossen die Tür, bevor sie sich der nächsten zuwandten. Sie arbeiteten schnell und lauschten auf jedes Anzeichen von Bewegung von draußen oder drinnen, aber alles blieb still.

Dieses Mädchen war so jung wie die anderen. Ihr dunkles Haar war aus dem Gesicht gestrichen, ihre Haut war eisig blau und ihre Augen waren geschlossen. Alex hob erneut die Arme hoch, bereit, seine scharfe Klinge auf ihren Hals niedersausen zu lassen, doch ohne Vorwarnung öffneten sich ihre Augen und enthüllten Pupillen, schwarz wie die Nacht. Sie knurrte tief in ihrer Kehle und begann, sich aufzurichten, ihre rechte Hand schoss hoch, um Alex' Arm zu packen.

„Scheiße!" Alex versuchte instinktiv zurückzuspringen, aber er konnte nicht. Sie war zu stark, und er konnte das Schwert auch nicht niedersausen lassen. „Avery!"

Briar stand am Ende der Bahre, beugte sich vor und legte ihre Hände auf die Beine des Mädchens, um zu verhindern, dass sie ausschlugen. Sie flüsterte einen Zauberspruch und fesselte sie für einen Moment.

Avery schlug das Herz bis zum Hals, aber sie sprang vor und rammte den Pflock über dem Herzen des Mädchens nieder, der mit einem widerlichen Knacken in ihren Körper eindrang, als er auf den Brustkorb traf. Sie nutzte ihre Magie, um ihn fester hineinzudrücken, als es ihre normale Kraft erlaubt hätte, und der Pflock durchbohrte ihren Körper mit solcher Wucht, dass er auch die Plastikablage unter ihr durchstieß. Das tote Mädchen ließ den Griff um Alex los und wandte sich Avery zu. Ihre schwarzen Augen fixierten sie mit hungriger Intensität, und sie knurrte erneut, wobei sie ihre scharfen, weißen Zähne und ihre verlängerten Eckzähne zeigte. Alex zögerte nicht.

„Zurück!", schrie er Avery an und ließ das Schwert niedersausen, wobei er den Kopf des Mädchens abtrennte und die Schwertspitze Avery nur um Zentimeter verfehlte.

Der Kopf rollte zur Seite, die Augen waren starr aufgerissen. Innerhalb von Sekunden nahmen ihre Augen wieder ihren normalen menschlichen Zustand an, ihre Zähne zogen sich zurück.

„Heilige Scheiße!", rief Alex aus. „Lasst uns verdammt noch mal von hier verschwinden."

Briar rannte zur Tür. „Die Autos sind da – ich kann sie hören. Und noch etwas."

Ein Heulen drang durch die stille Nachtluft.

„Wir haben keine Zeit, sie zurückzulegen", sagte Alex. „Sie werden sowieso bald genug wissen, was passiert ist. Los jetzt!"

Avery zog hastig den Pflock heraus, und Alex überflog den Raum, um sicherzugehen, dass sie alles eingepackt hatten, und dann rannten sie zur Hintertür und rissen sie auf.

Die Autos standen aufgereiht da, die Motoren heulten auf, bereit zur Flucht. Reuben sprang aus seinem Wagen und rannte zu Els Land Rover. „Ich fahre bei El mit. Alex, du nimmst meinen Wagen. Caspian wird schon allein nach Hause finden."

„Nein!", rief Briar sofort und rannte geradewegs zu Caspians Beifahrertür. Caspian lehnte sich halb aus dem Fenster und spähte in den Himmel über ihnen. „Ich fahre mit Caspian. Vielleicht braucht er mich. Du hast doch sicher ein Bett für mich, oder?"

Er sah dankbar aus, auch wenn er es nicht aussprach. „Kein Problem. Spring rein."

Alex ließ sich hinter das Steuer von Reubens Wagen gleiten, und kaum hatte Avery die Beifahrertür zugeschlagen, ließ er den Motor aufheulen und raste über den Parkplatz, den beiden anderen hinterher, vorbei an den Gardens of Remembrance und auf die Landstraße.

Alex warf Avery einen Seitenblick zu. „Alles in Ordnung bei dir?"

„So gut es eben geht, nachdem ich in einer Nacht drei Vampiren begegnet bin." Sie bemerkte, wie Alex' Hände das Lenkrad umklammerten und seine Schultern steif waren, während er sich auf die Straße konzentrierte. „Und bei dir?"

„Ich bin nicht sicher, ob ich jemals vergessen werde, jemandem den Kopf abzuschlagen, aber ich werde es überleben. Besser das, als gebissen zu werden."

Alle drei fuhren schnell – zu schnell für diese Landstraßen –, aber es war schon weit nach Mitternacht, und hoffentlich wäre niemand sonst auf diesen Nebenstraßen unterwegs. Wieder ertönte ein Heulen, und Avery sah eine verschwommene Gestalt, als etwas von den Feldern rechts über die Hecke und auf das

Dach von Els Wagen sprang. Es kauerte sich hin, krallte sich an den Seiten fest und begann dann, auf das Dach einzuschlagen, während Els Wagen über die Straße schlingerte.

„Was zum …", Averys Stimme erstarb, als sie das Fenster herunterkurbelte, sich zur Hälfte aus dem Auto schlängelte und einen Windstoß auf den Vampir richtete. Alex trat aufs Gas und brachte sie näher heran.

Averys Schuss ging daneben, da Els Wagen weiter über die Straße schlitterte, doch eine Lichtexplosion aus dem Inneren des Wagens pulsierte durch das Dach nach oben und brachte die Kreatur aus dem Gleichgewicht. Avery zielte erneut, richtete einen Wirbel aus aufgewirbelter Luft auf den verrutschten Vampir und schleuderte ihn hoch in die Luft. Sie grinste in sich hinein. Jetzt hab ich dich!

Sie verlangsamte ihre Atmung und konzentrierte sich, wobei sie versuchte, ihre unterschwellige Panik nicht ihre angeborene Kontrolle beeinträchtigen zu lassen. Der Wind peitschte den Vampir herum und wirbelte ihn in der Luft, wo er für einige Sekunden hilflos hing. Avery hob die Hände, hob die Kreatur höher und höher, bevor sie sie nach rechts, weit über die Felder, wirbeln ließ.

Alex hatte verlangsamt und hielt den Wagen ruhig, und Reuben hatte dasselbe getan; alle drei Autos fuhren zusammen und blieben dicht beieinander. Die Hauptstraße lag vor ihnen, die Lichter der Kreuzung leuchteten hell am Nachthimmel. Sicherheit … hoffentlich.

Avery vergewisserte sich, dass der Vampir immer noch vom heftigen Wind getragen wurde, und duckte sich dann zurück ins

Auto, gerade als sie die Kreuzung erreichten. Kaum langsamer werdend, bogen sie links ab und fuhren in Richtung Harecombe und White Haven.

„Glaubst du, wir haben ihn abgeschüttelt?", fragte sie und spähte nach hinten.

„Ich glaube schon." Alex atmete tief ein und aus. „Gut gemacht."

„Glaubst du, er kann fliegen? Wie eine Fledermaus, meine ich?"

„Ist das nicht Dracula?"

„Ich weiß es nicht! Meine Kenntnisse über Vampire sind lückenhaft."

„Vielleicht kann er es. Können sie sich in Rauch verwandeln oder so etwas? Du solltest Genevieve anrufen und ihr sagen, was passiert ist. Sie wird sich Sorgen machen. Aber ich denke, wir sind in Sicherheit. Vorerst."

„Vorerst", wiederholte sie unheilvoll, während sie ausdruckslos nach vorne starrte. Wie lange würde vorerst wohl andauern?

Happenstance Books kam Avery nach den Ereignissen der vergangenen Nacht unnatürlich hell und festlich vor, aber sie war froh darüber.

Sie hatte schlecht geschlafen – sie beide hatten eine schlechte Nacht gehabt. Bilder von toten Mädchen und knurrenden Vampiren spukten ihr im Kopf herum und nicht einmal Alex' warme Arme konnten sie vertreiben. Vor dem Schlafengehen hatten sie Averys Schutzzauber verstärkt, aber sie waren sich einig gewesen, dass sie mehr brauchen würden – etwas, das speziell gegen die Untoten gerichtet war. Die anderen waren ebenfalls sicher nach Hause gekommen, aber sie hatten vereinbart, sich später am Tag wieder zu treffen und die Geisterjäger einzuladen. Um Genevieve und die anderen würden sie sich ein anderes Mal kümmern.

Sally warf Avery bei ihrem Morgenkaffee einen Blick zu und fragte: „Was ist passiert?"

„Das willst du gar nicht wissen."

„Doch, will ich."

Avery verstummte für einen Moment und dachte nach. Sally hatte recht. Sie musste es wissen, um sich schützen zu können. Aber andererseits würde es ihr eine Heidenangst einjagen, und wollte sie ihr – und Dan – das wirklich kurz vor Weihnachten zumuten?

„Raus damit!“, beharrte Sally und lehnte sich mit ihrer Kaffeetasse in den Händen an die Ladentheke. „Ich steck das schon weg.“

„Was ist los?“, fragte Dan misstrauisch, als er zu ihnen trat.

Avery sah ihn an und kicherte. „Was zum Teufel hast du denn da an?“

Er sah an sich herunter. „Was? Das ist mein Weihnachts-T-Shirt. Ich bin in festlicher Stimmung!“

Sein T-Shirt war leuchtend rot mit weißer Aufschrift: Ich bin nicht der Weihnachtsmann, aber du kannst dich trotzdem auf meinen Schoß setzen.

Er grinste. „Ich habe mehrere davon, die ich von jetzt an bis Weihnachten tragen werde. Hoffe, das ist in Ordnung, Chefin.“

„Natürlich – solange du niemanden zu sehr vor den Kopf stößt.“

Sally unterbrach sie. „Lenk sie nicht ab, Dan! Irgendetwas ist passiert. Sieh dir doch mal die Ringe unter ihren Augen an!“

Avery verzog das Gesicht. „Danke!“

„Ah. Noch mehr Chaos in White Haven.“ Er biss in einen Mince Pie. „Was ist es diesmal?“

Avery sah sich um und vergewisserte sich, dass der Laden leer war. „Wir sind letzte Nacht einem Vampir begegnet. Na ja, eigentlich zweien und beinahe einem dritten.“

Dan hätte beinahe seinen Mince Pie ausgespuckt. „Dein Ernst? Ich hatte törichterweise angenommen, dass das Gespräch, das wir neulich hatten, rein theoretischer Natur war.“

„Ja! Und das war es nicht. Über so etwas würde ich keine Scherze machen.“

„Also wurden diese Mädchen tatsächlich von einem Vampir getötet?“

„Ja. Ohne jeden Zweifel.“ Das jetzt, bei Tageslicht, auszusprechen, klang lächerlich, aber die vergangene Nacht war nur allzu real gewesen.

Sally erbleichte sichtlich. „Ist er hier? In White Haven?“

„Nein, nicht ganz. Wir glauben, er ist auf halbem Weg zwischen hier und Harecombe. Nah genug.“ Avery sah verlegen aus. „Wir sind letzte Nacht in das Büro des Leichenbeschauers von Cornwall eingebrochen, und dort hat er uns angegriffen.“

Dan pfiff anerkennend. „Wow, Avery, du überraschst mich immer wieder. Und warum habt ihr das getan?“

Sie klärte die beiden auf und bemerkte, wie sie sie mit offenen Mündern anstarrten. Als das Türglöckchen einen Kunden ankündigte, zuckten sie alle zusammen. Der Kunde nickte zur Begrüßung und ging zu den Regalen, um sich das Sortiment anzusehen.

Avery schloss mit leiser Stimme: „Ich muss meine Schutzzauber für diesen Laden und für euch beide verstärken, also werde ich heute ein paar Stunden damit verbringen, wenn das in Ordnung ist.“

Sally und Dan wechselten einen beunruhigten Blick, und Sally sagte: „Das ist in Ordnung. Muss ich jetzt anfangen, Knoblauchzwiebeln zu tragen?“

„Vielleicht. Ich gebe dir Bescheid, wenn ich ein wenig recherchiert habe. Hoffentlich fällt mir etwas Kultivierteres ein.“

Dan winkte sie weg. „Geh schon. Ich rufe dich zum zweiten Frühstück. Und wehe, du hast bis dahin keine Fortschritte gemacht!"

„Ja, Sir!", salutierte Avery und ging hoch in ihre Wohnung.

Avery breitete ihre Grimoires aus und begann, nach Zaubern zu suchen, die speziell vor Vampiren schützten. Um sich aufzuheitern, legte sie etwas Weihnachtsmusik auf, zündete ein Feuer im Kamin an, verbrannte etwas Weihrauch und schaltete die Lichterketten ein, die sie an ihren Wänden und über ihren Regalen angebracht hatte.

Zufrieden damit, dass sie die düstere Stimmung etwas vertrieben hatte, begann sie, ihr Grimoire methodisch zu durchsuchen. Sie fand alle möglichen interessanten Zauber, die sie zuvor übersehen hatte, einige davon recht unangenehm. Es gab einen, um jemandem Warzen zu verpassen, einen, um unkontrollierbares Schwitzen auszulösen, und einen, um die „Pocken" zu verursachen. Sie schauderte. Manchmal schienen ihre Vorfahren wirklich ziemlich unangenehm gewesen zu sein. Sie konnte nur hoffen, dass sie sie nicht wirklich angewendet hatten.

Ein Zauber ließ sie aufgeregt innehalten. Ein Zauber, um Sonnenlicht in eine Flasche zu füllen. Das wäre perfekt – nicht nur für sie, sondern auch für die Geisterjäger. Sie markierte die Seite und begann, all jene aufzulisten, die sie für nützlich hielt.

Sie fand einen anderen Zauber, der beschrieb, wie man einen Holzpflock herstellte. Er gab die zu verwendende Holzart an und wies darauf hin, dass Esche oder Weißdorn am wirksamsten seien. Der Pflock, den sie von Rasmus hatte, war aus Weißdorn gefertigt. Er lag auf dem Tisch, wo sie ihn am Abend zuvor nach dem Säubern und Segnen, um die negativen Energien zu verbannen, liegengelassen hatte. Der frisch verwandelte Vampir mochte nicht geblutet haben, aber dennoch war der Pflock mit Blut und Gekröse bedeckt gewesen und die Spitze war eingedellt, weil sie ihn durch die Plastikschale unter dem Körper getrieben hatte.

Sie wandte sich wieder ihrem Grimoire zu und fand mehrere Zauber, die Knoblauch verwendeten. Einer ergab einen nützlichen Trank, und es gab Kräuterbündel, die ihn und andere Schutzpflanzen enthielten. Das war eine brillante Idee. Sie konnte Weihnachtskränze für alle Türen und Fenster herstellen, oder sie konnte die Pflanzen einfach zu Sträußen bündeln. Und vielleicht sollte sie James wegen Weihwasser aufsuchen. Auch wenn sie nicht an dessen Wert glaubte, tat es ein Vampir eindeutig, wenn man den Überlieferungen trauen konnte.

Avery hatte hinten in ihrem Garten eine Weißdornhecke und jede Menge Stechpalmen und Lorbeer. Alles bot Schutz. Sie hatte bereits Stechpalmenzweige hereingeholt, um den Laden und ihre Wohnung zu schmücken. Wenn sie die Old Haven Church besuchen würde, könnte sie auch noch Eibe und Eiche schneiden. Und sie würden Esche brauchen, um mehr Pflöcke herzustellen—je mehr, desto besser. Sie nahm ihr Schneidemesser, schnappte sich ein paar Gartenhandschuhe und ging nach draußen.

Der Tag war dunkel, der Himmel voller schwerer grauer Wolken, und es war bitterkalt. Der größte Teil des Gartens war kahl, da all ihre Sommerblumen verwelkt waren, aber die Sträucher kämpften sich noch durch, und an manchen Stellen gab es leuchtende Beeren. Sie hatte erst eine Stunde gearbeitet, als sie einen Ruf hörte und sich umsah, nur um Newton zu sehen, der wütend auf sie zumarschierte.

Avery wappnete sich, als sie sich ihm zuwandte, und ließ ihre Weißdornschnittlinge in die Schubkarre neben sich fallen.

Er sparte sich die Höflichkeiten. „Bist du für diese Horrorshow im Gebäude des Gerichtsmediziners letzte Nacht verantwortlich?"

„Ich fürchte, ja."

„Du hast junge, tote Mädchen geköpft! Weißt du, was das ihren Eltern antun wird?"

Sie straffte die Schultern. „Besser das, als dass sie zu Vampiren werden! Ich nehme an, du hast bemerkt, dass eines der Mädchen fehlt?"

Er hielt inne. „Das warst nicht du?" Er sah sich misstrauisch um, als würde er das Mädchen irgendwo in der Ecke aufgebahrt sehen.

„Bei der großen Göttin, Newton!", fuhr Avery ihn an. „Ich bin doch keine verdammte Leichendiebin! Sie hat sich letzte Nacht verwandelt und ist zu einem Vampir geworden!"

Er sah aus, als würde er gleich platzen. „Warum zur Hölle hast du es mir nicht gesagt?"

Avery holte tief Luft, um sich zu beruhigen. Manchmal war Newton zum Aus-der-Haut-Fahren. „Als wir das Leichenschauhaus verlassen haben—übrigens von einem Vampir verfolgt—, war es schon sehr spät. Ich nahm an, du wolltest nicht gestört werden. Ich habe heute früh angerufen, aber es ging direkt die Mailbox ran. Hörst du deine Nachrichten nicht ab?"

Er sah etwas kleinlaut aus. „Ich wurde um sechs ins Leichenschauhaus gerufen. Ich bin dann bei Briar vorbeigegangen, aber sie hat nicht aufgemacht." Interessant! Avery zog fragend eine Augenbraue hoch, doch Newton redete schnell weiter. „Ich habe mir Sorgen gemacht. Geht es ihr gut?"

Das dürfte lustig werden. „Sollte es. Sie hat letzte Nacht bei Caspian übernachtet."

Newtons Gesicht verfinsterte sich. „Bei Caspian? Warum?"

Avery erklärte, was im Leichenschauhaus und auf dem Heimweg passiert war. „Es war wahrscheinlich eine gute Idee, mit ihm zu gehen, nicht nur, damit sie zu zweit im Auto sind, sondern auch, damit Briar nicht allein zu Hause schlafen muss."

Newton nickte, und hinter seinen Augen legte sich ein berechnender Ausdruck. „Ich könnte die nächsten paar Tage oder Wochen bei ihr bleiben, bis das hier vorbei ist."

Avery verschränkte die Arme vor der Brust und funkelte ihn an. „Was machst du da, Newton? Hör auf, mit ihr Spielchen zu treiben! Du hast vor ein paar Monaten ziemlich klargemacht, dass was auch immer zwischen euch lief, vorbei ist, und jetzt scheinst du dir alle Optionen offenhalten zu wollen! Entweder du ziehst einen Schlussstrich und ihr bleibt Freunde, oder du lässt dich wirklich auf eine Beziehung ein! Du kannst nicht beides haben."

„Ich versuche nicht, beides zu haben!", protestierte er schwach.

„Was machst du dann?"

Er fiel in sich zusammen wie ein geplatzter Ballon. „Sie hat mich gerettet, und das hat mir gefallen." Seine Hände wanderten zu der Narbe an seinem Hals, die von Suzannas Klinge an Samhain stammte. Newton war nur Sekunden vom Tod entfernt gewesen, und nur Briars Magie hatte ihn gerettet. Sie war über 24 Stunden nicht von seiner Seite gewichen und hatte ihn tagelang gepflegt, ihm geholfen, seine Narbe zu mildern und seine Kraft wiederzuerlangen. Bis dahin war Briar monatelang extrem ungeduldig mit ihm gewesen, nachdem er sich im Sommer zurückgezogen hatte, aber jetzt hatte sie sich beruhigt, und Avery hatte das Gefühl, dass sie wieder wartete—auf ihn.

„Also tu etwas! Lade sie ein, geh mit ihr essen oder mach klar, dass ihr nur Freunde seid. Briar ist eine tolle Frau! Sie hat es nicht verdient, darauf zu warten, dass du dich entscheidest. Ich weiß nicht einmal, warum sie überhaupt wartet! Ich würde es verdammt noch mal nicht tun." Averys Verärgerung brach aus ihr heraus. „Hunter steht auf sie, und er hält immer noch Kontakt! Er kommt vielleicht sogar über Weihnachten her. Ich hoffe, die beiden kommen zusammen."

Newton sah aus, als hätte sie ihm eine Ohrfeige gegeben. „Er kommt zurück?"

„Könnte sein."

Newton wechselte abrupt das Thema. „Trefft ihr euch alle wieder zu einer Nachbesprechung?"

„Ja, heute Abend, in meiner Wohnung. Du kannst gerne kommen. Sei nur kein Arschloch." Sie drehte ihm den Rücken zu und widmete sich wieder ihren Schnittlingen, und sie hörte, wie Newton ging. Männer!

Als sie mit dem Sammeln von Holz aus ihrem Garten fertig war, war ihr kalt und sie war hungrig, und ihre Wangen glühten. Sie torkelte mit einem Armvoll Zweige in die kleine Küche hinter dem Laden, warf sie auf den Tisch und ging zurück, um den Rest zu holen.

Dan wartete schon, als sie die letzte Ladung hereinbrachte, und reichte ihr eine Tasse dampfend heiße Schokolade. „Du warst aber fleißig."

„Ich werde Kränze und Sträuße machen. Jede Menge davon. Das wird ein paar Stunden dauern, aber Magie wird den Prozess beschleunigen. Du kannst ein paar haben, um sie an deine Vorder- und Hintertür zu hängen. Am Ende des Tages werde ich etwas Einfaches für dich zum Mitnehmen haben."

Er sah besorgt aus. „Das ist nur eine Vorsichtsmaßnahme. Richtig?"

Sie begann, ihre Schnittlinge zu sortieren, ohne ihm in die Augen zu sehen. „Richtig."

„Ich wette, du hast die Neuigkeiten noch nicht gehört."

Ihr Kopf schoss in die Höhe. „Nein. Was ist passiert?"

„Ein junger Mann wird vermisst. Er wurde zuletzt vor einem Nachtclub in Truro gesehen, und seine Jacke wurde in einer Gasse dahinter gefunden."

Avery schloss kurz die Augen, als ob sie die Nachricht ausblenden könnte. „Mist."

„Hat Newton nichts gesagt? Er war vorhin hier."

Sie schüttelte nachdenklich den Kopf. „Nein, hat er nicht, aber vielleicht wusste er es nicht." Sie rieb sich das Gesicht, entnervt und überfordert von dem, was ihnen bevorstand.

„Das wird nicht einfach so verschwinden, oder?", fragte er traurig.

„Nein. Es fängt gerade erst an."

Sobald Avery ihre heiße Schokolade ausgetrunken hatte, machte sie sich auf den Weg zur Old Haven Church.

Wie üblich war er verlassen, was ihm eine gespenstische Schönheit verlieh. Dicker Reif lag auf dem Boden und hielt sich an den Ästen und den verwesenden Pflanzen fest, und als sie über den Pfad zum Wald hinter dem Friedhof knirschte, wo sie der Wilden Jagd begegnet waren, schweifte ihr Blick zu dem Mausoleum, in dem Gil lag. So viel hatte sich verändert, seit er gestorben war. Sie war sich nicht sicher, ob Gil die Veränderungen überhaupt gefallen hätten, aber er hätte es genossen, Teil des Zirkels zu sein.

Sie tauchte unter die Bäume und machte sich auf den Weg zu der Lichtung und der riesigen, alten Eibe in ihrer Mitte. Nichts erinnerte mehr an jenes furchterregende Samhain. Der Ort war von der rituellen Blutmagie gereinigt worden und war wieder ein friedlicher Platz, dessen Stille nur gelegentlich von Vogelgezwitscher durchbrochen wurde.

Und da war noch etwas. Eine flackernde Bewegung in ihrem Augenwinkel ließ sie mit erhobenen Händen herumwirbeln, während ihr Herz wie wild in ihrer Brust pochte. Shadow trat hinter den Bäumen hervor, als wäre sie aus dem Nichts erschienen.

„Shadow! Du hast mir einen Scheißschrecken eingejagt. Was machst du hier?"

Shadow schenkte ihr ein langsames, berechnendes Lächeln, das Avery das Blut in den Adern gefrieren ließ. „Ich komme immer hierher, Mensch. Hier bin ich angekommen und versuche immer wieder, in die Sommerlande zurückzukehren."

Avery hielt Abstand, wich einen Schritt zurück und rief ihre Magie herbei. Shadow war ganz in Schwarz gekleidet: enge Röhrenjeans, schwarze Stiefel und eine eng anliegende Lederjacke. Wo hatte sie die her? Nicht ihr Problem. „Aber du kannst nicht zurückkehren, das weißt du. Der Durchgang ist geschlossen."

„Vielleicht sollte ich es mit Blutmagie versuchen."

War das eine Drohung? „Du wirst scheitern." Shadow trat wieder einen Schritt vor und Avery hob die Hände. „Noch einen Schritt und ich lasse dein Feenblut gefrieren, bis du in Eissplitter zerbarstest."

Shadow lachte hohl auf. „Das möchte ich sehen."

„Noch einen Schritt und du wirst es sehen."

Sie hob beschwichtigend die Hände. „Entschuldigung. Das war ein Witz. Ich habe mich gefragt, was du tun würdest, wenn ich dich bedrohe, und jetzt weiß ich es."

Avery kniff die Augen zusammen. „Ich glaube nicht, dass du das Wort Witz verstehst. Außerdem hast du uns um Hilfe gebeten. Ich bin keine große Hilfe, wenn ich tot bin."

„Stimmt. Heißt das, du hast etwas gefunden, das mir helfen kann?"

„Noch nicht. Ich war ein wenig abgelenkt." Untertreibung des Jahres.

„Wovon?"

„Eine kleine Angelegenheit mit den Untoten."

„Die Untoten? Geister oder Nachtwandler?"

„Vampire."

„Was ist das?"

„Sie waren einst Menschen, aber jetzt saugen sie Menschenblut, um zu überleben. Sie sind schnell und tödlich."

Shadow ging auf Avery zu, ihre bedrohliche Haltung war verschwunden. „Also, was machst du hier?"

„Ich sammle Zutaten für einen Zauber", sagte Avery misstrauisch, da sie Shadow immer noch nicht traute.

„Ich bin keine Bedrohung für dich. Vielleicht kann ich helfen?"

„Ich komme allein gut zurecht. Ich brauche nur ein paar Zweige von der Eibe, der Eiche und der Eberesche, und dann bin ich weg."

Shadow zog ein langes, dünnes Messer aus der Scheide an ihrem Gürtel. „Ich kann helfen. Dann fühle ich mich nützlich." Sie nickte hinter sich, dorthin, wo ein paar Eichen standen. „Ich hole ein paar Eichenzweige." Sie rannte zu dem Baum und begann, flink und mühelos hinaufzuklettern, und Avery wandte sich der Eibe zu.

Je schneller ich das erledige, desto besser. Sie legte ihre Hand auf den Stamm der Eibe und segnete sie mit der Bitte, nur das zu nehmen, was sie brauchte. Sie arbeitete schnell, bis sie einen kleinen Haufen dünner, mit winzigen Nadeln bedeckter Zweige zu ihren Füßen hatte, und fand dann die Eberesche und tat dasselbe, wobei sie einige Zweige abschnitt, an denen noch eine Traube leuchtend roter Beeren hing.

Sie war gerade fertig, als Shadow mit den Armen voller Zweige und einem Büschel Misteln obendrauf wieder auftauchte. „Wofür brauchst du das alles?"

„Zum Schutz. All diese Pflanzen haben besondere Eigenschaften."

Shadow zuckte mit den Schultern. „Ich bin keine Heilerin. Ich bin eine Jägerin, eine Schatzsucherin. Jagst du diese Kreatur?"

Avery nickte und fragte sich, worauf Shadow hinauswollte. „Ja, wir müssen sie so schnell wie möglich aufhalten."

Shadow strahlte über das ganze Gesicht. „Gut. Ich kann helfen."

Zwölf

Averys offener Wohnbereich war voller Leute. Der Zirkel von White Haven war da, die drei Geisterjäger, Newton, und Caspian war als Letzter mit einer Flasche Wein eingetroffen, als ob die Teilnahme an einem Treffen zur Planung der Vampirjagd etwas wäre, das er oft an einem Abend nach der Arbeit tat. Sie saßen auf dem Sofa und den Stühlen, um den Esstisch herum, und andere standen da und unterhielten sich.

Avery war nach dem Treffen mit Shadow im Wald für ein paar Stunden zur Arbeit zurückgekehrt und hatte über ihr Angebot nachgedacht, aber es war etwas, das sie mit allen anderen besprechen wollte, und sie hatte ihr gesagt, dass sie sich melden würde. Sie hatte den größten Teil des Nachmittags auf ihrem Dachboden damit verbracht, Kränze und Sträuße zum Schutz zu binden, hatte Sally und Dan mit je zwei nach Hause geschickt und dann angefangen, Essen für alle vorzubereiten – Platten mit Käse, Schinken, frischem Brot, Oliven, Essiggurken und ein Blech mit Mince Pies.

Als die anderen Hexen eintrafen, fühlte sie sich erschöpft. Alex begrüßte sie mit einem Kuss. „Viel zu tun?"

„Zu viel. Besonders nach letzter Nacht. Wie ist es dir ergangen?“

Er ging in die Küche, um ein Sixpack Bier abzustellen, und sie folgte ihm. „Erschöpft und deprimiert.“ Er ließ einen Kronkorken ploppen und nahm einen langen Schluck Bier, bevor er sprach. „Ein verdammter Vampir! Ich versuche mir immer wieder einzureden, dass ich mir die letzte Nacht nur eingebildet habe, aber dann erinnere ich mich daran, wie sich dieses Schwert angefühlt hat, und, tja, davon wird mir schlecht.“

Avery versuchte, ihn zu beruhigen. „Du hast getan, was du tun musstest. Was wir nicht tun konnten.“

„Aber ich fühle mich wie ein Monster.“

„Du bist nicht das Monster.“

„Ich weiß, aber ...“ Er zuckte mit den Schultern, ungewöhnlich niedergeschlagen.

„Du bist übermüdet und müde. Komm und iss etwas“, sagte sie und führte ihn zurück zu ihrem Esstisch, der sich unter dem Essen bog. „Dann wirst du dich besser fühlen.“

Im Fernsehen liefen die Nachrichten, und Reuben stand davor, schaute zu und aß geistesabwesend. „Dieser Vampir muss sofort auf die Jagd gegangen sein, nachdem du ihn von unserer Fährte abgebracht hast, Avery.“

„Du glaubst also, der Vampir steckt hinter dem vermissten Mann?“

„In Truro? Letzte Nacht? Sicher. Das passt zeitlich.“

Newton nickte. Er trug immer noch seinen Anzug, hatte aber die Krawatte abgenommen und den obersten Knopf seines

Hemdes geöffnet. „Ich stimme zu. Ich meine, ich habe keine Beweise, aber du hast ihn um zwei Opfer gebracht."

„Wir mussten es tun", sagte Avery und fühlte sich schuldig.

„Ich weiß. Er hätte es wahrscheinlich sowieso getan, wenn das stimmt, was dein Zirkel sagt." Er nippte an seinem Bier, ein Auge auf den Fernseher gerichtet. „Baut er sich eine Art Armee von Untoten auf?"

„Für eine Armee braucht es mehr als zwei", warf Reuben ein.

Newton seufzte. „Ich glaube, es gab mehr Opfer."

Sie sahen alle verwirrt aus, und Briar hielt mitten im Bissen inne, um zu fragen: „Noch mehr Vermisste?"

Er nickte. „Meine Kollegen untersuchen schon seit Wochen einige Fälle. Alles Erwachsene, nichts Verdächtiges, außer dass sie einfach verschwunden sind!"

„Wirft das nicht automatisch Fragen auf?"

„Menschen verschwinden ständig, aus den verschiedensten Gründen. Oft sind sie am Leben, verstecken sich aber vor häuslicher Gewalt, elterlichem Missbrauch, nehmen Drogen, oder es steckt Menschenhandel dahinter. Das ist ein riesiges Thema. Ihr habt keine Ahnung. Aber diese speziellen Fälle von Verschwinden häufen sich", gab er zu.

Alex warf Avery einen besorgten Blick zu und fragte: „Wenn die Fälle von Verschwinden zusammenhängen, warum sollte der Vampir einige offen töten, während andere einfach nur verschwunden sind?"

Newton seufzte. „Vielleicht ist er jetzt stärker und will den Leuten Angst machen. Vampirpsychologie ist nicht mein Ding. Cassie? Ist das nicht dein Fachgebiet?"

„Nicht direkt", antwortete sie ausdruckslos. „Aber Mörder leben von der Macht, und je mehr ihnen gelingt, desto selbstbewusster werden sie. Ich bin nicht sicher, ob das ein nützlicher Vergleich ist, aber mehr habe ich nicht." Sie zuckte entschuldigend mit den Schultern.

„Moment mal!", sagte Ben und hob die Hand. „Bevor wir alle anfangen zu spekulieren, könnt ihr uns noch mal alles zusammenfassen, was letzte Nacht passiert ist? Wir haben bisher nur furchterregende Fetzen gehört. Denkt daran, einige von uns waren nicht dabei."

„Zum Glück", fügte Cassie mit finsterer Miene hinzu.

Dylan stimmte zu. „Nach dem, was ich bisher gehört habe, frage ich mich, ob wir diesen Job nicht hinschmeißen sollten."

Ben sah schockiert aus. „Auf keinen Fall! Das wird das Größte, was wir je gemacht haben – zumindest für Geld!"

„Mein Leben ist mehr wert als Geld." Dylan war verärgert, und es klang, als sei ihr Gespräch die Fortsetzung eines früheren Streits. „Denk daran, die Cousine meines Kumpels war eines dieser Mädchen."

Die sechs Hexen warfen sich einen Blick zu, eine Warnung in ihren Augen. Scheiße! Das hatte Avery vergessen. Sie würden ihm sagen müssen, dass sie diejenige war, die sich verwandelt hatte.

Alex ließ sich schwer auf einen der Stühle neben dem Tisch fallen. „Tatsächlich brauchen wir dringend deine Verbindungen zu diesem Haus. Wir glauben, dass das alles zusammenhängt. Macht es euch alle gemütlich, wir haben eine Menge zu erzählen."

In den nächsten fünfzehn Minuten brachten Avery, Caspian und Reuben sie über das Treffen mit dem Zirkel auf den neuesten

Stand, und dann schalteten sich die anderen Hexen ein und erzählten, was im Leichenschauhaus passiert war.

Dylan sah sie alle fassungslos an. „Wollt ihr mir ernsthaft erzählen, dass die tote Bethany aus dem Leichenschauhaus entkommen ist?"

„Leider ja", sagte Briar. Sie saß neben ihm auf dem Sofa und drückte mitfühlend seinen Arm.

Er zuckte zusammen. „Seid ihr sicher, dass sie es ist?"

„Sehr sicher", antwortete Alex. „Wir hatten gerade herausgefunden, in welcher Kühlkammer sie war."

Dylan sank gegen die Rückenlehne des Sofas und schloss die Augen. „Das ist ein Albtraum. Beth ist ein Vampir."

Ben sah skeptisch aus. „Ernsthaft?"

„Ich habe noch nie einen getroffen", antwortete Reuben sarkastisch, „aber ja, ich glaube schon. Ich kenne nichts anderes, das Menschen von den Toten auferstehen lässt."

„Es könnte ein Zombie sein", sagte Cassie, als ob das besser wäre.

Reuben war energisch. „Es ist kein Zombie. Er hatte große Eckzähne, perfekt, um dein Blut zu saugen!"

Cassie rutschte auf dem Sofa unbehaglich hin und her und blickte die anderen auf eine Weise an, die Avery vermuten ließ, dass sie etwas wussten, das sie noch nicht verraten hatten. „Und du glaubst immer noch, dass es mit dem Haus zusammenhängt, das wir untersuchen?"

El nickte. „Es scheint ein zu großer Zufall zu sein. Aber vielleicht liegen wir falsch. Was habt ihr herausgefunden?", fragte sie auffordernd.

Dylan atmete aus, öffnete die Augen und setzte sich auf. „Jede Menge seltsamer Scheiß. Ich fange am besten von vorne an. Das Haus der Geister wurde im frühen neunzehnten Jahrhundert erbaut, aber in den späten 1920er Jahren von Madame Charron, wie sie später genannt wurde, gekauft. Ihr richtiger Name war Evelyn Crookshank. Ihr Mann war 1923 nach seinen Erlebnissen im Ersten Weltkrieg durch Selbstmord gestorben und hatte sie mit einer Tochter, Felicity, zurückgelassen. Sie muss damals etwa zwei Jahre alt gewesen sein. Selbstmord war bei Kriegsveteranen leider ziemlich häufig. Etwa zur gleichen Zeit erwachte das Interesse an der Geisterwelt und an Medien erneut. Darüber gibt es eine Menge Forschungsmaterial. Man spekuliert, dass es aus dem Bedürfnis heraus entstand, mit den Verstorbenen Kontakt aufzunehmen, und Scharlatane nutzten das aus. Anscheinend begann Evelyn sich kurz nach seinem Tod für den Spiritismus zu interessieren und wurde innerhalb kurzer Zeit ein Medium."

Avery beugte sich fasziniert vor. „War Evelyn eine Scharlatanin?"

„Schwer zu sagen. Das ist einer der Gründe, warum wir das Haus untersuchen. Ich glaube, ich habe dir erzählt, dass Rupert und Charlotte von dieser Art von Dingen ziemlich besessen sind, besonders Rupert. Anscheinend will er dieses Haus schon seit Jahren kaufen."

„Woher weißt du das?", fragte El.

Ben zuckte die Achseln. „Er hat es uns erzählt. Er bekommt dieses glühende Funkeln in den Augen, wenn er über das Haus spricht. Das lässt ihn wild aussehen."

„Jedenfalls", fuhr Dylan fort, „soweit ich aus verschiedenen Quellen herausfinden konnte, kaufte sie das Haus 1928. Damals hatte sie bereits einen gewissen Ruf, sie hatte gut Geld verdient und zog dort ein. Es ist groß und imposant, gut geeignet, um Leute zu beeindrucken, wie ihr ja gesehen habt. Zu der Zeit hieß es noch nicht ‚Haus der Geister'. Den Namen gab sie ihm später, ließ es renovieren. Jahrelang lief das Geschäft gut, bis etwa 1938, und dann ist etwas passiert." Er machte eine dramatische Pause.

Caspian war eine Weile still gewesen und hatte aufmerksam zugehört, fast wie ein Außenseiter in der Gruppe, aber dann sagte er: „Sie ist verschwunden."

„Sozusagen. Sie zog sich mit ihrer Tochter in die Einsamkeit zurück. Sie beendete alle ihre Séancen, all ihre private Arbeit, und wurde nie wieder wirklich gesehen."

„Und ihre Tochter?", fragte Caspian.

„Sie muss damals Teenager gewesen sein. Aber man sah sie auch nicht oft. Sie entließen die Dienerschaft, und abgesehen von der Tochter, die zum Einkaufen rausging, wurden sie so ziemlich zu Einsiedlern. Sie sind beide in dem Haus gestorben – natürlich im Abstand von mehreren Jahren."

„Wow", sagte Avery, die Mitleid mit ihnen hatte. „Stell dir vor, du lebst so lange in einem Haus und gehst nie raus!"

Briar sah schockiert aus. „Felicity ist nie ausgezogen? Hat nie geheiratet, nie irgendetwas getan?"

Dylan schüttelte den Kopf und sah genauso verdutzt aus wie Briar. „Nein. Sie hat das Haus von ihrer Mutter geerbt, die 1979 starb, und ist einfach dort geblieben und hat es um sich herum verfallen lassen."

„Sie muss so, was – 97, 98 gewesen sein, als sie starb?“, spekulierte Reuben. „Und hat allein gelebt?“

Cassie rührte sich in der Ecke des Sofas, wo sie zugehört hatte. „Sie hatte in den letzten zwanzig Jahren oder so eine Putzfrau. Die hat alles geerbt.“

„Aber“, sagte Dylan, „sie hat das Haus verkauft, sobald sie konnte – an Rupert. Es war ein sehr schneller Verkauf.“

„Wie hieß die Putzfrau?“, fragte Newton und zückte sein Notizbuch.

Ben sah frustriert aus. „Joan Tiernan. Wir haben versucht, sie zu kontaktieren, aber sie hat auf unsere Anrufe noch nicht reagiert.“

„Sie könnte einiges über dieses Haus wissen“, vermutete El.

Ben nickte. „Das denken wir auch.“

„Haben Rupert oder seine Frau, Charlotte, mit ihr gesprochen?“, fragte Alex.

„Hört sich nicht so an“, sagte Cassie. „Sie hatten für den Verkauf nur mit dem Immobilienmakler zu tun. Sie konzentrieren sich nur darauf, das Haus zu renovieren und seine Geheimnisse zu lüften.“

Briar runzelte die Stirn. „Geheimnisse?“

„Versteckte Paneele, Mechanismen, Tricks – alles, was darauf hindeuten könnte, dass Evelyn eine Betrügerin war. Oder besser noch, dass sie echt war“, erklärte Ben.

Newton stand auf, schritt durch den Raum und sah dabei sehr nach Polizist aus. „Ich muss das mal auf die Reihe kriegen. Felicity stirbt, vererbt das Haus an Joan, und die verkauft es an Rupert,

Herrn Okkult. An welchem Punkt stellen sie euch ein?", fragte er Ben, Dylan und Cassie.

„Direkt nachdem sie mit der Renovierung angefangen haben", erklärte Ben. „Wir waren wegen der Ereignisse an Samhain in den Nachrichten, und sie dachten, wir könnten das Haus untersuchen – obwohl, was Spuk angeht, eigentlich nichts los war. Wir haben zugestimmt ... das Haus klang interessant."

Newtown hörte auf, auf und ab zu gehen, und blieb in Gedanken versunken stehen. „Aber was verbindet das Haus mit diesen Fällen von Verschwinden und den Morden?"

Ben lächelte schief, als er Avery ansah. „Hexen mögen keine Zufälle. Und jetzt kommt noch das Timing dazu. Nach dem, was du gerade gesagt hast, begannen die Fälle des Verschwindens zur gleichen Zeit, als Felicity starb. Und dann hat Charlotte uns erzählt, dass sie seit einer Weile seltsame Träume hat, in denen jemand nachts über ihr steht – übrigens nicht erst seit ein paar Nächten. Damit ist sie heute rausgerückt."

„Hattet ihr Gelegenheit, die Aufnahmen zu untersuchen?", fragte Reuben.

Dylan nickte. „Ja, und es sieht wirklich seltsam aus. Gegen zwei Uhr morgens steht sie aus dem Bett auf, geht zum Fenster, öffnet es und kehrt ins Bett zurück. Dann verlieren wir für ein paar Minuten einen Teil ihres Bildes, weil etwas zwischen sie und die Kamera gerät. Wir können ein seltsames Atemgeräusch und ein kratzendes Geräusch hören, aber auf der Wärmebildkamera können wir nichts sehen. Nichts. Und dann sehen wir sie wieder. Und das war's." Perplex breitete er die Hände aus. „Wir werden natürlich weiterfilmen."

Avery hatte einen schrecklichen Gedanken. „Trägt sie einen Schal um den Hals?"

Cassie traf ihren Blick, Angst lauerte hinter ihren Augen. „Die ganze Zeit. Seidenschals, in verschiedenen Designs."

„Heilige Scheiße!", rief Reuben und sah Avery an. „Wir haben im Auto über diese Möglichkeit gesprochen. Der Vampir hat seine eigene Blutbank."

Cassie kreischte beinahe. „Und sie lässt ihn rein?"

„Genau wie Dracula", murmelte El. „Er war sehr überzeugend."

„Und im Rest des Hauses ist nichts?", fragte Avery.

„Nein. Aber wir haben etwas anderes gefunden", fügte Ben hinzu.

„Was?", fragte Newton.

„Das ganze Herumstochern an den Paneelen hat sich gelohnt. Rupert hat ein Paneel gefunden, das eine versteckte Treppe öffnet, die zum Turmzimmer führt, und da oben gibt es allerlei Verrücktes!"

In diesem Moment war nun auch der Letzte hellwach und rückte auf seinem Stuhl nach vorne.

„Erzähl weiter", forderte Alex ihn auf.

Dylan führte weiter aus. „Also, von außen ist es ein viereckiger Turm, aber innen gibt es bemalte Holzpaneele, die den Raum stattdessen rund machen. Auf dem Boden sind auch Siegel und Zeichen."

Avery rutschte auf ihrem Stuhl hin und her. „Was für Malereien?"

„Dämonen und etwas, das wie Tarotbilder aussieht", sagte Cassie ihr.

„Das müssen wir uns ansehen", sagte Reuben sofort.

Ben nickte. „Ja, das müsst ihr. Ich frage mich, ob der Dachboden nicht vielleicht der eigentliche Machtort im Haus ist."

„Allerdings", fügte Dylan schnell hinzu, „gibt es dort oben im Moment überhaupt keine EMF-Ausschläge. Wir haben das heute überprüft."

„Das erinnert mich an etwas", sagte Reuben und griff in seine Jeanstasche. „Das haben wir gestern Nachmittag gefunden." Er zog einen Umschlag hervor und daraus den vergilbten Papierschnipsel mit den Mondzeichen darauf. „Als wir gestern im Haus waren, haben wir das unter der Feuerstelle gefunden, wo auch die Hexenflasche war."

Caspian nahm es, untersuchte es und reichte es dann an Alex weiter. „Ich wusste nicht, dass es eine Hexenflasche gab."

„Ben hat sie mir gezeigt", sagte Avery, und Ben nickte. „Ich nahm an, Evelyn hatte sich bedroht gefühlt und musste sich vor einem Fluch oder so etwas schützen. Ich muss zugeben, anfangs dachte ich, sie wäre älter – vielleicht ein paar hundert Jahre, aber da muss ich mich wohl irren."

Caspian sah sie nachdenklich an. „Vielleicht auch nicht. Das Haus ist alt. Sie könnte schon lange vorher da gewesen sein. Vielleicht war mit diesem Haus schon immer etwas nicht in Ordnung. Etwas, das älter ist als Evelyn. War an der Flasche irgendetwas Ungewöhnliches?"

„Nicht, dass ich wüsste. Sie enthielt Nägel, scharfe Gegenstände, Blut, Haut, menschliche Nagelabschnitte – das Übliche eben." Sie wandte sich an Dylan. „Habt ihr im Turm gefilmt?"

„Nein, wir haben nur das EMF-Messgerät drüberlaufen lassen."

Newton schnaubte ungeduldig. „Habt ihr die Wände abgeklopft?"

Ben sah enttäuscht aus. „Haben wir, aber sie klangen alle gleich – hohl. Aber das ist nicht überraschend. Es muss einen Spalt zwischen den Paneelen und den Wänden geben."

„Vielleicht verbergen sie einen Geheimgang?", schlug El vor.

Reuben grinste. „Du musst dafür sorgen, dass wir wieder ins Haus kommen."

Dreizehn

Stillschweigend legten sie eine Pause ein. Einige holten sich erfrischende Getränke und sorgten für Essensnachschub, während andere sich in kleinen Gruppen sammelten, um ihre Erkenntnisse zu diskutieren.

Alex war in der Küche, um sich noch ein Bier zu holen, und Avery holte mehr Käse aus dem Kühlschrank. „Bevor wir irgendetwas unternehmen", sagte Alex zu ihr, „müssen wir noch ein paar Hausaufgaben machen. Ich glaube nicht, dass einer von uns in dieses Zimmer stolpern sollte, ohne mehr über das Haus oder Vampire zu wissen."

„Einverstanden", sagte Caspian, der dazukam, um seinen Rotwein aufzufüllen. „Da draußen gibt es einen Vampir – na ja, zwei inzwischen, von denen wir wissen. Ich will nicht unvorbereitet in ihre Ruhestätte stolpern."

Avery seufzte und ließ die Schultern kreisen, um ihre Anspannung zu lösen. „Ich stimme zu, aber wir haben nicht viel Zeit. Ich meine, die Todesfälle und das Verschwinden sind so schnell passiert, dass selbst ein paar Tage Warten unweigerlich bedeuten würde, dass noch jemand stirbt."

Alex nickte. „Dann teilen wir uns auf, halbieren die Arbeit, genau wie Genevieve es dem Zirkel vorgeschlagen hat. Kommt, bringen wir das hinter uns." Er drehte sich um und führte sie zurück ins Wohnzimmer.

Newton war mitten in einem Gespräch mit Reuben und sah gequält aus. „Na ja, ja und nein. Aber das Ding hat jemanden entführt, soweit wir wissen. Es könnte heute Nacht wieder unterwegs sein. Wir müssen es schnell aufhalten."

„Einverstanden", sagte Reuben, der an der Wand lehnte und trotz der Risiken, denen sie ausgesetzt waren, lässig aussah. „Aber wir brauchen einen Plan." Er rief zu Ben hinüber: „Hast du heute was von Jasper gehört?"

Ben richtete sich von seiner hockenden Position auf, in der er mit Briar und El gesprochen hatte. „Ja, tut mir leid, wollte ich dir noch sagen. Er kommt morgen zu uns. Er und Dylan wollen sich in die Recherche vergraben."

Dylan wedelte mit dem Finger auf ihn. „Diese Recherche könnte dir deinen elenden Arsch retten, mein Freund!"

Caspian runzelte die Stirn. „Sucht so weit zurück, wie ihr könnt. Wenn diese Hexenflasche alt ist, dann geschehen in der Umgebung dieses Hauses vielleicht schon seit langer Zeit dunkle Dinge."

„Und was kann ich tun?", fragte Briar und sah sich im Raum um. „Ich komme mir im Moment nutzlos vor."

„Du bist alles andere als nutzlos", sagte Newton mit überschatteten Augen. „Letzte Nacht warst du nicht nutzlos."

„Ich war nicht diejenige, die werdende Vampire geköpft hat. Das war Alex."

„Und das werde ich nie vergessen", sagte Alex bedauernd. Er lächelte Briar an. „Keine Sorge. Es wird genug zu tun geben, wenn die Zeit reif ist. Ben, wann können wir in das Haus?"

Ben rieb sich die Stirn. „Ich weiß nicht. Ich bin nicht sicher, ob Rupert euch dort drin haben will. Er war ehrlich gesagt schon etwas verärgert, Avery und Reuben dort anzutreffen."

„Wir haben schon früher Leute mit einem Glamour belegt", erinnerte Reuben sie. „Wir haben Stan vor Samhain für ein paar Tage aus White Haven weggelockt, und ich bin sicher, dass wir das Gleiche mit Rupert tun können."

„Nein", beharrte Newton. „Auf keinen Fall."

„Spielverderber", sagte Reuben und sah verärgert aus. „Du findest es gut, wenn wir die Regeln brechen, wenn du uns brauchst."

Cassies Miene hellte sich auf. „Ich weiß, wann! Sie sind dieses Wochenende weg – erinnert ihr euch nicht, Jungs? Charlotte hat uns erzählt, dass sie zur Geburtstagsfeier ihrer Schwester müssen. Sie fahren Samstagmorgen los!"

„Stimmt", stimmte Dylan aufgeregt zu. „Sonntag sind sie wieder da. Sie wissen, dass wir dort sein werden, um die Kameras zu überprüfen, also könntet ihr mit uns kommen. Sie würden es nie erfahren."

„Ausgezeichnet", sagte Reuben, streckte sich zu seiner vollen Größe und grinste wie die Grinsekatze. „Wir haben drei Tage Zeit, um die Geheimnisse dieses Hauses herauszufinden – na ja, ihr", sagte er und sah Dylan an. „Und wir haben drei Tage, um herauszufinden, womit wir es zu tun haben, und um verschwundene, frisch verwandelte Vampire und ein Versteck aufzuspüren."

„Oder mehrere Verstecke", erinnerte Alex ihn nachdenklich. „Wir könnten wahrscheinliche dunkle und sichere Orte in einem vernünftigen Radius überprüfen."

„Drei Tage, um meine Vampirjäger-Fähigkeiten und Zauber zu verfeinern", sagte El, die nicht halb so begeistert aussah wie Reuben.

„Übrigens", sagte Avery, „Shadow will hierbei helfen. Ich habe ihr noch keine Antwort gegeben."

Alex schüttelte den Kopf. „Ich will ihre Hilfe nicht. Ich traue ihr nicht. Ich kenne sie nicht!"

„Ich rufe sie an", bot El an. „Meine Schwester kann vielleicht bei der Herstellung von Vampirjäger-Ausrüstung helfen. So kann ich sie kennenlernen und ihre Motive ausloten."

„Haben wir irgendwas übersehen?", fragte Newton, der wieder auf und ab ging.

„Ja", sagte Caspian, als er sein Glas abstellte und seinen Mantel anzog. „Besorgt uns den Autopsiebericht und überprüft den Hintergrund von Rupert und Charlotte. Ich stimme Avery zu. Er klingt zwielichtig."

Newton fuhr sich mit den Händen durchs Haar und strich sich dabei geistesabwesend über die Narbe an seinem Hals. „Ja, ich könnte nachsehen, ob sie irgendwelche Vorstrafen haben, oder prüfen, woher sie kamen. Das sollte nicht allzu schwierig sein."

Caspian runzelte die Stirn und hielt inne. „Was ist passiert, als die Leute in der Leichenhalle heute Morgen das Chaos entdeckt haben?"

Avery hatte das schon den ganzen Abend fragen wollen, war aber durch alles andere abgelenkt worden, genau wie die anderen, ihren Reaktionen nach zu urteilen. Alle konzentrierten sich auf Newton.

Er atmete schwer aus. „Es gab die reinste Hysterie bei ein paar Leuten, einige dachten, es sei ein übler Scherz, aber die meisten waren einfach nur schockiert. Wir haben den ganzen Laden für den Tag dichtgemacht, während wir ermittelten. Sie müssen das Dach und die Tür des Kühlraums reparieren lassen, und wir alle mussten ein paar furchtbare Gespräche mit den Angehörigen führen. Es war wie in einem Horrorfilm da drin."

„Du hättest letzte Nacht da sein sollen", sagte Alex. Er hatte sich wieder hingesetzt und beobachtete Newton mit müden Augen.

Newton nickte. „Die Leichenhalle steht jetzt unter 24-stündiger Polizeibewachung und wird es auch für die nächsten paar Tage bleiben – bis wir entscheiden können, ob es wieder passieren könnte."

„Bringt irgendjemand die Todesfälle mit Vampiren in Verbindung?", fragte Caspian.

„Nur auf eine scherzhafte, unglaubliche Art und Weise. Niemand glaubt wirklich, dass ein Vampir sein Unwesen treibt. Obwohl es, wie ihr euch vorstellen könnt, eine Menge Fragen darüber gibt, warum jemand tote Mädchen enthaupten und eine Leiche stehlen sollte. Und es ist auch nicht unbemerkt geblieben, dass die Tür des Kühlraums von innen eingetreten wurde."

„Und die Presse?"

„Ich gebe der Sache bis morgen", antwortete Newton. „Diese Sarah von Cornwall TV wird sich darauf stürzen, das garantiere ich."

„Aber keine Verbindung zu uns, oder?", fragte Reuben.

„Keine. Und das wird auch so bleiben." Er blickte sie alle stirnrunzelnd an. „Ich wünschte immer noch, ihr hättet mir gesagt, was ihr vorhattet."

Avery versuchte, ihn zu beruhigen. „Es war keine Zeit. Und außerdem kannst du dich da nicht einmischen. Du kennst die Regeln. Du bist Polizist. Wir beschützen dich... deinen Job."

„Ich weiß." Newton seufzte. Er sah zu Ben, Dylan und Cassie hinüber. „Geht nachts auf keinen Fall allein irgendwohin, besonders nicht in die Nähe dieses Hauses."

Cassie schauderte. „Keine Sorge, das werden wir nicht."

„Nehmt ein paar von meinen Schutzkränzen mit." Avery ging zu dem Tisch, auf dem sie sie aufgestapelt hatte. „Hängt sie an eure Vorder- und Hintertüren und lasst niemanden herein, den ihr nicht kennt."

Alex stimmte zu. „Das Ding, das wir letzte Nacht gesehen haben, sah eindeutig unmenschlich aus, aber es könnte eine Art Zauber wirken, um menschlich auszusehen, wenn es das will."

Briar sah mit ernstem Gesicht auf. Sie hatte sich leise mit El unterhalten. „Was, wenn es uns nach letzter Nacht aufgespürt hat?"

Wie auf Kommando sahen sie alle zu den Fenstern. Avery hatte ihre Jalousien vor der Nacht zugezogen, aber sie alle wussten, wie kalt und dunkel es draußen war, und die Nacht war der Freund eines Vampirs.

„Du kannst heute Nacht wieder bei mir bleiben, wenn du willst", sagte Caspian zu Briar und hielt an der Tür inne.

Seit Briar und Caspian sich zusammengetan hatten, um El vor dem Fluch zu retten, schienen sie eine neue Ebene des Einvernehmens erreicht zu haben. Briar hatte in der Nacht zuvor nicht gezögert, Caspian zu helfen, und er hatte kein Problem damit, dass sie in Faversham Central übernachtete. Avery konnte nicht fassen, wie sehr sich die Dinge seit dem Sommer und nach Sebastians Tod verändert hatten. Newton anscheinend auch nicht, denn bei dem Vorschlag entfuhr ihm ein kaum unterdrücktes, verärgertes Schnaufen. Er hätte sich keine Sorgen machen müssen, denn sie lehnte ab.

„Danke, aber ich muss heute Nacht zu Hause bleiben. Mir wird nichts passieren."

„Der Vampir, der versucht, dich anzugreifen, tut mir leid", sagte Caspian und lachte kurz auf. „Ich werde die Gegend nach möglichen Verstecken für sie absuchen. Ich melde mich." Und damit ging er.

Dylan machte sich ebenfalls zum Gehen bereit und wandte sich an seine Partner. „Kommt schon, Leute. Ich will nach Hause und versuchen zu schlafen. Ich habe das Gefühl, dass Schlaf etwas ist, das ich in den kommenden Tagen vermissen werde."

„Ich bin gespannt, was du über dieses alte Anwesen herausfindest", sagte Reuben und griff nach einem weiteren Bier.

Cassie stand auf, schnappte sich ihren Mantel und ging hinter Dylan zur Tür. „Ich auch. Ich frage mich langsam, worauf wir uns da eingelassen haben. Danke für das Essen, Avery, und schön, euch alle wiederzusehen. Wir melden uns mit Neuigkeiten."

Newton nahm seine Jacke von der Lehne eines Stuhls, und als er den Geisterjägern zur Tür hinaus folgte, blickte er zu den Hexen zurück. „Geht keine Risiken ein. Und bitte, versucht nicht noch einmal, Leichen zu enthaupten."

Avery fragte sich, ob sie zu viel in die Art hineininterpretierte, wie er Briar ansah und wie sie seinen Blick erwiderte, aber sie beschloss, dass das, was auch immer zwischen ihnen vorging, sie nichts anging.

Sobald die Hexen allein waren, spürte Avery, wie die Last ihrer Situation auf sie drückte. Es fühlte sich gewaltig an. Ein Vampir auf freiem Fuß, der tötete und neue Vampire erschuf; sie alle könnten in Gefahr sein.

Reuben war während des Treffens energiegeladen gewesen, hatte die meiste Zeit gestanden und einen Großteil der Diskussion geleitet, aber als alle gegangen waren, sank er auf einen Stuhl, die Schultern gebeugt.

„Alles in Ordnung mit dir?", fragte El und setzte sich neben ihn.

„Mir geht's gut, ich bin nur eingeschüchtert von dem, was vor uns liegt."

Sie drückte seinen Arm. „Es ist nicht schlimmer als das, was wir schon durchgemacht haben, es ist nur... anders."

Briar lachte trocken. „Das ist eine Art, es auszudrücken."

Alex und Avery setzten sich zu ihnen auf das Sofa, und Avery spürte, wie sie sich endlich entspannte, wohl in der Gegenwart ihres Zirkels. Sie hatte eine Weile gebraucht, um die anderen Hexen als solchen anzuerkennen, aber heute Abend hatte sie endlich das Gefühl, dass sie es waren, und sie vertraute ihnen ihr Leben an. Sie wandte sich ihnen zu und lächelte schüchtern. „Ich bin froh, dass ich euch alle richtig kennengelernt habe. Mein Leben ist dadurch besser."

El grinste. „Danke, Avery. Unseres auch."

Reuben schnaubte. „Schneeflöckchen."

„Verpiss dich, Reuben", erwiderte Avery.

Er lachte. „War nur ein Scherz. Meines auch, obwohl erst Gils Tod nötig war, damit ich es einsehe."

„Ihr seid meine Familie", sagte Briar, der die Tränen kamen. „Ich liebe euch alle und habe schreckliche Angst, dass euch etwas zustoßen könnte. Dieses Ding macht mir wirklich Angst. Es ist wie nichts, dem wir je zuvor begegnet sind."

Alex sah sie alle nacheinander an. „Wir werden nicht alle sterben, ihr depressiver Haufen! Wir haben es hier mit einem Vampir zu tun. Wir sind größer, krasser und mächtiger. Und wir werden ihm in seinen dürren, untoten Arsch treten. Wir haben ihm gestern Abend einen herben Rückschlag verpasst. Unterschätzt nicht, was wir getan haben."

Avery sah ihn an und wünschte, er hätte recht. „Aber Rasmus hat seine erste Frau an einen verloren. Sie waren jung und mächtig, genau wie wir. Einer von uns könnte auch sterben!"

„Nein, das werden wir nicht. Das lasse ich nicht zu." Er sah stur und verärgert aus, und Avery liebte ihn dafür umso mehr. „Evelyn und Felicity hätten genau gewusst, was los war. Der erste Angriff 1979 fiel mit Evelyns Tod zusammen. Was, wenn Felicity diejenige war, die ihn aufgehalten hat? Du sagtest, Rasmus und die anderen hätten den ursprünglichen Vampir nie gefunden. Vielleicht hat ihr Tod die Macht, die sie über ihn hatte, was auch immer es war, aufgehoben?" Er wurde immer aufgeregter. „Sie haben beide jahrelang dort gelebt, und auch wenn ihre Geister vielleicht nicht im Haus umherwandern, müssen sie doch irgendwo dort sein. Ich will mit einer von ihnen sprechen. Welche Geheimnisse dieses Haus auch immer birgt, was auch immer sie wissen, ich werde es herausfinden."

„Am Samstag?", fragte Reuben.

„Ja. Ich werde mich zuerst mit Ben absprechen, um zu sehen, welcher Raum mir die besten Chancen bietet, und das wird der Raum sein, in dem ich es versuchen werde. In der Zwischenzeit werde ich mir überlegen, wie ich am besten eine Verbindung herstellen kann."

Vierzehn

Ein hartnäckiges Kratzgeräusch weckte Avery aus einem unruhigen Schlaf. Ein paar Augenblicke lang lag sie still da und versuchte herauszufinden, was das für ein Geräusch war und das andere zu ergründen, das mit dem Kratzen wetteiferte. Sie merkte, dass sie ihre Katzen knurren hörte, deren kehliges Grollen tief aus ihren Brustkörben kam.

Avery setzte sich auf und achtete darauf, Alex nicht zu stören. Im fahlen Licht, das durch die Jalousien sickerte, sah sie Medea und Circe am Ende des Bettes aufrecht sitzen und auf das Fenster am anderen Ende des Zimmers starren. Sie folgte ihrem Blick, verwirrt. Worauf waren sie so fixiert? Warum knurrten sie?

Sie beugte sich vor, um die Katzen zu erreichen, und streichelte sie, um sie zu beruhigen, doch ihr Fell sträubte sich und sie ignorierten sie, wie gebannt.

Das stetige Kratz, Kratz, Kratz verwirrte sie. Es gab keine Bäume am Fenster, nichts Natürliches, das so hartnäckig kratzen konnte. Sie glitt aus dem Bett, ging auf das Geräusch zu, und die Katzen verstärkten ihr tiefes, kehliges Grollen wie zur Warnung. Als sie nach dem Fenster griff, durchfuhr sie ein Schauer. Etwas war auf der anderen Seite des Fensters, etwas Seltsames. Etwas, das nicht dort sein sollte.

Als könnte sie ihre Bewegungen nicht kontrollieren, streckte sie die Hand aus und zog die Jalousien hoch.

Ein Gesicht war gegen das Glas gepresst, und Fingernägel klopften und schabten nach unten. Avery zögerte und wich stolpernd zurück, ein Schrei blieb ihr in der Kehle stecken. Die Gestalt auf der anderen Seite des Fensters war eindeutig Bethany Mason. Ihr langes Haar schwebte wie ein Heiligenschein um ihren Kopf, ihr Gesicht war blass und ihre dunklen Augen waren mit grimmiger Intensität auf Avery gerichtet.

Das durfte nicht sein. Avery war im dritten Stock, und es gab keinen anderen Weg zu ihrem Fenster, als eine gerade Wand hochzuklettern oder zu fliegen. Und doch war Bethany da, ihre Fingernägel schabten über das Glas. Avery machte den Fehler, in den dunklen Abgrund ihrer Augen zu blicken, und war verloren.

Sie musste das Fenster öffnen. Bethany war kalt. Sie musste hereinkommen.

Avery streckte die Hand nach dem Riegel aus, bereit, ihn zu öffnen und sie hereinzulassen. Alex schlief reglos neben ihr, sein Schlaf schien fast unnatürlich tief zu sein.

Mit einem unheimlichen Heulen sprang Circe auf sie zu, stürzte sich auf ihren Arm und grub ihre Krallen tief in ihre Haut. Im selben Moment flog die Schlafzimmertür auf und schlug gegen die Wand.

Der Schmerz machte Averys Kopf wieder frei. Sie wich vom Riegel zurück und umklammerte ihren zerkratzten Arm, zog sich zurück, als ihr die Realität der Situation dämmerte. Sie drehte sich zur Tür ihres Schlafzimmers, wo Helena stand, ein geisterhafter Wind wirbelte um sie herum. Ihre Augen loderten vor Wut, aber sie konnte nicht hereinkommen; Avery hatte einen Zauber gewirkt, der sie aus dem Zimmer verbannte. Aber es war nicht Avery, die sie anstarrte – es war Bethany.

Avery trat erneut einen Schritt zurück, die Furcht stieg in ihr auf. Bethany sah Helena direkt in die Augen, und für ein paar Sekunden rührte sich keine von beiden, und Avery auch nicht, vor Angst erstarrt. Und dann heulte Medea und spornte Avery zum Handeln an. Sie sprach einen Zauber aus, der Bethany vom Fenster verbannte und sie wie eine Eidechse die Wand hinunterhuschen ließ. Avery rannte zum Fenster und sah ihr nach, ihr Magen drehte sich vor Entsetzen über Bethanys unnatürliche Bewegungen um, genau wie in der Nacht zuvor in der Leichenhalle. Sie blickte einmal auf und warf Avery einen boshaften Blick zu, der andeutete, dass sie zurückkommen würde.

Avery schauderte und wandte sich wieder Helena zu, die sie mit ihrem ebenso dunklen und hohlen Blick beobachtete. „Danke."

Helena nickte, ihr Gesichtsausdruck wurde weicher, und dann verschwand sie.

Medea war ans Ende des Bettes zurückgekehrt, neben Circe, und beide beobachteten das Fenster gelassener, ihre Schwänze wedelten über die Decke. Alex befand sich immer noch in einem tiefen und geräuschlosen Schlaf. Wie konnte er das nur verschlafen haben? Sie überlegte, ihn zu wecken, aber am Ende entschied Avery, dass es sinnlos war. Es gab nichts, was er jetzt tun konnte. So würde wenigstens einer von ihnen etwas anständige Ruhe bekommen.

Als Alex am nächsten Morgen endlich aufwachte, war er benommen und hatte einen schweren Kopf. „Ich fühle mich, als hätte ich einen Kater, und nach nur ein paar Bier scheint das wirklich unwahrscheinlich."

Avery rollte sich zu ihm um und beobachtete, wie er im schummrigen Licht des Zimmers blinzelte. „Ich glaube, dein dröhnender Schädel liegt daran, dass du letzte Nacht eine seltsame Vampir-Magie abbekommen hast."

„Was?", drehte er sich mit gerunzelter Stirn zu ihr. „Das ist nicht dein Ernst, oder?"

„Nein. Ich hatte Besuch, und Helena und die Katzen haben mich gerettet." Sie erzählte ihm, was passiert war, und Alex' Gesichtsausdruck wandelte sich von Verwirrung über Sorge zu völliger Panik.

„Aber ich habe nichts gehört!" Er stützte sich auf einen Ellbogen und starrte sie an. „Nichts. Ich habe wie ein Stein geschlafen."

„Jep, Vampir-Magie." Sie versuchte, es herunterzuspielen, aber das nahm ihr niemand ab.

Alex zog sie zu sich, seinen Arm um ihre Taille legend. „Bist du sicher, dass es dir gut geht? Du hättest mich wecken sollen."

Sie streckte die Hand aus und streichelte seine Wange, spürte seine Bartstoppeln unter ihren Fingern. „Es hätte keinen Zweck gehabt."

„Doch, hätte es. Dafür bin ich doch da, um auf dich aufzupassen.“

„Ich bin ein Glückspilz.“

„Ja, das bist du“, sagte er grinsend. Und dann verschwand sein Lächeln. „Aber was, wenn Bethany das Gleiche bei Briar oder den anderen versucht hat? Sie haben keinen hilfsbereiten Geist oder Katzen, die sie retten.“ Er setzte sich auf und griff nach seinem Handy.

Schuldgefühle überkamen Avery. „Entschuldigung, daran habe ich gar nicht gedacht. Die ganze Sache hat mich so fertiggemacht.“ Sie setzte sich ebenfalls auf und sah ihm beim Telefonieren zu, nur beruhigt, als alle abnahmen und bestätigten, dass es ihnen gut ging.

„Ich muss diese Schutzbündel an meinen Fenstern anbringen“, sagte sie und stieg aus dem Bett. „Ich habe nicht bedacht, dass Vampire wie Spiderman Wände hochklettern können.“

„Dracula konnte das“, warf Alex ein, während er sich anzog. „Das musst du gelesen haben. Der arme alte Jonathan Harker hat ihn im Schloss die Wände hochkrabbeln sehen.“

Avery ging ins Bad, um zu duschen. „Na toll. Transsilvanien ist nach White Haven gekommen.“

Avery freute sich nicht darauf, Sally und Dan über die neuesten Ereignisse auf dem Laufenden zu halten, aber sie musste es tun. Dan hatte den Laden an jenem Morgen betreten, nach Knoblauch stinkend und ein weiteres Weihnachts-T-Shirt tragend, das schmerzhaft unlustig war. Sally war mit Mince Pies gekommen.

Sallys Hand fuhr an ihren Hals, als Avery ihr von ihrer Begegnung in der Nacht zuvor erzählte. „Sie war hier!"

„Ich fürchte, ja. Ich will euch beide nicht in Panik versetzen, aber ihr müsst wissen, dass ihr das ernst nehmen müsst. Mit etwas Glück hat sie es nur auf uns abgesehen, aber wer weiß, wo der Hauptvampir ist und wer er ist – oder besser gesagt, war." Avery schüttelte verwirrt den Kopf. „Ich weiß nie, ob ich sie als ‚es' oder als ‚er' oder ‚sie' bezeichnen soll. Sie sind so unmenschlich, dass sie ihr Geschlecht verloren zu haben scheinen. Wie auch immer, ihr müsst vorsichtig sein."

„Und deshalb ergreife ich bereits Maßnahmen, um mich zu schützen", sagte Dan und nippte an seinem Kaffee.

„Mit Knoblauch, ja, das rieche ich." Avery rümpfte die Nase und hielt Abstand. „Hast du die Schutzbündel aufgehängt?"

Dan salutierte zum Spaß. „Jawohl, Ma'am." Er sah sich in der Buchhandlung um und senkte die Stimme. „Ich habe gestern Abend sogar einen Pflock gemacht. Nur für den Fall. Nicht, dass ich will, dass du mich auf andere Weise mit einbeziehst."

„Wow! Gut zu wissen, dass du vorbereitet bist. Was mich daran erinnert, dass ich auch ein paar Pflöcke vorbereiten muss. Ich habe das Holz. Ich werde hier ein paar Stunden verbringen und dann nach draußen gehen, wenn das für euch in Ordnung ist?"

„Kein Problem", sagte Sally. „Was mich betrifft, ist das deine oberste Priorität."

Später am Vormittag ging Avery mit dem geernteten Holz aus Old Haven und einem scharfen Messer in den Garten und fertigte unter Einsatz einer Kombination aus Magie und der scharfen Klinge mehrere Pflöcke an. Während sie arbeitete, wirkte sie auch einen Zauber auf sie, etwas, das die Treffsicherheit des Benutzers verbessern sollte, wenn es darum ging, das Herz zu finden. Wie sie nur allzu gut herausgefunden hatte, war der Pflock schwer zu handhaben, und es war schwierig, Kraft mit Genauigkeit zu verbinden. Sie hatte es in der Nacht zuvor nur mit Hilfe ihrer Magie geschafft.

Sie blickte sich im kargen Wintersonnenschein im Garten um und fand es wieder einmal schwer zu glauben, dass Bethany erst in der Nacht zuvor die Mauer des Gebäudes erklommen hatte. Sie blickte zu ihrem Dachbodenfenster hinauf und schüttelte den Kopf. Unglaublich.

Und dann fiel ihr etwas anderes ein. Sie brauchten Weihwasser.

Die Allerheiligenkirche war mit Tannenzweigen, Stechpalmen, Efeu, Weihnachtssternen und Kerzen geschmückt. Das sah nicht nur hübsch aus, sondern der Tannenduft erfüllte auch die Luft und Avery atmete tief ein und genoss den erfrischenden Geruch.

Sie hatte sich nicht die Mühe gemacht, zum Pfarrhaus zu gehen, da die Kirchentüren weit offen standen und die Gemeindemitglieder einluden, und eine ganze Reihe von Menschen saßen ruhig in der Kirche, beteten oder genossen die Farben des Lichts durch die Buntglasfenster und die Weihnachtsstimmung.

Avery ging an allen vorbei und steuerte auf die Sakristei zu, wo James, der Pfarrer, seine Predigten schrieb, in der Hoffnung, er würde dort sein. Seit Harrys Tod im Sommer hatte eine neue Küsterin angefangen, und Avery ging an ihr vorbei, als sie am Altar einige Weihnachtsvorbereitungen traf.

Das letzte Mal hatte sie James an Samhain gesehen, als er die Presse nach Old Haven mitgenommen hatte, um ihm dabei zuzusehen, wie er die Hexenzeichen abnahm, die in den Bäumen gehangen hatten. Die Magie, die sie enthielten, hatte ihn von der Leiter geschleudert, und er hatte sich den Arm gebrochen und eine Gehirnerschütterung erlitten. Der Kameramann war ebenfalls verletzt worden, wie auch der Reporter. Avery und Alex hatten James zu Hause besucht und ihm die wahre Natur ihrer Magie gezeigt. Es war ein Versuch, ihn vor den Gefahren anderer Hexen zu warnen, in der Hoffnung, dass er vorsichtiger sein würde, aber sie wusste, dass sie ihn erschreckt hatten, und wenn überhaupt, hatte das Wissen ihn Avery gegenüber unsicher gemacht. Sie hatte ihn seitdem nicht mehr gesehen.

Die Tür zur Sakristei stand offen und James saß am Schreibtisch unter dem Fenster und schrieb. Er drehte sich beim Geräusch ihrer Schritte um, aber als er sah, wer es war, füllte sich sein Blick mit unverhohlener Besorgnis. Er stand auf und kam ihr an der Tür entgegen. „Avery. Das ist eine Weile her. Was kann ich für Sie tun?"

Sie überlegte, wie sie diese Bitte vorbringen sollte, und wusste, dass er voreilige Schlüsse ziehen würde, aber es gab keine andere Möglichkeit, dies zu fragen. „Es ist eine seltsame Bitte, aber wichtig. Ich brauche etwas Weihwasser."

Er zuckte zusammen. „Weihwasser? Ich nehme an, es ist nicht für eine Taufe?"

War das ein Versuch eines Witzes? Zweifelhaft. „Nein, keine Taufe."

„Sie konvertieren nicht zum Glauben?" Sein Ton war leicht, aber bissig.

„Nein."

Er beobachtete sie einige Augenblicke lang schweigend, und sie konnte erkennen, dass er eine Million Fragen hatte, die er sich mühsam zu verbeißen versuchte. „Sollte ich wissen, warum?"

„Wahrscheinlich nicht, aber ich werde es Ihnen sagen, wenn Sie wollen."

Sein Blick fiel zu Boden, und als er sein Gesicht wieder hob, waren seine Lippen zusammengepresst. „Ich denke, wenn ich Ihnen meine Dienste zur Verfügung stellen soll, dann sollte ich wissen, wofür sie verwendet werden."

„Dann sollte ich in Ihr Büro kommen und die Tür schließen."

Seine Augen flackerten für den Bruchteil einer Sekunde vor Angst, bevor er zurückwich und Avery hereinließ. Er zog sich an seinen Schreibtisch zurück, und sie schloss die Tür hinter sich und lehnte sich dagegen, um ihm viel Raum zu geben.

„Sind Sie sicher, dass Sie es wissen wollen?", beharrte sie.

Er verschränkte die Arme vor der Brust, entschlossen. „Ja. Wenn ich meine Herde schützen soll, muss ich wissen, wovor. Und ich weiß nur von einer Sache, die mit Weihwasser besiegt werden kann."

Na dann los. „Es gibt einen Vampir in Cornwall – nun ja, eigentlich zwei jetzt – und möglicherweise werden es noch mehr."

Seine Hände fuhren an seinen Hals, in dieser unbewussten Geste, die sie jetzt schon ein paar Mal gesehen hatte. „Hier? In White Haven?"

„Nah genug dran", sagte sie, „und einer hat mir letzte Nacht einen Besuch abgestattet."

„Einen Besuch?"

„An meinem Fenster, im dritten Stock. Glücklicherweise konnte ich ihn wegschicken."

Er erbleichte. „Vampire! Und was gedenken Sie gegen sie zu tun?"

„Sie töten, natürlich. Weihwasser wird eine unserer Waffen im Kampf sein."

Er straffte die Schultern und nickte. „Ja, natürlich. Die Kirche wird ein sicherer Hafen sein, sollte jemand hierherkommen müssen. Sie steht allen offen, ungeachtet des Glaubens."

Sie lächelte, erleichtert über seine Unterstützung. „Danke, James, das weiß ich zu schätzen. Wie funktioniert das?"

„Sie bringen mir einen großen Behälter mit Wasser, und ich werde es segnen. Dann können Sie es nach eigenem Ermessen verwenden."

„Danke. Ich kann jetzt einen holen, wenn das für Sie in Ordnung ist?"

Er nickte. „Ja, das ist in Ordnung." Er setzte sich auf den Stuhl, und trotz der Kälte in dem unzureichend geheizten Steinraum brach ihm ein leichter Schweiß auf der Stirn aus, den er mit dem Handrücken abwischte. „Ich hätte nie erwartet, dieses Wort hier zu hören, besonders in den ruhigen, kleinen Städten von Cornwall. Vampire verbindet man eher mit großen Städten."

Avery blieb der Mund offen stehen. „Große Städte? Ist das schon einmal an einem Ort geschehen, den Sie kennen?"

„Berichte über verdächtige Todesfälle und verschwundene Personen sind in Städten an der Tagesordnung. Manchmal entscheiden sich die Leute dafür, in der Schattenwelt der Städte unterzutauchen, manche tauchen nach einer Weile wieder auf, verändert, älter, zermürbt von Armut und Verbrechen. Andere haben keine Wahl und werden ein Opfer von Alkohol, Drogen, Menschenhändlern – Sie wissen schon." Er sah sie an, sein Blick war dunkel. „Aber es gibt auch jene, die auf unerwartete Weise zurückkehren. Meine Kollegen in anderen Pfarreien berichten von solchen Dingen, und nun ja", er zögerte und sammelte seine Kräfte, „sie klingen verdächtig nach Vampiren. Sie lieben die Schattenseiten der Städte. Die überfüllten Straßen, die Anonymität. Es ist schwer nachzuvollziehen, wer wo ist oder was mit ihnen geschehen ist."

„Wow. Sie geben also tatsächlich zu, dass es sie gibt? Ich hätte nicht erwartet, das von Ihnen zu hören." Sie sank auf den einzigen anderen Stuhl im Raum und spürte, wie ihre Beine unter ihr nachgaben.

Er lächelte und löste damit die Spannung im Raum. „Also habe ich Sie endlich überrascht."

Sie lachte, dankbar, dass er tatsächlich mit ihr sprach, als wäre sie kein Ungeheuer. „Ja, das haben Sie. Obwohl es mich ziemlich beunruhigt, von Vampiren an anderen Orten zu hören, als wäre es eine normale Sache."

„Oh, ich würde nicht sagen, normal."

„Sie müssen doch Tipps haben, wie wir sie loswerden können."

„Sicherlich nicht mehr, als Sie bereits wissen. Weihwasser, ein Pfahl durchs Herz, Enthauptung, Verbrennen. Die Kirche und die Vampire haben eine lange Geschichte. Sie können keinen geweihten Boden betreten."

„Aber warum?", fragte sie und beugte sich vor. „Ich verstehe das nicht."

Er zuckte mit den Schultern. „Sie sind die Untoten und lehnen als solche die Regeln ab, die für alle anderen gelten. Nennen Sie es Gottes Wille oder Ihre Elementarmagie – die Magie des Windes, des Regens, der Sonne. All das ist natürlich. Die Untoten sind es nicht. Vielleicht verbrennt sie deshalb das Weihwasser und der geweihte Boden. Es tut mir leid, das ist nur eine Vermutung. Ich glaube, die wahren Gründe liegen im Nebel der Zeit, denn so lange gibt es sie schon. Genauso wie Hexen, Geister und andere Dinge, die existieren und als anormal gelten."

„Hexerei ist nicht anormal", korrigierte ihn Avery. „Sie ist nur unkonventionell. Und einige von uns sind zufällig geschickter als die meisten." Sie runzelte die Stirn. „Wenn Sie von der Existenz von Vampiren wussten, warum war die Existenz von Hexen dann so ein Schock für Sie?"

„Ich weiß schon seit Langem, dass es Vampire gibt. Sie sind mit der Kirche verbunden, auf eine unnatürliche Weise, aber ihre Existenz als etwas anderes als abstrakt anzuerkennen, ist etwas ganz anderes. Mit Hexen ist es genauso. Natürlich weiß ich von ihnen – von den Wicca, meine ich. Aber Ihre Art von Magie, die Zirkel, von denen Sie sprechen, erscheinen mir düsterer, beängstigender", erklärte er. „Auch wenn ich weiß, dass das nicht Ihre Absicht war."

„Aber viele Leute bezeichnen sich heutzutage als Hexen. Es ist akzeptiert."

„Aber das sind keine Hexen wie Sie, nicht wahr?", fragte er sanft. Er betrachtete sie einen Moment lang. „Ich gestehe, ich war Ihnen gegenüber eine Zeit lang misstrauisch, Avery, besonders nach Samhain und den seltsamen Ereignissen dort. Und natürlich, als Sie Ihre Fähigkeiten offenbart haben. Ich habe Sie gemieden."

„Und ich Sie. Aber ich habe versucht, Sie vor der Hexe in Old Haven zu schützen. Ich musste Ihnen zeigen, wie gefährlich Magie sein kann."

„Wenn sie von jemandem mit dunklen Absichten ausgeübt wird." Er nickte. „Ich verstehe. Aber als ich Sie heute wiedergesehen habe, weiß ich, dass Sie nicht so sind. Und ich weiß, dass Sie andere wie sich beschützen, was vernünftig ist. Damit kann ich leben."

Erleichterung durchströmte Avery. Ihr war nicht bewusst gewesen, wie wichtig es war, das von James zu hören. Er war ein guter Mann, und obwohl sie ihre Differenzen hatten, hatten beide gute Absichten. „Danke. Das weiß ich zu schätzen."

„Was bedeutet", sagte er und erhob sich, „dass ich Ihnen helfen werde, die Vampire loszuwerden, wo ich nur kann. Wenn Sie mich brauchen, um ein Schwimmbecken zu segnen, werde ich es tun.“

„Noch nicht nötig“, sagte sie grinsend. „Ich komme vorerst mit ein paar Litern zurück.“

Fünfzehn

A very reihte mehrere große Flaschen Weihwasser im Hinterzimmer des Ladens auf und kehrte dann zur Arbeit zurück, um die letzten Stunden des Tages mit Dan und Sally zu plaudern. Dan hatte die Musik von Michael Bublés Weihnachtsalbum auf weihnachtliche Pop-Specials umgestellt, und die 70er-Jahre-Band Slade schallte durch den Laden.

Stan, der örtliche Stadtrat und Pseudo-Druide, lehnte am Tresen. Er war mittleren Alters, hatte eine Glatze und hatte große Freude an allen Festen der Stadt. „Ihr habt euch mal wieder selbst übertroffen." Er sah sich vergnügt im Laden um.

„Sally war das", korrigierte ihn Dan. „Damit habe ich nichts zu tun."

Sally grinste. „Danke, Stan. Und wie laufen die Vorbereitungen für die Jul-Parade?"

Am Tag der Sonnenwende, dieses Jahr ein Sonntag, sollte eine Jul-Parade durch die Stadt ziehen, die am Hafen endete. Viele Schulen und örtliche Unternehmen nahmen daran teil, und alle verkleideten sich. Im Umzug würde es eine Mischung aus weihnachtlichen und heidnischen Gestalten geben, und alle Kostüme waren aufwendig, manche makaber.

„Anstrengend", sagte er, aber es lag immer noch ein Funkeln in seinen Augen. „Das wird das größte Jahr überhaupt, und auch die meisten Besucher, die zuschauen. White Haven wird zu einem richtigen Anziehungspunkt! Besonders nach Samhain."

„Wie geht es Becky?", fragte Avery und bezog sich dabei auf seine Nichte, die zur Zeit der letzten großen Feier zu Besuch gewesen war.

Er machte eine unbestimmte Handbewegung. „Na ja, geht so. Sie kommt mit der Trennung ihrer Eltern nicht gut zurecht. Sie wird wahrscheinlich für ein paar Tage zu Besuch kommen. Wie auch immer, ich muss weiter." Er schnappte sich einen Mince Pie und ging zur Tür. „Einen für den Weg."

Sie sahen ihm nach, wie er zum Laden nebenan ging, und Dan sagte: „Wenn er in jedem Laden einen Mince Pie isst, ist er bis Weihnachten doppelt so dick."

Sally grinste, als sie beobachtete, wie Dan sich eine Praline nahm. „Schau mal, wer da redet."

„Aber ich habe die Jugend auf meiner Seite", entgegnete er.

Avery vergewisserte sich, dass es im Laden immer noch ruhig war und keine Kunden in der Nähe waren. „Irgendeine Idee für geeignete dunkle und sichere Orte, an denen unsere neuen Freunde tagsüber bleiben könnten?" Sie nippte an einem starken Kaffee, während sie auf einem Hocker hinter dem Tresen saß.

„Zinnminen", schlug Sally vor. „Es gibt jede Menge verlassene davon, und sie erstrecken sich meilenweit unter der Erde. Hast du nicht gesagt, du hättest die Nephilim in einer gefunden?"

Avery nickte. „Ja, aber ich weiß nicht, in welcher. Sie würden aber einen guten, sicheren Ort bieten, zumal die meisten von ihnen für Besucher unzugänglich sind. Ich könnte sie fragen, hoffentlich erinnern sie sich."

„Ich kann mir nicht vorstellen, dass sie sich in der Poldark Mine verkriechen." Dan bezog sich auf die Touristenattraktion ein paar Meilen entfernt. „Aber ich denke, eure beste Wahl sind Höhlen. Ich bin sicher, es gibt welche unter Harecombe und White Haven, die zum Meer führen. Alte Schmugglerrouten, die aus Kellern herausführen."

„Stimmt. Und es könnte einen Gang unter dem Haus der Geister geben. Sie haben eine versteckte Wandverkleidung gefunden, die zum Turm führt, und das klingt wirklich seltsam."

„Wow!", sagte Sally und sah aufgeregt aus. „Es könnte also einen versteckten Gang durch das Haus geben, hinter den Wänden! Das würde Sinn ergeben, wenn sie eine Betrügerin war."

„Du hast recht. Das würde erklären, wie sie Tricks und Illusionen vorgeführt hätte!"

Dan griff nach einem Mince Pie vom Teller auf dem Tresen, biss nachdenklich hinein und sagte dann: „Aber das ergibt keinen Sinn. Man kann keine versteckten Gänge in ein Haus einbauen, das bereits gebaut wurde. Die Arbeiten wären umfangreich! Welche Gänge oder versteckten Tafeln es auch immer gibt, sie wären sicher von der Person eingebaut worden, die das Haus ursprünglich gebaut hat."

Averys Aufregung verflog vollständig. „Verdammt, du hast recht. Daran habe ich nicht gedacht."

„Wenn überhaupt", fuhr Dan fort, „ist das dann nicht noch aufregender? Das bedeutet, dass dieses Haus für einen bestimmten Zweck gebaut wurde – nicht nur für ein Medium, das seine Kunden hereinlegen wollte."

„Du meinst, das Haus birgt ein älteres, dunkleres Geheimnis?"

Er zuckte mit den Schultern. „Vielleicht. Warum sonst versteckte Tafeln und Gänge bauen? Aber ich weiß nichts. Ich versuche nur, logisch zu sein."

„Sie haben eine Hexenflasche gefunden, richtig?", fragte Sally.

Avery nickte. „Ja, unter dem Kamin, was bereits darauf hindeutet, dass Jahre vor Madame Charron etwas vor sich ging."

Sally sah zweifelnd aus. „Aber verbindet das den Vampir wirklich mit dem Haus – also ursprünglich? Ich kann immer noch nicht erkennen, dass sie miteinander in Beziehung stehen."

„Aber als Evelyn 1979 starb, begannen die Morde durch Vampire", erklärte Avery. „Und wieder, als Felicity starb. Du weißt, ich glaube nicht an Zufälle."

„Ich bin gespannt, was Dylan und Jasper herausfinden", sagte Dan und senkte seine Stimme, als ein paar Kunden hereinkamen. „Klingt, als hätte dieser Ort stattdessen das Haus der Geheimnisse heißen sollen."

Avery saß auf ihrem üblichen Hocker im The Wayward Son, ihre Wangen glühten von ihrem flotten Spaziergang hinunter durch White Haven. Es war bereits dunkel, und die Straßen leuchteten unter den Weihnachtslichtern, gefüllt mit dem geschäftigen Treiben von Besuchern und Einheimischen.

Zee begrüßte sie mit einem Glas Glühwein, und sie nutzte die Gelegenheit, ihn nach Shadow zu fragen. Er verdrehte die Augen. „Sie macht nichts als Ärger."

Avery lachte. „Das kenne ich. Was hat sie jetzt schon wieder angestellt?"

„Was hat sie nicht angestellt? Gabe lässt sie nicht aus den Augen. Er versucht, sie ins Geschäft einzubeziehen, insbesondere in die Sicherheitsdienste für Caspians Unternehmen, aber sie ist besessen davon, einen Weg zurück in die Sommerlande zu finden."

„Und einige von euch sind wohl immer noch daran interessiert, ihr zu helfen."

Er zog eine Augenbraue hoch. „Ja, und Gabe fängt auch an, sich dafür zu interessieren, seit sie es ihm als Nebengeschäft vorgeschlagen hat."

„Ein Nebengeschäft?"

„Wiederbeschaffung seltener Artefakte, zu einem hohen Preis. Seien wir ehrlich – wir haben besondere Fähigkeiten, die die meisten nicht haben. Das würde sehr helfen."

„Du fängst an, auch interessiert zu klingen, wenn ich mich nicht irre, Zee." Sie nippte an ihrem Wein und beobachtete ihn über den Rand ihres Glases. Eine Energie ging von ihm aus, die sie zuvor nicht gesehen hatte. Ein Hauch von Aufregung.

Er zuckte mit den Schultern. „Ehrlich gesagt klingt das weitaus interessanter, als endlos Sicherheitsjobs zu machen und für immer den Barkeeper zu spielen."

„Ich glaube nicht, dass irgendjemand erwartet hat, dass du für immer Barkeeper sein würdest. Wir wissen alle, dass das nur ein Nebenjob ist, bis ihr alle wieder auf die Beine gekommen seid. Nach Jahren in der Geisterwelt wieder aufzutauchen, ein paar tausend Jahre nach deinem letzten Leben, würde nie einfach werden." Sie dachte einen Moment nach. „Aber du hast recht. Das könnte ein großartiges Geschäft für dich sein, wenn auch riskant. Und wahrscheinlich illegal."

Er runzelte die Stirn. „Wieso illegal?"

„Vergrabene oder gefundene Schätze gehen normalerweise an die Regierung oder Museen, gegen einen Finderlohn. Wenn man sie anmeldet. Glaube ich jedenfalls. Damit kenne ich mich nicht so gut aus. Das Interesse auf dem Schwarzmarkt wäre groß. Aber ich habe das Gefühl, es würde dich nicht kümmern, das Gesetz zu brechen."

„Vielleicht nicht. Aber es könnte das Sicherheitsgeschäft gefährden."

„Nun, ihr müsstet das streng getrennt halten, nicht wahr? Und außerdem bin ich mir sicher, dass es Fälle gäbe, in denen diese Jobs für einen bestimmten Kunden Hand in Hand gehen würden", schlug Avery vor.

Ein spekulativer Glanz trat in Zees Augen und er blickte wie gebannt in die Ferne. „Weißt du was, das könnte tatsächlich eine gute Idee sein."

Avery lachte nervös. „Oh, je. Was habt ihr denn jetzt schon wieder vor? Erst vor ein paar Tagen habe ich mich gefragt, ob es einen Schwarzmarkt für magische Gegenstände gibt." War das wirklich erst vor zwei Tagen? Es fühlte sich an wie eine Ewigkeit.

„Du willst Magie verkaufen?", fragte Zee verwirrt.

„Nein! Auf gar keinen Fall! Das wäre eine furchtbare Idee. Ich habe darüber nachgedacht, wie man magische Gegenstände vom Schwarzmarkt fernhalten kann, tatsächlich!"

Über Zees breiter Schulter sah Avery, wie Alex aus der Küche hinter der Bar kam und zu ihnen stieß, als er sie bemerkte.

Er blickte stirnrunzelnd zwischen ihnen hin und her. „Warum seht ihr beide so aus, als ob ihr etwas im Schilde führt?"

„Zee führt etwas im Schilde", korrigierte ihn Avery.

„Es war dein Vorschlag", sagte Zee.

„Oh, nein. Das schiebst du nicht auf mich. Es ist Shadows Vorschlag, über den ich nur spekuliert habe, und du warst sofort Feuer und Flamme."

„Jetzt mache ich mir wirklich Sorgen", sagte Alex.

„Kein Grund zur Sorge, Boss!" Zee drehte sich um und nickte einer Frau zu, die ihn mit einem spekulativen Glanz in den Augen ansah, und Avery war sich ziemlich sicher, dass sie an mehr als nur an ihren nächsten Drink dachte. „Ich lasse dich von Avery auf den neuesten Stand bringen, während ich ein paar Kunden bediene." Er ging auf die andere Seite der Bar und ließ sie allein.

Avery lachte und brachte ihn über das Gespräch auf den neuesten Stand. „Ich frage mich, wie sie ihr neues Geschäft nennen werden."

„Ich bin nicht sicher, ob ich das wissen will", sagte er und beugte sich vor, um sie zu küssen. „Wie war dein Tag?"

„Interessant! Ich habe heute mit James gesprochen, und er hat eine Menge Wasser für uns gesegnet."

Alex sah überrascht aus. Er war bei Avery gewesen, als sie ihre Kräfte offenbart hatten, und sie hatten sich beide Sorgen gemacht, ihm zu viel gezeigt zu haben. „Wirklich? Er hat mit dir geredet?"

Sie nickte. „Wir scheinen zu einer Einigung gekommen zu sein. Und rat mal? Er ist nicht schockiert, dass es Vampire gibt – nur, dass einer hier in Cornwall ist. Er sagt, seine Kollegen glauben schon lange, dass sie in Städten leben. Da ist es einfacher, sich zu verstecken."

Alex stützte sich auf den glänzenden Holztresen, der zwischen ihnen verlief. „Nimmt das unerwartete Verhalten der Leute heute denn gar kein Ende? Zee will Schatzsucher werden und James weiß über Vampire Bescheid. Ich habe das Gefühl, in meiner Welt hat sich etwas verschoben."

„Ich nicht", beruhigte ihn Avery. Und dann bemerkte sie Newton, der mit Briar an seiner Seite durch die Tür kam. „Aber Newton ist mit Briar hier. Es ist ein Tag voller Überraschungen!"

Beide drehten sich um und sahen zu, wie das Paar näher kam, wobei Avery sich fragte, was die beiden zusammen hierhergeführt hatte. Sie musste nicht lange warten. Als Briar auf einen Hocker neben Avery glitt, lehnte sich Newton an die Bar und sagte: „Ich habe Briar auf dem Weg hierher abgeholt, damit ich euch nicht mehrmals erzählen muss, was ich herausgefunden habe. Ein Pint Doom und einen Chardonnay, bitte."

„Du siehst zufrieden mit dir aus", bemerkte Alex, während er die Getränke einschenkte.

„Und er schweigt auch noch darüber", sagte Briar und nahm ihr Glas von Alex entgegen. „Wir müssen auf El und Reuben warten."

Avery sah hoffnungsvoll aus. „Gib uns wenigstens einen Hinweis.“

„Es geht um Rupert, nichts allzu Aufregendes, aber das ist alles, was ihr kriegt. Kannst du vielleicht Fußball anmachen, während wir warten?“, sagte er zu Alex und nickte zu dem Fernseher, der an der Wand hing.

Alex schaltete den Kanal um und machte sich dann auf, um weitere Kunden zu bedienen, während Newton an seinem Pint nippte und schweigend die Highlights der Spiele unter der Woche verfolgte und sich zu nichts mehr hinreißen ließ.

Briar wandte sich an Avery und sprach mit leiser Stimme. „Wie geht es dir nach letzter Nacht? Das klingt furchterregend.“

„Ah, mein Vampirbesuch.“ Avery schauderte. „Das war es tatsächlich. Ich war von ihr fasziniert, und ich wusste es, aber alles, was ich tun wollte, war, das Fenster zu öffnen. Ich habe Glück, dass die Katzen und Helena mich gerettet haben. Ich habe meine Schutzbündel jetzt draußen vor die Fenster gehängt. Ich schlage vor, du tust dasselbe.“

Briar sah erschüttert aus. „Schon erledigt. Noch ein Grund für mich, mir eine Katze zuzulegen.“

„Du könntest auch Caspians Angebot annehmen, wieder bei ihm zu übernachten.“

Briar schüttelte den Kopf. „Nein, lieber nicht. Er war großartig, aber seine Schwester nicht, und außerdem bin ich sowieso lieber in meinem eigenen Zuhause.“

Avery flüsterte zurück, obwohl sie es wahrscheinlich nicht musste, da Newton so vom Fußball gefesselt war: „Vielleicht könnte Newton bei dir übernachten?“

Briar kniff die Augen zusammen. „Nein, definitiv nicht. Wir sind Freunde, und dabei wird es auch bleiben."

Avery war überrascht. „Wirklich?"

„Ja, wirklich."

„Du siehst aber nicht überzeugt aus", beharrte Avery.

Briar wirkte plötzlich verlegen. „Hunter hat wieder angerufen. Er will nach Weihnachten herunterkommen. Ich habe gesagt, sicher, warum nicht?"

Avery stieß ein unwürdiges Quietschen aus. „Los, Briar! Er übernachtet bei dir?"

„Ja, ich habe ein Schlafsofa."

„Schlafsofa! Ja, genau."

Briar sah prüde aus. „Das ist alles, was ich dazu sage. Wir haben über Vampire gesprochen."

Avery schnaubte. „Nein, nein, nein! Hat er oft angerufen? Das muss er ja. Du bist ein stilles Wasser, Briar."

„Ja, er hat angerufen, wir haben geplaudert, er kommt zu Besuch. Das war's! Also, Vampire. Diskutieren wir."

„Glaub bloß nicht, dass das Thema endgültig vom Tisch ist. Es ist nur aufgeschoben", warnte Avery. „Aber gut, sag du mir, hast du irgendwas Vampir-bezogenes getan?"

„Nicht wirklich. Ich war im Laden beschäftigt. Alles verkauft sich wie geschnitten Brot. Was toll ist, mich aber mit dem Nachfüllen der Bestände auf Trab hält. Und Eli ist von Shadow abgelenkt, was bedeutet, dass er nicht so bei der Sache ist wie sonst."

„Hat Eli dir gesagt, warum er von Shadow abgelenkt ist?"

„Er ist der starke, schweigsame Typ, aber er hat etwas von Diensten für Schatzsuchen erwähnt." Briar sah Avery amüsiert an. „Weißt du mehr darüber?"

„Es scheint, als würde Shadow ihre Idee, nach etwas zu suchen, das sie in die Sommerlande zurückbringt, weiter ausbauen, und sie versucht, die Nephilim zu überreden, ihr zu helfen. Ich glaube, das klappt."

Sie plauderten noch ein paar Minuten leise miteinander, bis Reuben und El eintrafen und zielstrebig durch den inzwischen überfüllten Pub zu ihnen kamen. Alex hob die Klappe im Tresen an und gesellte sich zu ihnen. „Gehen wir nach oben, wo wir ungestört sind", schlug er vor und führte sie in seine Wohnung.

Kaum waren sie durch die Tür, platzte es aus Briar heraus: „Na los, Newton, spann uns nicht auf die Folter."

Newton zog sein Notizbuch aus der Tasche und blätterte durch die Seiten, während die anderen es sich bequem machten. „Anscheinend hat Rupert einen gewissen Ruf."

„Dafür, dass er Vampire erweckt?", fragte Reuben überrascht. Er hatte sich in den nächstbesten Sessel fallen lassen und seine Beine hingen über der Armlehne.

„Nein, du Idiot", antwortete Newton bissig. „Dafür, dass er gruselige alte Häuser kauft und sie renoviert. Häuser, die selbst einen Ruf haben."

Jetzt hatte er die Aufmerksamkeit aller.

„Was für einen Ruf?", fragte El.

Newton sah in sein Notizbuch. „Häuser, in denen Menschen getötet wurden. In den letzten fünfzehn Jahren hat er sechs Häuser gekauft, alle alt, groß und mit einer ungewöhnlichen

Geschichte. Aber das war's. Nichts ist passiert, nichts Makabres oder Okkultes und keine weiteren Todesfälle."

Reuben stöhnte. „Nichts! Na, das ist ja langweilig. Er ist also nur ein Spinner, der auf gruselige Häuser steht."

Die Hexen sahen sich verwirrt an und El fragte: „Es gibt also keinen Hinweis darauf, dass er auf Vampirjagd ist? Dass er eine Armee von Untoten aufbaut?"

„Nein!" Newton wirkte verärgert. „Ich denke, selbst die Polizei ohne paranormalen Hintergrund hätte so etwas bemerkt!"

El funkelte ihn an. „Kein Grund für Sarkasmus."

„Na, na", sagte Briar und versuchte, die Wogen zu glätten. „Es scheint, als sei er am Okkulten interessiert, genau wie Ben vermutet hat. Geister, vielleicht Poltergeister, Vampire, gequälte Seelen irgendeiner Art, die leicht zu manipulieren sein könnten. Er klingt harmlos." Sie hielt einen Moment inne und dachte nach. „Für mich deutet das auf einen Mann hin, der vielleicht gerne Ouija-Bretter benutzt und versucht, Geister zu beschwören. Vielleicht hat ihn sein mangelnder Erfolg dazu bewogen, die Geisterjäger einzuschalten."

„Und wenn er etwas zu verbergen hätte, würde er Ben nicht anheuern, oder?", fragte Avery. „Viele Leute mögen das Okkulte, daran ist nichts auszusetzen."

El dachte über Averys Vorschlag nach. „Er hat sie vor Charlottes seltsamen Träumen engagiert, richtig?"

„Richtig."

Alex lag ausgestreckt auf dem Teppich vor dem Kamin und starrte an die Decke. „Er interessiert sich für das Haus der Geister wegen Madame Charrons Ruf. Aber ohne sein Wissen hängt noch etwas anderes mit diesem Haus zusammen. Er denkt, es geht nur um Geister. Tut es aber nicht."

„Und jetzt haben sie den Turmraum entdeckt", sagte Reuben. „Ich frage mich, was der verbirgt."

Newtons Telefon begann zu klingeln, und er ging in die Küche, um mit leiser Stimme zu sprechen.

Avery beobachtete ihn kurz und sagte dann: „Ich wüsste zu gerne, ob Dylan oder Jasper etwas über das Haus herausgefunden haben. Ich habe vorhin über Verstecke für Vampire nachgedacht und ich glaube, sie müssen sich in alten Schmugglerhöhlen verstecken. Es gibt keine Minen, die so nah an White Haven oder Harecombe liegen, aber beide Orte haben eine Schmugglervergangenheit. Wahrscheinlich gibt es ein Labyrinth von Tunneln, das jeder vergessen hat."

„Oder die Kanalisation", schlug Reuben vor und rümpfte die Nase. „Das wird ein lustiger Ort, um sie zu jagen."

„Ausgezeichneter Vorschlag", sagte Alex.

Newton beendete sein Gespräch und zog seinen schweren Wollmantel wieder an. „Ich muss los. Es gab zwei Todesfälle in Harecombe. Ein Paar wurde zusammen in einer Seitenstraße mitten in der Stadt gefunden." Er sah finster drein. „Ihnen wurden die Kehlen herausgerissen."

Alle fünf Hexen richteten sich alarmiert auf.

„Herausgerissen?", fragte Briar mit großen Augen.

„Jep. Das wird eine lange Nacht." Sein Telefon klingelte erneut und er ging ran. „Newton hier ... Noch einer? Gib mir eine halbe Stunde." Er legte auf. „Und noch einer an der Marina des

Royal Yacht Clubs. Diese Mistkerle von Vampiren sind gerade jetzt in Harecombe auf der Jagd."

Reuben sprang auf. „Dann sollten wir besser mitkommen. Das könnte unsere Chance sein, sie zu töten. Und wir sollten Caspian Bescheid sagen."

Sechzehn

Das Zentrum von Harecombe war belebt, und noch immer wimmelten Urlaubermassen durch die Straßen, während Reuben sie durch die Hauptstraßen zum Jachthafen des Royal Yacht Club navigierte. Dieser war privat und der größere der beiden Jachthäfen von Harecombe, gelegen im Westen des geschäftigen Hafens, den Kernow Shipping, Caspians Unternehmen, überblickte.

Bars und Restaurants waren gut besucht, und die Straßen sahen hell und festlich aus, aber es fiel Avery schwer, dies zu würdigen, da sie gerade Strategien besprachen und die effektivsten Zauber, um Vampire zu bekämpfen. Im Kofferraum des Wagens befand sich eine Tasche mit Pflöcken, zusammen mit Flaschen voll Weihwasser.

Briar seufzte. „Ich fühle mich überhaupt nicht vorbereitet."

„Ich auch nicht", stimmte Avery ihr zu, „aber wir müssen es versuchen. Drei Menschen sind in einer Nacht gestorben."

„Drei Menschen, die zu Vampiren werden könnten", warf El ein.

Alex drehte sich vom Vordersitz zu ihnen um. „Ich bezweifle es. Ihr Tod ist gewaltsamer als bei den anderen, ihre Kehlen wurden aufgerissen. Die anderen sind nicht so gestorben." Er zuckte mit den Schultern. „Ich weiß nichts über die Beweggründe von Vampiren, aber die Brutalität ihres Todes deutet für mich darauf hin, dass sie sich nicht verwandeln werden."

„Dem stimme ich zu", sagte Avery und erwiderte seinen besorgten Blick.

Briar blickte mit Trauer auf die überfüllten Straßen. „Vielleicht ist das eine positive Sache, die wir aus dem heutigen Abend mitnehmen können."

„Was hat Genevieve gesagt?", fragte Reuben und warf einen Blick über seine Schulter. Avery hatte sie angerufen, bevor sie losgefahren waren.

„Sie stimmte zu, dass sie sich aufgrund ihrer Verletzungen wahrscheinlich nicht verwandeln werden, aber sie kann uns heute Nacht nicht helfen. Ich habe ihr gesagt, dass das in Ordnung ist und dass Caspian helfen wird."

In den letzten Tagen hatte Avery sie über ihre Erkenntnisse auf dem Laufenden gehalten, und Genevieve hatte sich auch mit den älteren Hexen abgestimmt. Aber bisher hatte sie nicht viel mitzuteilen gehabt.

„Ich werde hinter dem Jachthafen parken", sagte Reuben, als er langsamer wurde, um die Ampeln zu passieren. „Hier wurde laut Newton die letzte Leiche gefunden."

Newton war eine gute halbe Stunde vor ihnen aufgebrochen, da sie noch Ausrüstung zusammensuchen mussten.

„Ich wünschte, die Gestaltwandler wären noch hier", sagte Alex und drehte sich um, um aus dem Fenster zu schauen. „Wenn jemand einen Vampir aufspüren könnte, dann sie. Das könnte uns die Oberhand verschaffen.“

Avery warf Briar einen Blick zu, die ihn leicht verlegen erwiderte und zur Gruppe sagte: „Hunter wird nach Weihnachten zu Besuch kommen, aber ich könnte nachsehen, ob er vorher Zeit hat.“

El beugte sich vor, um sie anzusehen. „Wirklich? Das ist ja großartig! Das hast du aber gut für dich behalten.“

„Es gibt nicht viel zu sagen“, meinte sie lässig, sah aber erfreut aus.

„Klingt verdammt genial“, sagte Reuben, während er parkte. „Ich mag Hunter. Wenn du ihn fragen kannst, ob er kommt, warum nicht?“

Briar nickte. „Ich rufe ihn morgen an.“

Sie stiegen alle aus dem Auto und versammelten sich um den Kofferraum. Jeder von ihnen nahm einen Pflock, und Reuben zog eine große, mit Weihwasser gefüllte Wasserpistole heraus.

El starrte ungläubig. „Ich kann nicht fassen, dass du das dabeihast.“

„Du wirst froh sein, wenn es funktioniert. Ich glaube, ich sollte euch allen eine besorgen.“

„Gib sie den Geisterjägern. Ich bleibe bei meinem Schwert, danke“, antwortete El und klopfte auf die Scheide, die an ihrer Seite hing.

„Gute Idee“, sagte Reuben und schlug den Kofferraum zu. „Ich sehe Caspian, dort drüben an der Ecke.“

Caspians große, markante Gestalt hob sich von den Straßenlaternen ab, seine Schultern waren vor Kälte hochgezogen.

Sie überquerten die Straße, um sich ihm anzuschließen, und Avery rief: „Caspian, danke für deine Hilfe.“

Er sah blass aus. „Das sind schlechte Nachrichten für uns alle. Leider ist meine Familie geschäftlich verreist, also bin nur ich hier.“

„Sechs sind besser als fünf“, sagte Reuben zu ihm.

„Vielleicht. Aber unsere Chancen stehen bei Tag besser. Heute Nacht wird es übel werden.“

„Es ist bereits übel“, sagte Briar und blickte auf die Polizeiwagen, die entlang der Straße aufgereiht waren, ihre Blaulichter grell blinkend.

Alex schulterte seinen Rucksack. „Wir sollten uns aufteilen. Auf diese Weise decken wir mehr Gebiet ab.“

„Ich werde den Jachthafen auskundschaften“, schlug Caspian vor, „oder zumindest so viel davon, wie ich erreichen kann.“ Er zeigte auf die uniformierten Beamten, die in der Gegend patrouillierten. „Es wird hier stundenlang nur so von ihnen wimmeln.“

„Was bedeutet, dass die Vampire weitergezogen sind. Es ist jetzt zu hell und zu belebt hier“, warf Avery ein. „Sie könnten durch die Gassen des Hauptzentrums streifen, oder sie könnten im Hafen sein. Es gibt zu viel Gebiet abzudecken und nicht genug von uns.“

Alex war ungeduldig, loszulegen. „Wir müssen es versuchen. Avery und ich gehen zum Platz am Hafen, dort laufen alle Hauptstraßen zusammen, und wir werden den kleineren Clearwater-Jachthafen überprüfen, während wir dort sind. Briar, du durchsuchst diesen Jachthafen mit Caspian. El und Reuben können zum Hafen gehen. Wir melden uns in dreißig Minuten beieinander."

Sie trennten sich, und Alex und Avery eilten durch die dunklen Straßen, ihre Pflöcke in den Rucksäcken versteckt. Sobald sie die Uferpromenade verlassen hatten, waren weniger Menschen unterwegs, und sie waren wachsam und aufmerksam, während sie gingen.

„Das ist Wahnsinn", sagte Avery. „Ich weiß nicht, was wir uns dabei denken."

„Wir denken daran, dass wir nicht wollen, dass noch mehr Menschen sterben", antwortete Alex.

Avery zog den Reißverschluss ihrer Jacke zu und wickelte ihren Schal fest um den Hals. Sie hatte sich entschieden, ihre Lederjacke anstelle ihres Wollmantels zu tragen, aber sie hielt sie nicht wirklich warm. Die Nacht war klar und kalt, die Sterne am Himmel leuchteten wie helle Nadelstiche. Sie überlegte, den Wärmzauber anzuwenden, den sie schon einmal benutzt hatte, aber der flotte Spaziergang wärmte sie bald auf.

Sie betraten den Platz und schnappten nach Luft. Der Platz war auf den meisten Seiten von großen Holzgebäuden umgeben, in denen sich Geschäfte und Restaurants befanden, während der Raum in der Mitte für Bands, Märkte und andere Versammlungen reserviert war. Heute Abend war ein Weihnachtsmarkt in vollem Gange. Lichter leuchteten, und Kunden schlenderten durch die engen Gänge zwischen den Ständen. Sie konnte irgendwo eine Blaskapelle spielen hören, und köstliche Gerüche erfüllten die Luft. Hätten sie nicht Vampire gejagt, hätte Avery nichts lieber getan, als zu bummeln und einzukaufen, aber Alex zog sie an den Rand des Marktes, als ob er ihre Gedanken lesen würde. „Keine Zeit zum Einkaufen, Ave. Wir kommen nächste Woche wieder, wenn wir nicht Gefahr laufen, als Abendessen zu enden."

Sie gingen zu den weniger gut beleuchteten Bereichen und hielten nach Ungewöhnlichem Ausschau, und dann weiter über den Platz zu den Straßen auf der anderen Seite, wo das Harecombe Museum lag. Dort war es ruhiger und Avery konnte das Meer hören. Sie erkundeten die Gegend um das Museum, sahen aber wieder nichts Verdächtiges und machten sich auf den Weg zur Clearwater Marina. Der Eingang war gesichert, aber sie kamen hindurch, indem sie die Tore mühelos mit Magie öffneten, während sie zu den Jachten gingen, die auf dem Wasser schaukelten. Lichter erhellten den Bereich nur stellenweise, und für einen Moment stand Avery schweigend da und beobachtete die Schatten in der Hoffnung, etwas zu sehen oder zu hören. Doch alles war still, bis auf das sanfte Plätschern der Wellen gegen die Kaimauer.

Alex wartete hinter ihr und starrte auf den Kai über dem Wasser, der Teil des Haupthafens war. Er rief leise und zeigte hinüber. „Avery. Da drüben bewegt sich etwas am Kai entlang."

Sie lief zu ihm und sah, dass er recht hatte. „Bist du sicher, dass es kein Hund ist?" Die Kreatur schien tief am Boden zu sein, doch sie waren zu weit weg, um Einzelheiten zu erkennen.

„Es hält sich in den Schatten bei den Schiffscontainern auf. Einem Hund oder einer Katze wäre das egal. Wir müssen da rüber."

„Wir müssten um den ganzen Kai herumlaufen, und bis dahin haben wir es vielleicht verloren", wandte Avery ein. „Von hier aus gibt es keinen direkten Weg. Aber ich könnte uns hinüberfliegen."

„Hexenflug?", fragte Alex und warf ihr einen kurzen Blick zu, da er die Augen nicht von der Kreatur lassen wollte. „Kannst du uns beide mitnehmen?"

Avery zögerte. Sie hatte viel geübt und hatte allein keine Probleme mehr. Sie reiste ohne Übelkeit oder Ohnmachtsanfälle und war bisher immer dort gelandet, wo sie hinwollte. Von hier aus konnte sie auch genau sehen, wohin sie flog. Aber konnte sie Alex mitnehmen?

„Ich denke schon. Wir sollten die anderen wissen lassen, was wir gesehen haben, bevor wir loslegen." Sie zog ihr Handy heraus und rief zuerst Briar an. „Habt ihr etwas gefunden?", begann sie ohne Umschweife.

„Nichts", sagte Briar. „Wir haben Newton unauffällig gesehen, aber in diesem Jachthafen ist jetzt nichts mehr. Wir mussten hinten einbrechen, nur um sicherzugehen."

„Kommt zum Hafen", wies Avery sie an. „Wir glauben, etwas gesehen zu haben. Wir besprechen alles Weitere, wenn ihr da seid." Sie beschrieb die Stelle so gut sie konnte und rief dann El und Reuben an, die bereits dort sein sollten.

„Dieser Kai ist groß", sagte Alex, während sie wartete, bis El abnahm, „und sehr gut gesichert. Sie könnten Schwierigkeiten gehabt haben, reinzukommen." Und dann hielt er besorgt inne. „Scheiße. Ich kann es nicht mehr sehen. Ich glaube, es hat sich weiter hineinbewegt. Wir müssen los."

Bevor Avery antworten konnte, meldete sich El mit leiser Stimme. „Sie sind hier. Wir können Bethany sehen. Sie scheint ein paar Hafenarbeiter zu verfolgen."

„Wir sind auf dem Weg", sagte Avery und geriet in Panik. „Wir werden euch finden, passt auf euch auf."

„In Ordnung, wir wer–"

Els Stimme brach mit einem erstickten Schrei ab, und die Verbindung war tot.

„Verdammt", sagte Avery mit Nachdruck, als sie ihr Handy einsteckte. „Etwas ist passiert. Wir müssen jetzt los. Halt dich gut fest."

Alex sah aus, als wollte er protestieren, doch dann umarmte er sie fest und zog sie an sich, sodass ihr Rücken an seiner Brust lehnte, während sie über das Dock blickte. Avery versuchte, ruhig zu bleiben. Das wird schon gutgehen. Absolut gutgehen.

Ein rauschendes Gefühl überkam sie, als sie und Alex in einen Luftwirbel gerissen wurden. Sie war sich seiner Gegenwart neben sich bewusst, fast als wäre er ein Teil von ihr, und dann war es vorbei und sie landeten neben einem riesigen Container, wobei beide auf einen Haufen fielen, als Alex sie mit nach unten riss.

Avery kämpfte sich aus seinem Griff. „Alex! Alles in Ordnung mit dir?"

Er lag auf dem Boden, blass und schwer atmend. „Mir ist speiübel."

Avery blickte sich nervös um, wohl wissend, dass sie loslaufen sollten, um El zu finden, anstatt geduckt auf dem Boden zu kauern, wo sie angreifbar waren. Sie ergriff Alex' Hand. „Kannst du aufstehen?"

„Gib mir eine Minute."

Schweißperlen bildeten sich auf seiner Stirn, und sie wusste genau, wie er sich fühlte, aber als Caspian sie zuvor transportiert hatte, war es ihr gut gegangen, und Briar an Samhain ebenfalls. Sie musste irgendetwas falsch machen.

Ein Schrei durchbrach die Stille, der ihr durch Mark und Bein ging. „Alex! Steh auf!"

Alex rappelte sich auf, und auf ihren Arm gestützt, rannten sie so gut sie konnten durch die dunklen Gänge zwischen den gestapelten Containern. Das Echo ihrer Schritte hallte um sie herum wider, und als der Schrei erneut ertönte, erstarrte Avery an einer Kreuzung, unsicher, in welche Richtung sie gehen sollte. Es war ein Labyrinth. Ein weiterer Schrei ertönte zu ihrer Linken, und sie rannten wieder los, bis sie schließlich abrupt stehen blieben, als sie auf ein Gemetzel stießen. Ein Mann lag vor ihnen auf dem Boden in einem Bereich, der auf drei Seiten von den Containern und auf der vierten vom Meer begrenzt wurde. Blut strömte aus seinem Hals, und vor ihm knurrte Bethany wie eine Katze über ihrer Beute. El stand ein kurzes Stück entfernt, ihr Schwert erhoben und in einem feurig weißen Licht lodernd, während sie in der linken Hand einen Feuerball hielt. Sie schleuderte ihn auf Bethany, die ihm mit unmenschlicher Geschwindigkeit mühelos auswich und auf El zustürmte.

El duckte sich, bereit für den Angriff.

Alex wandte sich an Avery, seine Stimme leise. „Bethany hat uns nicht gesehen. Ruf Briar an, und ich lenke sie ab."

Bevor Avery protestieren konnte, schickte Alex eine Welle weißglühender Energie auf Bethany, die sie in den Rücken traf und gegen die Seite eines der Container schleuderte. Bethany rutschte benommen zu Boden.

Avery rief Briar an und sah sich um, um sicherzustellen, dass kein anderer Vampir in der Nähe war.

Briar meldete sich. „Wir haben einen Schrei gehört, wo seid ihr?"

„Auf der anderen Seite des Hafens, hinter ein paar Containern und direkt am Meer. Ich schicke ein Hexenlicht hoch. Kommt, so schnell ihr könnt."

Sie legte auf und schickte ein halbes Dutzend Lichter hoch in die Luft, ohne sich im Moment darum zu scheren, wer sie sonst noch sehen würde. Hoffentlich war die Gegend spärlich besetzt, obwohl dieser Schrei zweifellos jemandes Aufmerksamkeit erregen würde.

Bethany stand bereits wieder auf, als wäre der Aufprall gegen einen Container nichts gewesen, und raste auf Alex zu. Er und El schickten weitere Feuerbälle auf sie, aber sie rollte sich mit einer unheimlichen Gewandtheit ab und wich ihnen allen aus.

Von ihrer Position in den Schatten aus sah Avery eine aufgerollte Trosse auf dem Pflaster liegen. Sie hob sie mit einem Windstoß an und schleuderte sie auf Bethany. Der Vampir sah sie nicht kommen und sie fiel auf sie, sodass sie zu Boden stürzte.

Alex sah immer noch blass aus, aber er zog einen Holzpflock aus seinem Rucksack und rannte auf Bethany zu; sie blieb nicht lange genug liegen. Sie warf die Trosse beiseite und sprang wieder auf die Füße.

Wo war Reuben? Avery sah sich besorgt um und entdeckte ihn an eine Holzkiste am Rande des Hafens gekauert, mit einer großen Schnittwunde am Kopf. Gerade als sie überlegte, wie sie am besten zu ihm gelangen könnte, rappelte er sich auf und hob seine lächerliche Wasserkanone an die Schulter.

Bethany stürzte sich auf El, doch diese wehrte sich, indem sie dem Vampir mit ihrem Schwert den Bauch aufschlitzte. Unglücklicherweise war es, als wäre Bethany überhaupt nicht getroffen worden. Sie machte einen Schritt zur Seite und knurrte erneut. Zum ersten Mal konnte Avery das Gesicht des Vampirs deutlich erkennen und ihr stockte der Atem. Ihre Haut war weiß, fast durchsichtig – zumindest das, was sie unter den Blutschlieren an Kinn und Wangen sehen konnte. Bethanys Augen waren dunkle Gruben, ohne jeden Funken Menschlichkeit, und ihr Kiefer klappte weit auf, um lange, bluttriefende Eckzähne zu entblößen.

Bevor ihr Mut sie verlassen konnte, schickte Avery eine Windböe auf den Vampir, die sie hochhob und an die Seite des Containers drückte. Sie weitete ihre Macht aus, schloss ihre Hände wie ein Schraubstock, und der Vampir kämpfte darum, sich zu befreien. Reuben legte mit einem Schwall Weihwasser nach, den er mit seiner Magie verstärkte, sodass sich das Wasser fächerförmig ausbreitete. Es traf ihr Gesicht und ihren Körper, dampfte und zischte, als es sich in ihre Haut fraß. Der Vampir schrie und wand sich, konnte sich aber immer noch nicht aus Averys Griff befreien.

Alex schleuderte den Pflock, der in einem Bogen durch die Luft flog, wobei seine Magie das Ziel auf Kurs hielt, doch nur wenige Zentimeter vor seinem Ziel sprang ein anderer Vampir über die Seite des Containers und bewegte sich so schnell, dass er nur eine verschwommene Bewegung war. Er schnappte den Pflock aus der Luft und landete mit unnatürlicher Kraft und Anmut auf den Füßen. Er drehte sich zu der Gruppe um, verzog das Gesicht und knurrte, wobei er seine langen Zähne entblößte.

Es gab eine kurze Kampfpause, als sie alle schockiert innehielten und sich für den Bruchteil einer Sekunde gegenseitig musterten.

Es war der Vampir von neulich Nacht, der ältere, männliche Vampir. Heute Abend ähnelte das Monster eher einem Menschen und war mit einem schwarzen Hemd, einer Hose und einem Dreiviertelmantel bekleidet. Es war altmodische Kleidung, mindestens ein Jahrhundert alt, obwohl die Kleidung selbst nicht alt oder beschädigt wirkte. Das Haar des Vampirs war dunkel und fiel ihm ins Gesicht, was seine Blässe noch deutlicher hervorhob. Seine Haut spannte sich wie bei einer Leiche über seinen Schädel, und seine Glieder sahen ebenso dünn aus, besaßen aber die Stärke von Stahl. Er schritt vor Bethany auf und ab, bewachte sie und musterte sie.

Averys Hand war immer noch ausgestreckt und hielt Bethany mehrere Meter über dem Boden an dem Container fest. Der alte Vampir konzentrierte sich auf Avery, und sie hatte das Gefühl, dass seine kalten, dunklen Augen ihre Seele durchbohrten. Einen Moment lang schien die Zeit stillzustehen, und dann schleuderte er den Pflock auf sie. Um sich zu schützen, hob sie ihre andere Hand, um den Pflock mit Magie wegzuschlagen, aber die Ablenkung reichte aus, um ihren Halt an Bethany zu verlieren, die in einer pantherartigen Hocke auf dem Boden landete.

Zwei von ihnen. Zwei schaffen wir, redete sie sich gut zu. Und dann trat ein dritter Vampir in den Kampf, der wie ein fleischgewordener Albtraum aus den Schatten glitt, und Avery gefror das Blut in den Adern. Es war ein junger Mann; es musste der Mann sein, der vermisst wurde. Drei konnten sie nicht bewältigen.

Der ältere Vampir lächelte sie mit einer seltsamen, fratzenhaften Grimasse an und stürmte dann so schnell über den Boden, dass sie kaum Zeit hatte, zu reagieren. Die anderen Hexen auch nicht, denn Bethany raste auf Alex zu und der andere männliche Vampir stürmte auf Reuben und El los.

Mächtige Magiestöße schossen durch den Bereich, während sie kämpften, um den Angriff abzuwehren. Avery errichtete eine Feuerwand vor dem alten Vampir, der den Abstand zwischen ihnen verringerte, aber er durchquerte sie unversehrt, warf sie zu Boden und rittlings auf sie, während er sie mit seinen kräftigen Beinen niederhielt. Er riss sein Maul auf, seine Zähne näherten sich ihrem Hals. Sie konnte seinen fauligen Atem riechen, der nach verwesendem Fleisch und dem metallischen Geruch von Blut stank.

Niemand konnte helfen. Sie kämpften alle um ihr eigenes Überleben. Avery konnte ihn nicht abwerfen, aber sie konnte den Hexenflug benutzen, und blitzschnell verschwand sie und tauchte auf dem nächstgelegenen Container wieder auf. Der Vampir wand sich auf dem Boden, verwirrt über ihr Verschwinden. Während er noch verwirrt war, zog Avery den Pflock aus ihrem Rucksack, hüllte die Spitze in Feuer und schleuderte ihn auf die Kreatur, wobei sie ihre Magie einsetzte, um den Stoß zu verstärken. Er durchbohrte seinen Rücken und er schrie vor Wut und schlug wild um sich, als der Pflock seinen Körper vorübergehend lähmte. Sie ließ einen riesigen, wirbelnden Feuerball folgen, und er ging mit einem unmenschlichen Heulen in Flammen auf.Die Szene unter ihr war chaotisch. Feuerstöße und reine Energie zuckten im Zickzack durch den Bereich, aber als der alte Vampir heulte und brannte, lösten sich die beiden anderen Vampire sofort aus dem Kampf, ihre Augen vor Hass und Verwirrung verengt, und rannten an die Seite des brennenden Vampirs, woraufhin sie alle durch einen schmalen Gang flohen.

Avery hatte keinen Drang, ihnen zu folgen; sie war erschöpft und verletzt. Ihre Brust schmerzte von der Stelle, an der der Vampir auf ihr gesessen hatte, ihre Schultern fühlten sich an wie zerschlagen, und ihr Kopf pochte dort, wo er auf den Boden aufgeschlagen war. Sie blickte auf die anderen Hexen hinab und sah, dass auch sie alle bluteten und zerzaust waren. Der Beton war von Briars Magie aufgerissen worden, und Seile, Ölfässer und Werkzeuge lagen verstreut herum, als wäre ein Tornado durchgefegt. Wasser, das Reuben aus dem Meer gezogen hatte, schwappte über den Boden, und die Seiten der Container waren verbeult, wo die Vampire dagegengeprallt waren.

Der tote Mann lag immer noch im Schatten am Rande des Bereichs, eine Blutlache unter ihm.

Alex schaute sich um und rief: „Avery?"

Sie materialisierte sich an seiner Seite. „Ich bin hier."

Er zuckte zusammen, als er sie sah. „Ich glaube, daran werde ich mich nie gewöhnen. Ist alles in Ordnung mit dir?"

„Zerschlagen und lädiert, aber ich werde überleben. Und du?"

Alex' Haar war wild und verfilzt um sein Gesicht und seine Blässe war verschwunden, seine Haut war jetzt von der Kälte und dem Kampf rot gefärbt. „Stinksauer, aber es geht mir gut."

In der Ferne waren Rufe und rennende Schritte zu hören. „Zeit zu verschwinden", sagte Caspian und fuhr sich mit einer schmutzigen Hand über das Gesicht. „Wir haben uns reingeschlichen und können auf demselben Weg wieder raus. Folgt mir." Er rannte los, und die anderen folgten ihm ohne einen Blick zurück.

Obwohl sie Magie zur Flucht nutzten und tief in einen Schattenzauber gehüllt waren, war es immer noch eine verdammt knappe Kiste. Die Hexen tauchten atemlos und nervös auf der belebten Straße außerhalb des Hafens auf. Sie nahmen sich einen Moment Zeit, um sich zu sammeln, und verlangsamten dann ihr Tempo zu einem Spaziergang, die Pflöcke wieder in ihren Rucksäcken verstaut, und sahen aus, als machten sie einen Abendspaziergang. Polizeiautos sausten bereits an ihnen vorbei, die Dunkelheit wurde von hellen blauen und roten Lichtern durchbrochen.

Avery wollte nach Hause gehen, aber Caspian steuerte auf sein Firmengebäude zu und rief: „Folgt mir."

Sie betraten die warme, dunkle Lobby und wichen von den Glastüren zurück, um die chaotische Szene draußen zu beobachten. Während einige Leute unbeeindruckt von dem Geschehen schienen, rannten andere panisch davon.

Alex' Augen verengten sich. „Sie denken wahrscheinlich, es gab einen Terroranschlag."

„Ich bin mir nicht sicher, was schlimmer wäre", antwortete Briar.

Caspian wandte sich ihnen mit gesenkten Schultern zu. „Es hat keinen Sinn, nach den Vampiren zu suchen. Sie könnten inzwischen überall sein. Außerdem sind sie zu stark, um sie nachts anzugreifen – zumindest nicht freiwillig. Ich hoffe nur, dass sie nicht nach uns suchen."

„Du bist näher dran als wir", bemerkte El.

„Ich bin gut geschützt. Macht euch keine Sorgen um mich", beruhigte er sie. „Ich habe ein paar Tricks auf Lager und überall im Haus magische Fallen." Er sah Avery an; sein Blick war zu intensiv, um angenehm zu sein. „Ich habe das Gefühl, wir hatten da hinten Glück. Wenn du es nicht geschafft hättest, den Ältesten in Brand zu setzen, Avery, glaube ich nicht, dass sie sich zurückgezogen hätten."

Avery erschauderte. „Nein. Es hätte mir beinahe die Kehle zerfetzt. Versprich mir nur, dass wir sie nur noch bei Tag jagen werden."

„Ich rufe morgen Jasper an", antwortete er. „Hoffen wir, dass sie etwas über das Haus herausgefunden haben."

„Kommst du am Samstag zum House of Spirits?", fragte ihn El.

„Ja. Und wir sollten Genevieve besser Bescheid sagen, falls sie mitkommen möchte."

„Das kann ich übernehmen", sagte Avery und versuchte, ein Gähnen zu unterdrücken. „Und jetzt will ich nach Hause und eine Woche lang schlafen. Wenn ich überhaupt jemals wieder ruhig schlafen kann."

Siebzehn

„Bitte sag mir, dass du ein paar gute Neuigkeiten über das
Haus herausgefunden hast", sagte Avery zu Dylan.

Es war Freitagmorgen und Avery, die vom Kampf der vergangenen Nacht erschöpft war, war spät aufgestanden und noch
nicht lange im Laden. Zum millionsten Mal pries sie sich glücklich, dass Sally und Dan so verständnisvoll waren.

Dylan lehnte am Tresen von Happenstance Books, seine
Miene war zugleich erfreut und ratlos. „Sozusagen."

„Was heißt hier ‚sozusagen'?"

„Das heißt", sagte er mit müder Stimme, „dass schon lange
komische Sachen mit dem Haus in Verbindung gebracht werden,
schon lange vor Madame Charron, aber es gibt nichts Handfestes
– obwohl Jasper sich heute noch ein paar andere Sachen ansieht."

„Mist", stöhnte Avery. Sie seufzte, streckte sich und zuckte
zusammen. „Autsch."

Dylan runzelte die Stirn. „Warum das ‚Autsch'?"

Avery hatte ihm nicht erzählt, was in der Nacht zuvor passiert
war. Sie dachte sich, dass jetzt der richtige Zeitpunkt dafür war.
Sie senkte ihre Stimme, als sie den Kampf beschrieb, und Dylans
Augen wurden vor Schock immer größer.

„Du hast es in Brand gesteckt?“, zischte er. „Hast du es getötet?“

„Glaube ich nicht. Es rannte davon und hinterließ eine Spur aus Flammen, Rauch und dem Gestank verbrannter Haut. Obwohl sein Atem sowieso schon nach Tod stank.“

Dylan sah sich um, um sicherzugehen, dass niemand in der Nähe war, und funkelte sie dann wütend an. „Du hättest anrufen sollen. Wir wären gekommen.“

„Ich weiß, das wärt ihr, aber es war zu gefährlich. Nur dank unserer Magie sind wir unversehrt davongekommen.“

„Nicht ganz, Frau Autsch. Du weißt doch, dass wir trainieren?“

„Ja, Cassie hat es mir erzählt.“

Sie musterte Dylans Gestalt. Er war groß und schlank und obwohl er immer schon eine gewisse Schärfe besessen hatte, die Cassie fehlte, trat er jetzt mit mehr Überzeugung auf und eine Drohung lauerte hinter seinen Augen. Sie fragte sich, ob sie das alle hatten, als Folge ihres Wissens über die paranormale Welt und die Bedrohungen, denen sie ausgesetzt waren.

„Und?“, Dylan sah sehr verärgert aus und Avery wusste, dass er verzweifelt mehr tun wollte, als nur paranormale Aktivitäten zu beobachten.

„Dylan! Es war sehr gefährlich. Sie haben letzte Nacht vier Menschen getötet! Vier! Ihre Kehlen wurden aufgerissen und sie wurden wie Müll auf der Straße liegen gelassen.“ Avery wurde langsam wütend und ein Windstoß umwirbelte sie, sodass Dylan einen Schritt zurückwich. Sie atmete tief durch und beruhigte sich. „Entschuldigung. Ich will nicht, dass meine Freunde sterben. Und außerdem hätte dir vielleicht nicht gefallen, was du gesehen hättest. Bethany war da."

Dylans Schultern sackten nach unten. „Sie jagt jetzt?"

„Sie ist ein vollwertiger Vampir und braucht Blut zum Überleben. Als wir sie fanden, kauerte sie über ihrem Opfer."

„Bethany ist eine Mörderin." Dylan sank gegen den Tresen, sein Kampfgeist war verschwunden. „Das ist schrecklich. Es gibt keinen Weg zurück für sie – ähem, für es –, oder?" Er sah gequält aus. „Ist sie eine sie oder ein es?"

„Sie ist, wie auch immer du sie nennen willst. Und nein, den gibt es nicht."

Plötzlich wurden sie von Dan unterbrochen, der Dylan von der Penryn University kannte. „Was ist los, Dylan?"

„Alles Mögliche", sagte er und schüttelte Dans Hand. „Schön, dich wiederzusehen. Du weißt über alles Bescheid, was hier vor sich geht, nehme ich an?"

Dan nickte. „Brauchst du einen Drink? Ich habe bald Mittagspause. Wir können in den Pub gehen."

Dylans Miene hellte sich auf. „Ja, das klingt gut."

Avery lächelte. Das war genau das, was die beiden brauchten. Dan tat ihre Magie zwar als Lappalie ab, aber sie wusste, dass er sich unter der Oberfläche Sorgen wegen der übernatürlichen Seltsamkeiten machen musste, die vor sich gingen. Er und Dylan konnten sich gegenseitig unterstützen.

„Chefin?", sagte Dan und zog eine Augenbraue in Averys Richtung hoch. „Jetzt in Ordnung?"

„Na klar. Lass dir Zeit. Und Dylan, vielleicht treffen wir uns heute Abend. Ich warte auf eine Nachricht von Genevieve."

„Dann bleibe ich in der Nähe und sage Cassie und Ben Bescheid."

Avery sah ihnen nach und fragte sich, wie sie ihre Ermittlungen voranbringen und ihre Freunde schützen konnte. Ihr Blick wanderte zu dem Regal unter dem Tresen, wo sie ein paar Bücher für einen freien Moment gestapelt hatte. Sie zog eines mit dem Titel Cornwalls Schmuggler: Die Wahrheit ist seltsamer als die Fiktion heraus und machte es sich zum Lesen gemütlich, nur gelegentlich von einem Kunden gestört.

Als sie schließlich wieder nach draußen blickte, war sie schockiert, als sie feststellte, dass Schnee fiel. Kein Wunder, dass es sich kalt anfühlte, und kein Wunder, dass der Laden so ruhig war. Dan eilte allein am Fenster vorbei und stürmte zitternd durch die Tür. „Herrgottnochmal, es ist eiskalt da draußen."

„Kein Dylan?", fragte Avery.

„Nee, er ist zu mir nach Hause gegangen. Er ist ziemlich fertig wegen Bethany." Dan sah besorgt aus. „So habe ich ihn noch nie gesehen."

„Die Cousine eines Freundes ist ihm auch noch nie zuvor zum Vampir geworden", bemerkte Avery mit einem Seufzer. Sie legte ihr Buch zurück unter den Tresen und dachte, dass sie keinen Schritt weiter war als Stunden zuvor. „Ich gehe Mittagessen, bin bald wieder da."

Während ihrer Pause erhielt Avery zwei Anrufe. Der erste kam von Briar, deren Stimme schwer vor Müdigkeit war. „Du klingst so erledigt wie ich mich fühle", sagte Avery und schaltete den Anruf auf Lautsprecher, während sie in ihrer Küche herumwerkelte und sich ihr Mittagessen machte.

„Ich habe letzte Nacht von Vampiren geträumt", antwortete sie. „Und jedes Mal, wenn ich das leiseste Geräusch hörte, wachte ich auf, überzeugt, dass ein Vampir an meinem Fenster war. Ich bin um fünf aufgestanden. Es war sinnlos, zu versuchen zu schlafen."

„Du hättest bei Reuben bleiben sollen." Reuben hatte Briar fast angefleht, bei ihm und El zu bleiben, aber sie hatte sich geweigert.

„Ich mag mein eigenes Bett, so schön es bei Reuben auch ist. Und es ist praktisch für die Arbeit." Briar wohnte nur einen Spaziergang von ihrem Laden entfernt, in einem hübschen alten Häuschen mit viel altertümlichem Charme. Sie zögerte einen Moment. „Und Newton hat angerufen, kurz nachdem ich nach Hause gekommen bin."

Avery war für einen Moment still. „Nur ein Anruf?"

„Er ist gegen halb drei vorbeigekommen."

„Mitten in der Nacht? Es waren also nicht nur Vampirträume, die dich wachgehalten haben. Wie ging es ihm?"

„Völlig fertig. Vier Tote in einer Nacht. Alle sind deprimiert und verängstigt. Und er ist wütend. Wir müssen dem ein Ende setzen, Avery."

„Ich weiß", sagte sie und spürte, wie die Last der Verantwortung noch schwerer auf ihren Schultern lastete. „Ist er geblieben?"

„Nein. Er hat nur nachgesehen, ob bei mir alles in Ordnung ist."

Avery konnte die Anspannung in Briars Stimme hören, und war da auch Bedauern herauszuhören? Sie sprach mit sanfterer Stimme weiter. „Was läuft da zwischen euch beiden?"

„Nichts. Absolut gar nichts."

„Das stimmt doch nicht. Er wäre nicht in deiner Nähe, wenn du ihm egal wärst", wandte Avery ein.

„Er ist im Zwiespalt."

„Hunter ist es nicht."

Sie begann zu protestieren. „Avery—"

Avery unterbrach sie sehr frustriert. Sie ließ ihre Wut an ihrem getoasteten Sandwich aus und schnitt es mit einem wütenden Schnitt in zwei Hälften. „Du weißt, dass ich recht habe. Du könntest ewig warten, und so sehr ich Newton auch mag, genau da will er dich haben—wartend und hoffend, während er seinen Scheiß auf die Reihe kriegt. Hunter ist eine Bedrohung und Newton versucht nur, Zeit zu schinden. Lass das nicht mit dir machen." Briar schwieg, also fuhr Avery fort. „Du weißt, dass ich recht habe."

Briar stöhnte. „Ich weiß."

„Und so sehr Hunter auch ein arroganter Alpha ist, und das buchstäblich, er mag dich – wirklich mag dich! Er mag dich so sehr, dass er bereit ist, sieben Stunden zu fahren, um dich zu sehen. Was sagt dir das, Briar?"

„Ich weiß", wiederholte sie leise. „Und ich mag ihn auch. Aber Newton steckt mir im Kopf fest, und ich ärgere mich so über mich selbst, weil ich weiß, dass das, was du gerade gesagt hast, stimmt. Ich weiß es." Ihre Stimme hob sich vor Frustration. „Ich bin eine Idiotin. Ein heißer, männlicher Gestaltwandler will mich, und was tue ich? Ich schmachte jemandem nach, der nicht über die Tatsache hinwegkommt, dass ich eine Hexe bin. Und ich will, was du mit Alex hast und was El mit Reuben hat. Ich will jemanden, der für mich da ist. Der mich in den Arm nimmt, wenn schreckliche Dinge passieren, und mit mir lacht, wenn alles großartig ist."

Avery hätte vor Freude aufjauchzen können. Endlich öffnete sich Briar. „Ja, meine Liebe! Und was wirst du jetzt tun?"

„Ich weiß es nicht."

„Lügnerin. Was wirst du tun?"

„Hunter anrufen?", fragte sie zaghaft.

„Mit Überzeugung, bitte."

Briars Stimme wurde kräftiger. „Ich werde Hunter anrufen und ihn fragen, ob er früher zu Besuch kommen will, vielleicht über Weihnachten bleiben."

„Ja!", rief Avery und erschreckte damit Circe, die sich auf dem Boden ausgiebig putzte. „Morgen ist er da."

„Sei nicht albern. Es ist schon fast eins."

„Die nächste Runde geht auf dich, wenn ich recht habe – was ich habe. Du wirst mir einen Drink schulden."

„Er könnte Nein sagen."

Avery schnaubte. „Blödsinn, wird er nicht. Er wird jeden Geschwindigkeitsrekord brechen, um hierherzukommen."

„Könnte sein. Er ruft wirklich oft an." Avery konnte ein Lächeln in Briars Stimme hören.

„Oh, du wirst dieses Weihnachten aber so was von zum Zug kommen."

„Avery!"

„Sobald wir die Vampire losgeworden sind, natürlich."

„Weißt du, ich habe eigentlich gar nicht angerufen, um darüber zu reden", sagte Briar.

„Hast du doch. Aber was hast du sonst noch auf dem Herzen?"

„Hast du von Genevieve gehört? Ich habe mich gefragt, ob wir uns heute Abend vielleicht mit dem Zirkel treffen?"

„Nein, noch nicht, aber ich gebe dir Bescheid. Wenn überhaupt, wäre es sinnvoller, uns morgen zu treffen, wenn wir im Haus sind."

„Guter Punkt. Alles klar, ich lasse dich dann mal in Ruhe. Wir sprechen uns."

„Und ruf jetzt Hunter an!", rief Avery schnell, bevor Briar auflegte. Dann war sie weg und Avery hüpfte vor Aufregung über Briars Liebesleben auf und ab.

Sie rief sofort Alex an, und er ging schnell ran, der Lärm des Pubs war im Hintergrund zu hören. „Hi, Hübsche. Geht's dir gut?"

„Ich wollte nur deine Stimme hören und dir sagen, dass ich dich liebe."

Seine Stimme war warm und samtig, sogar am Telefon. „Ich liebe dich auch. Was ist denn der Anlass?"

„Ich habe einfach Glück, das ist alles. Ich wollte, dass du das weißt."

„Du hast Glück, ich bin großartig“, neckte er sie. „Aber was noch?“

„Briar lädt Hunter noch heute ein.“

Er lachte. „Ich wusste es, du Klatschtante. Gut für Briar. Was Neues von Gen?“

„Noch nicht.“

„Okay. Ich muss dann auch los – hier ist die Hölle los. Sehen wir uns heute Abend bei dir?“

„Bitte.“

Er legte auf, und Sekunden später rief Genevieve an.

„Du warst ja beschäftigt“, sagte sie kurz angebunden. „Ich versuche seit zehn Minuten, dich zu erreichen.“

„Habe nur mit Briar gequatscht“, erklärte sie und versuchte, nicht verärgert zu klingen. Sie hatte ja wohl auch ein Leben außerhalb der Vampirjagd.

„Jasper hat noch ein paar Spuren, denen er nachgehen will, also will er uns morgen sehen. Ich habe ihm gesagt, er soll uns im Haus der Geister treffen. Zehn Uhr okay? Ben versichert mir, dass Rupert und Charlotte bis dahin weg sein werden.“

„Klar“, sagte Avery, erfreut darüber, dass ihr Freitagabend ungestört bleiben würde.

„Gut. Dann bis morgen“, antwortete Genevieve und legte auf.

Bevor Avery irgendetwas anderes tat, schrieb sie Dylan eine Nachricht, falls er Dans Haus verlassen und nach Hause gehen wollte, und teilte ihm mit, dass sie sich stattdessen morgen treffen würden. Dann schaltete sie den Fernseher ein und schaute geistesabwesend zu, während sie ihr schon fast kaltes Sandwich zu Ende aß. Es liefen die Nachrichten, und sie waren voller

Berichte über die vier brutalen Morde. Sarah Rutherford, die Nachrichtenreporterin, die über Samhain in White Haven gewesen war, war in der Sendung zu sehen und schaffte es, gleichzeitig weihnachtlich und düster auszusehen. Sie trug einen leuchtend roten Mantel und tiefroten Lippenstift, der ihr blondes Haar und ihre blasse Haut betonte, und sie stand auf der Hauptstraße von Harecombe, während Einkäufer an ihr vorbeihasteten. Sie sprach mit Betroffenheit über die Todesfälle und darüber, dass die Polizei keine Spuren hatte, spekulierte aber auch, dass die Angriffe aussahen, als seien sie von einem Tier verursacht worden, und kündigte an, dass es später eine Pressekonferenz geben würde.

Avery schaltete den Fernseher aus. Obwohl die Nachrichten sie deprimiert hatten, spornten sie sie auch an. Sie musste nachforschen.

Am späten Nachmittag hatte Avery alles gelesen, was sie über den Schmuggel an der Südküste von Cornwall finden konnte.

Sie kannte die Namen der Pubs, die dafür bekannt waren, geschmuggelten Brandy und Gin sowie Seide, Musselin, Porzellan und Tee zu lagern. Einige dieser Pubs in Harecombe existierten auch heute noch. Die Schiffe, die vor der Küste ankerten, kamen normalerweise mit Kohle beladen an, wobei Fässer mit Brandy und Gin im Laderaum versteckt waren. Von Geheimgängen war jedoch keine Rede. Vielleicht sollten sie versuchen, einige dieser Pubs zu untersuchen, nachdem sie am nächsten Tag im

Haus der Geister gewesen waren. Oder vielleicht versuchen, in die Kanalisation zu gelangen. Die Vampire könnten dort unten Schutz suchen. Tatsächlich, überlegte sie, bestand eine große Wahrscheinlichkeit, dass sich die Gänge und die Kanalisation inzwischen kreuzten.

Avery dachte an den Sommer zurück, als sie noch nach ihren vermissten Grimoires suchten. Gil und Reuben hatten unter ihrem Glashaus einen Schmugglergang gefunden und gehofft, ihr Grimoire sei dort versteckt. Der Gang hatte zu Höhlen und dann hinaus zur Gull Island vor der Küste von White Haven geführt; es war die Höhle, in der Gil gestorben war, als sie von Caspian angegriffen wurden. Der Kampf hatte sie schließlich zur Faversham Central geführt, ihrem Spitznamen für Sebastians Haus, wo Helena Sebastian getötet und sie Reubens Grimoire zurückerobert hatten.

Nach all dem waren sie jetzt fast mit Caspian befreundet. Er hatte El vor Suzannas Fluch gerettet, Avery das Hexenfliegen beigebracht und Briar in seinem Haus Zuflucht angeboten. Sie war sich nicht sicher, ob sie all ihre Taten bereuen, sich für den Waffenstillstand schämen sollte oder ob es eine gute Sache war, dass sie nun zusammenarbeiteten. Und Caspian hatte sie angemacht, aber das war etwas, worüber sie ganz und gar nicht nachdenken wollte.

Die Klänge von Jazz lullten ihre Gedanken ein, und sie schlenderte zum Fenster des Ladens, um auf die Straße zu blicken. Es war fast dunkel, und der Schneefall hatte aufgehört und eine leichte Decke über der Straße und dem Gehweg hinterlassen, die die Weihnachtsbeleuchtung reflektierte. Der Laden war ruhig, und sie hatte Sally und Dan für den Tag nach Hause geschickt. Sie sollte sich eigentlich auf Weihnachten freuen, aber alles, woran sie denken konnte, waren Vampire, Nekromanten und Medien.

Avery setzte sich wieder hinter den Tresen und schlug ein anderes Buch auf. Sie fragte sich gerade, ob es zu früh war, den Laden abzuschließen, als die Türglocke bimmelte. Sie blickte überrascht auf und spürte dann, wie sich ein Stein in ihrem Magen senkte. Es war Rupert vom Haus der Geister. Er trug eine kurze Jacke über einem Pullover und dunklen Jeans, und sein rasierter Kopf war unbedeckt. Im Licht konnte man schwache Pockennarben auf seiner Haut erkennen, alte Aknenarben.

Avery zwang sich zu einem Lächeln. „Hallo, Rupert. Was für eine Überraschung, dich hier zu sehen!"

Einen Moment lang antwortete er nicht, sondern hielt am Eingang des Ladens inne, um sich umzusehen, während seine halb geschlossenen Augen alles in sich aufnahmen. Es war ein kühler Blick, der taxierte und urteilte, und Avery wurde schmerzlich bewusst, dass sie allein waren.

Endlich wandte er sich ihr zu und kam zum Tresen. „Avery, nicht wahr? Schön, Sie wiederzusehen. Wo sind denn alle? Ihre Kunden, meine ich."

„Ich glaube, der Schnee hat sie zu Hause gehalten, aber meine Assistentin ist hinten und katalogisiert Bücher", sagte sie, was eine Lüge war. „Ich bin überrascht, Sie hier zu sehen." Sie warf einen Blick auf die Fenster und den Schnee dahinter.

„Oh, die Hauptstraßen sind nicht so schlimm", sagte er und fixierte sie mit einem unangenehmen Starren. „Außerdem wollte ich Sie heute unbedingt sehen. Ich war bei Jean, die uns das Haus verkauft hat. Sie sagt mir, sie habe die Bücher aus meinem Haus an Ihren Laden verkauft. Ich hätte sie gerne zurück, bitte."

Avery war völlig perplex. Sie hatte Sally die ganze Woche fragen wollen, woher das Buch mit dem Hexenmal stammte, aber bei allem, was passiert war, hatte sie es völlig vergessen. Tatsächlich hatte sie sogar vergessen, das Buch noch einmal zu untersuchen.

„Tut mir leid, Rupert. Ich habe keine Ahnung, welche Bücher Ihnen gehören. Soweit ich weiß, sagten Sie, sie seien vor Monaten verkauft worden. Ich müsste Sally, meine Geschäftsführerin, fragen. Und außerdem haben wir sie in gutem Glauben gekauft."

„Ich formuliere es anders", sagte er und hielt sie weiterhin mit seinem Blick gefangen. „Ich kaufe sie Ihnen ab."

„Aber wie gesagt, ich weiß nicht, welche Ihnen gehören. Ich muss das mit meiner Geschäftsführerin klären, und sie ist gerade nicht hier."

„Ich dachte, Sie sagten, sie wäre da hinten?" Er blickte durch den Raum zur Tür des Hinterzimmers, als könnte er einfach hinübermarschieren und selbst nachsehen.

„Ich sagte, meine Assistentin sei im Hinterzimmer, nicht Sally."

„Können Sie sie anrufen?" Er stand unbeweglich und unerbittlich da, und das machte Avery wütend.

Wer zum Teufel glaubte er eigentlich, wer er war?

„Nein, das geht leider nicht. Sie hat für heute Feierabend." Avery weigerte sich, sich einschüchtern zu lassen. „Und außerdem kaufen wir viele Bücher. Sie erinnert sich vielleicht an den Ankauf, aber nicht an das Inventar. Glücklicherweise führt sie ausgezeichnete Aufzeichnungen, und wir können diese morgen überprüfen. Aber natürlich ist es wahrscheinlich, dass wir einige davon verkauft haben.“

Er verengte verärgert die Augen. „Führen Sie Aufzeichnungen darüber, wer meine Bücher gekauft haben könnte?“

„Nein, dazu gibt es keinen Grund.“ Und es sind nicht deine Bücher. Genau genommen wusste sie ja nicht einmal, ob das Buch mit dem Hexenmal überhaupt aus seiner Sammlung stammte.

Er lehnte sich über den Tresen, drang in ihren persönlichen Bereich ein und beobachtete sie einen weiteren Moment lang schweigend. Avery starrte direkt zurück. Wenn er noch einen Schritt machte, würde er das Opfer eines sehr unangenehmen Fluchs werden.

Als hätte er ihre Verärgerung gespürt, trat er zurück und sah sich noch einmal um. „Das ist ein okkulter Laden.“

„So in etwa“, gab sie zu. „Wir sind ein Buchladen, der auch einige okkulte Dinge verkauft, aber wir haben eine große Auswahl an Büchern aller Art.“

Er machte eine ausladende Geste. „Aber der Weihrauch, die Tarotkarten, die Wahrsageutensilien und die Hexenartikel deuten alle auf das Okkulte hin. Das sind keine gewöhnlichen Dinge für einen Buchladen.“

„Ich bin keine gewöhnliche Buchladenbesitzerin.“

„Nein, das sind Sie nicht.“ Er runzelte die Stirn. „Erinnern Sie mich noch einmal daran, warum Ben wollte, dass Sie sich mein Haus ansehen? Und dieser große blonde Mann, mit dem Sie gekommen sind? Reuben, nicht wahr?“

Scheiße. Was hatte Ben gesagt, was sie war? Eine Beraterin, genau.

„Ich interessiere mich für das Okkulte, wie Sie bemerkt haben." Sie machte eine vage Geste. „Ben weiß das. Er, Cassie und Dylan sind oft hier, und Ben wollte meine Meinung zu der Hexenflasche hören, die unter der Feuerstelle gefunden wurde. Ich habe angedeutet, dass ein Besuch vor Ort nützlich sein könnte." Sie lächelte und bemühte sich, so charmant wie möglich zu sein. „Danke, dass Sie zugestimmt haben."

„Und was halten Sie von meinem Haus?"

„Es ist faszinierend. Ich glaube, sein Name verweist auf seine Geschichte. Was denken Sie?"

Seine Lippen waren vor Ärger zu einem schmalen Strich zusammengepresst. „Das ist die wahrscheinlichste Erklärung, da stimme ich Ihnen zu. Aber die Geister des Hauses hüten ihre Geheimnisse sehr gut."

Was für ein seltsames Geständnis. „Sprechen Sie mit Geistern? Sind Sie ein Medium?"

Er blinzelte, als hätte er zu viel verraten. „Nein, nicht wirklich. Ich meinte damit, dass ich nicht viel über Madame Charron herausfinden kann und ob sie echt war oder eine Betrügerin."

„Aber Sie haben Ben engagiert. Was erhoffen Sie sich von ihm zu finden?"

„Etwas, das beweist, dass Madame Charron authentisch war." Er wirkte aufgeregt, fast schon fieberhaft. „Ich habe diese ganzen Fälschungen so satt, und jetzt, wo Charlotte seltsame Träume hat, hofften wir, es könnte ein Hinweis darauf sein, dass etwas erwacht ... Dass sie vielleicht im Haus ist und darauf wartet, mit uns zu sprechen. Aber bisher lässt sich nichts Konkretes finden."

Avery hakte nach. „Und ist das gut oder schlecht? Die meisten Leute wollen keine Geister in ihrem Haus."

Er lächelte, aber es erreichte seine Augen nicht. „Ich mag alte Häuser wegen ihrer Geister, also nein, es stört mich nicht. Wie auch immer, ich muss los. Meine Frau wartet sicher auf mich. Bitte sprechen Sie mit Ihrer Geschäftsführerin und lassen Sie mich wissen, wie viel Sie für diese Bücher haben wollen. Es ist sehr wichtig. Ich vermute, dass sich in diesen Büchern persönliche Gegenstände befinden könnten, die für meine Nachforschungen relevant sein könnten." Er hielt ihr eine Visitenkarte hin. „Rufen Sie mich an, so bald Sie können."

Avery wollte die Karte aus seiner Hand nehmen, doch seine Hand schloss sich mit einem eisenharten Griff um ihre. „Enttäuschen Sie mich nicht, Avery."

Sie unterdrückte den Drang, ihn durch das Fenster zu schleudern, und entschied sich stattdessen für einen leichten magischen Stromstoß, der ihn seine Hand sofort zurückziehen ließ. Seine Augen weiteten sich vor Schreck.

„Das muss statische Elektrizität sein", erklärte Avery ausdruckslos. „Ich melde mich bei Ihnen."

Er kniff die Augen zusammen, dann drehte er sich um und verließ den Laden, während das Glöckchen an der Tür hinter ihm her bimmelte. Wichser.

Avery eilte zur Tür und schloss sie ab. Sie überprüfte, ob das Kräuter- und Holzbündel darüber unversehrt war, sprach einen weiteren Schutzzauber darüber und zündete dann ein Salbeibündel an. Sie ging damit durch ihren Laden und reinigte ihn von Ruperts sehr negativen Energien. Die erneute Begegnung mit ihm bestätigte ihren früheren Verdacht. Er war seltsam – sogar gefährlich. Sie konnte es spüren. War er ein Nekromant? Nekromanten riefen Geister mit der Absicht, sie zu kontrollieren. Wenn das so wäre, hätte er die Geister im Haus doch sicher leicht rufen können. Vielleicht gab es eine weitere Schutzschicht auf dem Haus, die das verhinderte. Und wie hing das mit den Vampiren zusammen? Lagen sie falsch? Hatten das Haus und die Ankunft der Vampire absolut nichts miteinander zu tun? Sie musste mit Sally sprechen.

Sally ging nach einem halben Dutzend Klingeltönen ans Telefon. Avery konnte sie über das Gekreische im Hintergrund kaum verstehen. Sallys Kinder waren entweder in tiefer Not oder hatten den Spaß ihres Lebens, und sie konnte nicht genau ausmachen, was von beidem zutraf. „Ist alles in Ordnung bei dir, Sally?"

„Oh, Gott. Hier herrscht das reinste Chaos. Die Kinder sind so aufgedreht. Ich wünschte, ich wäre auf der Arbeit geblieben. Geht es dir gut?"

„Ja, alles bestens. Hör zu, ich habe eine kurze Frage. Du hast vor ein paar Wochen bei einer Haushaltsauflösung ein paar Bücher gekauft, von einem Haus in West Haven. Es stellt sich heraus, dass sie aus dem Haus der Geister stammen, dem, das Ben untersucht. Erinnerst du dich, welche Bücher wir gekauft haben?"

Das Geräusch wurde dumpfer, als Sally offensichtlich den Raum wechselte. „Ich erinnere mich vage daran, aber sieh mal im Online-Inventar für August oder vielleicht September nach.

Dort müsste ich es vermerkt haben. Ich glaube nicht, dass etwas dabei war, von dem ich dachte, es könnte dich besonders interessieren. Du weißt, dass ich sie für dich markiere, wenn das der Fall ist."

„Danke, Sally, du bist ein Schatz. Erinnerst du mich noch mal daran, in welcher Datei das Inventar ist?"

Während Sally ihr das elektronische Ablagesystem erklärte, ging Avery ins Hinterzimmer und setzte sich an den Computer. Als sie die Datei gefunden hatte, legte sie auf und überließ Sally ihrem chaotischen Haushalt, dann begann sie, durch die Liste zu scrollen. Sally hatte die Bücher unter allgemeiner Belletristik und dann unter Kriminalromanen, Thrillern und Liebesromanen zusammengefasst. Jede Menge Liebesromane. Avery nahm an, dass Felicity nach den Jahren des Alleinlebens eine unersättliche Leserin geworden war. Sally hatte bei diesen Büchern nicht die Titel aufgeführt, sondern nur die Anzahl hinzugefügt. Danach kamen die arkanen und okkulten Bücher, von denen es insgesamt etwa ein Dutzend gab. Hier hatte Sally die Titel und Autoren hinzugefügt, da sie für Avery von Interesse waren. Sie erkannte ein paar davon wieder, besonders Mysterien des Okkulten, das Buch mit dem Hexenzeichen darauf; das Buch, das sich jetzt in ihrer Wohnung befand. Sie druckte die Liste aus und ging zurück zu den Regalen im Laden. Draußen war es inzwischen völlig dunkel, und das einzige Licht im Laden kam von den bunten Weihnachtslichtern, die um die Regale geschlungen waren. Von den Büchern, die sie gekauft hatten, waren nur noch vier übrig, fünf, wenn man das oben mitzählte. Die anderen müssen verkauft worden sein, dachte Avery.

Es gab drei Bücher über Hexerei, eines über Runen und ein weiteres über Wahrsagerei. Die fehlenden Bücher waren eine ähnliche Mischung. Avery beschloss, alle, die sie noch hatte, aus dem Regal zu nehmen und mit in ihre Wohnung zu bringen. Alex würde später vorbeikommen, aber erst in ein paar Stunden. Das gab ihr Zeit zum Nachforschen.

Nachdem sie die Katzen gefüttert, das Licht angemacht und es sich gemütlich gemacht hatte, breitete sie die Bücher auf ihrem Dachbodentisch aus, ließ ein paar Hexenlichter über sich schweben und begann dann, sie methodisch zu untersuchen.

Eine Stunde später hatte sie immer noch nur ein einziges Hexenmal gefunden, das ursprüngliche auf dem ersten Buch. Die Hexereibücher enthielten einfache Zauber, nichts, was man nicht auch in vielen anderen Büchern über die Kunst finden konnte, oder zumindest Variationen von Themen. Das Buch über Runen war interessanter. Auf einigen Seiten fanden sich Notizen in krakeliger Schrift, und die Seiten über die Runen-Divination waren stark markiert, was seltsam war.

Sie war so in ihre Lektüre vertieft, dass sie hochfuhr, als ihr Handy in der stillen, vom Schnee schallgedämpften Wohnung klingelte, und damit die neben ihr schlafenden Katzen aufschreckte. Es war Sally.

„Mir ist gerade etwas eingefallen", begann sie atemlos. Der Lärm hinter ihr war immer noch ohrenbetäubend. „Ich habe in der Sammlung ein Buch gefunden, das kein Buch war."

„Was? Ich weiß nicht, was du meinst", sagte Avery verwirrt.

„Na, du weißt schon, ein falsches Buch. Der Rücken sieht aus wie der eines Buches, der Einband auch, aber in Wirklichkeit ist es eine Schachtel. Ich habe es gefunden und für dich beiseitegelegt."

Averys Herz begann vor Aufregung zu rasen. „Wo?"

„Ich bin mir nicht sicher. Ich glaube, es war unter dem Küchenschrank bei den Keksen. Ich wollte sichergehen, dass es nicht mit den anderen Büchern durcheinandergerät, und ich glaube, du warst zu der Zeit damit beschäftigt, Meerjungfrauen zu jagen. Es tut mir wirklich leid."

„Nein, alles gut", sagte Avery und machte sich für einen Hexenflug bereit. „War etwas darin?"

„Ein kleiner Beutel mit irgendetwas drin. Ich habe nicht nachgesehen. Ich habe ihn für dich dagelassen."

„Großartig, danke, bis morgen." Avery beendete hastig den Anruf und war Sekunden später unten in der Küche. Sie wühlte im Küchenschrank, schob Kekse und Teebeutel beiseite, und dann sah sie es. Ein Buch, das eine Schachtel war.

Im selben Moment, in dem sie es hervorzog, begann ihr Schutzzauber auf dem Gebäude wie eine Glocke zu läuten, und ein tiefes Vibrieren durchfuhr Averys Körper. Jemand hatte ihren Schutzzauber ausgelöst.

Innerhalb von Sekunden warf sie das Buch zurück unter den Schrank. Jetzt musste sie sich konzentrieren.

Sie dehnte ihr magisches Bewusstsein aus und versuchte zu spüren, woher die Bedrohung kam. Wenn es die Fenster wären, könnte es ein Vampir sein, aber sie fand die Quelle sofort. Jemand versuchte, durch die Hintertür einzudringen.

Avery kannte ihre Schutzzauber in- und auswendig, und als das Vibrieren stärker wurde, verstärkte sie die Kraft ihres Zaubers, indem sie die Worte mit Macht und Überzeugung aussprach.

Sie hatte keine Zeit, Angst zu haben. Stattdessen war sie wütend.

Mit einem weiteren geflüsterten Zauber schaltete sie die Lichter aus, tauchte ihre Wohnung und den Laden in Dunkelheit und wirkte gleichzeitig einen Schattenzauber, mit dem sie sich umhüllte. Sie öffnete die Tür zum kleinen Flur, der zum Hintereingang führte. Die Außentür hatte in der oberen Hälfte kleine Scheiben aus milchig-weißem Glas, aber durch sie war überhaupt nichts zu erkennen, da es draußen stockdunkel war und ihr Sicherheitslicht nicht angegangen war.

Sie stand still und lauschte aufmerksam. Die Türklinke klapperte leise und sie lächelte. Sie rannte zurück in die Küche und schnappte sich eine Handvoll Kamillenteebeutel. Sie waren nicht so wirksam wie das Bündel Kamille auf ihrem Dachboden, aber sie würden genügen. Sie riss sie auf und warf sie in die Luft, flüsterte einen Zauber, der die Kamille in einem sanften Wirbel zur Tür schickte. Avery flüsterte die letzte Beschwörungsformel, die einlullen und verwirren sollte, und die Kamille verschwand durch die Tür auf die andere Seite. Draußen war ein gedämpfter Schrei zu hören, die Klinke hörte auf, sich zu bewegen, und dann hörte sie Schritte, die sich durch die Gasse hinter ihrem Haus entfernten.

Sie rannte durch den Laden zum vorderen Fenster, in der Hoffnung, jemanden auf die Straße treten zu sehen, aber es schneite wieder heftig, was alles zu weißen Wirbeln verschwimmen ließ und jeden Laut dämpfte. Mit sinkendem Herzen erkannte sie, dass sie keine Ahnung hatte, wer ihr Angreifer war, aber sie hatte den starken Verdacht, dass es Rupert war. Er war ärgerlich hartnäckig und offensichtlich naiv, was ihre Kräfte anging, aber war er eine Bedrohung?

Das würde nur die Zeit zeigen.

Achtzehn

Avery zauberte die Weihnachtsbeleuchtung wieder an und ging zurück in die kleine Küche, um die als Buch getarnte Schachtel zu holen.

Sie vergewisserte sich, dass alles verriegelt und ihre Schutzschilde aktiv waren, und ging dann nach oben. Sie ging zu Fuß, anstatt ihren Hexenflug zu benutzen, da sie die Sicherheit brauchte, ihr Zuhause unversehrt zu sehen, anstatt direkt auf den Dachboden zu fliegen. Der Weihnachtsbaum leuchtete in der Ecke des Wohnzimmers und ihr Durcheinander aus Schals, Decken, Kissen und Büchern ließ den Raum warm und chaotisch wirken, aber nichts schien fehl am Platz zu sein. Beruhigt ging sie weiter auf den Dachboden, schürte das Feuer und stellte die Schachtel auf den abgenutzten Holztisch.

Es war ganz offensichtlich, dass es eine Schachtel war, aber wenn sie den Buchrücken inmitten einer Reihe von Büchern betrachtet hätte, wäre er überhaupt nicht aufgefallen. Der Titel lautete Die esoterischen Mysterien der Weissagung, und die Schachtel war aus Holz gefertigt und mit dickem Papier überzogen, aber als Avery den Deckel anhob, stellte sie fest, dass das Innere mit schwarzem Samt ausgekleidet war. Auf dem Boden lag ein Tuch aus weichem, weißem Leinen gefaltet und in der Mitte ein Beutel aus schwarzer Seide. Sie hielt ihre Hand über die Schachtel, um nach Magie zu tasten, aber stattdessen spürte sie eine Präsenz. Sie war schwach, aber sie war da.

Sie hob den Beutel auf, zog ein altes, viel benutztes Tarotkartenset heraus, und faltete dann das viereckige weiße Leinentuch auseinander, wobei sie dachte, dass es wahrscheinlich zum Kartenlegen gedacht war. Die müssen Madame Charron gehört haben.

Gerade als sie sich fragte, warum sie in einer als Buch getarnten Schachtel steckten, hörte sie, wie sich unten die Tür öffnete, als Alex ankam. Er rief „Hallo", und nach einer Minute erschien er auf dem Dachboden, bedeckt von einer feinen Schneeschicht. Er stellte sich hinter sie, schlang die Arme um ihre Taille und schmiegte sich an ihren Hals. „Du riechst köstlich."

Sie lehnte sich an ihn. „Danke. Du riechst nach Schnee."

„Das liegt daran, dass es schneit, Schlaumeierin." Er ließ seinen Kopf auf ihre Schulter sinken. „Was hast du da?"

„Tarotkarten."

Er lachte. „Äh, ja, das sehe ich. Woher hast du die denn?" Er ließ sie los und nahm eine der Karten auf. „Die sind schön. Ungewöhnlich. Und ich spüre ein kleines bisschen Magie in ihnen."

„Ich auch, obwohl ich dachte, es wäre eher eine Präsenz als Magie."

Alex legte die Karten hin und zog seine Jacke aus. Seine Wangen waren von der Kälte gerötet und er ging zum Feuer, um sich die Hände zu wärmen. „Wo hast du die gefunden?"

„Das ist eine lange Geschichte." Sie erzählte ihm von Ruperts Besuch, der sie veranlasst hatte, Sally anzurufen.

Alex' Haar war zu einem halben Pferdeschwanz zurückgebunden, aber er löste ihn und fuhr sich mit den Händen hindurch. „Also sind sie aus dem Haus der Geister?"

„Ja. Das müssen die von Madame Charron sein. Aber ich komme nicht drauf, warum sie in dieser Schachtel versteckt waren."

„Vielleicht zur Sicherheit", schlug er vor.

Avery sah sie stirnrunzelnd an. „Dieser Fall wird immer seltsamer."

„Fall? Du klingst wie eine Detektivin", sagte er lachend. „Glaubst du, Rupert weiß, dass diese Dinger existieren?"

„Ich bezweifle es, aber selbst wenn, wie sollten sie ihm helfen? Und was zum Teufel haben die mit Vampiren zu tun?"

„Gottverdammte blutsaugende Vampire", rief er aus und zitierte den 80er-Jahre-Film Lost Boys. „Ich muss zugeben, ich habe mir noch nie Sorgen gemacht, wenn ich durch White Haven gelaufen bin, aber heute Nacht schon. Bei jedem Geräusch dachte ich, einer wäre hinter mir. Ich hasse dieses Gefühl. Deine Schutzzauber fühlen sich heute Nacht stärker an. Ist das wegen der Vampire?"

„Nein." Avery wollte ihm eigentlich nichts von dem Angriff erzählen, sie wusste, er würde sich Sorgen machen, aber andererseits konnte sie auch nicht lügen. „Ich glaube, Rupert ist hier herumgeschlichen und hat versucht, in den Laden einzubrechen, als er geschlossen war."

„Was?" Er hatte geistesabwesend ins Feuer gestarrt, aber jetzt fuhr sein Kopf herum und er sah sie an. „Warum hast du nicht angerufen?"

„Dafür war keine Zeit. Außerdem habe ich mich darum gekümmert."

Sie beschrieb, was passiert war, und fühlte sich plötzlich wieder verletzlich. Sie hatte sich in ihrem Zuhause noch nie verängstigt gefühlt, aber die jüngsten Ereignisse hatten das geändert. Eine Welle der Dankbarkeit durchströmte sie, weil Alex hier war. Er war solide, beruhigend und als Bonus eine sehr sexy Erscheinung. Er beobachtete sie, die Hände auf dem Kopf, was sein T-Shirt anhob und einen Streifen seines durchtrainierten Bauches enthüllte, und ihr eigener Magen machte daraufhin einen Satz.

„In Zukunft rufst du mich an. Es ist mir egal, wie viel im Pub los ist, du bist wichtiger."

„Danke", sagte sie leise.

Er durchquerte schnell den Raum und zog sie an sich. „Ich meine es ernst." Er küsste sie, und Wärme und Verlangen durchfluteten sie, bis er ihre Hand ergriff und sie ins Schlafzimmer zog. „Die Karten können warten."

Lange Zeit später und nach dem Essen kehrten Alex und Avery zu den Karten zurück.

„Das ist nur ein normales Kartenspiel", sagte Alex, während er sie und das weiße Leinentuch untersuchte. „Vielleicht waren sie gar nicht versteckt, sondern wurden nur zur sicheren Aufbewahrung ins Bücherregal gestellt.“

„Vielleicht. Ich glaube, das ist eine Sackgasse.“ Avery nahm das Buch mit dem Hexenzeichen zur Hand. „Ich habe dieses hier doppelt überprüft. Es gibt keine weiteren Zeichen darin oder in den anderen Büchern. Sie haben überhaupt nichts Besonderes an sich.“

„Hast du die Schachtel unter einem Hexenlicht überprüft?“

Avery sah ihn mit großen Augen an. „Nein.“

Er warf ein Licht über ihnen auf und schaltete die Lampen aus. Innerhalb von Sekunden erschien eine Reihe von Runen auf der Innenseite der Schachtel. „Abrakadabra! Das ist eine Nachricht.“

„Verdammt! Warum habe ich nicht daran gedacht?“

Er grinste. „Weil ich fantastisch bin.“ Er nahm die Schachtel und kniff die Augen zusammen, um die Runenschrift zu erkennen. „Hast du zufällig ein Runenbuch zur Hand?“

Avery hatte das Runenbuch aus dem Haus der Geister bereits aufgeschlagen. „Voilà! Und einen Stift und Papier.“

Die nächsten Minuten arbeiteten sie sich durch die Runen und übersetzten jede einzelne in einen Buchstaben, bis sie alles entziffert hatten.

Das Zentrum der Mysterien liegt unter dem Vollmond.

„Nun, das ist interessant“, sagte Alex. „Was zum Teufel soll das bedeuten?“

Avery schnappte sich das Päckchen und durchsuchte es ungeduldig. „Vielleicht ist es die Karte der Großen Arkana!“ Sie fand die Karte mit dem Namen „Der Mond“ und untersuchte sie unter dem Hexenlicht, aber es war nichts darauf. „Verdammt. Warum sollte sie irgendeine zufällige, in Runen geschriebene Nachricht in einer Schachtel hinterlassen?" Sie sah zu den Büchern auf dem Tisch. „Das markierte Buch heißt Die Mysterien des Okkulten." Sie nahm es wieder auf und zitierte die Zeile. „„Das Zentrum der Mysterien liegt darunter –‘"

Sie brach ab und blätterte durch das Buch, bis sie die Mitte erreichte.

„Und?", fragte Alex und beugte sich über ihre Schulter.

„Die Mitte dieses Buches fällt genau in die Mitte eines Kapitels über Dämonologie und die Verwendung von Dämonen als Geisterführer."

„Wirklich?", sagte er, wobei sein Atem ihr Ohr kitzelte. „Einen Dämon als Geisterführer zu benutzen, klingt sehr riskant."

„Und es würde eine Menge Macht erfordern", sagte Avery und hob das Buch auf Augenhöhe. „Auf dieser Seite steht nur ein Name – Verrine." Avery drehte sich in Alex' Armen, um ihn anzusehen. „Okay, ich glaube, das bedeutet Folgendes. Madame Charron hat vielleicht normale Leute betrogen, aber ich glaube, sie hatte auch eine Gabe. Sie konnte wirklich Geister beschwören und hat gerne damit experimentiert, Geisterführer zu benutzen. Ich denke, dass sie irgendwann, und vielleicht sogar oft, wer weiß, diesen Dämon als Führer benutzt hat. Vielleicht ist sie zu tief eingetaucht und hat etwas gefunden, das sie nicht finden wollte? Vielleicht musste sie deshalb ihr Geschäft aufgeben. Vielleicht hat sie einen Vampir erweckt?"

Alex runzelte nachdenklich die Stirn. „Das klingt verrückt. Haben Vampire überhaupt Geister, die man erwecken kann?"

Sie zuckte mit den Schultern. „Ich weiß es nicht. Aber wenn du in der Geisterwelt umherwanderst und mit Dämonen sprichst, riskierst du alles Mögliche. Dämonen sind dazu da, zu verführen und zu täuschen.“

„Du gehst davon aus, dass es ein Unfall war. Sie könnte es absichtlich getan haben. Sie könnte durch und durch böse sein.“

„Aber warum sollte sie sich dann zur Ruhe setzen und sich einschließen? Vielleicht musste sie kontrollieren, was auch immer sie entfesselt hatte. Vielleicht hat es sie so sehr erschreckt, dass sie nie wieder ein Medium sein konnte, weder ein echtes noch ein falsches.“

„Hoffentlich finden wir morgen etwas heraus.“

Am nächsten Morgen war die Fahrt nach West Haven langsam. Die Straßen waren mit Schnee bedeckt, und obwohl die Hauptstraßen geräumt und gestreut waren, waren die kleineren Nebenstraßen schlechter befahrbar. Alex und Avery hatten sich entschieden, gemeinsam in Alex' Alfa Romeo Spider zu fahren, da Briar ihr mitgeteilt hatte, dass Hunter am Morgen angekommen war und Reuben und El sie abholen würden.

„Ich wusste, dass er kommen würde“, sagte Avery aufgeregt. „Anscheinend ist er gestern Abend gegen zehn angekommen, nach einer epischen Fahrt auf vereisten Straßen. Das ist Hingabe.“

Alex grinste sie an, bevor er seine Aufmerksamkeit wieder der Straße zuwandte. „Du bist so eine Heiratsvermittlerin.“

„Ich will, dass Briar glücklich ist, und ich glaube, Hunter wird das schaffen. Newton wird es ganz sicher nicht. Und Caspian hat gerade geschrieben. Er wird uns auch am Haus der Geister treffen."

„Volles Haus also. Hoffen wir, dass Rupert wirklich für den Tag weg ist, sonst wird das eine einzige, große Zeitverschwendung."

Alex und Avery kamen zur gleichen Zeit wie Eve an, die sie mit einer Grimasse begrüßte. Ihre langen, dunklen Dreads waren unter einem dicken Wollschal hochgesteckt, und ihre vielseitige Kleidung leuchtete hell vor dem Schnee. „Ich wünschte, ich würde euch unter besseren Umständen sehen."

„Ich auch", sagte Avery und umarmte sie. „Kein Nate?"

„Nicht heute, aber er wird helfen, wenn es nötig ist."

Ben führte sie hinein, und der Kaffeegeruch schlug ihnen wie eine Wand entgegen. „Hey, Leute. Wir sind im Séance-Zimmer", sagte er, nachdem er sie begrüßt hatte. „Kommt hoch. Wir haben jede Menge Kaffee."

„Sie sind also definitiv weg?", fragte Alex und schüttelte den Schnee von seinen Stiefeln.

„In aller Frühe!"

Avery sah sich um und bewunderte die hohen Decken mit den aufwendigen Gesimsen und die dekorativen Architrave um die Türen und Fenster. Sie beobachtete Alex, wie er die Augen schloss und sich konzentrierte. Sie wusste, dass er nach Anzeichen von Geistern oder irgendeiner Art von Präsenz suchte, aber er brauchte nur einen Moment, bevor er Ben die Treppe hinauffolgte.

Da alle um den Tisch saßen, sah es so aus, als ob sie eine echte Séance abhalten wollten. Alex und Avery waren die Letzten, die ankamen, und sie grüßten die anderen mit einem kurzen Nicken. Avery spürte, wie Hunters dominante, männliche Präsenz durch den Raum schallte. Er trug seine schwarze Lederjacke und dunkle Jeans und strahlte Testosteron aus.

Hunter saß neben Briar und konnte kaum die Augen von ihr lassen, obwohl er Averys Blick erwiderte und grinste, ein Anflug von Sieg lauerte dahinter. Briar sah errötet und leicht verstohlen aus. Avery blickte zu El, die spekulativ eine Augenbraue hob, und Avery bemühte sich, ein Lächeln zu unterdrücken. Als Avery sich im Raum umsah, bemerkte sie, dass von den anderen Zirkeln nur Jasper, Eve und Caspian da waren.

Genevieve, die ebenfalls anwesend war, fing ihren fragenden Blick auf. „Ich habe Rasmus, Oswald und Claudia gesagt, dass sie heute nicht kommen müssen. Ich werde sie später auf den neuesten Stand bringen." Sie wandte sich an Jasper. „Willst du anfangen?"

Jasper räusperte sich mit einem Husten. „Es war schwierig, etwas über die schillerndere Geschichte des Hauses der Geister herauszufinden, bis ich auf Magie zurückgriff."

„Du lässt es so klingen, als wäre das etwas Schlechtes", bemerkte Caspian neugierig.

„Nein, überhaupt nicht." Jasper schüttelte den Kopf und zog sein Notizbuch auf seinen Schoß. „Es bedeutete nur, dass ich auf eine List zurückgreifen und einen ziemlich riskanten Einbruch in die Verwaltungsgebäude der Stadt begehen musste."

„Gute Arbeit", sagte Reuben. Er lehnte sich in seinem Stuhl zurück, die langen Beine vor sich ausgestreckt. „Hätte nicht gedacht, dass du der Typ für Einbrüche bist, Jasper."

Jasper rutschte unbehaglich hin und her. „Bin ich auch nicht, aber es war wichtig. Ich musste herausfinden, wem das Haus vorher gehört hatte, und das sind keine öffentlichen Unterlagen." Er deutete auf Dylan. „Wir waren beide fleißig. Erzähl du ihnen zuerst, was du herausgefunden hast."

Auch Dylan schlug ein kleines Notizbuch auf. „Das Haus wurde 1810 erbaut und war ursprünglich ein großes Privathaus mit ausgedehnten Gärten, die den größten Teil der heutigen Straße einnahmen. Die Familie muss ziemlich wohlhabend gewesen sein, aber 1854 wurde ein großer Teil des Grundstücks verkauft, und da wurden einige Häuser entlang der Straße gebaut. Fünfzehn Jahre später wurde weiteres Land verkauft und weitere Häuser gebaut. Als der Erste Weltkrieg ausbrach, gehörte das Haus einer anderen Familie, und die Straße sah schon fast so aus wie heute." Er hielt inne und blickte auf. „Bevor das Land 1854 aufgeteilt wurde, gab es ein paar Todesfälle in der Gegend. Zwei weibliche Leichen wurden in der Nähe des Grundstücks gefunden. Es gab auch eine Reihe von Vermisstenfällen, Männer und Frauen, deren Leichen nie gefunden wurden."

Caspian rutschte auf seinem Sitz nach vorne. „Als sie auf dem Grundstück bauten, haben sie da jemals Überreste gefunden?"

„Nein. Aber", warf Dylan ein, „es ist abgelegen und das Land ist von Bäumen und Feldern umgeben. In der Presse gab es viele Spekulationen, aber sie haben nie herausgefunden, wer es war."

„In welchen Jahren waren die Todesfälle und die Vermisstenfälle?", fragte El.

Dylan schaute erneut in sein Notizbuch. „Immer mal wieder über vierzig Jahre hinweg, ungefähr zwischen 1820 und 1860."

Ein kollektives Murmeln ging durch den Raum. Avery war verblüfft. „So lange!"

„Ich weiß. Und das ist nichts, was ich entdeckt habe", sagte Dylan. „Ich habe das aus einem Buch über ungeklärte Todesfälle in Cornwall. Es ist ziemlich alt, wurde in den 1960er Jahren geschrieben und hat mir eine Menge Arbeit erspart. Der Autor, ein gewisser Ralph Nugent, spekulierte, dass es sich um einen lokalen Serienmörder handelte und die Vermissten- und Mordfälle aufhörten, als der Mörder starb. Natürlich hat die Polizei sie nie in Verbindung gebracht, und vielleicht waren sie auch nicht miteinander verbunden, aber es ist verdächtig, zumal sie in der gleichen Gegend stattfanden." Er zuckte mit den Schultern. „Wir werden es nie erfahren. Die Morde hörten auf, abgesehen von den üblichen, deren Täter gefunden und verhaftet wurden. Dann verging die Zeit und alles war gut, bis—" Er machte erneut eine Pause und sah sie unheilvoll an. „1938 begann eine Welle von ungeklärten Vermisstenfällen, die etwas mehr als ein Jahr andauerte. Und natürlich begann 1939 der Zweite Weltkrieg, der Chaos und Zerstörung mit sich brachte."

„Evelyn kaufte das Haus in den 1920er Jahren und zog sich 1938 aus der Welt zurück", sagte Alex. „Alles passt zusammen. Also, wem gehörte es ursprünglich?"

„Und da komme ich ins Spiel", sagte Jasper und stellte seine Kaffeetasse ab. „Der erste Besitzer, der es gebaut hat, stammte aus Osteuropa—genauer gesagt aus Rumänien."

„Wie in transsilvanisches Europa? Dracula-Land!", erklärte Reuben ungläubig.

Jasper lachte nicht einmal. „Ich kann dir keine Einzelheiten nennen, weil der Besitzer keine angegeben hat, aber Transsilvanien liegt in Rumänien."

Wieder einmal wurde es still im Raum, während alle sich nervös ansahen und Jasper fortfuhr. „Sein Name war Grigore Cel Tradat. Außer der Tatsache, dass er mit seiner Frau und vier Kindern ankam und ein erfolgreiches Geschäft besaß, weiß ich sehr wenig über ihn. Er mietete eine Weile und baute dann das Haus. Er handelte mit Seide und anderen Stoffen und war sehr erfolgreich, aber als er älter wurde, machte er einige Fehlinvestitionen und musste einen Teil des Landes verkaufen. Meinen Notizen zufolge müsste er zu diesem Zeitpunkt 84 Jahre alt gewesen sein. Seine Frau war viel jünger. Sie war nicht die Mutter der Kinder, jedenfalls nicht der ältesten. Dafür wäre sie zu jung gewesen."

Alex beugte sich auf seinem Stuhl vor und lauschte aufmerksam. „Wie alt war das älteste Kind?"

„Er war ein Junge von sechzehn Jahren, als sie ankamen. Grigores Frau, Sofia, war nur zehn Jahre älter."

„Und die anderen Kinder?"

„Ein vierzehnjähriges Mädchen und dann zwei jüngere Mädchen im Alter von fünf und zwei Jahren."

„Die beiden Jüngsten müssen also Sofias Kinder gewesen sein. Es war eine zweite Ehe", sagte Genevieve.

„Nun, das ist alles sehr interessant", sagte Caspian trocken und beobachtete Jasper, „aber gab es irgendetwas Verdächtiges an ihnen? Irgendetwas, außer dass sie das Haus gebaut haben, was die Familie mit diesem aktuellen Albtraum aus Vampiren und Tod verbindet?"

„Außer den Todesfällen in der Gegend, in der sie lebten? Nein. Aber", in Jaspers Augen lag ein aufgeregtes Glitzern, „der älteste Junge hieß Lupescu, und er wurde nirgendwo gesehen. Er ist nicht in das Familienunternehmen eingestiegen, jedenfalls konnte ich nichts dergleichen finden, und ich habe die Volkszählung mehrmals überprüft. Ich habe die anderen Kinder gefunden, aber nicht ihn. Er hat nie geheiratet. Er hatte nie Kinder. Es ist, als hätte er nie existiert."

Ben hatte zugesehen und zugehört, die Stirn zwischen Jasper und Dylan gerunzelt, bis er schließlich sprach. „Du glaubst, er ist es, nicht wahr? Unser mysteriöser Mörder. Der Vampir."

Jasper breitete die Hände aus. „Es würde Sinn ergeben. Obwohl in Rumänien der gebräuchlichere Name für Vampir Strigoi ist. Ihre Mythologie beschreibt sie als ruhelose Geister, die Chaos anrichten, wenn sie sich aus dem Grab erheben. Sie können unsichtbar werden und sich in ein Tier verwandeln. Von ihnen hat sich Bram Stoker inspirieren lassen. Das Wort ist faszinierend", fuhr er fort und verriet damit seine Liebe zur Forschung. „Es wurde auch durch verschiedene etymologische Mittel mit Hexen in Verbindung gebracht und ist mit dem Wort striga verbunden, was Schrei bedeutet."

„Was ist mit Vlad dem Pfähler?", fragte Reuben. „Ich dachte, er wäre auch Teil der Legende?"

„Ah ja, Vlad Dracul", erwiderte Jasper nickend. „Ein Mann, der für seine Grausamkeit gegenüber seinen Feinden bekannt war. Sein Ruf wurde mit den Vampirmythen vermischt. Dracul bedeutet im Altrumänischen der Teufel oder Drache."

Eve sah sie an, als wären sie verrückt geworden. „So faszinierend das auch ist, Jasper, und tolle Arbeit, dass du das alles herausgefunden hast, aber nichts davon ergibt einen Sinn. Du deutest an, dass Grigore seinen Vampirsohn nach Cornwall gebracht hat. Warum? Um sich zu verstecken?"

„Vielleicht. Warum nicht? Er war ein wohlhabender Geschäftsmann mit einem Ruf zu verlieren, und sein Sohn ist ein Strigoi geworden. Er muss die Familie aus Rumänien herausholen und dorthin gehen, wo sie niemand kennt."

Eve sah ihn nur an. „Das ist reine Spekulation!"

„Eve, wir berichten nur, was wir in den Aufzeichnungen gefunden haben", erklärte Dylan. „Es ist trocken—nur Worte und Aufzeichnungen. Ja, wir spekulieren, aber der vermisste Sohn ist seltsam! Älteste Söhne verschwinden nicht einfach so. Und es gibt keine Aufzeichnung über seinen Tod. Grigore starb 1859, und seine Frau erbte das Haus. Und wenn du dich an das Datum erinnerst, das ist der Zeitpunkt, an dem die Vermisstenfälle aufhörten."

Eve sah immer noch verwirrt aus. „Du glaubst also, Grigore hatte auch etwas mit den Todesfällen zu tun?"

Dylan beugte sich mit leuchtenden Augen vor und hob den Zeigefinger, um seinen Punkt zu betonen. „Nein, ich glaube, sein

Tod gab Sofia die Freiheit zu tun, was Grigore nicht konnte oder sie nicht tun lassen wollte. Sie konnte Lupescu aufhalten."

Als sich die Ereignisse langsam zu einem Bild zusammenfügten, lächelte Avery. „Natürlich. Grigore wollte seinen Sohn beschützen, obwohl er ein Vampir war. Warum hätte er ihn sonst hierher bringen sollen, wo ihn niemand kannte?"

„Und er hat dieses Haus gebaut, um ihn zu beschützen", sagte Caspian finster.

„Aber wie hat Sofia ihn aufgehalten?", fragte Avery.

Jasper zuckte mit den Schultern. „Das wird sich noch zeigen."

„Vergiss die Hexenflasche nicht", sagte Caspian. „Du hast gesagt, sie war alt. Das würde in die Zeit passen."

Avery nickte langsam, während sie eins und eins zusammenzählte. „Sie hat eine Hexe angeheuert, die ihr helfen sollte, und die Hexenflasche war ein Teil davon. Aber wer?"

Caspian sah zu Alex hinüber. „Die Magie deiner Familie ist am stärksten, was die Kontrolle von Geistern und Dämonen angeht, und sie waren nicht mit dem Zirkel von Cornwall verbunden. Höchstwahrscheinlich war es einer von ihnen, und deshalb wissen wir nichts davon. Und sie müssen in der Nähe gewesen sein."

Alex lehnte sich in seinem Stuhl zurück, seine Augen starrten ausdruckslos in die Ferne, bis er schließlich Caspian ansah. „Du hast recht. Vielleicht hat meine Familie tatsächlich geholfen. Ich werde nachsehen, ob es in meinem Grimoire irgendwelche Hinweise gibt."

„Aber da ist noch mehr", fügte Dylan hinzu. „Die Kinder haben alle geheiratet und sind weggezogen, und hatten dann ihre eigenen Kinder. Aber sie sind in der Nähe geblieben." Er sah Jasper an. „Willst du es ihnen erzählen?"

Jasper grinste. „Evelyn ... alias Madame Charron, war Grigores Ur-Ur-irgendwas-Enkelin. Als sie dieses Haus kaufte, kehrte sie nach Hause zurück."

Sie starrten einander an, stumm vor Schock, die Stille war so groß, dass Avery sich fragte, ob sie taub geworden war, bis Alex aufstöhnte. „Jetzt ergibt das alles einen Sinn! Evelyn versuchte, mit den Geistern ihrer Vorfahren Kontakt aufzunehmen. Sie war in dem Haus, in dem sie jahrelang gelebt hatten!"

El nickte aufgeregt zustimmend. „Ihr Mann war krank, nach dem Krieg wahrscheinlich nicht wiederzuerkennen, und sie wollte an einem sicheren Ort sein."

Cassie runzelte die Stirn, als sie einen Blick auf Dylans Notizen warf. „Glaubst du, sie wusste von dem mysteriösen Lupescu?"

„Vielleicht, vielleicht auch nicht", sagte Reuben und griff nach einem Gebäckstück vom Tisch neben sich. Wie üblich konnte nichts seinen Appetit zügeln. „Das ist im Moment schwer zu sagen. Man hätte allerdings gehofft, dass sie nicht in dieser Familiengeschichte herumgestochert hätte."

„Wir haben letzte Nacht noch etwas gefunden", sagte Avery, legte das Kastenbuch und das Buch mit dem Titel Mysterien des Okkulten auf den Tisch. „Ich habe diese hier gefunden. Sie stammen aus diesem Haus." Sie schilderte alles, was passiert war, einschließlich des versuchten Einbruchs. „Darin befindet sich eine Botschaft in Runen, die besagt: ‚Das Zentrum der Mysterien liegt unter dem Vollmond'. Wir glauben, sie verweist auf die Mitte dieses Buches — auf dem Einband ist ein Hexenzeichen.

Das Kapitel handelt davon, Todesgottheiten und Dämonen als Geistführer zu benutzen. Die Seite konzentriert sich auf Dämonen der Ersten Hierarchie."

„Der ersten was?", fragte Ben verblüfft.

„Laut Dämonologen des 16. und 17. Jahrhunderts", erklärte Avery, „gab es eine Hierarchie der Dämonen, ähnlich wie es eine Hierarchie der Engel gab. Es gibt eine erste, zweite und dritte Hierarchie sowie viele niedere Dämonen. Die Hierarchie bezeichnet Wichtigkeit und Macht, und sie haben bestimmte Merkmale."

„Christliche Theologie", sagte Caspian verächtlich.

„Es gibt viele Glaubenssysteme auf dieser Welt", ermahnte Jasper ihn. „Irgendein bestimmter Dämon, Avery?"

„Verrine, der die Menschen mit Ungeduld in Versuchung führt – anscheinend."

Reuben schnaubte. „Mit was für Dämonen hatten wir es im Sommer zu tun?"

Avery starrte ihn ungläubig an. „Ich habe keine Ahnung! Wenn du dich erinnerst, hatten wir wirklich keine Zeit zu fragen."

„Ich denke, Dämonen sind Dämonen sind Dämonen", sagte Alex verächtlich. „Ich halte nichts von diesem Hierarchie-Quatsch. Wie Caspian schon sagte, es ist christliche Theologie und wurde entwickelt, um bei der Hexenjagd zu helfen — das war der ursprüngliche Grund, sie zu benennen. Meiner Meinung nach suchte Evelyn einen Geistführer und hat einen gefunden. Und dem Klang nach einen bösartigen."

Briar sah nachdenklich aus. „Aber die Runen sagen ‚unter dem Vollmond'. Ist das ein Hinweis auf Vampire? Sie brauchen doch keinen Vollmond, oder? Ist das relevant?"

„Da steckt noch mehr dahinter, da bin ich mir sicher", sagte Genevieve besorgt. „Madame Charrons Name ist eine Anspielung auf Charon, den Fährmann, der in der griechischen Mythologie die Seelen in die Unterwelt bringt. Ich spüre hier eine tiefe Besessenheit."

Hunter ergriff schließlich das Wort. „Wir wissen aber immer noch nicht, ob sie wirklich echt war, oder?"

„Es gibt nur einen Weg, das sicher herauszufinden. Ich werde versuchen, selbst mit einigen Geistern Kontakt aufzunehmen, vorzugsweise mit dem von Evelyn", sagte Alex entschlossen.

Neunzehn

Während Alex seine Kristallkugel vorbereitete und im Séanceraum blieb, um die Anwesenheit von Geistern aufzuspüren, teilten sich die anderen auf, um sich umzusehen, bevor Ben ihnen den Turmraum zeigte.

Avery wanderte durch die unteren Stockwerke des Hauses und prüfte, ob es Anzeichen für Zauber oder magischen Schutz gab, aber sie spürte nichts Bedenkliches, was sie beruhigte. Rupert gab ihr Rätsel auf, aber sie hielt es für unwahrscheinlich, dass er über magische Fähigkeiten verfügte.

Bei ihrem ersten Besuch in dem Haus hatte sie so viele Eindrücke aufgenommen, dass sie die Details der Einrichtung übersehen hatte, aber jetzt, wo sie Zeit zum Schauen hatte, bemerkte Avery viele okkulte Symbole. Dazu gehörten ein großes Siegel, das in den Putz über der Eingangstür eingelassen war, kleine Symbole in den Gesimsen der Decke und die Rosen um die Lampenfassungen.

Die Räume auf beiden Seiten des Flurs waren große und imposante Empfangszimmer, die sich bis zur Rückseite des Hauses erstreckten. Der Raum links vom Haupteingang wies Symbole und Siegel um den Kamin herum auf, und sogar die Gemälde waren okkulter Natur – düstere, grüblerische Fantasielandschaften. Es waren Symbole, mit denen sie vertraut war, aber für jeden, der für eine Séance ins Haus kam, wären sie auffällig und wahrscheinlich einschüchternd gewesen. Sie deuteten auf ein Haus der Macht und des Geheimnisses hin. Vielleicht war dieser Raum für die Teilnehmer an Séancen gedacht, während der andere für Tagesbesucher war. Die Farben waren heller und enthielten keinerlei okkulte Verzierungen. Zweifellos würde sie bei ihrer Erkundung noch mehr finden.

Avery blieb vor dem Kamin stehen und blickte zu einem Ölgemälde auf, das darüber hing. Das Motiv war eine eindrucksvolle Frau, gekleidet in Samt und Seide, alles in Purpur- und Rottönen. Ihr schwarzes Haar war zu einem kunstvollen Chignon hochgesteckt, und ihre dunklen Augen starrten herrisch und herausfordernd auf Avery herab. War das Madame Charron?

Avery fand Cassie in der Küche, die gerade das EMF-Messgerät aus ihrer Ausrüstungstasche zog, und fragte: „Wie lange sagtest du, sind sie weg?"

„Über Nacht. Morgen Mittag sind sie zurück." Sie sah verärgert aus und knallte das Messgerät auf den Tisch. „Rupert wird langsam ziemlich mürrisch. Er will wissen, warum wir die Geister, von denen er weiß, dass sie hier sind, nicht finden können. Ich habe ihm gesagt, dass wir Geister nicht heraufbeschwören, sondern nur wahrnehmen! Er ist wirklich unvernünftig. Wir sind genauso frustriert wie er, dass wir nicht identifizieren können, was auch immer es in ihrem Schlafzimmer ist."

Avery stand am Fenster und blickte über den großen, schneebedeckten Garten, während sie zuhörte. Am Ende des Gartens befand sich eine Ziegelmauer, und dahinter erstreckte sich ein dichter Baumstreifen, der zum Reservat führen musste. Ganz rechts an der Mauer war ein Holztor, das mit einem Vorhängeschloss gesichert war. Sie konnte es von hier aus im schwachen Sonnenlicht aufblitzen sehen.

„Ich frage mich immer noch, warum er euch überhaupt angeheuert hat", sagte Avery und drehte sich zu Cassie um. „Alles, was dieser Mann tut, verwirrt mich. Warum ist er so besessen von Geistern? Ich frage mich, ob er mit Nekromantie liebäugelt. Ein seltsames Hobby."

„Nicht seltsamer als unseres", sagte Cassie mit einem schiefen Lächeln.

Avery hörte die Stimmen von Eve und Caspian im Flur und ging zu ihnen, während Cassie ihre Ausrüstung fertig aufbaute.

„Interessanter Ort", bemerkte Caspian, blickte sich um, und sein Blick fiel schließlich auf Avery. „Er ist schrullig. Das gefällt mir."

Eve ging an ihm vorbei und starrte wie Avery auf die Türrahmen. „Das überrascht mich. Du wirkst nicht wie der schrullige Typ."

Ein Lächeln schlich sich auf Caspians Gesicht und sein Blick wanderte von Averys Kopf bis zu ihren Zehen. „Das Schrullige gefällt mir immer besser."

War das auf mich bezogen?, dachte Avery und spürte, wie ihr Gesicht vor Ärger rot wurde. Glücklicherweise schien es niemand zu bemerken, als Jasper und Genevieve die Treppe herunterkamen, um sich ihnen anzuschließen.

„Erste Eindrücke?", fragte Jasper sie eifrig.

„Faszinierend", sagte Briar, als sie mit Hunter, El und Reuben aus dem Raum auf der anderen Seite des Flurs kam. „Und gruselig."

Avery fing Hunters Blick auf. Er sah viel besser aus als beim letzten Mal, als sie ihn gesehen hatte. Die Schnitte und blauen Flecken, die er sich bei seinem Kampf mit Cooper, dem alten Alphawolf des Rudels, und bei seiner Begegnung mit der Wilden Jagd zugezogen hatte, waren verheilt. Er sah stark und wie sein gewohnt keckes Selbst aus. „Hey, Hunter. Schön, dich wieder hier zu sehen. Ich dachte, du kommst erst nach Weihnachten."

Er lächelte, seine Augen waren schelmisch. „Schön, dich auch zu sehen. Als Briar anrief, habe ich meine Tasche geschnappt, bin ins Auto gesprungen und wie der Teufel gefahren. Mir gefällt der Gedanke nicht, dass sie allein ist, während ein Vampir auf freiem Fuß ist."

„Wie lange bleibst du?"

„Mindestens bis Neujahr." Sein Blick folgte Briars Rücken, die sich entfernte. „Vielleicht länger."

Avery grinste. „Was ist mit der Arbeit?"

„Josh und die Mädels kommen eine Weile ohne mich klar."

Reuben stand in der Nähe, lauschte ihrem Gespräch und senkte seine Stimme. „Willst du dein Revier markieren?"

„So was in der Art", murmelte er und beobachtete sie, während sie sich mit Eve unterhielt. Briar hatte an diesem Morgen definitiv ein gewisses Leuchten an sich, beschloss Avery. Briar schaute auf und sah, wie Hunter sie beobachtete. Ihre Blicke trafen sich für einen Moment, und etwas Unausgesprochenes ging zwischen ihnen vor.

„Kommt schon, Leute, Zeit für den Turmraum", rief Ben vom Treppenabsatz im ersten Stock. Alex stand neben ihm und sah zerstreut aus.

„Moment mal", antwortete Avery. „Kann ich dich etwas zu diesem Gemälde fragen?"

Sie ging voran in das linke Empfangszimmer, der Rest der Gruppe folgte ihr, und zeigte auf das Bild über dem Kamin. „Ist das Madame Charron?"

„Wow", sagte Eve leise. „Sie ist beeindruckend."

Ben lachte. „Ja, gut, dass du mich daran erinnerst. Das ist sie. Charlotte hat es in einem Zimmer im Obergeschoss gefunden und beschlossen, dass es stattdessen hierhergehört. Sie ist imposant, nicht wahr?"

„Sie ist auch in ihrem vollen Ornat", bemerkte Genevieve. „Es ist gut, sie in Farbe zu sehen. Viele der Fotos aus dieser Zeit sind in Schwarzweiß."

„Ich mag sie", erklärte El. „Sie hat eine Menge Stil. Der ganze Raum hat Stil. Er ist so dunkel und geheimnisvoll. Glaubst du, es hilft dir, ihren Geist zu finden, jetzt, wo du weißt, wie sie aussieht, Alex?"

„Hoffen wir es", sagte er und untersuchte das Bild weiterhin ganz genau. „Sie hält eine Karte in den Händen. Man kann gerade so den Rand davon erkennen. Ist das die Karte ‚Der Mond'?"

Avery trat näher. „Ich glaube schon. Wie erstaunlich."

„Wirst du Rupert erzählen, was du herausgefunden hast?",
fragte Caspian Avery.

Sie wand sich. „Irgendwann."

Ben wandte sich ab, ganz der Fremdenführer. „Kommt schon.
Oben ist es stimmungsvoller."

Die Gruppe folgte ihm, während er ihnen die anderen Zimmer
zeigte, von denen Avery und Reuben viele schon einmal gesehen
hatten.

Sie verweilten ein paar Minuten im Hauptschlafzimmer.
„Hier haben wir gefilmt", sagte Dylan und ging zu einem der
Fenster. „Und das ist das Fenster, das Charlotte öffnet, um ihren
blutsaugenden Besucher hereinzulassen."

Briar blickte in den Garten hinunter. „Er müsste die Mauer
hochklettern. Aber ich schätze, wir wissen, dass das kein Problem
ist."

„Was für ein umwerfender Raum", bemerkte Eve.

Briar schauderte. „Schön hin oder her, ich würde hier nicht
schlafen, wenn ich wüsste, dass nachts etwas über mir steht."

„Sehen wir uns den Turm an", sagte Alex und ging bereits zur
Tür.

Cassie hatte beobachtend im Türrahmen gestanden; sie
wirbelte auf dem Absatz herum und führte sie den Gang entlang,
bis sie an einer Sackgasse anhielt. Eine getäfelte Wand war vor
ihnen, mit einer Reihe von Schnitzereien am Rand. Sie griff zur
Seite, drückte auf eine kunstvolle Verzierung des Mondes, und
die Tafel sprang auf und gab eine Tür frei. Sie drehte sich zu ihnen
um, ein schiefes Lächeln umspielte ihre Lippen. „Mir ist gerade
erst aufgefallen, dass es die Mondschnitzerei ist, die die Tür en-

triegelt." Sie ging hindurch und führte sie eine lange, schmale Treppe hinauf. Sie rief über die Schulter zurück: „Es gibt einen dritten Stock für Bedienstete und zur Lagerung. Die Zimmer sind viel kleiner und ziemlich kahl, wie ihr euch vorstellen könnt. Den zeigen wir euch später. Aber diese Treppe führt an diesem Stockwerk vorbei und direkt zum viereckigen Turm, den man von draußen sehen kann."

Die Treppe führte auf einen kleinen Treppenabsatz, und Cassie stieß die Tür zum Turm auf, der von oben durch ein staubiges Oberlicht erhellt wurde. Sie drängten sich alle dicht an dicht hinein, und Avery keuchte und schauderte. Sie war nicht die Einzige.

„Heilige Scheiße. Das ist gruselig", rief Reuben aus.

Der Raum war mit langen, dunklen Holzpaneelen ausgekleidet, die den Raum rund erscheinen ließen. Vom viereckigen Ziegelgrundgerüst des Turms war nichts zu sehen. Die Decke war gewölbt und hatte eine kunstvolle, runde Glasscheibe am höchsten Punkt. Aber es war die Verzierung auf den Holzpaneelen, die so schaurig war. Gemälde von Dämonen mit leuchtenden Augen, Hörnern und Hufen füllten einige der Tafeln. Gespenster und Ghule drängten sich ebenfalls um den Platz, und es gab mehrere Darstellungen von Karten der Großen Arkana, darunter Die Hohepriesterin, Der Mond, Der Turm, Der Tod, Der Teufel und Der Eremit. Der Boden war mit einem großen Pentagramm verziert, umgeben von verschiedenen Runen und Siegeln, die Ränder waren mit Kerzen überfüllt. In der Mitte des Raumes stand ein kleiner runder Tisch, der mit einem langen, schwarzen Samttuch bedeckt war, das bis zum Boden reichte, und auf jeder Seite befand sich ein Stuhl.

„Wow", rief Jasper aus. „Dieser Raum strahlt Macht aus."

„Ich stimme zu", sagte Genevieve und strich mit der Hand über eine der Tafeln. „Das deutet darauf hin, dass sie echte Fähigkeiten hatte. Seht mal, da ist wieder ihr Bild als die Hohepriesterin."

Caspian grunzte. „Ich bin mir da nicht so sicher. Sie scheint sich sehr viel Mühe zu geben, zu beeindrucken."

„Aber das müsste man doch für seine Kunden, oder nicht?", meinte El mit zusammengekniffenen Augen.

Während einige von ihnen verblüfft waren, war Eve erfreut und grinste entzückt. „Diese Gemälde sind umwerfend. Seht euch die Details und das Licht an. Ich gebe zu, einige der Motive sind grausig, aber sie sind gut! Jemand hat viel Zeit darauf verwendet."

„Könnt ihr euch vorstellen, eine Privataudienz bei Madame Charron zu suchen?", sagte Briar und drehte sich langsam um. „Man zahlt wahrscheinlich gutes Geld und wird hierher gebracht! Ich bekomme schon beim Anblick der Bilder eine Gänsehaut, und ich bin eine Hexe. Ich kenne Magie und Macht. Aber wenn man das nicht täte ..."

„Wäre man ehrfürchtig und zutiefst beeindruckt", beendete Hunter den Satz, trat neben Briar und legte seine Hand auf ihren unteren Rücken.

„Und leicht zu beeindrucken!", fügte Caspian hinzu. „Man würde alles glauben."

Cassie starrte breit grinsend zum Glasdach hinauf. „Hat jemand bemerkt, was die Inschrift auf dem Glas besagt?"

„Welche Inschrift?", fragte Dylan und blickte nach oben.

„Dort, rings um den Rand. Wegen der Kursivschrift ist es schwer zu erkennen."

Averys Mund klappte auf, als sie die Schrift entzifferte. „Verdammte Hölle. Da steht ‚Das Zentrum der Mysterien'."

Alex lachte. „Die Runenschrift!"

Avery wirbelte zu der Tafel mit dem Mond darauf herum. „Und eine Vollmondtafel."

„Noch eine versteckte Tür?", fragte El. „Der Mechanismus zur Türöffnung unten war ein Mond."

„Und eines der Symbole auf dem Papier, das bei der Hexenflasche gefunden wurde, war auch ein Mond", fügte Reuben hinzu.

„Also", sagte Genevieve mit in die Hüften gestemmten Händen. „Die Zeit schreitet voran. Was zuerst? Ich schlage vor, dass du, Alex, versuchst, Madame Charron oder Felicity oder wen auch immer zu erreichen, der vielleicht Hallo sagen möchte, und dass wir versuchen herauszufinden, ob es hier drin wirklich eine verborgene Tür gibt."

„Ich frage mich, ob Rupert glaubt, dass es eine gibt?", grübelte Briar.

„Ich garantiere euch", sagte Ben und begann, die Paneele auf Entriegelungsmechanismen zu prüfen, „dass Rupert und Charlotte jede einzelne Tafel in diesem Raum getestet haben, denn das haben sie im ganzen Haus getan. So haben sie überhaupt erst dieses Dachzimmer gefunden."

„Jean hat es ihnen also nicht gesagt?", fragte El.

„Nö."

„Das würde erklären, warum er die Bücher finden will", sagte Avery und legte ihre Hand auf eine der Tafeln. „Ich wette, er glaubt, dass es irgendwo Anleitungen gibt."

„Nun, die gibt es, nur nicht die Art, die er wahrscheinlich erwartet hat", antwortete El.

„Ich habe das Gefühl, dass dies der beste Ort sein könnte, um eine Verbindung zu einem Geist herzustellen", sagte Alex, „aber ich stimme zu, ihr solltet euch auf diese Tür konzentrieren. Ich werde den Séanceraum im ersten Stock benutzen."

„Können wir dich filmen?", fragte Ben.

„Sicher", nickte Alex. „Aber in diesem Stadium arbeite ich besser ohne andere Hexen. Wenn etwas zu passieren beginnt, vertraue ich darauf, dass ihr jemanden holt, einverstanden?"

„Perfekt", sagten er und Dylan gleichzeitig und sahen beide aufgeregt aus.

„Ich würde gerne das Haus noch ein bisschen erkunden, wenn das in Ordnung ist", sagte El und schulterte ihre Tasche. „Ich fände es furchtbar, wenn wir etwas übersehen hätten."

„Gute Idee", sagte Genevieve, die bei der vor ihnen liegenden Aufgabe bereits müde aussah.

„Ich komme mit dir, El", sagte Reuben.

Eve nickte. „Ich auch. Dieser Ort ist faszinierend. Er ist wie eine Zeitkapsel. Nichts scheint sich verändert zu haben – jedenfalls nicht auf den ersten Blick."

„Rupert war sehr darauf bedacht, es zu erhalten", erklärte Ben ihnen. „Zumindest, bis er seine Geheimnisse entschlüsselt. Ich würde zu gern mit Jean reden, der Putzfrau, die es geerbt hat."

„Erinnere mich daran, Newton später danach zu fragen", sagte Avery. „Ich bleibe hier und helfe bei der Tür. Und ruft mich an, wenn Alex irgendetwas zustößt!" Das sagte sie ausdrücklich zu Ben und Dylan. „Irgendetwas!"

„Machen wir, keine Sorge", beruhigte sie Dylan.

Alex küsste sie auf den Scheitel. „Sei vorsichtig."

„Du auch." Sie schmiegte sich liebevoll an ihn.

Eve war bereits auf dem Weg aus der Tür. „Und ruft uns an, wenn ihr etwas findet!"

Zwanzig

Caspian, Genevieve, Briar, Avery und Jasper starrten auf die Täfelungen und begannen, ihre Möglichkeiten zu erörtern. Hunter und Cassie hielten sich im Hintergrund und sahen zu.

„Wir sollten es mit ein paar Öffnungszaubern versuchen", schlug Caspian vor.

„Aber das würde ja bedeuten, dass Madame Charron eine Hexe war", warf Briar ein. „Wir sind uns ziemlich sicher, dass sie ein echtes Medium ist, aber das heißt nicht, dass sie eine Hexe ist. Das sind zwei grundverschiedene Dinge."

Jasper schüttelte frustriert den Kopf. „Dieses Haus wurde lange bevor Madame Charron hier einzog erbaut. Sie ist nicht für diese Täfelungen verantwortlich. Sie mag sie bemalt haben, sie mag die Geheimnisse dieses Zimmers herausgefunden und Hinweise hinterlassen haben, um sie zu finden, aber sie hat sie nicht angefertigt oder den Raum verborgen." Jaspers Augen brannten nun vor Aufregung. „Der Turm ist vom Rest des Hauses getrennt, der Zugang hinter einer Tafel versteckt. Und es gibt weitere Täfelungen, von denen eine eine Tür sein muss. Grigore hat das getan, um Lupescu zu verstecken. Das muss der Weg zu seinem

Versteck sein. Grigore hätte ihn vor der Jagd und seine Familie vor Lupescus Blutdurst schützen wollen. Mit zunehmendem Alter wäre er stärker geworden."

Caspian runzelte die Stirn. „Guter Punkt, Jasper." Er drehte sich auf dem Absatz um und sah sich im Raum um. „Und wenn ich keine Hexe wäre, würde ich nicht wollen, dass eine Tür mit Magie versiegelt ist, sodass ich sie niemals öffnen kann. Ich würde einen Mechanismus wollen. Wo würde ich ihn anbringen?"

Avery schwirrte der Kopf von den vielen Schichten aus Zeit und Komplexität. „Aber es gab doch irgendwann einen Zauber – das Verschwinden hörte auf."

„Stimmt." Briar starrte die Tafeln eindringlich an, als ob sie ihre Geheimnisse unter seinem prüfenden Blick preisgeben würden. „Aber wir glauben, dass der Zauber, oder wie auch immer man es nennen will, irgendwie gebrochen wurde, wegen der Todesfälle in den späten 1930ern, den 1970ern und denen, die jetzt begonnen haben."

„Todesfälle, die mit dem Tod des Hausbesitzers zusammenfallen", erinnerte Genevieve sie.

„Vielleicht eine Art Bindungszauber, etwas, das den Vampir an den Besitzer bindet?", schlug Cassie vor. „Funktionieren die so?"

„Ein Bindungszauber kann so funktionieren, wie man es will", sagte Caspian und sah Avery an. „Wie wir nur allzu gut wissen."

Sie begegnete kurz seinem Blick und schaute dann verwirrt zurück zu den Tafeln. „Uns entgeht etwas. Grigore stirbt, seine Frau Sofia übernimmt das Haus, die Todesfälle hören auf. Und als sie stirbt, passiert nichts. Keine Wiedererweckung des Vampirs, bis Madame Charron ihn in den 1930er Jahren gestört hat."

Genevieve setzte sich auf einen der Stühle neben dem Tisch in der Mitte des Raumes und trommelte mit den Fingern auf die Oberfläche. „Wir glauben, sie hat den Zauber, der den Vampir gefangen hielt, mit Verrine, dem dämonischen Geistführer, gebrochen und musste den Vampir dann erneut fangen."

Briar nickte. „Also zwei verschiedene Zauber. Einer von Sofia oder der Hexe, die sie engagiert hat, und welche Mittel auch immer Madame Charron und ihre Tochter benutzt haben. Eine Art Bindungszauber, an ihr Leben geknüpft, durch den Tod gebrochen."

Cassie runzelte die Stirn, marschierte zur Tafel und begann wieder, die Ränder abzutasten. „Also sind wir theoretisch wieder am Anfang. Wenn eine dieser Tafeln eine Tür ist, sollte sie sich mit einem Mechanismus einfach öffnen lassen."

„Theoretisch", wiederholte Jasper und schloss sich ihrer Suche an. Er fuhr mit flachen Händen über die Oberfläche und bewegte sich in geordneter Weise von links nach rechts und von rechts nach links, während er sich nach unten arbeitete.

Caspian strich sich mit den Fingerspitzen über die Lippen. „Vielleicht brauchen wir einen Vollmond, um es zu sehen? Oder es könnte ein Wortspiel sein." Er blickte sich wieder im Raum um und überflog die anderen Tafeln. „Es gibt mindestens drei andere Tafeln mit Monden darauf. Die Hohepriesterin, Der Turm und Der Eremit. Der Vers könnte sich auf diese beziehen." Er schritt hinüber zur nächstgelegenen, der Hohepriesterin, und begann sie zu untersuchen.

Avery wurde aufgeregt, als sich eine Idee zu formen begann. „Die Darstellungen der Großen Arkana hier sind nicht typisch für einen bestimmten Stil von Kartendeck. Sie sind natürlich reich an Symbolik, aber seht euch an, was zu den Füßen des Teufels ist. Normalerweise befinden sich eine männliche und eine weibliche Figur zu seinen Füßen, aber auf diesem hier ist nur ein Mann."

Genevieve runzelte die Stirn, als sie auf das Gemälde starrte. „Du hast recht. Ein Mann in Schwarz gekleidet und in Ketten gehüllt, mit Blut im Gesicht." Sie wandte sich an Avery, ein Lächeln breitete sich auf ihrem Gesicht aus. „Gut beobachtet. Was noch?"

„Der Turm wird normalerweise mit Flammen aus dem Dach und einem Blitzeinschlag dargestellt. Dieser hier ist vor einem Nachthimmel mit einem Vollmond darüber abgebildet, und darunter befindet sich eine Art Höhle, eine dunkle Aushöhlung."

Hunter hatte mit den Händen in den Jeanstaschen an den Türrahmen gelehnt zugesehen und zugehört, aber nun erwachte er zum Leben und schritt durch den Raum. „Heilige Scheiße! Du hast recht. Bedeutet das, dass sich unter diesem hier eine Höhle befindet? Also, unter dem Haus?"

Avery hob die Augenbrauen. „Vielleicht. Das passt zu unserer Theorie."

Sie alle passten nun genau auf und blickten zwischen Avery und den Gemälden hin und her.

Avery fuhr fort: „Der Eremit ist numerologisch mit dem Mond verbunden. Er ist ein alter Mann, wie allgemein dargestellt, aber sein Leitlicht ist der Mond in seiner Laterne, nicht der Stern, wie es normalerweise der Fall ist. Der Eremit steht für Nachdenken, Selbstbeobachtung, Isolation ... wie Madame Charron." Sie wandte sich dem Bild der Hohepriesterin zu. „Das Gesicht ist schon das von Madame Charron, das können wir sehen. Sie stellt die Weisheit der Welt jenseits des Schleiers dar. Aber auch hier hängt ein Vollmond über ihr, was in vielen Standarddecks normalerweise nicht dargestellt wird, und diese Karte ist auch astrologisch mit dem Mond verbunden."

„Und der Tod?", fragte Hunter.

Avery atmete schwer aus. „Der Tod wird normalerweise als Soldat dargestellt, mit einem Schädel als Kopf. Er stürmt in die Schlacht, meist zu Pferde, die Symbolik ist also mittelalterlich, einer der Vier Reiter der Apokalypse. Manchmal liegen Menschen zu seinen Füßen, denn er bringt das Urteil über alle. Aber die Karte bedeutet nicht den tatsächlichen Tod; sie steht für einen spirituellen Tod und eine Wiedergeburt. Normalerweise ist im Hintergrund eine untergehende Sonne zu sehen – das Ende des Tages, das Ende des Lebens oder eines Lebensabschnitts. Auf diesem Bild steht er auf einem blutbefleckten Feld mit einem Turm im Hintergrund, aber der Himmel ist dunkel, und es ist ein aufgehender Mond, keine untergehende Sonne."

„Wow!", sagte Cassie und sah sie schockiert an. „Wie kannst du dir all das Zeug merken?"

„Ich lege die Karten", erklärte Avery. „Sie sind alte Freunde, die mir zuflüstern und Vergangenheit, Gegenwart und Zukunft offenbaren. Nicht alle Hexen benutzen sie, aber ich schon, schon immer."

Genevieve beobachtete sie nachdenklich und sagte: „Ich benutze sie selten."

Cassie runzelte die Stirn. „Sagen sie Dinge voraus – so wie das hier?"

Avery runzelte die Stirn und versuchte, es zu erklären. „So einfach ist das nicht. Sie bieten eine persönliche Deutung, keine allgemeinen Vorhersagen. Im Sommer habe ich durchaus gelesen, dass eine Veränderung auf mich zukommt, eine Gefahr, die mein Leben in irgendeiner Weise bedroht, aber es kommt darauf an, was man sie fragt. Das hier habe ich aber ganz sicher nicht vorhergesehen!" Sie breitete die Arme aus und umfasste damit den Raum und das Haus.

Briar musterte sie einen Moment lang mit gerunzelter Stirn. „Stimmen diese Bilder mit denen aus dem Deck überein, das du gefunden hast?"

„Scheiße! Ich weiß es nicht." Avery griff in ihre Tasche, zog die Buchschachtel heraus und blätterte rasch durch den Stapel. Während sie suchte, herrschte rege Betriebsamkeit, denn Briar, Hunter, Cassie und Genevieve begannen, die anderen Tafeln zu untersuchen, während Jasper die Untersuchung der Tafel „Der Mond" beendete.

Avery ärgerte sich über sich selbst, denn sie wusste, als sie das Kartenspiel fand, dass es kein typisches Deck war, aber sie hatte sich nicht die Zeit genommen, es richtig zu untersuchen. Sie hatte angenommen, es sei ein altes Design, das sie noch nie zuvor gesehen hatte. Sie fand die auf den Tafeln abgebildeten Karten und legte sie in einer Reihe auf dem Tisch aus. Verdammt noch mal. Sie waren überhaupt nicht gleich. Nicht einmal annähernd. Die Bilder auf den Tafeln erzählten mit Sicherheit eine Geschichte, von einem Vampir, der in einer Höhle unter einem Turm gefangen war, von einer Hohepriesterin, die durch Welten jenseits des Schleiers reiste und die in einsamer Kontemplation saß. Aber warum sie malen? Eine Warnung vielleicht, oder ein Hinweis, für den Fall, dass die Dinge schieflaufen, so wie sie es jetzt getan haben. Eine Möglichkeit, den Vampir aufzuspüren. Mist! Ich übersehe etwas!

Avery starrte ins Leere und beobachtete, wie die Schatten durch den Raum zogen. Das brachte sie in die Gegenwart zurück. Die Zeit verging. Sie blickte zu der Glasscheibe in der Decke hinauf. Das durchdringende Licht war gedämpft, gefiltert durch eine Schneedecke, die dem Raum zuvor ein seltsames, gespenstisches Licht verliehen hatte. Jetzt schien es dunkler, als ob sich draußen erneut die Wolken zusammenzogen. Sie starrte auf die auf das Glas gemalten Worte und dachte über ihre vielen Bedeutungen nach. Das Zentrum der Mysterien liegt unter dem Vollmond, wiederholte sie für sich. In diesem Licht sah das runde Glasdach wie ein Vollmond aus. Der Boden!

Aufgeregt über ihre Entdeckung untersuchte sie die Runen, die das Pentagramm unter ihren Füßen umgaben. Das Muster war aufgemalt, die Farbe jetzt ein verblichenes Weiß, fast gelb, aber es war relativ unbeschädigt, versiegelt unter einer Lackschicht. Sie konnte keine Abbildungen von Monden erkennen, weder voll noch sonst wie. Und dann drehte sie sich um und starrte auf den Tisch in der Mitte. Was verbarg sich darunter? Sie nahm die Karten und Kerzen weg, legte sie neben der Tür auf den Boden und zog dann das schwere Samttuch weg, woraufhin Staubwolken aufstiegen und sie husten ließen.

„Was machst du da?", fragte Caspian und drehte sich zu ihr um. Mit einer Geste leitete er die Luft weg, die aus der Tür und die Treppe hinunterströmte.

„Ich glaube, wir suchen an der falschen Stelle. Kann mir jemand helfen, den Tisch zu verrücken?"

Hunter scheuchte sie aus dem Weg, hob den Tisch allein hoch und stellte ihn neben die Tür. Als er sich umdrehte, kniete Avery bereits auf dem Boden. In der Mitte des Pentagramms, dezent in andere Symbole eingewoben, befand sich das Zeichen der Dreifachen Göttin mit dem zunehmenden, vollen und abnehmenden Mond nebeneinander.

Briar kauerte sich neben sie und beobachtete, wie Avery mit den Fingern darüberfuhr. „Das muss es sein. Kannst du etwas fühlen?"

Avery berührte es sanft, aus Angst, sie könnte etwas tun, bevor sie dazu bereit wären, und sah dann Briar triumphierend an. „Ich kann eine schwache Linie rund um den Vollmond fühlen."

Sie drehten sich beide um und sahen zu den anderen auf, die sie in einem engen Kreis umgaben.

„Was jetzt?", fragte Avery. „Soll ich darauf drücken?"

Doch bevor jemand antworten konnte, hörten sie Schritte die Treppe heraufrennen. Es war Dylan, außer Atem vor Aufregung. „Alex hat Madame Charron gefunden! Kommt schnell."

„Geht", sagte Genevieve und übernahm die Führung. „Ich warte hier, bis ihr zurück seid. Niemand drückt irgendetwas, bis wir alle bereit sind."

Avery stand auf und rannte los, um Dylan zu folgen. „Danke!“, rief sie über ihre Schulter.

„Ich komme auch“, sagte Briar und folgte ihr aus der Tür. Ohne zu zögern, folgte Hunter.

Sie kamen vor der Tür zum Séanceraum schlitternd zum Stehen, und Dylan hielt mit der Hand am Griff inne. „Ihr solltet wissen, dass er gerade die Kristallkugel benutzen wollte, als er anfing, den großen, bodenlangen Spiegel zu untersuchen, der an der Wand auf dem Boden lehnt.“

„Ich erinnere mich daran“, sagte Avery und konnte ihre Ungeduld kaum zügeln.

„Er hat einen kunstvollen Rahmen. Alex hat arkane Symbole an den Rändern bemerkt, ein Siegel, das einen Durchgang anzeigt. Er hat beschlossen, es mit Spiegel-Scrying zu versuchen.“

Ohne ein weiteres Wort stieß er die Tür auf, und sie traten schweigend ein, während Dylan die Tür hinter ihnen schloss.

Es dauerte einen Moment, bis Averys Augen sich scharf stellten, denn der Raum war dunkel wie die Nacht. Sie hatten die schweren Vorhänge zugezogen, und das einzige Licht kam vom Feuer im Kamin und einer einzelnen schwarzen Stumpenkerze, die auf dem Boden vor dem Spiegel stand. Der Raum war warm, was das Gefühl von Klaustrophobie noch verstärkte. Die Kerzenflamme brannte mit unnatürlicher Stille, und dahinter, in den Spiegel starrend, saß Alex, mit gekreuzten Beinen und unbeweglich. Er nahm ihre Ankunft nicht wahr.

Zuerst war sein Gesicht schwer zu erkennen, nur sein tief verschattetes Spiegelbild, alles harte Kanten und Flächen vom Feuerschein. Sie gingen näher, hinter ihn und zu seiner Rechten, vorsichtig, um ihn nicht zu stören.

Seine Lippen bewegten sich und Avery konnte ihn murmeln hören, war aber nicht in der Lage, die Worte zu verstehen. Sie war so vollkommen auf sein Gesicht und die Flamme konzentriert, dass sie erst mit einem Schreck bemerkte, dass der Rest des Spiegels vollkommen schwarz war. Vom Rest des Raumes spiegelte sich überhaupt nichts wider. Es war eine Leere. Ein eiskalter Schauer lief ihr über die Arme und sie zitterte, trotz der Hitze.

Avery ließ sich auf den Boden nieder und starrte den Spiegel eindringlich an. Sie verlangsamte ihre Atmung und brachte ihre Gedanken zur Ruhe, wobei sie sich zur Konzentration zwang. Eine Gestalt tauchte aus der Dunkelheit auf. Eine Frau, ihr Gesicht blass und hager, der Rest ihres Körpers in Lagen bauschiger Kleidung gehüllt. Ihre Lippen bewegten sich als Antwort auf Alex' Gemurmel. Es war ein Hin und Her, und es war unmöglich, ihrer Unterhaltung zu folgen. Es schien eine Ewigkeit zu dauern; ihr Gesichtsausdruck wurde erst leidenschaftlich und dann wütend. Und dann weiteten sich ihre Augen vor Schreck, als eine riesige, krallenbewehrte Hand auf ihrer Schulter erschien und sie nach hinten zerrte. Sie verschwand in einer Wolke aus aufsteigendem Rauch.

Ein anderes Gesicht erschien, und Avery zuckte zusammen und unterdrückte den Schrei, der in ihrer Kehle aufstieg. Eine dämonische Gestalt füllte den Spiegel, riesig und furchterregend, und sie spürte eine Welle der Angst durch den Raum gehen. Sie glich keineswegs den formlosen, sich windenden, flammenerfüllten Gestalten, denen sie im Sommer begegnet waren. Diese hier nahm die Form eines Mannes an, aber ihr Gesicht war ein Schädel, aus dem dicke, groteske Hörner ragten. Feuer brannte von innen heraus und erleuchtete seine Augenhöhlen und seinen Kiefer mit Flammen. Er fixierte Alex mit einem fragenden Blick und begann zu sprechen, und das scheußlichste, unheimlichste Geräusch dröhnte durch den Raum. Diesmal schrie Avery auf und wich erschrocken zurück. Ihr Herz hämmerte so stark, dass sie dachte, es würde ihr aus der Brust springen.

Gleichzeitig erfüllte ein Heulen den Raum, das von hinter ihr ausging. Sie drehte sich um und fürchtete schon, was sie erblicken würde, doch sie sah, dass Hunter sich in einen Wolf verwandelt und dabei teilweise seine Kleidung zerrissen hatte. Er knurrte mit gesenktem Kopf und starrte sie finster an, aber Briar schritt ein, eine Hand auf dem Kopf des Wolfes, völlig furchtlos. Hunter ließ sich auf den Bauch fallen, den Kopf in Briars Schoß, und sie streichelte ihn, ihre Hände tief in seinem weichen Fell vergraben. Ihr ernster Blick traf den von Avery.

Avery warf einen Blick auf Dylan und Ben und sah, dass beide auf dem Boden saßen und wie gebannt auf den Spiegel starrten; beruhigt, dass es ihnen gut ging, wandte sie ihre Aufmerksamkeit wieder Alex zu.

Er war immer noch regungslos, Schweißperlen standen ihm auf der Stirn, während er eine Antwort an den Dämon murmelte. Dem schien nicht zu gefallen, was er hörte, denn er warf den Kopf zurück, riss das Maul weit auf und spuckte Flammen in die Leere, bis nichts mehr zu sehen war außer Feuer; dann war er verschwunden und der Spiegel war wieder nur ein Spiegel.

Alex fiel mit einem dumpfen Schlag nach hinten auf den Boden, und die Kerze erlosch, ein dünner Rauchfaden stieg in die Luft auf. Avery entknotete ihre Beine und kroch zu ihm. Sie hätte nicht laufen können, selbst wenn ihr Leben davon abgehangen hätte.

„Alex! Alex, ist alles in Ordnung mit dir?“

Eine Angst ergriff sie, wie sie sie noch nie zuvor erlebt hatte. Es war nicht wie der Schrecken, als sie der Wilden Jagd gegenüberstand. Dies war etwas Tieferes, Persönlicheres. Was hatte er getan?

Er starrte für endlose Momente leer an die Decke, und Avery nahm die tiefe Stille um sich herum wahr. Sie streckte die Hand aus, wollte ihn schütteln, wusste aber, dass ihn das zu sehr schockieren könnte. „Alex! Bitte sprich mit mir.“

Und dann blinzelte er, der tranceähnliche Zustand verließ seine Augen, und er drehte den Kopf zu ihr und lächelte schwach.

„Gott sei Dank“, flüsterte sie.

„Wasser“, krächzte er.

Sie blickte sich um, und Dylans Hand erschien und hielt ihr eine Wasserflasche vors Gesicht. Sie nahm sie, reichte sie Alex, und nachdem er tief durchgeatmet hatte, richtete er sich auf und nahm einen langen Schluck, bevor er schließlich Averys Blick erwiderte. „Also, das war verdammt unheimlich. Erinnere mich daran, Verrine nicht noch einmal zu treffen.“

Dankbar, dass er seinen Sinn für Humor noch hatte, lachte Avery, und die Anspannung im Raum ließ nach.

„Kann ich die Vorhänge aufziehen?", fragte Ben mit zittriger Stimme. „Ich würde wirklich gerne Tageslicht sehen."

„Ich auch", rief Alex über die Schulter. „Mach nur."

„Einen Moment", antwortete er. „Ich habe gerade gemerkt, dass sich meine Beine nicht bewegen lassen."

Avery hob die Hand, zog die Vorhänge mit einer Geste zurück und enthüllte die drei langen Fenster, hinter denen wirbelnder Schnee zu sehen war. Dann wandte sie ihre Aufmerksamkeit dem Kamin zu, wo die Flammen zu Glut niedergebrannt waren, und mit einem Wort entfachte sie es neu.

Licht und Wärme durchfluteten den Raum, und Alex seufzte.

„Bitte sag mir, dass du diesem Ding nichts versprochen hast?", fragte Avery, während die Angst wieder durch sie strömte, als sie sich an ihren Austausch erinnerte.

Er lächelte, ihr gewohnter, liebenswerter Alex, sein Kiefer von Bartstoppeln bedeckt, sein Haar fiel ihm ins Gesicht, und seine dunklen Augen hielten sie mit einer Wärme fest, die sie nie verlieren wollte. „Ich bin doch nicht bescheuert. Ihm gefiel es nicht, dass ich mit Madame Charron gesprochen habe. Anscheinend sollten einige Geheimnisse verborgen bleiben. Ich wurde gewarnt und mir wurde gesagt, ich solle sie nicht wieder kontaktieren. Ich habe ihm gesagt, dass ich tue, was ich will, und er sich verpissen kann. Das hat ihm nicht gefallen."

Erleichterung durchströmte sie, und sie fühlte sich wieder ganz schwach. Gerade als sie mehr fragen wollte, hörte sie das Geräusch von stampfenden Füßen, als ob eine Herde Elefanten den Flur hinunterstürmte, und die Tür flog auf, Reuben stand an der Spitze der Gruppe. Seine Hände waren erhoben, Feuerbälle in seinen Handflächen geballt. Sein Blick wanderte durch den Raum, und als er merkte, dass es ihnen gut ging, senkte er die Arme. „Was zum Teufel habt ihr hier getrieben? Wir haben ein Heulen gehört – und wir waren unten im Keller!"

„Ihr seid in den Keller gekommen?", fragte Dylan ungläubig. „Der ist für uns tabu. Was ist da unten?"

„Nekromantenkram. Was habt ihr getrieben?"

„Dämonen beschworen", antwortete Alex. „Meint ihr, jemand kann Kaffee kochen, bevor wir das bereden?"

Einundzwanzig

Avery lehnte am Fensterrahmen, eine heiße Tasse Kaffee in der Hand, und beobachtete den Schnee. In den letzten fünfzehn Minuten, seit Cassie Kaffee und Tee gekocht und eine Packung Kekse aufgetrieben hatte, war der Schneefall dichter geworden und dämpfte die Außenwelt. Avery hatte das Gefühl, irgendwann in der letzten Stunde eine Zeitreise in die Vergangenheit gemacht zu haben. Das Haus machte ihr zu schaffen. Seine Schichten aus Geschichte und Geheimnissen lasteten so dick auf ihrer Seele wie der Schnee auf dem Boden.

Sie wandte sich ab und beobachtete, wie Briar sich an Hunter lehnte, der seinen Arm schützend um sie gelegt hatte. Hunter war schockiert und verstört in seine menschliche Gestalt zurückgekehrt, seine Kleidung zerrissen, und hatte ihnen erzählt, dass die Stimme des Dämons Verrine ihn buchstäblich dazu gezwungen hatte, sich in seinen Wolf zu verwandeln. „Das ist mir noch nie passiert, und ich hoffe, es passiert auch nie wieder. Das war furchtbar."

„Bist du sicher, dass es dir gut geht?", hatte Briar ihn gefragt, während ihre Augen ihn absuchten, als hätte er eine verborgene Verletzung.

„Mir geht's gut. In deinem Schoß zu liegen war es wert."

Briar war vor Freude errötet.

Avery erlaubte sich ein Lächeln. Es war schön, Briar glücklich zu sehen. Sie wandte ihre Aufmerksamkeit den anderen im Raum zu, die Genevieve lauschten, wie sie zu Ende erzählte, was sie auf dem Dachboden gefunden hatten.

El jubelte. Sie saß neben Reuben, ihr Kurzschwert lag neben ihr auf dem Tisch und glänzte im eiskalten Licht, das von draußen hereinfiel. „Gut gemacht! Wir haben also einen Weg gefunden, die versteckte Tür zu öffnen."

„Theoretisch", sagte Caspian in seinem schleppenden Tonfall. „Der Beweis steht noch aus."

Als Genevieve sich ihre zweite Tasse Tee einschenkte, sagte sie: „Erzähl uns besser, was hier passiert ist, Alex."

Alex saß immer noch auf dem Boden vor dem Kamin und nippte an einem extra starken Kaffee. „Ich wollte versuchen, Madame Charron mit meiner Kristallkugel zu erreichen, wie ich gesagt habe, aber bevor ich anfing, beschloss ich, den Raum noch einmal zu überprüfen. Mir fiel auf, dass der Spiegel am ganzen Rahmen Symbole hatte, die sich auf Türen und sichere Über-wege beziehen. Ich hatte die Idee, dass sie diesen Spiegel vielleicht benutzte, um mit Geistern zu sprechen. Spiegel sind ein beliebter Weg, um in die Geisterwelt zu gelangen. Ich hoffte, dies wäre ein direkter Draht zu ihr. Ich hatte recht." Er hielt inne und nahm noch einen Schluck Kaffee. Er sah immer noch blass aus, als hätte die Kommunikation viel von seiner Energie gekostet. „Innerhalb weniger Minuten, nachdem ich die Leere durchsucht hatte, fand ich sie. Es war, als hätte sie auf mich gewartet – na ja, auf jemanden. Aber sie war nervös, ihr Geist flatterte hin und her. Lange Rede, kurzer Sinn, sie hat gestanden, dass ihre Mutter ihr erzählt hatte, wie ihre Familie aus Rumänien hierhergekommen war und wie Grigore das Haus gebaut hatte und dass es ein dunkles und schreckliches Familiengeheimnis gab. Aber sie wusste nicht, was es war. Sie dachte, es hinge mit ihren eigenen übersinnlichen Fähigkeiten zusammen, die an sie weitergegeben worden waren. Ihre Mutter und ihre Tochter hatten sie auch. Sie dachte, dass vielleicht etwas furchtbar schiefgelaufen war und der Geist von jemandem in der Leere gefangen war, also beschloss sie, wie eine spirituelle Detektivin Nachforschungen anzustellen. Sie wurde frustriert von ihrem Misserfolg, und in ihrem Bemühen, erfolgreich zu sein, ging sie zu weit. Sie fand Verrine. Er versprach, ihr zu helfen."

Verrine. Avery erschauerte erneut. Seine unverständliche, kreischende Stimme hallte immer noch in ihrem Kopf nach, und seine Erscheinung ... Sie bezweifelte, dass sie eine Weile gut schlafen würde.

Alex fuhr fort. „Damals war Madame Charron ein versiertes Medium, aber sie schmückte ihre Séancen auch aus, indem sie sie je nach Gruppe abschwächte oder verstärkte. Sie war zuversichtlich, mit Geistführern umgehen zu können, und hatte sie schon früher eingesetzt. Aber Verrine war anders. Er hat sich ihr sicher nicht so gezeigt, wie er mir erschienen ist. Jedenfalls nicht am Anfang. Er bot ihr an, ihr das dunkle Geheimnis der Familie zu zeigen, und er führte sie zu Lupescus angekettetem Geist – bildlich gesprochen. Er ermutigte sie, ihn zu befreien, also tat sie es."

„Und entfesselte ein Monster", sagte Eve. Sie saß am Tisch und beobachtete Alex fasziniert.

Genevieve rutschte auf ihrem Stuhl nach vorne. „So hat die Hexe das also gemacht. Sie haben seinen Geist angekettet. Das hätte bedeutet, ihn von seinem Körper zu trennen." Sie sah erstaunt aus. „Das ist schwere, dunkle Magie."

„Und bedeutet das nicht", fragte Caspian, der sich ebenfalls erwartungsvoll vorbeugte, „dass Madame Charron einen Zauber gebrochen hat, ohne magische Fähigkeiten zu besitzen? Wie du sagtest, sie ist ein Medium, keine Hexe."

„Sie hat ihn gebrochen, weil Verrine ihr geholfen hat", erklärte Alex. „Ich habe keine Ahnung von diesem ganzen Hierarchie-der-Dämonen-Mist oder ob es ihn wirklich gibt, aber er ist mächtig und kann sich in jede von ihm gewählte Gestalt verwandeln. Er sah, was sie brauchte, und manipulierte sie. Eine Hexe hatte Lupescus Geist angekettet, aber er half ihr, ihn zu befreien."

„Also konnte Verrine ihn nicht allein befreien?", vermutete El.

„Vielleicht hat der ursprüngliche Zauber ihn an eine Familienlinie gebunden. Vielleicht ist der Zauber deshalb, als Sofia starb, bestehen geblieben und wurde über Generationen weitergegeben, bis Evelyn ihn brach und sein dunkler und verdorbener Geist in seinen Körper zurückfloh. Und die Todesfälle begannen."

Jasper nickte feierlich. „Dämonen lieben das Chaos. Das Chaos, das ein Vampir mit sich bringen würde, würden sie lieben."

„Wann hat sie gemerkt, was sie getan hatte?", fragte Avery.

„Sobald sie ihn freigelassen hatte. Sie sah Lupescu als das, was er war. Von diesem Zeitpunkt an musste sie versuchen, eine Lösung zu finden.“

Dylan saß am Tisch und spielte mit seiner Kamera, während er zuhörte. „Sie hat eine Weile gebraucht, offensichtlich – über ein Jahr, in dem Lupescu sein Unwesen trieb.“

Alex nickte. „Sie musste eine Hexe finden, die ihr half, und das war nicht einfach. Seien wir ehrlich – für so etwas kann man ja keine Anzeige schalten.“

Caspian stellte die Frage, die allen auf der Seele brannte. „Hat einer unserer Vorfahren ihr geholfen? Und wenn ja, warum wissen wir nichts davon?“

„Wieder White Haven“, schlug Eve vor. „Die Hexen, die vom Rest des Zirkels isoliert waren. Es gab niemanden, dem man es erzählen konnte – außer den Nachkommen.“

Alex, Reuben und Avery prusteten alle gleichzeitig los und Reuben sagte mit Nachdruck: „Uns hat das keiner gesagt!“

Genevieve scharrte ungeduldig mit den Füßen. „Hat sie dir gesagt, wen sie benutzt hat, Alex? Das könnte uns jetzt helfen.“

Er verzog das Gesicht. „Nein, leider nicht. Aber es war eine andere Art von Bindezauber. Sie banden ihn an sie, aber sie war an das Haus gebunden. Und als sie starb, wurde Lupescu befreit und wütete erneut, bis Felicity ihn eindämmte. Fragt mich nicht nach weiteren Einzelheiten, denn die kenne ich nicht. Ich weiß nicht, was Felicity getan hat oder mit wem. Sie wollte mir gerade mehr erzählen – ich hatte nach der versteckten Täfelung gefragt –, aber Verrine zerrte sie weg, bevor sie antworten konnte.“

Reuben begann, mit den Fingern auf den Tisch zu trommeln. „Das können wir später besprechen. Können wir jetzt endlich diese Tür öffnen?"

„Noch nicht", sagte Genevieve, als sich alle erheben wollten. „Was habt ihr im Keller gefunden?"

Das beantwortete El, während sie ihr Kurzschwert in die Scheide gleiten ließ. „Einen Nekromantenkreis zur Geisterbeschwörung und eine Dämonenfalle. Deshalb hat Rupert die Tür abgeschlossen gehalten. Er ist ziemlich frisch, mit Kreide gezeichnet, Salzkreis und allem Drum und Dran. Wir können ihn euch später zeigen."

„Gut", sagte Genevieve und erhob sich. „Dann machen wir uns mal an die Arbeit. Schnappt euch, was immer ihr an Vampirjäger-Ausrüstung braucht. Das hier könnte übel werden."

Die Gruppe versammelte sich im Turmzimmer und Avery drückte das Mondsymbol in der Mitte des Bodens, das einige Zentimeter nachgab.

Nichts geschah.

„Mist. Was jetzt?", fragte sie und blickte in die Runde.

„Vielleicht ein doppelter Mechanismus?", schlug Eve vor. „Man braucht doch immer jemanden, der einem hilft."

Jasper sah müde und frustriert aus, als er sich mit den Händen über sein kurzes Haar fuhr. „Lasst uns die anderen Mondbilder noch einmal überprüfen."

„Das ist sinnlos", sagte Cassie und spiegelte seine Frustration wider.

„Wir haben das Bild des zunehmenden Mondes des Todes noch nicht überprüft, oder?", warf Caspian ein, als er zu der Tafel schritt. Er untersuchte den Halbmond, der über dem Turm am Horizont zu sehen war, und fuhr mit den Fingern über den Rand. Er drehte sich zu ihnen um und grinste. Man sah Caspian nicht oft grinsen; es verwandelte ihn und ließ ihn zehn Jahre jünger aussehen. „Bingo. Bei drei, Avery? Eins, zwei, drei!"

Sie drückten beide gleichzeitig auf die Bilder und mit einem lauten Klicken schwang die Tafel des Mondes nach außen und enthüllte einen Geheimgang.

Freudenrufe erfüllten den Raum, und Caspian ließ die Schultern kreisen und trat als Erster ein. „Auf geht's", murmelte er und warf ein paar Hexenlichter voraus. „Es gibt einen Gang, der ein paar Fuß zwischen der Täfelung und der Wand verläuft und dann in der Wand verschwindet."

Sie folgten ihm einer nach dem anderen in den muffigen, mit Spinnweben übersäten Gang, während Staub um sie herum aufwirbelte. Er war schmal und bot gerade genug Platz für eine Person, um bequem hindurchzugehen. Die Wand war auf der einen Seite gerade und auf der anderen Seite von der geschwungenen Täfelung gesäumt. Eine dunkle Öffnung tat sich in der Wand auf und sie bogen hinein. Sofort erschien eine Treppe, die nach unten führte, nach links abbog und dann wieder abwärts verlief.

Caspian rief über seine Schulter zurück: „Wir müssen an der Außenwand sein, und ich glaube, das hier führt direkt ins Erdgeschoss."

Die Treppe war steil, die Stufen klein und rutschig, und Avery begann zu schwitzen. Es war heiß hier drin, stickig, und der Staub wirbelte immer wieder auf, setzte sich in ihren Haaren, ihren Augen und ihrer Nase fest. Sie schickte einen Lufthauch um sie herum und fühlte sich sofort besser. Schließlich erreichten sie einen kleinen Treppenabsatz auf der Höhe des Erdgeschosses, wie sie schätzten, und die Treppe machte eine weitere Biegung. Avery war nun völlig die Orientierung los und konnte nicht mehr sagen, ob sie sich im vorderen, mittleren oder hinteren Teil des Hauses befanden. Die Luft wurde feucht und muffig, und Caspian blieb stehen, was dazu führte, dass alle ineinander stolperten.

„Eine kleine Warnung wäre nett", knurrte El.

„Entschuldigung. Ich glaube, wir sind jetzt unter dem Haus. Wir haben eine ebene Fläche erreicht."

Avery war ganz hinten, noch auf der Treppe, und unter ihr erblühte Licht, als Eve und Alex sofort weitere Hexenlichter über ihnen entzündeten, die den Raum in grelles Licht tauchten. Avery stolperte die letzten Stufen hinunter, froh, aus dem engen Gang heraus zu sein.

Der Raum, in dem sie sich befanden, war aus Stein, schlicht und schmucklos, und der Boden bestand aus gestampfter Erde. An der gegenüberliegenden Seite befanden sich zwei schwere Holztüren, die mit riesigen Riegeln verschlossen waren.

Caspian schritt auf sie zu und rüttelte am Holz. „Die sind immer noch massiv."

„Musst du das tun?", fragte Ben entsetzt. „Du könntest aufwecken, was dahinter ist!"

Cassie erschauderte sichtlich und umklammerte ihren Pflock fester. „Sag das nicht. Glaubst du wirklich, die Vampire sind da drin?"

Genevieve stand neben Caspian, ihre Pupillen waren im schummrigen Licht riesig. „Wenn wir Glück haben, dann sind sie es. Wir können sie töten und die Sache hinter uns bringen. Sind wir bereit?"

„Nein", antwortete Cassie.

„Du kannst gehen, wenn du möchtest", sagte Genevieve. „Ich verstehe das."

Cassie schüttelte den Kopf. „Ich bin nur nervös. Ich habe ein paar Zauber in den Taschen und meinen Pflock. Mir wird schon nichts passieren."

Eve tätschelte ihren Arm. „Ich bin es auch – du bist nicht allein."

Jeder war nervös, das war an der allgemeinen angespannten Stimmung im Raum und der Unruhe, die alle an den Tag legten, während sie sich vorbereiteten, unübersehbar, Avery eingeschlossen. Sie hatte nicht vergessen, wie schnell die Vampire waren, als sie ihnen das letzte Mal begegnet waren, und atmete tief durch, um sich zu beruhigen.

Genevieve sah jedem Einzelnen in die Augen. „Sind wir bereit?"

Reuben zog eine Taschenlampe aus seinem Rucksack, leuchtete sich von unten ins Gesicht, zog eine schaurige Grimasse und verkündete mit seiner besten Vincent-Price-Stimme: „Zeit für die Gruft! Ha ha ha!"

„Du bist so ein Trottel", sagte El liebevoll.

„Ich werte das mal als Ja", sagte Genevieve trocken.

„Wartet!", rief Jasper. „Wie spät ist es?"

Alex schaute auf seine Uhr. „Halb vier, warum?"

„Nicht mehr lange bis Sonnenuntergang", bemerkte Jasper. „Wenn sie da drin sind, sollten sie schlafen, aber es wird langsam knapp."

„Ich kehre jetzt nicht um", sagte Genevieve, und gemeinsam lösten sie und Caspian die Riegel und zogen die Türen auf.

Dahinter war es stockdunkel, und sie entfesselten einen Schwall von Hexenlichtern, die einen weiteren Gang erleuchteten, aber dieser war so breit wie die Doppeltür. Am anderen Ende befand sich eine weitere Tür.

„Anscheinend war Grigore sehr darauf bedacht, sich den Vampir vom Hals zu halten", sagte Hunter trocken. Er begann, sich auszuziehen. „Ich mache von jetzt an lieber als Wolf weiter."

Innerhalb von Sekunden verwandelte er sich in einen überdurchschnittlich großen Wolf und trabte zum Eingang des Ganges, Briar neben ihm, die Hand tief in seinem Nackenfell vergraben. Sie war aus ihren Schuhen geschlüpft und wackelte mit den Zehen in der Erde. „Ich spüre keine Magie vor uns."

„Ich auch nicht", stimmte Caspian zu.

Der Gang war wieder mit Ziegeln ausgekleidet und sie kamen langsam voran, als ob sie Fallen erwarteten. Avery fühlte sich wie in einem Indiana-Jones-Film.

Alex stupste sie an. „Geht es dir gut?"

Sie nickte. „Ich denke schon. Und dir?"

Er hob eine Augenbraue. „So gut es eben geht."

Die nächsten Türen waren genauso massiv wie die ersten, aber sie waren verziert und mit Siegeln bedeckt.

Genevieve fuhr sanft mit der Hand darüber. „Auf diesen lag einst ein Zauber. Es ist nur noch eine Spur davon übrig, aber die Siegel warnen vor Eindringlingen."

Wieder hoben alle ihre Waffen oder Hände und riefen ihre Magie herbei, während sie und Caspian die Riegel lösten, die Türen öffneten und gleichzeitig Hexenlichter hindurchschickten.

Sie erleuchteten ein Schlafzimmer. Diesmal bestanden die Wände und der Boden aus großen Steinblöcken und es war mit hölzernen Schlafzimmermöbeln gefüllt – ein verziertes Himmelbett, eine Kommode, ein Spiegeltisch und ein Kleiderschrank. Aber es war nur eine Imitation. Der Ort war eine Ruine, die Möbel zerbrochen, als wären sie in einem Wutanfall zerschmettert worden, und der Spiegel zersprungen. Das Bett war der einzige unversehrte Gegenstand dort, aber es war mit zerknittertem und verrottetem Leinen bedeckt, das auf den Boden fiel, und es war mit geronnenem, dunklem Blut getränkt. Schlimmer aber war der Haufen Knochen, der stellenweise knöcheltief lag, und die Schädel, die auf den tief in die Wand gehauenen Regalen aufgereiht waren; der Gestank war entsetzlich. Auf der anderen

Seite des Raumes befand sich der Eingang zu einem weiteren Gang.

Avery würgte und sie hörte, wie einige andere dasselbe taten.

Briars Hand flog zu ihrem Mund und sie sprach einen schnellen Zauber; innerhalb von Sekunden verschwand der Geruch und wurde durch den Duft von Rosen und Geißblatt ersetzt.

Für eine Sekunde herrschte Stille, während sie alle entsetzt auf das starrten, was vor ihnen lag, und dann ging Hunter hinein, schlich verstohlen auf die Knochen zu, während der Rest von ihnen ausschwärmte, um den Raum zu erkunden.

„Über ein Jahrhundert des Todes", sagte Jasper feierlich, als er die Verwüstung betrachtete. Er hob die Hand und sofort flammten die im Raum verteilten Kerzen auf, und wenn überhaupt, machte das warme Licht den ganzen Schrecken nur noch schlimmer.

Alex rückte langsam vor, den Pfahl in der rechten Hand, einen Feuerball in der linken. Er trat gegen die Knochen zu seinen Füßen. „Aber nichts von neulich, so wie es aussieht. Diese Knochen sind alt."

„Kein Wunder, dass sie nie Leichen gefunden haben", sagte Dylan, während er mit seiner Kamera durch den Raum schwenkte. „Er hat sie alle hierhergebracht. Was für ein Tier."

Der Raum wurde still, als sie weitergingen, und Avery schauderte. Obwohl Briar den Gestank größtenteils überdeckt hatte, war er immer noch da, schwach und ranzig, und Avery schickte einen sanften Wind vor sich her, der ihn wegblies. Sie streckte die

Hand aus, um den zerbrochenen Spiegel zu berühren. „Grigore muss versucht haben, seinen Sohn menschlicher zu machen."

„Tja, das war wohl ein glatter Reinfall, nicht wahr?", sagte Cassie. „Ich kann nicht fassen, was ich hier sehe."

El streckte ihr Schwert vor sich aus, während sie sich umsah. „Also, es ist klar, dass hier nichts ist. Wo sind sie also jetzt?"

„Die neueren Leichen oder die Vampire?", fragte Avery sie.

„Beide."

Genevieve rieb sich mit den Händen das Gesicht, ihre Lippen waren fest zusammengepresst. „Ich kann nicht glauben, dass wir sie nicht gefunden haben. Wo zum Teufel sollen wir jetzt suchen?"

Caspian zeigte auf den Gang vor ihnen. „Wir machen weiter."

Hunter schnüffelte immer noch im Raum herum und sprang auf das Bett, den Kopf gesenkt, während er an den Laken roch. Ein Knurren grollte in seiner Kehle, und er schnappte nach den Laken, packte sie mit seinen starken Zähnen und zog sie zurück. Bevor er noch etwas tun konnte, tauchte ein Arm auf, der ihn vom Bett stieß und gegen die Wand schleuderte.

Alle wirbelten herum, als Reuben schrie: „Scheiße! Einer von ihnen ist hier!"

Sofort waren alle bereit, und Alex raste mit erhobenem Pfahl auf das Bett zu. Bevor er nahe genug herankam, sprang der Vampir an die Decke, seine langen, klauenartigen Finger umklammerten einen Holzbalken. Er hing kopfüber und sah immer noch benommen aus, wenn man das so nennen konnte, und kämpfte damit, seine Augen gegen den tagsüber wirkenden Zwang des Schlafes zu öffnen. Der Kampf schmälerte jedoch weder seine

Stärke noch seine Bösartigkeit. Seine Augen waren vollkommen schwarz, die Haut grau, und seine Zähne waren verlängert und scharf, getrocknetes Blut verkrustete bereits seinen Mund.

Für eine Sekunde schienen alle wie erstarrt vor Schock, dann hoben Reuben und Ben ihre Wasserpistolen und schossen auf den Vampir. Er schrie auf, als seine Haut Blasen warf, aber es verlangsamte ihn kaum. Er ließ sich auf den Boden fallen und stürzte sich auf Reuben.

Bevor er mehr als ein paar Schritte machen konnte, sprang Hunter mit aufgerissenem Maul auf ihn zu. Der Vampir hob die Arme, um Hunter daran zu hindern, seine Kehle zu erreichen, und dieser biss stattdessen fest in den Arm des Vampirs, wobei sein Gewicht sie beide zu Boden riss.

Mit übermenschlicher Kraft warf der Vampir Hunter beiseite, obwohl Hunter ein gutes Stück seines Arms mitnahm.

Wieder sprang der Vampir auf die Füße, aber ein gewaltiger Magiestoß schleuderte ihn zurück gegen die Wand und fesselte ihn dort.

Ein halbes Dutzend Pfähle wurden erhoben, bereit zum Angriff, aber Dylan war am nächsten dran. Er stürmte los, sprang über die Knochenhaufen und rammte den Pfahl in seine Brust. Der Vampir brüllte, das Geräusch war furchteinflößend. Der Pfahl steckte nur zur Hälfte drin.

Dylan sah sich wild um, verzweifelt auf der Suche nach etwas, womit er den Pfahl einschlagen konnte, während der Vampir sich zu befreien versuchte, aber sofort schickte jede einzelne Hexe eine Welle von Magie, die den Pfahl mit solcher Wucht hineintrieb, dass er geradewegs durch seine Brust ging und die Wand dahinter zerspringen ließ.

Der Vampir erschlaffte, aber Alex nahm das Schwert aus Els Hand und enthauptete den Körper ebenfalls. „Nur zur Sicherheit", sagte er mit einer Grimasse.

Der Raum wurde still, und dann witzelte Reuben: „Heilige Scheiße. Wer hätte gedacht, dass so etwas unter West Haven lauert?"

„Sind alle in Ordnung?", fragte Genevieve, die Arme immer noch erhoben und Magie, die an ihren Fingerspitzen tanzte.

Sie wurde mit Stöhnen und Nicken beantwortet, aber Caspian und Alex waren still, beide standen am Eingang des Ganges auf der anderen Seite des Raumes. Alex drehte sich um, den Finger auf den Lippen, um Schweigen zu gebieten, und Caspian schickte ein halbes Dutzend Hexenlichter voraus, die einen weiteren engen Gang erleuchteten.

Sie lauschten alle, und Hunter trat vor und schnüffelte in der Luft.

Nach einer Minute völliger Stille sagte Alex: „Ich glaube, wir sind in Sicherheit. Die anderen sind nicht hier. Hunter?"

Hunter sah sie an und machte eine Bewegung, die man nur als Nicken deuten konnte, und dann tapste er wieder vorwärts, die Ohren gespitzt.

„Ich finde, wir sollten von hier verschwinden", sagte Jasper und blickte die anderen besorgt an. „Sein Tod hat vielleicht die anderen alarmiert, und sie könnten schon auf dem Weg hierher sein."

„Aber vielleicht bekommen wir keine zweite Gelegenheit, hier runterzukommen", wandte Caspian ein. „Lasst uns weitermachen, zumindest nachsehen, was hier unten ist. Wir haben die Chance, das hier zu beenden. Heute Nacht."

Er hatte recht, und jeder wusste es, aber niemandem gefiel der Gedanke.

Er marschierte trotzdem weiter, Alex an seiner Seite, während Hunter voranging, und sie eilten hinter ihm her, ihre Schritte hallten um sie herum.

Der Gang war eng, aus dem natürlichen Fels gehauen, der Boden eine Mischung aus Erde und spitzen Steinen. Nach ein paar Minuten stießen sie auf eine Leiter, die zu einer schweren Metallluke hinaufführte.

„Lasst mich machen", sagte Reuben. Er kletterte hinauf und öffnete die Luke einen Spalt breit, sodass ein Schimmer fahlen Lichts auf seine Züge fiel. „Wir sind im Wald hinter dem Garten. Ich gehe raus."

Alex sprang auf die Leiter. „Ich komme auch mit."

Avery folgte, begierig zu sehen, wohin sie führte, dicht gefolgt von Genevieve. Sie traten ins Unterholz, umgeben von dicht stehenden Bäumen. Der Boden war mit Schnee gesprenkelt und dick mit Laub und verrottender Vegetation bedeckt.

Reuben stand in der Nähe und spähte durch das kahle Astgewirr. „Das ist eine natürliche Senke", sagte er. „Kinder benutzen sie vielleicht als Lager, aber wahrscheinlich schon seit Jahren nicht mehr."

Avery trat an seine Seite und blinzelte durch die Bäume, wobei sie feststellte, dass sonst nichts zu sehen war. „So hat er also gejagt. Hier drin hätte ihn niemand gefunden."

Es schneite immer noch und es war fast völlig dunkel.

„Verdammt", sagte Genevieve, die Hände zu Fäusten geballt. „Lasst uns wieder reingehen. Hier können wir nichts mehr ausrichten."

Als sie zu ihnen stießen, stritt die Gruppe gerade und Jasper war verärgert. „Es wäre Wahnsinn, weiterzumachen. Wir haben keine Ahnung, wie lang dieser Gang ist oder wie viele Vampire wir an seinem Ende finden werden. Es sind definitiv zwei, und einer ist älter und viel stärker als der andere."

„Einverstanden", sagte El, hob ihr Schwert und sah zu, wie die weiße Flamme entlang der Klinge züngelte. „So sehr ich das hier auch beenden will, als wir ihnen neulich am Hafen begegnet sind, waren sie zu stark für uns. Wir sind nur entkommen, weil Avery die Oberhand gewonnen hat."

Avery nickte. „El hat recht – ich hatte Glück."

Caspian funkelte sie an. „Aber jetzt sind wir mehr! Das ist unsere Chance."

Genevieve griff ein. „Nicht unsere einzige Chance. Der Eingang hier oben bedeutet, dass wir das Haus nicht brauchen. Wir könnten morgen bei Tageslicht zurückkommen."

Caspians Miene war düster. „Und was, wenn es heute Nacht noch mehr Tote gibt?"

Sie blickte weg, ihre Miene zwiegespalten, und Avery wusste genau, was sie dachte. So sehr sich auch keiner von ihnen jetzt, wo es dunkel war, weiterwagen wollte, Caspian hatte recht. Sie würde es sich nie verzeihen, wenn noch jemand sterben würde, und nach ihrem kurzen Blick zu den anderen wusste sie, dass sie trotz ihrer Bedenken genauso dachten.

Aber Genevieve war die Anführerin ihres Zirkels, und sie wollte nicht schon wieder mit ihr streiten.

Glücklicherweise war Alex dazu bereit. „Ich stimme Caspian nur ungern zu, aber er hat recht. Wir haben die Chance, das zu beenden. Jetzt."

Caspian warf ihm einen Blick zu, der ein kaum merkliches Aufflackern von Anerkennung und vielleicht auch Ärger zeigte.

Reuben sicherte ihm seine Unterstützung zu. „Ich stimme zu. Diejenigen, die nicht mitkommen wollen, sollten jetzt gehen. Ich werde es niemandem übel nehmen. Besonders euch dreien nicht", sagte er und blickte Cassie, Ben und Dylan an.

„Auf keinen Fall", sagte Dylan und baute sich vor ihm auf. „Ich habe den letzten doch gepfählt, oder?"

Reuben gab ihm ein High-Five. „Ja, das hast du!"

„Ich bleibe auch", sagte Cassie und ließ die Schultern sinken, als ob sie sich auf einen Kampf vorbereitete. „Wag es ja nicht, mich wegzuschicken!"

„Genevieve?", sagte Caspian leise. „Ich weiß, du willst nicht so wie Rasmus das letzte Mal jemanden verlieren, aber wir müssen uns jetzt auf den Weg machen!"

Hunter verwandelte sich in seine menschliche Gestalt, völlig nackt, aber scheinbar unempfindlich gegen die beißende Kälte um sie herum. „Ich habe eine gute Fährte von Lupescu aufgenommen. Es war der stärkste Geruch da drin, was Sinn ergibt. Ich kann ihn jetzt riechen – er ist schwach, aber da. Ich führe euch direkt zu ihm."

Genevieve schlug mit der Hand gegen die Erdwand, und eine magische Welle schlug ein Loch hinein. „Verdammt! Seit wann bist du so vernünftig, Caspian?" Sie wandte sich an die anderen. „Also gut. Tun wir's. Wer will gehen?"

Jasper seufzte. „Wenn du auf diesem Wahnsinn bestehst, komme ich natürlich mit."

Alle nickten entschlossen, und Genevieve seufzte. „Bringen wir es also hinter uns, bevor wir hier unten erfrieren."

Zweiundzwanzig

Hunter verwandelte sich wieder in einen Wolf und führte sie erneut an.

El war direkt hinter Avery. „Mir gefällt das nicht. Es ist zu eng. Wenn irgendetwas passiert, sind die da vorne auf sich allein gestellt."

„Genauso wie die hinten", sagte Avery leise. Sie konnte Ben vor sich sehen, aber nicht die anderen paranormalen Ermittler, und sie blickte über ihre Schulter zurück, in der Hoffnung, dass es nicht einer von ihnen war, aber sie konnte es nicht genau erkennen. Sie erhob ihre Stimme. „Wer ist ganz hinten?"

„Ich", rief Jasper zurück. „Bisher alles in Ordnung."

„Danke", rief sie erleichtert und verstummte dann, um sich auf den Weg vor ihr zu konzentrieren.

Nach endlosen Minuten erreichten sie eine Kreuzung, von der drei Gänge in verschiedene Richtungen abgingen, und sie warteten, während Hunter am Boden schnüffelte. Avery war jetzt völlig orientierungslos. Sie hatte keine Ahnung, wo sie waren oder in welche Richtung sie gingen. Nach einem Moment bog Hunter in den rechten Gang ab, und Eve markierte ihren Weg mit einer weißen, leuchtenden Spur an der Wand. „Nur für den Fall", sagte sie zu niemandem im Besonderen.

Noch mehrmals stießen sie auf andere Gänge, manche breiter als andere, aus einigen drang der deutliche Gestank von Abwasser. Ohne Hunter hätten sie das nie geschafft, dachte Avery. Seine Nase sparte ihnen Stunden.

Als sie an einer weiteren Kreuzung einen Moment zögerten, während Hunter am Boden schnüffelte, hörten sie hinter sich ein Trippeln von Schritten, das sofort aufhörte, als sie verstummten. Sie drehten sich wie ein Mann um.

Wir werden hier unten sterben.

Ein Feuerstoß schoss den Gang aus der Richtung entlang, aus der sie gekommen waren, beleuchtete kurz die Leute hinter ihr, und Jasper schrie. „Bewegt euren verdammten Arsch!"

Hunter heulte auf und raste voraus, und sie rannten ebenfalls. Ein Schrei hallte um sie herum, und Avery blieb stehen, um hinter sich zu blicken. El sprintete davon. Scheiße. Avery folgte ihr und stolperte beinahe über Gestalten, die auf dem Boden miteinander rangen.

Jasper wurde von Bethany niedergehalten, ihre Zähne nur Zentimeter von Jaspers Kehle entfernt. Cassie klammerte sich an ihren Rücken und versuchte verzweifelt, Bethanys Kopf wegzuziehen. Eve lag benommen auf dem Boden, eine Schnittwunde am Kopf, und Dylan war nirgends zu sehen.

„Weg da!", schrie El Cassie an und schleuderte sie mit einem gut gezielten Magiestoß von der Vampirin weg. Bethanys Kopf hob sich, ihre Lippen zogen sich zurück, als sie El anknurrte, während Feuer hinter ihren schwarzen Augen loderte. El schnellte vor, das Schwert bereit, und hieb mit klinischer Präzision zu, wodurch sie Bethany augenblicklich enthauptete.

Der Körper sackte auf Jasper zusammen, und dickes, zähflüssiges Blut ergoss sich über ihn und spritzte an die Wand, als Bethanys Kopf in die Dunkelheit rollte.

„Wo ist Dylan?", schrie Avery. Sie warf ein weiteres Hexenlicht hoch, das Cassie zeigte, die besinnungslos an der Wand lehnte, und Dylan ein paar Meter weiter.

Sie überließ es El, Jasper auf die Beine zu helfen, und raste an Dylans Seite, ihr Herz hämmerte in ihrer Brust. Bitte lass ihn am Leben sein.

Sein linker Arm lag in einem seltsamen Winkel da, aber sein Hals war unversehrt, und er atmete noch. Sie hörte Schritte aus der anderen Richtung und sah Alex und Reuben im schwachen Licht.

„Avery!", rief Alex.

„Mir geht es gut", rief sie zurück. „Dylan ist bewusstlos und ich glaube, sein Arm ist gebrochen, aber er lebt."

Avery hielt ihre Hand an seinen Kopf und tastete nach Beulen oder Schnitten. Sie flüsterte einen Heilzauber, den Briar ihr beigebracht hatte, und Dylans Augen flatterten auf.

Er stöhnte. „Was zum Teufel ..."

„Vorsichtig", warnte sie ihn, als er sich aufsetzte.

„Verdammt, mein Arm." Er hielt ihn steif.

„Ihr müsst hier weg."

Sie drehte sich um und sah, wie El Cassie auf die Beine half, während Eve und Jasper bereits standen.

„Was zum Teufel ist passiert?", fragte Reuben, als er hinüberging, um Bethanys Kopf zu untersuchen.

„Sie hat sich an uns herangeschlichen, sogar durch den Feuerball", erklärte Jasper. „Sie war zu schnell und hat mich zuerst erwischt, aber Dylan ist auf sie gesprungen, und sie hat ihn weggeworfen, als wäre er nichts. Sie ist an den Wänden herumgesprungen wie eine verdammte Spinne."

„Wo sind die anderen?", fragte Avery und blickte hinter Alex und Reuben.

„Wir haben ihnen gesagt, sie sollen weitergehen. Wir holen sie ein."

„Das schafft ihr nicht", sagte Avery. „Alle sind verletzt, besonders Dylan."

„Ich komme klar", versicherte Eve ihnen. Sie führte die Hand zur Wange und wischte das Blut weg, wobei sie die Wunde heilte.

„Aber Dylan nicht. Oder Cassie. Sie ist auch mit dem Kopf gegen die Wand geknallt."

„Tut mir leid", sagte El zu Cassie. „Mein Fehler."

Sie verzog das Gesicht. „Wenigstens hab ich meinen Kopf noch. Arme Bethany. Was für ein Ende."

El wischte ihr Schwert an einem Tuch aus ihrem Rucksack ab. „Besser tot, als dass sie uns tötet."

Jasper sah zu, wie Avery Dylan auf die Beine half. „Ich werde sie hier rausbringen und Dylan ins Krankenhaus bringen."

„Nein!", protestierte er schwach.

Cassie sah geschlagen aus. „So kannst du nicht kämpfen. Ich auch nicht – ich kann mich kaum konzentrieren."

„Damit ist es entschieden, wir gehen." Jasper sah die anderen Hexen entschuldigend an. „Es tut mir leid, wir lassen euch unterbesetzt zurück."

Avery wies seine Bedenken zurück. „Wir sind immer noch genug Leute, aber einer von uns muss mit euch gehen. Was, wenn ihr von anderen Vampiren angegriffen werdet? Ihr werdet alle sterben."

„Ich gehe mit ihnen", sagte Eve entschlossen. „Ihr solltet zusammenbleiben. Ich habe einen Plan, aber es wird heiß werden. Ich werde uns auf dem ganzen Weg mit Feuer umgeben. Wenn ich es auf beiden Seiten groß genug mache, können sie nicht durchdringen."

Alex runzelte die Stirn und sah zwischen ihr und Jasper hin und her. „Den Zauber über eine so weite Strecke aufrechtzuerhalten, ist anstrengend. Du wirst völlig erschöpft sein."

„Aber wir werden es überleben, hoffentlich."

Avery umarmte Eve. „Pass auf dich auf, wir sehen uns bald."

Die Hexen von White Haven sahen zu, wie die beiden sich in sichere Entfernung begaben und Feuer um sie herum entflammte, und rannten dann los, um die anderen einzuholen.

Die Gruppe raste durch die gewundenen Gänge, und nach ein paar Minuten hörten sie Geschrei und die vertrauten Explosionen von Magie.

„Was ist jetzt los!", sagte Alex und sprintete voraus.

Sie stürmten in eine Höhle mit niedriger Decke, und sofort knirschten alte Knochen, die den Boden übersäten, unter Averys Füßen. Mindestens ein Dutzend Vampire kämpften gegen die drei Hexen, den Wolf und Ben. Es war das reinste Chaos, und ohne zu zögern, stürzten sie sich hinein, um zu helfen.

Genevieve, Caspian und Ben standen Rücken an Rücken und kämpften verbissen, entweder im Nahkampf oder mit Magie. Ben trat, schlug und rollte sich ab, um sich zu verteidigen, und schwang bösartig eine Axt, als ein Vampir versuchte, nahe genug an ihn heranzukommen, um ihn zu Fall zu bringen. Ein anderer krabbelte von oben herab und klammerte sich wie eine Spinne an die Decke. Avery erfasste ihn mit einem Windstoß und schmetterte ihn wiederholt gegen die gegenüberliegende Wand, bis er bewusstlos zu Boden fiel. Alex machte seinen Pflock bereit, rannte zu der Kreatur und stieß ihn ihr in die Brust. Avery lenkte den Wind auf einen anderen Vampir und schlug ihn so hart gegen die Höhlenwände, dass er fast von ihnen verschluckt wurde. Ben warf seine Axt, die mit einem dumpfen Geräusch in der Brust des Vampirs stecken blieb. Aber das reichte nicht, und der Vampir kämpfte sich los und riss die Axt heraus. Doch Ben war noch nicht fertig. Während Avery ihn noch an der Wand festhielt, schnappte sich Ben einen Pflock und rammte ihn in die Brust des Vampirs, dann hob er einen schweren Stein auf und schlug auf den Pflock, um ihn tiefer hineinzutreiben. Der Vampir fiel tot zu Boden.

Gleichzeitig hatte Briar die Erde unter einem Vampir geöffnet, der darin versank und verzweifelt versuchte, sich zu befreien, aber er steckte bis zur Hüfte fest, und obwohl er wild mit den Armen krallte, konnte er sich nicht bewegen. Hunter stürmte vor und riss ihm die Kehle heraus, und dann riss er ihm auch noch den Kopf ab.

El und Reuben waren zusammen und schwangen beide Schwerter, während sie anmutig zwei Vampire angriffen und dabei Gliedmaßen abtrennten, aber obwohl das den Angriff verlangsamte, stoppte es sie nicht. Die Hexen waren schnell, aber die Vampire waren schneller.

Ein Vampir hatte Caspian in die Enge getrieben, und er war dabei, den Kampf zu verlieren. Die langen, krallenartigen Nägel des Vampirs hatten Caspians Brust aufgeschlitzt, und der Geruch von Blut machte ihn rasend. Gerade als die Kreatur ihre Zähne in Caspians Hals schlagen wollte, verschwand Caspian in einem Luftwirbel, erschien direkt hinter ihr und stieß seinen Pflock durch ihren Rücken in ihr Herz.

Genevieve focht ihren eigenen Kampf aus und wehrte einen Vampir mit Feuer ab, das aus ihren Fingern strömte.

Sie mussten ihre Haupthöhle gefunden haben.

„Ben!", rief Avery. „Hast du die Zauber mitgebracht, die ich dir gegeben habe?"

Ben war damit beschäftigt, gegen einen weiteren Vampir zu kämpfen. Er duckte sich, schwang seine Axt, verfehlte und rollte sich wieder dem Vampir zu. „Die Tasche am Rand!", rief er atemlos zurück.

Avery drehte sich schnell um und entdeckte seinen Rucksack in der Nähe des Eingangs. Erst vor wenigen Tagen hatte sie den Sonnenlichtzauber hergestellt. Sie hoffte, dass sie ihn mitgebracht hatten, und sie hoffte, dass er wirken würde.

Sie war nur wenige Schritte von der Tasche entfernt, als ein Vampir von oben angriff, sie von den Füßen riss und seine Zähne nur Zentimeter von ihrem Hals entfernt waren. Avery war so genervt, dass sie nicht zögerte. Sie schlug ihm ins Gesicht, sein Kopf schnellte zurück, und dann drückte sie ihre Hand auf seine eiskalte Haut und brannte sich durch sein Fleisch, wobei sie hörte, wie es unter ihren Fingern zischte und knallte, als seine Augäpfel explodierten. Er schrie auf und ließ sie fallen, und sie benutzte Luft, um ihren Sturz abzufedern. Der Vampir fiel ihr blind und verletzlich zu Füßen, und sie stieß ihm den Pflock durchs Herz und zündete ihn gleichzeitig an.

Avery rannte zu der Tasche und durchwühlte den Inhalt, wobei sie das Chaos um sich herum nur vage wahrnahm. Sie fand eine Flasche nach der anderen und warf sie beiseite, bis sie die richtige fand – eine schwarze Flasche, die mit gelbem Wachs versiegelt war.

Für die beste Wirkung musste sie in der Mitte des Raumes sein, und sie benutzte den Wind, um sich zur Decke zu erheben und über das Gemetzel aufzusteigen. Sie sprach die einfachen Worte des Zaubers und zerschmetterte das Glas an der Decke.

Eine Energiewelle schleuderte sie zu Boden, als Sonnenlicht durch die Höhle strömte und Schreie, Feuer und dann Stille mit sich brachte. Für einige Augenblicke wärmte sie das Sonnenlicht, reinigte die Höhle von den Vampiren, und dann war es verschwunden und ließ sie nur mit dem blassen, weißen Hexenlicht zurück.

Innerhalb von Sekunden brannten Hunderte von Kerzen, als die Magie von jemandem sie entzündete, und die Hexen, der Wolf und Ben rappelten sich auf. Avery konnte Alex sehen, blutüberströmt, aber er stand und schien ansonsten in Ordnung zu sein.

„Was zum Teufel war das?", fragte Genevieve. Ihre Kleidung rauchte von den Feuerzaubern, die sie gewirkt hatte.

„Mein Sonnenlichtzauber. Er hat besser gewirkt, als ich dachte", gestand Avery.

Reuben sah sich misstrauisch um. „Lass uns später darüber reden und stattdessen zusehen, dass wir hier rauskommen."

Caspian stolperte, und Briar eilte zu ihm. „Du hast eine Menge Blut verloren."

„Ich werde es überleben", sagte er. „Mir ist nur schwindelig." Blut strömte aus der Wunde auf seiner Brust, und er zuckte zusammen. „Es brennt."

Als Briar ihre Hand darauf drückte, knurrte Hunter leise an ihrer Seite, und sie warf ihm einen Blick zu. „Benimm dich." Er setzte sich und schaute zu, seine Augen bohrten sich in Caspian.

Avery überblickte den Raum. „Wie viele waren wohl hier?"

„Wahrscheinlich ein Dutzend." Genevieve zuckte mit den Schultern. „Mehr oder weniger. Lupescu habe ich aber nicht gesehen."

Reuben wirbelte ein Schwert wie ein Samurai herum und sah El anerkennend an. „Aber Bethany ist tot. El hat sie getötet."

Genevieve bemerkte plötzlich, dass die anderen nicht da waren, und sie sah panisch aus. „Wo sind all die anderen?"

Avery versuchte, sie zu beruhigen, in der Hoffnung, dass das, was sie sagen wollte, der Wahrheit entsprach. „Es geht ihnen gut. Dylan hat sich den Arm gebrochen, und es gab einige leichtere Kopfverletzungen, aber hoffentlich sind sie jetzt alle in Sicherheit. Wir müssen auch hier raus." Sie suchte nach dem nächsten Ausgang, aber es gab zu viele; mindestens ein halbes Dutzend Gänge verließen die Höhle.

„Wir gehen den Weg zurück, den wir gekommen sind", sagte Alex und schritt bereits darauf zu. „Schnell, falls Verstärkung zurückkommt."

Es war eine Erleichterung, aus den dunklen, engen Tunneln heraus zu sein, obwohl sich das Haus seltsam, irgendwie erwartungsvoll anfühlte. Sie schlossen die verborgene Blende, verließen das Turmzimmer so, wie sie es vorgefunden hatten, und nachdem sie ihre Ausrüstung eingesammelt hatten, versammelten sie sich im Flur, bereit, getrennter Wege zu gehen.

„Wartet", sagte Reuben und blieb an einer kleinen Tür unter der Treppe stehen. „Ich muss dir den Keller zeigen, Alex. Ich bin mir ziemlich sicher, dass das alles nur Humbug ist, aber ich hätte gern deine Meinung dazu."

Alex nickte, die Erschöpfung stand ihm ins Gesicht geschrieben. „Klar. Bringen wir es schnell hinter uns."

Reuben schaltete das Deckenlicht an und führte sie die Treppe hinunter in einen langen, mit Ziegeln ausgekleideten Keller. Dutzende von Kerzen säumten die Ränder des Raumes, und in der Mitte des Bodens befand sich, mit Kreide gezeichnet, eine rudimentäre Reihe von Sigillen und Zeichen innerhalb eines Kreises. Die Hexen gingen darum herum, und Alex hockte sich hin, um einige der Zeichen sorgfältig zu untersuchen.

Caspian ahmte seine Bewegungen nach, und Avery erinnerte sich, dass auch Caspians Familie eine Vergangenheit mit Dämonenbeschwörungen und Nekromantie hatte, insbesondere Alicia.

Alex blickte auf und grinste. „Das hier ist nutzlos. Eine Fassade."

„Da stimme ich dir zu", sagte Caspian und erhob sich. „Sieht hübsch aus, hat aber keine Macht. Idiot."

Alex stand ebenfalls auf. „Eine besorgniserregende Beschäftigung, aber im Grunde harmlos."

Reuben sah erleichtert aus. „Großartig. Wollte nur mal nachfragen."

Sie gingen wieder die Treppe hinauf, und Avery war sich sicher, dass ihre Beine jeden Moment unter ihr nachgeben würden.

„Wir brauchen einen neuen Angriffsplan", sagte Genevieve mit finsterer Miene, als sie wieder im Flur waren. „Lupescu ist immer noch da draußen. Haben wir von den anderen gehört?"

Avery nickte. „Ich habe mit Eve gesprochen; sie ist auf dem Weg nach Hause."

Ben hielt sein Handy hoch. „Cassie hat geschrieben. Sie sind im Krankenhaus. Ich treffe sie dort."

„Vielleicht solltest du vorher duschen", schlug Reuben vor und deutete auf seine Kleidung.

Sie waren alle mit Blut bedeckt.

„Stimmt, duschen."

Erleichterung überflutete Genevieves Gesicht. „Gut. Lass uns nach Hause gehen, ich bin zu müde, um jetzt zu denken. Ich brauche Abstand, und ich will meine Kinder sehen."

Briars Miene war sanft, als sie sagte: „Ich glaube, wir alle brauchen etwas Abstand, um nachzudenken. Das hier fühlt sich an wie ein Geisterhaus. Ich weiß nicht, wie Rupert und Charlotte es ertragen können, hier zu leben."

„Weil sie nicht wissen, was unter ihnen ist", antwortete Alex. „Hoffe ich. Lass uns morgen weiterreden."

„Morgen ist die Sonnenwende", bemerkte El. „Die längste Nacht des Jahres."

„Hoffen wir mal, dass das keine schlechte Nachricht für uns ist", sagte Caspian und drückte seinen Mantel an die Brust.

Briar bemerkte sein Zusammenzucken. „Wer kann dich heilen?"

„Meine Schwester hat passable Fähigkeiten. Danke, Briar."

„Trotzdem, komm morgen bei mir vorbei", bestand sie darauf. „Ich bin besser als passabel."

Er nickte, und während Ben abschloss, riefen sie sich ihre Abschiedsworte zu.

Avery drehte sich um, um das Haus zu beobachten, als Alex davonfuhr. Innerhalb von Sekunden wurde es vom wirbelnden Schnee verschluckt, als würde es sich wieder in seine Geheimnisse hüllen.

Dreiundzwanzig

Der Wayward Son war nach einer angespannten Fahrt durch dichten Schnee auf gefährlichen Straßen ein willkommener Zufluchtsort voller Wärme, Fröhlichkeit und Lärm. Nur durch den Einsatz von Magie waren sie so schnell zurückgekommen.

Sobald die Hexen in White Haven angekommen waren, gingen sie nach Hause, um zu duschen, und trafen sich dann in dem ruhigen Hinterzimmer mit Blick auf den Innenhof. Niemand wollte allein sein und alle brauchten die Normalität eines vollen Pubs, um sie aufzuheitern. Und außerdem war es erst 21:00 Uhr. Sie waren ganze vier Stunden in den Tunneln unter dem Haus gewesen, obwohl es sich für Avery viel länger angefühlt hatte.

Avery nippte an einem Glas Wein, während sie aus dem Fenster blickte. Der Schnee fiel immer noch dicht, was so nah an der Küste ungewöhnlich war. Sie hätte es genossen, wenn sie sich nicht solche Sorgen gemacht hätte. Sie erblickte ihr Spiegelbild im Glas und fragte sich, wie sie so müde aussehen und trotzdem noch wach sein konnte. Sie fuhr sich mit der Hand durch die Haare und versuchte, etwas ansehnlicher auszusehen.

„Kopf hoch", sagte El und stieß mit ihrem Glas an. „Wenigstens haben wir heute eine Menge mehr herausgefunden und es geschafft, ein paar Vampire zu töten."

Avery drehte sich zu ihr um, erstaunt, dass El nach allem, was sie heute gesehen hatten, immer noch so fröhlich aussehen konnte. Ihr langes, blondes Haar war zu einem unordentlichen Knoten auf ihrem Kopf hochgesteckt, und ihr roter Lippenstift leuchtete auf ihrem blassen Gesicht. „Wieso siehst du eigentlich immer so gut aus?", fragte Avery sie. „Selbst wenn wir gegen Vampire kämpfen, schaffst du es, cool auszusehen."

El zwinkerte. „Das ist eine Fähigkeit. Außerdem siehst du selbst immer ziemlich gut aus. Du auch, Briar." Sie nickte Briar zu, die neben ihr saß und deren dunkles Haar ihr ins Gesicht fiel. Sie sah heute Abend besonders hübsch aus, und Avery war sich sicher, dass sie wusste, warum. El fuhr fort. „Hör auf, vom Thema abzulenken."

Avery seufzte. „Entschuldigung. Ich versuche nur, mich von dieser Horrorshow abzulenken, die wir gerade erlebt haben."

„Ich auch. Wein hilft." Sie blickte hinter sich, wo sie Reuben an der Theke sahen, wie er Essen bestellte. „Er auch, selbst mit seiner dämlichen Wasserpistole."

Briar lachte. „Sie ist dämlich, aber sie funktioniert."

„Wohl wahr", sagte El und nickte. „Und leider bin ich sicher, dass er sie wieder wird benutzen müssen."

„Wir müssen Newton erzählen, was wir gefunden haben", warf Avery ein. „Es gibt zwar nichts, was er tun kann, aber trotzdem."

„Es gibt eine ganze Menge, was er tun kann", sagte Briar und runzelte die Stirn. „Sie müssen all die Knochen da unten einsammeln und ihnen eine richtige Bestattung geben."

„Noch nicht", erwiderte El. „Das bedeutet, dass wir Rupert wissen lassen, was wir gefunden haben, und das können wir noch nicht zulassen. Wir haben keine Ahnung, auf wessen Seite er steht oder wozu er fähig ist. Dieses Nekromantiezeug zu finden, war schon seltsam."

Die Ankunft von Reuben, Alex und Hunter unterbrach sie, und sie setzten sich alle mit frischen Pints hin. Alex setzte sich neben Avery und stieß sie mit dem Arm an. „Kopf hoch."

„Das hat El auch schon gesagt. Ich kann nichts dagegen tun. Lupescu treibt sich immer noch herum, und wir haben keine Ahnung, wo er ist."

„Ich kann ihm die Kehle rausreißen", sagte Hunter nonchalant. „Ich habe jetzt Lupescus Geruch. Es wird mir ein großes Vergnügen sein, ihn zu jagen."

„Es ist ein bisschen seltsam, dass er Lupescu heißt", sagte Reuben. „Hat das irgendwas mit Wölfen zu tun?"

Hunter zuckte mit den Schultern. „Vielleicht. Aber es ist nur ein Name. Er hat definitiv nicht nach Wolf gerochen – nur nach Tod und verrottendem Fleisch." Er tippte sich an die Nase. „Ich werde ihn wiederfinden können, wenn wir eingrenzen können, wo er ist."

„Wie kannst du ihn von den anderen Gerüchen unterscheiden?"

„Sie mögen Vampire sein, aber sie haben alle ihren eigenen, unverkennbaren Geruch, jenseits des Verfalls."

Avery beobachtete ihn nachdenklich. „War er in dieser Höhle gewesen?"

Er nickte. „Ja, aber dort war der Geruch nicht so stark wie in seinem ‚Schlafzimmer'", sagte er und machte Gänsefüßchen in die Luft. „Wir waren in der Höhle aber nah am Meer. Ich konnte es riechen."

„Schon wieder Schmugglerhöhlen", sagte Briar. „Wie wir dachten."

Avery hakte nach. „Aber wie finden wir ihn?"

Reuben nahm einen langen Schluck von seinem Bier, als würde er sich wappnen. „Wir gehen morgen bei Tageslicht wieder hin, durch die Luke im Wald. Das Haus brauchen wir jetzt nicht mehr."

Avery rieb sich das Gesicht, verärgert über sich selbst. „Natürlich. Ich bin so müde, dass ich das fast vergessen hätte. Könntest du sie wiederfinden?"

„Leicht. Aber ich denke, nur wir sollten gehen. Eve, Jasper, Dylan, Cassie und Caspian wurden verletzt, und Gen hat drei Kinder! Sie kann ihr Leben nicht riskieren, wenn sie die zu Hause hat."

„Ich bin nicht sicher, ob sie dir da zustimmen würde", sagte Briar und funkelte ihn an. „Sie ist die Hohepriesterin unseres Zirkels und wird dabei sein wollen. Sie hat uns an Samhain gerettet."

„Aber das war anders", argumentierte er. „Das war ein riesiger Zirkelzauber. Hier jagen wir Vampire. Wir haben uns darauf geeinigt, dass wir nicht versuchen werden, Lupescu zu binden –

der anscheinend der Anführer der Vampire ist. Wir werden ihn töten und diese Sache ein für alle Mal beenden."

Sie wurden von der Ankunft ihres Essens unterbrochen und verstummten für einen Moment, als Grace die nächsten Minuten damit verbrachte, ihre Teller zu bringen. Die junge blonde Frau sah so gerädert aus, wie Avery sich fühlte.

„Sonst noch etwas, Boss?", fragte sie Alex.

Er lächelte sie an. „Nein danke, Grace. Sie können anfangen, den Müll rauszubringen, wenn Zeit ist."

Sie nickte und ging zurück zur Theke, und Averys Magen knurrte vor Hunger. Kein Wunder, dass sie müde war. Sie war am Verhungern. Für ein paar Minuten aßen alle schweigend, und dann fragte Avery: „Aber was, wenn da noch ein Dutzend Vampire sind?"

„Ich glaube nicht, dass das der Fall ist", sagte Reuben. „Ich bin mir ziemlich sicher, dass wir alle außer Lupescu getötet haben. Es war erst kurz nach Einbruch der Dunkelheit. Sie hätten keine Zeit gehabt zu gehen."

El runzelte die Stirn. „Es sei denn, es gab einen anderen Stützpunkt. Das letzte Mal gab es einen."

Er zuckte mit den Schultern. „Vielleicht, aber die Todesfälle und das Verschwinden waren alle hier in der Gegend, was mich glauben lässt, dass sie nur hier ansässig sind."

„Stimmt", stimmte Alex zu. „Aber ich habe mich gefragt, woher sie kamen. Es waren mehr da, als ich erwartet hatte."

„Das habe ich mich auch gefragt", sagte Hunter und schob seinen Teller beiseite. „Sie haben sich wahrscheinlich über die Jahre durch die ganzen Vermisstenfälle angesammelt, die wohl schon lange zurückliegen. Ich glaube, Felicitys Zauber hat nicht nur Lupescu versiegelt, sondern auch all seine Nachkommen. Das würde erklären, warum sie so lange inaktiv waren. Und warum sie so hungrig erwacht sind, dass sie eine so offensichtliche Verwüstung angerichtet haben."

Briar sah ihn bewundernd an. „Guter Punkt. Es gab in letzter Zeit nur wenige Todesfälle, bei denen wir von einer Verwandlung ausgehen. Was mit den anderen ist, wissen wir."

„Aber es gab eine ganze Reihe von Vermissten", erinnerte El sie. „Vielleicht sind nicht alle tot."

Reuben nahm sein Glas. „Ich brauche noch ein Pint. Sonst noch jemand?"

Die anderen nickten und Avery leerte ihr Weinglas. „Ja, bitte."

Er ging zurück zur Bar, während sie ihre Möglichkeiten besprachen, und dann durchdrang ein Schrei das Stimmengewirr. Etwas fiel mit einem dumpfen Schlag in den Innenhof, Blut spritzte gegen die Fenster. Sie sprangen alle so schnell auf, dass ihre Stühle nach hinten scharrten und zu Boden fielen.

Eine Frauenleiche lag auf dem Boden des Innenhofs, ihre Gliedmaßen in unnatürlichen Winkeln abstehend, ihre Kehle aufgerissen. Blut breitete sich um sie herum aus und färbte den Schnee. Es war Grace.

Ohne zu zögern, erhob sich Hunter und ging zur Hintertür.

Briar schrie: „Warte! Was tust du da? Du kannst da nicht rausgehen. Das ist ein Tatort! Und du wirst dich verletzen."

Hunters Augen bekamen bereits einen geschmolzenen gelben Schimmer. „Ich werde ihn finden. Wartet hier!" Und dann war er verschwunden.

Newton stand über Graces Leiche und sah wütend aus. Der Gerichtsmediziner stand neben ihm, und sie wechselten ein paar hastige Worte, bevor Grace hochgehoben und durch das Seitentor getragen wurde. Der Ort war von der Spurensicherung abgesperrt worden, und blaue und rote Lichter blitzten und ließen das Blut auf dem Boden gegen den Schnee schwarz aussehen. Er blickte zu ihnen auf, die durch das Fenster zusahen, verzog das Gesicht und wandte sich an Detective Moore.

Das Wayward Son war nun bis auf die Hexen und das Barpersonal leer, und alle waren aufgewühlt. Das Barpersonal saß zusammen am Kamin im Hauptraum, aber die Hexen blieben am Fenster zum Innenhof und beobachteten die Polizei. Eine Weile hatte Alex bei seinen Angestellten gesessen, aber jetzt saß er wieder neben Avery, kreidebleich und finster, die Hände zu Fäusten geballt. Er starrte regungslos auf das Blut, das den Schnee befleckte.

Avery saß neben ihm, drückte von Zeit zu Zeit seinen Arm und fühlte sich nutzlos. Sie war entsetzt über die Ereignisse der letzten Stunden, besorgt um Alex und sehr besorgt um Hunter. Sie beobachtete Briars angespanntes Gesicht und wie sie immer wieder hinter sich zur Tür blickte. El und Reuben saßen abseits von ihnen und redeten leise miteinander, zweifellos heckten sie einen Plan aus, aber Avery war zu müde, um einen klaren Gedanken zu fassen.

Schließlich kam Newton durch die Hintertür herein, zur gleichen Zeit, als Hunter durch die Haupttür wieder auftauchte, und ihre Blicke trafen sich quer durch den Pub, beide starrten sich wütend an. Newton blickte zu Briar und zurück zu Hunter, und sein finsterer Gesichtsausdruck wurde noch säuerlicher. Avery bemerkte, dass Hunter es nicht darauf anlegte; er setzte sich einfach leise neben Briar.

„Wo sind Sie gewesen?", fragte Newton Hunter.

„Ich war draußen und habe versucht, seine Fährte aufzunehmen."

„Wirklich? Denn dem Opfer wurde die Kehle herausgerissen, und das tun Wölfe, nicht wahr?"

Ein leises Knurren bildete sich in Hunters Kehle, als er sagte: „Ich saß hier, als es passierte. Alle haben mich gesehen. Ich bin danach rausgegangen."

Briar funkelte Newton an und ballte die Fäuste, und der Topf, in dem die Zimmerpflanze in der Ecke stand, explodierte in einer Fontäne aus Erde und Plastik.

Avery sprach schnell, bevor Briar noch etwas tun konnte. „Newton, Hunter saß hier bei uns. Wir waren alle seit mindestens zwanzig Minuten zusammen hier drinnen, als das passierte." Sie zeigte zum Fenster, schluckte schwer und dann flehend zurück zu ihm. „Sie wissen, dass der Vampir das war. Sie wurde aus großer Höhe fallen gelassen."

„Und wie ist sie auf das Dach gekommen?"

Alex blickte endlich zu ihm auf. „Ich habe mit Simon gesprochen – er ist heute Abend der Barmanager. Sie hat den Müll rausgebracht, so wie ich sie darum gebeten hatte, und ist durch die Küchentür gegangen, um die Müllsäcke in die große Tonne zu werfen. Er muss gewartet haben. Er muss sie hochgehoben haben, bevor sie irgendetwas tun konnte." Er hielt inne. „Das ist meine Schuld. Wenn ich sie nicht gebeten hätte ..." Er verstummte und konnte den Satz nicht beenden.

Avery drückte seine Hand. „Hör auf damit, Alex. Es ist nicht deine Schuld. Es ist Lupescus Schuld."

„Und wer ist dieser Lupescu?", fragte Newton kochend vor Wut.

„Der Vampir, den wir jagen. Derjenige, der für die jüngsten Todesfälle verantwortlich ist – na ja, für einige von ihnen", erklärte Avery.

„Schön zu wissen, dass Sie mich auf dem Laufenden halten", sagte Newton und funkelte sie alle an, als hätten sie ihn verraten.

Avery spürte, wie sich ihre Augen mit Tränen füllten. „Wir haben es erst heute herausgefunden, und es war ein sehr langer Tag. Natürlich hätten wir es Ihnen gesagt."

Reuben mischte sich ein. „Newton, beruhige dich. Wir werden dir alles erzählen, was wir wissen. Wir sind hier nicht der Feind."

Newton blinzelte, was vielleicht beruhigend gemeint war, aber dann wandte er sich an Hunter. „Und wann sind Sie angekommen?"

„Letzte Nacht. Briar hat mich um Hilfe gebeten." Er tippte sich an die Nase. „Die hier ist gut zum Spurenlesen."

„Und haben Sie ihn aufgespürt?"

„Ich habe seine Fährte ein paar Straßen weiter gefunden. Das hat eine Weile gedauert. Er muss über die Dächer gelaufen sein.

Ich bin ihm aus der Stadt gefolgt und habe ihn dann verloren – er muss wieder weit oben sein."

Newton starrte ihn einen Moment länger an und sprach dann alle an. „Ich brauche von Ihnen allen und dem Personal eine Aussage. Moore wird sie aufnehmen."

„Das ist in Ordnung", sagte Avery. „Und das war es dann für heute Abend?"

„Ja", sagte er abrupt. „Wo kann ich Sie später erreichen?"

„Ich werde hier sein, bei Alex."

Briar sträubte sich trotzig. „Ich gehe nach Hause. Hunter übernachtet bei mir."

Jetzt ging das also wieder los, dachte Avery und blickte zwischen ihnen hin und her.

Newton konnte sie kaum ansehen. „Und Sie, El?"

„Wir sind in meiner Wohnung", antwortete sie.

„Schön. Ich melde mich." Und dann drehte er sich um und ging, die Tür schlug hinter ihm zu.

Sie gingen jedoch nicht sofort nach Hause. Nachdem sie befragt worden waren und Alex den Pub abgeschlossen und sichergestellt hatte, dass der Rest seiner Mitarbeiter nicht allein nach Hause fuhr, gingen sie alle zu Alex' Wohnung, um ihre Optionen zu besprechen.

Sobald sie durch die Tür waren, sagte Reuben: „Ich brauche einen Whiskey."

„Im Schrank neben dem Fernseher", wies Alex ihn an. Er sackte unbeweglich in den Sessel. „Für mich bitte einen doppelten."

„Whiskey für alle?", fragte Reuben, als er nach der Flasche und den Gläsern griff.

„Ja, bitte", sagte Hunter. Er war noch nie zuvor in Alex' Wohnung gewesen und ging neugierig auf und ab.

Avery lehnte ab. „Für mich nicht, danke. Ich nehme noch etwas Wein." Sie zündete das Feuer und die Lampen an und spähte dann durch die Jalousien. „Es schneit immer noch. Ich kann mich nicht erinnern, dass es seit Jahren so stark geschneit hat. Glaubst du, Lupescu wird heute Nacht wieder jagen?"

Briar stand neben ihr und beobachtete den wirbelnden Schnee. „Ich hoffe nicht, aber ich bezweifle, dass der Schnee ihn aufhalten wird."

El hatte es sich an ihrem Lieblingsplatz auf dem Sofa gemütlich gemacht, ihre langen Beine untergeschlagen, und starrte ins Feuer, während sie den Whiskey im Glas schwenkte. „Ich fühle mich schuldig, hier zu sitzen, während er jetzt da draußen sein und andere angreifen könnte."

„Ich auch", sagte Alex, als er Reuben sein Glas abnahm. „Grace ist tot und heute Nacht könnten es noch mehr sein, und was tue ich? Sitze hier an einem warmen Feuer und trinke verdammten Whiskey." Er leerte das Glas in einem Zug und hielt es wieder hin. „Noch einen, bitte."

„Ja, Sir." Reuben schenkte ihm nach und stellte sich dann mit dem Rücken zum Feuer, um sie alle anzusehen. „Lasst uns was dagegen tun!"

Els Kopf schoss nach oben. „Jetzt?"

„Ja, warum nicht?“

„Weil da draußen ein verfluchter Schneesturm tobt und wir Lupescu nicht sehen können. Die Nacht ist der Freund eines Vampirs, nicht unserer.“

„Wo ist dein Abenteuergeist, El?“, forderte er sie heraus.

„Begraben unter meinem Selbsterhaltungstrieb!“ Sie sah ihn an, als sei er verrückt geworden.

„Hört mich einfach an“, sagte er und appellierte an alle. „Ich meine nicht, dass wir wie Wahnsinnige im Schnee herumlaufen und ihn jagen. Das wäre Selbstmord. Und sinnlos. Nein, ich schlage vor, dass wir Lupescus Versteck finden und auf ihn warten, und wenn er dann zurück-kommt—bumm! Damit wird er nicht rechnen! Er wird denken, wir liegen aus lauter Angst in unseren Betten.“

Hunter hatte mit dem Auf- und Abgehen aufgehört und lehnte an der Wand, während er an seinem Getränk nippte. „Ich konnte Lupescus Geruch in einem der Tunnel, die von der Haupthöhle wegführten, besonders stark riechen, und es gab nur sehr wenige andere Gerüche dort. Ich glaube, dieser spezielle Tunnel führte zu seiner ganz eigenen Höhle des Schreckens. Lupescu ist der Obervampir. Der König lungert nicht mit dem Rest von ihnen herum.“ Seine Augen bekamen wieder einen geschmolzenen Schimmer. „Und wir haben das Meer gerochen, erinnert ihr euch? Ich wette, sein Versteck ist in der Nähe des Strandes, damit er leicht dorthin gelangt. Ich habe einen sehr guten Orientierungssinn—das ist so ein Wolfsding. Wenn du eine Karte hervorholst, kann ich dir sagen, in welche Richtung wir uns unter der Erde bewegt haben, und ich kann eingrenzen, wo die Höhle herauskommt.“

Reuben runzelte die Stirn. „Du meinst, wir müssen die Luke im Wald nicht benutzen?“

Hunter schüttelte den Kopf. „Nein—das glaube ich jedenfalls nicht. Zeig mir eine Karte, ich zeige dir, wo wir herauskommen sollten, und du sagst mir, was dort ist. Wir werden sehen, ob es möglich ist.“

„Moment mal“, sagte Avery verwirrt. „Er ist wahrscheinlich nicht in seiner Höhle. Er ist hier draußen und jagt unschuldige Menschen. Und, tut mir leid, dass ich euch immer wieder daran erinnern muss—er ist wach! Das bedeutet, er ist gefährlich! Was ist aus dem Plan geworden, ihn zu pfählen, wenn er schläft? Und—“, fügte sie hinzu, „er könnte durchaus in einen anderen Schlafbereich umziehen. Unser Geruch wird überall in dieser Haupthöhle sein. Er weiß, dass wir dort waren. Deshalb ist Grace tot—aus Rache!“

„Und genau deshalb sollten wir heute Nacht handeln“, argumentierte Reuben. „Er könnte gerade auf dem Weg zurück sein, um seinen Vampir-Todesrucksack zu schnappen und zu fliehen!“

El verdrehte die Augen. „Jetzt weiß ich, dass du verrückt geworden bist. Vampir-Todesrucksack?“ Sie sah Briar und Avery an. „Als ich vorhin sagte, dass er mich bei Verstand hält, habe ich mich eindeutig getäuscht. Erinnert mich in Zukunft daran.“

Reuben klimperte mit den Wimpern. „Ich halte dich bei Verstand? Das ist so süß.“

„Und falsch!“, konterte sie.

„Eigentlich", sagte Hunter selbstbewusst, „glaube ich, Lupescu hat keine Ahnung, dass wir wissen, wo wir ihn finden können. Ich habe jeden einzelnen Ausgang an diesem Ort erschnüffelt und darauf geachtet, meinen Wolfsgeruch überall zu verteilen. Ich bin sogar ein Stück in den falschen Gang hineingegangen. Ich habe es so aussehen lassen, als wäre ich auf dem falschen Weg." Er grinste selbstgefällig. „Und außerdem ist er arrogant. Er unterschätzt uns."

Apropos arrogant. Wenn Newton ihn nur sehen könnte, gäbe es einen offenen Krieg.

Alex war plötzlich hellwach. „Diese Idee gefällt mir. Sie gefällt mir sehr gut. Ich habe hier irgendwo eine große Karte. Ich weiß, dass ich eine habe. Das ist besser, als ein Handy zu benutzen." Er sprang auf, rannte zum Bücherregal, wühlte in den Büchern und warf einige auf den Boden. „Hier!" Triumphierend zog er einen zerfledderten DIN-A4-Ordner voller gefalteter Karten hervor und kramte eine von der Küste Cornwalls heraus. „Die gehörten meinem Onkel." Er ging zum Tisch, breitete sie aus, schaltete gleichzeitig die Deckenleuchte an, und die anderen drängten sich darum. Er zeigte auf eine Stelle auf der Karte. „Madame Charrons, und da ist das Waldstück, wo die Luke ist."

Sie verstummten, während Hunter die Karte studierte und mit dem Finger darüberfuhr, während er vor sich hin murmelte.

Eine Hälfte von Avery wünschte, er hätte keine Ahnung und sie würden diese lächerliche Idee aufgeben, und die andere Hälfte wollte, dass er sich absolut sicher war, damit sie losziehen und die Sache hinter sich bringen konnten.

„Seht mal", sagte Hunter und stach mit dem Finger auf die Karte. „Da ist die Luke. Wir sind eine Weile weitergegangen, nach Westen, dann sind wir nach Süden abgebogen, dann nach Osten, dann nach Süden und wieder nach Osten. Wir haben hier an ein paar Stellen Kanalisation gerochen, was Sinn ergeben würde—es ist direkt unter dem Dorf. Dann nach Osten, dann wieder nach Süden, und da, glaube ich, ist die Haupthöhle." Er tippte nachdrücklich auf die Karte.

Alex runzelte die Stirn. „Das ist näher an White Haven, als ich erwartet hatte. Bist du sicher?"

„Ja. Ich würde mein Leben darauf verwetten."

„Was ist das für ein Kringel unter deinem Finger?", fragte Briar und beugte sich näher.

„Das ist einer der alten Bunker aus dem Zweiten Weltkrieg, eine Pillbox, glaube ich", antwortete Alex. „Ich dachte nicht, dass diese Dinger Tunnel haben."

„Wofür waren die da?", fragte El.

„Sie waren Teil der Küstenverteidigung, die errichtet wurde, als wir dachten, die Deutschen würden zu Beginn des Krieges einmarschieren", erklärte er. „Pillboxes sind in den Boden gegrabene Betonkästen mit Schlitzen für Waffen. Einige waren durch riesige Gräben für Panzer miteinander verbunden, aber die sind schon lange mit Unkraut und Gestrüpp zugewuchert. Die meisten von ihnen kann man nicht einmal mehr sehen."

„Vielleicht wurde beim Bau dieses Bunkers ein bereits existierender Tunnel freigelegt", schlug Reuben vor.

Alex nickte aufgeregt. „Vielleicht." Er sah Hunter an. „Bist du dir da sicher?"

Das geschmolzene Glühen flammte in Erwartung in Hunters Augen auf. „Ja.“

„Seid ihr sicher, dass es nicht sicherer wäre, durch die Tunnel zu gehen?“, fragte Avery. „Den Weg kennen wir.“

„Aber der ist lang. So geht es schneller“, argumentierte Alex.

Briar sah besorgt aus. „Aber er wird uns doch sicher riechen.“

Reuben sah verzweifelt aus. „Wir sind Hexen! Wir können unsere Witterung verschleiern, uns verstecken und eine Falle stellen. Wir lassen uns von diesem Ding einschüchtern! Gemeinsam sind wir stärker als Lupescu.“ Er blickte flehend in die Runde. „Wir haben Pfähle, Schwerter, Feuer, Weihwasser und Magie. Wir haben Zauber, die es bewegungsunfähig machen können! Kommt schon! Sind wir Hexen oder Weicheier?“

Sie sahen einander an; langsam breitete sich ein Lächeln auf ihren Gesichtern aus.

Avery schöpfte wieder Hoffnung. „Du hast recht, Reuben. Packen wir's an.“

Vierundzwanzig

Averys Lieferwagen kroch die Küstenstraße in Richtung West Haven entlang, wobei der Schneesturm dafür sorgte, dass niemand sonst auf der Straße war, und sie vor neugierigen Blicken abschirmte.

Briar saß vorne neben Avery und Alex und beseitigte mit Magie den Schnee direkt vor ihnen, wodurch sie eine Blase der Ruhe im Sturm erschuf, während Reuben und El hinter ihnen ihre Spuren verwischten. Alex sah auf die Karte.

„Sind wir bald da?", fragte Avery, ihre Hände das Lenkrad umklammernd.

„Ich glaube schon. Das Navi sagt das jedenfalls."

Hunter rief vom hinteren Teil des Wagens. „Lasst mich raus, dann sehe ich nach."

Avery fuhr an den Straßenrand, und innerhalb von Sekunden hatte Hunter seine Kleider abgestreift und war verschwunden, wobei ein Schneegestöber in den Wagen drang, als er ihn verließ.

Reuben grinste Briar an. „Ich mag deinen neuen Freund. Er ist sehr nützlich."

Sie funkelte ihn an. „Er ist nicht mein Freund."

Er kicherte. „Ja, genau. Er glaubt das, und Newton auch. Er war heute Abend gar nicht glücklich."

„Tja, Newton hat mir nicht zu sagen, was ich tue", schoss sie zurück.

Reuben machte unbeeindruckt weiter. „Meiner Meinung nach hast du die richtige Wahl getroffen. Newton wird das mit der Hexerei nie wirklich kapieren, egal wie sehr er dich mag, während es Hunter scheißegal ist." Er grinste spöttisch, als er hinzufügte: „Und er kann ganz offensichtlich die Augen nicht von dir lassen."

El stieß ihn an. „Reuben, benimm dich."

„Ich sag's ja nur! Ich hege brüderliche Liebe für dich, Briar. Du hast meinen Segen."

„Vielen Dank auch", sagte Briar mit einem gefährlichen Unterton in der Stimme.

Er grinste wieder. „Gern geschehen."

„Könnten wir vielleicht zu unserem Plan zurückkommen, einen Vampir zu töten?", fragte Alex, der das Ganze amüsiert vom Vordersitz aus beobachtete.

Reuben streckte die Hände aus, die Handflächen nach oben. „Wir haben einen Plan. Vertrau mir."

Sie zuckten zusammen, als Hunter mit einem dumpfen Aufprall auf der Motorhaube landete und dann zur Seite lief. „Er ist zurück", sagte Avery.

El öffnete die Tür und Hunter sprang herein, schüttelte den Schnee aus seinem Fell und verwandelte sich dann zurück in seine menschliche Gestalt.

„Es ist verdammt kalt da draußen, selbst mit meinem Wolfsfell, das mich warmhält. Aber ich habe es gefunden. Noch ein paar hundert Meter die Straße hoch.“

„Ich weiß nicht, wie du hier drin irgendetwas finden kannst“, sagte Briar, und selbst in der angespannten Situation bemerkte Avery, wie ihre Augen ihn beinahe hungrig musterten.

„Wir haben viel Schnee in Cumbria“, antwortete er. „Ich bin daran gewöhnt. Aber jemand wird meine Spuren verwischen müssen ... Ich war an ein paar verschiedenen Orten, bevor ich es gefunden habe.“

Reuben griff nach seinem Rucksack. „Das übernehme ich. Lass uns die erst verwischen, und dann gehen wir.“

Sie verschwanden beide für weitere paar Minuten, und die anderen warteten in beklommener Stille. Dann steckte Reuben seinen Kopf durch die hintere Tür. „Alle bereit?“

Sie nickten, schlüpften aus dem Lieferwagen in die Nacht hinaus, und Avery sprach einen Zauber, um den Wagen zu verbergen, bevor sie Hunter folgte.

Averys Jacke war bis oben zugeknöpft, und sie trug einen Schal und eine Mütze, aber trotzdem war es bitterkalt. Hunter führte sie von der Straße weg, eine Blase der Stille um sie herum, während Briar den Schnee fernhielt und Reuben ihre Spuren hinter ihnen verwischte.

Trotz ihrer Magie war es ein mühsames Vorankommen, und sie rutschten und stolperten durch den tiefen Schnee. Avery konnte das Meer hören, die Wellen, die irgendwo vor ihnen gegen den Strand und die Klippen schlugen, aber sie konnte es nicht riechen. Der Schnee überdeckte alles. Nach ein paar Minuten kamen sie an einigen struppigen Büschen vorbei, die von jahrelangem Wind gebeugt waren, und stolperten in einen Graben. Eine niedrige Betonmauer tauchte vor ihnen auf, rissig und narbig.

Hunter führte sie um das kleine Gebäude herum. Die Mauern waren nur wenige Fuß hoch, und in Abständen konnte Avery lange, dunkle Schlitze im Beton sehen. Sie mussten für die Späher und ihre Gewehre gewesen sein. Der Boden fiel auf der anderen Seite ab, und eine morsche Holztür kam zum Vorschein, die einen Spalt offen stand. Drinnen war es stockfinster, und ein muffiger, säuerlicher Geruch drang heraus.

Hunter schlüpfte hinein und sie folgten ihm. Avery zögerte einen Moment und beobachtete Reuben, wie er ihre Spuren verwischte, der Schnee sich unter seiner Magie glättete, und dann schlüpfte sie ebenfalls hinein, Reuben direkt hinter ihr.

Ein Hexenlicht schwebte in der Luft und enthüllte rissige Wände und Betonbrocken auf dem kaputten Boden unter ihnen, wo Unkraut durchdrang. Im hinteren Teil des kleinen Raumes gähnte ein schwarzes Loch im Boden, und Hunter schnüffelte an dessen Rändern, Alex neben ihm.

Hunter verwandelte sich in seine menschliche Gestalt zurück, als er sich neben die Öffnung kauerte, zitternd vor Kälte, und wieder einmal versuchte Avery, die Tatsache zu ignorieren, dass er völlig nackt war. „Das ist es. Der Geruch ist hier sehr stark, nur ein paar Stunden alt. Aber ich bin mir ziemlich sicher, dass Lupescu nicht hier ist."

Alex nickte. „Gut. Sind wir draußen geschützt?"

Reuben nickte. „Jede Spur ist verwischt, einschließlich unseres Geruchs. Briar wird hier drinnen übernehmen – sie ist besser mit Erdzaubern."

Briar war bereits dabei, ihre Schuhe auszuziehen und in ihren Rucksack zu stecken. „Ich bin bereit."

„Frieren deine Füße nicht?", fragte Avery besorgt.

„Die Erde erzeugt ihre Wärme für mich", beruhigte Briar sie. „Geht nur. Ich komme direkt hinter euch."

Alex warf ein weiteres Hexenlicht in das Loch, das eine in die Wand eingelassene Metallleiter enthüllte. Sie führte zu einem gemauerten Raum unter dem Bunker, aber ein Gang führte rechts und links davon weg und verlief parallel zur Küste.

„Gehörte das zu den Verteidigungsanlagen?", fragte El.

„Muss wohl", sagte Alex. „Waffenlager, nehme ich an. Sie müssen in den Tunnel gegraben haben, der schon da war. Schmugglertunnel, wette ich. Sie verbinden wahrscheinlich Höhlen mit Kellern. Wie bei dir zu Hause, Reuben."

Reuben nickte zustimmend. „Dieser Ort hört nie auf, mich zu überraschen."

Hunter, der schon wieder ein Wolf war, beschnupperte die Gangeingänge und führte sie den Gang hinunter, der nach Westen verlief. Er fiel ab, und je tiefer sie kamen, desto lauter wurde das Meeresrauschen, bis der Tunnel plötzlich in einer kleinen Höhle endete.

Der Boden war eine Mischung aus Sand, Erde und Fels, doch die Decke war hoch und verlor sich in völliger Schwärze. Die Wände bestanden aus Fels, mit Ausnahme der dem Meer zugewandten Seite, die eine wirre Masse aus Erde und riesigen Felsbrocken war, durch die sich gelegentlich Baumwurzeln bohrten. Ein weiterer Tunnel führte nach Norden, von der Küste weg. Aber das Wichtigste war, dass es in der Höhle Knochen gab, Decken auf dem Boden, die Überreste eines Feuers, Kerzen und die schlaffe, aber unverkennbare Gestalt eines Teenager-Mädchens an der hinteren Wand.

Hunter beschnupperte sie bereits sanft, und Avery rannte hinüber und fühlte ihren Puls. „Sie lebt, aber nur knapp." Bisspuren zierten ihren Hals, und sie war dünn und blass. „Wir müssen sie hier rausholen."

„Noch nicht", sagte Alex. „Lupescu würde es merken. Wir müssen einfach versuchen, sie aus dem Kampf herauszuhalten."

Briar deutete auf die Masse aus Felsbrocken und herabgefallenem Geröll. „Ein Felssturz. Dieser Ort ist wahrscheinlich schon seit weit über hundert Jahren verborgen."

El hatte bereits ihr Schwert gezogen. „Was jetzt? Hier gibt es nicht viele Verstecke."

Reuben zeigte nach oben. „Da sind natürliche Spalten in der Felswand ... manche von ihnen sehen ziemlich groß aus. Ein paar von uns können sich darin verstecken. Der Rest kann sich im Tunnel verstecken."

Alex nickte. „Ich will da unten nachsehen und sichergehen, dass nichts anderes hinter uns lauert, während ihr die Höhle untersucht."

„Ich komme auch mit", sagte Avery.

Sie folgte Alex den schmalen Gang hinunter, der vom Wasser geformt und schwer zu durchqueren war. An manchen Stellen mussten sie sich ducken und durchschlängeln, und Avery hasste es. Sie fühlte sich erstickt und dachte für einen schrecklichen Moment, sie würde für immer gefangen sein. Dann öffnete er sich zu der Haupthöhle, die sie früher am Tag gefunden hatten; es schien bereits eine Ewigkeit her zu sein. Sie verbrachten ein paar Minuten damit, sie gründlich zu erkunden, bevor Alex sagte: „Ich glaube, die Luft ist rein. Und du?"

„Jep, alles gut. Das ist ein Sieg für uns."

Sie zwängten sich wieder durch den schmalen Tunnel, und am Eingang zu Lupescus Versteck wandte sich Avery an Alex. „Sobald wir den Schattenzauber wirken, sind wir völlig unsichtbar, aber ich mache mir Sorgen, dass wir Lupescu erst dann gut sehen können, wenn er in der Mitte der Höhle ist."

„Doch, das werden wir", bemerkte Reuben von über ihren Köpfen. „Ich werde ihn sehen, sobald er ankommt."

„Und sobald er drin ist", sagte El von der anderen Seite der Höhle, „werde ich den Tunnel hinter ihm versiegeln."

Avery blickte auf und sah sie in einer anderen natürlichen Felsspalte liegen, in den Schatten fast unsichtbar.

Alex sah immer noch besorgt aus, aber er sagte: „In Ordnung. Wo wirst du sein, Briar?"

Sie stand neben dem Felssturz. „Ich werde etwas von dieser Erde und dem Pflanzengeröll um mich herum ziehen. In den Lücken zwischen diesen Felsbrocken ist Platz ... auch genug für Hunter."

„Jetzt müssen wir also nur noch warten", rief Reuben herunter.

„Nehmt eure Plätze ein, und ich werde unsere Witterung wieder auslöschen. Aber wir könnten eine Weile warten müssen“, warnte Briar.

„Sei's drum“, sagte Alex. „Es wird sich lohnen. Viel Glück, Leute – und halten wir uns an den Plan!“

Nachdem die Lichter gelöscht waren, war die Höhle stockdunkel. Avery stand regungslos da, für eine gefühlte Ewigkeit. Sie fühlte sich völlig allein. Der Schattenzauber war so effektiv, dass sie Alex überhaupt nicht spüren konnte, obwohl er nur ein kurzes Stück entfernt war. Sie wurde nervös und zwang sich zu völliger Stille, wobei sie ihre Magie einsetzte, um sich warm zu halten. Gerade als sie anfing zu denken, dass Lupescu niemals auftauchen und sie sich völlig geirrt hatten, hörte sie ein Geräusch.

Es war das Geräusch von Schritten, langsam und bedächtig. Dann hielten sie für einen Moment inne, und Avery konnte seinen Zweifel und seine Vorsicht spüren. Sie feuerte ihn in Gedanken an und hörte erleichtert die Schritte wieder. Dann gab es einen dumpfen Schlag, als etwas auf den Boden fiel.

Zur gleichen Zeit, als der Vampir anfing, Kerzen anzuzünden, spürte Avery das sanfte Rauschen von Magie, als El einen Schutzzauber auf den Tunnel legte und Lupescu damit einschloss. Er trat in der Mitte der Höhle ins Blickfeld, einen Körper hinter sich herziehend, und entzündete dann das Feuer, was Avery erlaubte, sein grausames, hartes Gesicht zu sehen. Der Vampir sah jung aus, ganz anders als in der anderen Nacht, als seine Haut grau ausgesehen hatte und sich eng um seinen Schädel spannte. Das Blut, das er zu sich genommen hatte, musste seine Haut aufgepolstert haben. Seine Hände waren beinahe elegant, wären sie nicht in langen, gebogenen Nägeln geendet. Lupescu mag gutaussehend gewesen sein, bevor er zu einem Monster wurde.

Wie geplant öffnete Briar die Erde unter seinen Füßen und verschluckte Lupescu bis zur Brust, und das Feuer verschwand mit ihm. Er brüllte, sein Kiefer öffnete sich unnatürlich weit und zeigte scharfe, blutbefleckte Eckzähne.

Gerade als Avery ihren Zauberspruch sprach, um ihn zu lähmen, verschwand er mit unerwarteter Schnelligkeit in einer Rauchwolke nach oben zur Decke und zu den winzigen Spalten im Fels.

Sie hatten darüber gesprochen, ob er das tun könnte, und sie hatten für den Fall der Fälle einen Plan. Avery und Alex fassten sich an den Händen, sandten einen weiteren Schutzzauber um die Höhle und versiegelten sie mit einer wogenden blauen Magiewelle. Lupescu änderte seinen Kurs und schoss auf Reuben zu, der sich aus seinem Versteck rollte und eine Druckwelle aus Macht aussandte, die ihn erneut wirksam blockierte.

Währenddessen rannte Alex los, schnappte sich die bewusstlose junge Frau, die Lupescu hereingebracht hatte, und zog sie aus dem Weg.

Lupescu blieb in Rauchform und zischte durch die Höhle, verzweifelt auf der Suche nach einem Ausweg.

Briar und Hunter blieben versteckt und warteten auf ihre Gelegenheit, genauso wie El, aber Avery schickte einen Windstoß in immer stärker werdenden Kreisen durch die Höhle, der den

Vampir mitriss und ihn in die Mitte des Raumes trieb. Er landete auf den Füßen, wieder in körperlicher Gestalt, und warf sich voller Wut so schnell auf sie, dass Avery kaum Zeit zum Reagieren hatte. Aber Briar reagierte, öffnete erneut die Erde unter ihm, und diesmal schlangen sich Baumwurzeln auf ihn zu, packten seine Glieder und fesselten sie fest.

Es lächelte Avery an, ein schreckliches, starres Grinsen, das es mehr tot als lebendig aussehen ließ, und sprach mit einer furchtbar keuchenden, heiseren Stimme, die an ihren Nerven zerrte. „Ich kann jetzt deinen Herzschlag hören, Hexe. Du hast Angst, so wie sie alle. Ich werde dein Blut genießen." Es riss sich von den Wurzeln los, ließ sie in Sekundenschnelle brechen, und mit übermenschlicher Kraft sprang es aus der Erde, bereit zum Angriff. Aber dieses Mal war sie auf seine Geschwindigkeit vorbereitet und zögerte nicht.

Sie befahl dem Wind und benutzte ihn wie eine riesige Hand, um die unnatürliche Kreatur zu Boden zu drücken, und sah zu, wie sie sich wand. Wieder schossen Wurzeln aus der Erde, und Hunter raste knurrend und mit weit aufgerissenem Maul durch die Höhle, zur gleichen Zeit, als Alex mit erhobenem Pflock auf sie zustürmte.

Aber wieder verwandelte sich Lupescu in Rauch und wich ihnen allen aus. Es schwebte auf Reuben zu, der auf einem schmalen Felsvorsprung stand und es beobachtete. Reuben schleuderte ihm erneut einen magischen Schild entgegen, und Lupescu wich zurück. El rollte aus ihrem Versteck und errichtete einen weiteren magischen Schild, der die Fluchtmöglichkeiten für Lupescu einschränkte.

Briar trat aus ihrem Versteck und stellte ein silbernes, mit Runen und Siegeln bedecktes Gefäß auf den Boden. Sie hob die Arme vor sich und begann mit dem Zauber, der den Vampir in das Gefäß zwingen sollte, das sie vorbereitet hatten, um ihn darin zu versiegeln. Als sie das vorhin besprochen hatten, waren sie sich ziemlich sicher gewesen, dass es nicht funktionieren würde. Wahrscheinlich würde es sich wieder verwandeln, bevor es das zuließe.

El und Alex rückten näher, Alex mit seinem Pflock und El mit erhobenem Schwert. Sie kamen immer näher, während die Hexen den Schutzkreis schlossen und die Kreatur auf immer engerem Raum einschlossen. Es schwirrte umher wie eine verrückt gewordene, sterbende Schmeißfliege.

Briars Zauber wirkte. Lupescu wurde zu dem Gefäß hingezogen, dessen Runen und Siegel nun in einem weißen Licht erstrahlten. Gerade als sie dachten, sie könnten es doch noch fangen, nahm es wieder seine körperliche Gestalt an, und Hunter schoss nach vorn, sprang meterweit über den Boden und landete mit einem dumpfen Schlag auf der Brust des Vampirs. Er riss seine Haut auf und biss ein Stück heraus, bevor Lupescu ihn von sich schleuderte, als wäre er ein Spielzeug, aber El war jetzt nah dran und schwang ihr Schwert, mit dem sie ihm die rechte Hand abschlug.

Lupescu war außer sich vor Wut, seine Augen blutrot vor Zorn. Es sprang knurrend und zischend auf die Beine, während schwarze Adern auf seiner Haut hervortraten. Aber egal wie wütend es war, es war klar, dass Lupescu die Optionen ausgingen. Hunter sprang und seine riesigen Pfoten landeten erneut auf

Lupescus Brust und schleuderten es zu Boden. Doch dieses Mal, als sie sich überschlugen, drückte der Vampir Hunter mit seinem rechten Arm an seine Brust und zwängte seine linke Hand in Hunters Kiefer, als wollte er ihn aufreißen. Es geschah in einem Sekundenbruchteil, und für einen herzzerreißenden Augenblick erstarrte Avery, unsicher, was sie tun sollte. Aber Hunter war ebenso unnatürlich stark wie der Vampir, und er biss fest in Lupescus verbliebene Hand und drehte sich, während er sich befreite, riss die Hand sauber ab und hinterließ einen zerfetzten Stumpf. Lupescu fiel ungeschickt und konnte sich nicht mehr verteidigen.

Alex ergriff seine Chance, rannte los und stieß den Pflock in seine Brust, aber er drang nicht tief genug ein, um zu töten, und Avery trieb ihn mit einem kräftigen Windstoß hinein.

Lupescu verharrte regungslos auf den Knien und starrte hilflos auf den aus seiner Brust ragenden Pflock, seine Arme endeten in blutigen Stümpfen. Es blickte zu ihnen auf, unnatürlich still, als klar wurde, dass es kein Entkommen gab.

„Weg da!", schrie El Alex an, und als dieser zurückstolperte, schwang El das Schwert, schlug Lupescu den Kopf ab, und sein zuckender Körper brach zu Boden zusammen. Sie hob ihre Hände und schleuderte einen Feuerball auf ihn, der den Leichnam in Flammen aufgehen ließ.

Die Hexen und Hunter traten zurück und sahen ihm beim Brennen zu, bis nichts mehr übrig war.

„Und so endet über ein Jahrhundert der Gewalt", sagte Briar leise, ihre linke Hand wieder in Hunters dichtem Fell vergraben.

Von Reuben kam kein leiser Moment; stattdessen jubelte er. „Seht ihr! Ich habe euch doch gesagt, dass es klappen wird."

El sah ihn nur an. „Ach, halt den Mund, du Angeber!"

Die anderen lachten, als die verbliebene Anspannung von ihnen abfiel, und Hunter heulte so laut, dass Avery zusammenzuckte, als ihre Ohren protestierten. Und dann schreckte sie ein Stöhnen auf.

Avery wirbelte herum. Es kam von dem jungen Mädchen, das Lupescu in die Höhle geschleppt hatte. Sie rannte zu ihr, Briar direkt neben ihr, aber bevor das Mädchen weiter zu sich kommen konnte, sprach Briar einen Zauber, der sie in den Schlaf schickte. „Besser, sie erinnert sich nicht daran", sagte sie sanft, bevor sie zu dem anderen Mädchen ging.

Alex sagte: „Wir müssen die Mädchen hier rausholen. Sieht so aus, als wäre die andere immer noch bewusstlos."

„Das liegt daran, dass sie fast tot ist", sagte Briar und tastete nach ihrem Puls. „Ich kann sie stabilisieren, aber dann müssen wir sie irgendwo in der Nähe ablegen, wo sie in ein Krankenhaus gebracht werden können."

„Warum rufen wir nicht Newton an?", schlug Avery vor, als sie ihren Rucksack schulterte. „Er kann sagen, er hätte einen anonymen Tipp bekommen, und er kann das organisieren."

„Tolle Idee", stimmte Reuben zu. „Dann können sie auch in die andere Höhle gehen und hoffentlich damit anfangen, die Leichen zu identifizieren."

Briar beendete die Heilung des jungen Mädchens, und als sich ihre Atmung zu bessern begann, wickelte sie eine alte Decke um sie. „Sie wird eine Bluttransfusion und eine Menge Flüssigkeit brauchen, aber das sollte sie erst mal über die Runden bringen.“

Während die Hexen ihre Sachen zusammenpackten, blickte Avery auf die Höhle und die alten Knochen, die auf dem Boden verstreut waren, und schauerte. „Ich bin froh, diesen Ort hinter mir zu lassen. Könnt ihr euch vorstellen, eines seiner Opfer zu sein und hier zu sterben? Furchtbar.“

„Tja, jetzt haben wir dem ein Ende gesetzt“, sagte Alex, legte seinen Arm um ihre Taille und zog sie an seine Seite.

„Sind wir sicher, dass wir sie alle getötet haben?“, fragte sie besorgt.

El ging zum Tunneleingang, bereit zu gehen. „Nach dem Lärm, den wir heute Nacht gemacht haben, wären alle anderen Vampire herbeigestürmt. Ich bin sicher, wir haben alle erwischt.“

„Wenn sie auch nur einen Funken Verstand haben, hätten alle Überlebenden meiner Meinung nach das Weite gesucht“, sagte Reuben. „Aber daran können wir jetzt nichts mehr ändern.“

Avery sah ihn nur an. „Oh, danke für deine beruhigenden Worte, Reuben!“

Er zwinkerte. „Gern geschehen.“ Dann drehte er sich um und führte den Weg aus der Höhle an.

Als sie den Bunker verließen, hielten sie überrascht inne. Der Sturm war vorüber; der Schnee lag dick auf dem Boden, und es war vollkommen still und leise, abgesehen vom Rauschen der Wellen, die unter ihnen an den Strand schlugen. Ein Vollmond stand tief am Horizont, und der Schnee funkelte in seinem Licht. Hunter heulte erneut, und alles schien perfekt.

Fünfundzwanzig

Die Sonnenwendparade begann um die Mittagszeit, und die Hauptstraße, die durch das Stadtzentrum bis hinunter zum Hafen führte, war von aufgeregten Menschenmengen gesäumt, die sich seit etwa einer Stunde versammelt hatten. Hunderte von Kindern drängten sich nach vorne.

Der tiefe Schnee, der für Cornwall ungewöhnlich war, ließ White Haven wie auf einem Postkartenbild aussehen, und nach der schrecklichen Woche zuvor wärmte dies Averys Seele. Sie hatte dem Laden eine extra Prise Magie verliehen, und er duftete nach Zimt und Weihrauch. Die Parade zog nicht am Happenstance Books vorbei, wofür sie sehr dankbar war. Stan und der Stadtrat hatten darauf bestanden, dass die Geschäfte für ein paar Stunden öffneten, und es wäre ohnehin Wahnsinn gewesen, zu schließen, da es ein guter Tag für das Geschäft war. Allerdings hatte sie Mühe, die Augen offenzuhalten. Mit drei Stunden Schlaf kam sie nicht gut zurecht.

Sie hatte den Laden um zehn Uhr geöffnet, und Alex hatte beschlossen, etwa eine Stunde bei ihr zu verbringen, bevor er zu seinem Pub hinunterging. Sally sollte erst in einer Stunde kommen, und Dan war losgegangen, um heiße Schokolade zu holen.

Sie saßen hinter der Theke, aßen jeder ein Speck-Sandwich und plauderten einfach so vor sich hin, als Stan hereinsprang. Er hätte nicht glücklicher sein können und grinste Avery und Alex voller Freude an. „Die Götter haben uns heute zugelächelt! Seht euch White Haven an. Es sah noch nie so prächtig aus!"

Prächtig war vielleicht etwas übertrieben, aber Avery lächelte. „Es ist wunderschön, Stan. Ich werde versuchen, mich kurz rauszuschleichen, um etwas von der Parade zu sehen. Wir wechseln uns ab, sobald Dan und Sally hier sind."

Stan schlich näher an die Theke heran und seine Stimme wurde leise. „Hat der Schnee irgendetwas mit euch beiden zu tun?"

Avery verschluckte sich beinahe an ihrem Kaffee und Alex erstarrte. „Mit uns?", fragte Avery schockiert. „Nein! Wie sollten wir es schneien lassen können?"

Er wackelte mit den Augenbrauen. „Na, ihr wisst schon. Ihr habt da so ein gewisses Etwas, dem wir alle inzwischen vertrauen."

Für einen Moment war sie wie vom Donner gerührt und warf Alex einen nervösen Blick zu, aber sie musste auf seinen erwartungsvollen Blick antworten. „Ich habe viele Fähigkeiten, Stan, aber ich kann es nicht schneien lassen."

„Ich auch nicht", sagte Alex mit einem Schulterzucken, als wäre die Frage, ob er Schnee machen könne, das Normalste auf der Welt.

Stans Miene trübte sich ein wenig, dann lächelte er. „Na ja. Jeder hat wohl seine Grenzen, nehme ich an."

Avery versuchte, nicht zu lachen. „Bist du bei der Parade dabei?"

„Aber natürlich! Ich werde heute nicht meine Druidenrobe tragen. Stattdessen werde ich der Eichenkönig sein", sagte er stolz. „Ich habe einen Umhang aus Eichenblättern, eine Eichenkrone und einen Eichenstab zum Tragen."

„Wer ist der Stechpalmenkönig?", fragte Alex.

In der keltischen Legende wetteiferten der Eichenkönig und der Stechpalmenkönig um die Herrschaft über den Jahreswechsel. Der Eichenkönig besiegte den Stechpalmenkönig zur Wintersonnenwende und herrschte bis Mittsommer, woraufhin der Stechpalmenkönig siegreich war und bis Mittwinter regierte.

„Phil aus der Buchhaltung. Wir werden uns ein bisschen necken und kämpfen, bevor ich den Sieg verkünde. Ich kann es kaum erwarten!"

Sie lachten und Avery sagte: „Ich drücke die Daumen, dass ich rechtzeitig da bin, um das zu sehen!"

„Wie auch immer, ich muss los", sagte Stan. „Ich mache nur meine Runde, bevor die Parade beginnt. Euer Laden sieht toll aus." Und damit war er auch schon wieder weg, gerade als Dan mit ihren Getränken ankam.Dan gesellte sich zu ihnen hinter die Theke und nippte an seinem Getränk, die Augen vor Vergnügen halb geschlossen. „Das ist außergewöhnlich. Alles, was ich jetzt noch brauche, sind Sallys Mince Pies, und mein Morgen ist perfekt." Er trug ein weiteres Weihnachts-T-Shirt mit der Aufschrift Santa Does It Better. „So, und wollt ihr zwei mir jetzt verraten, warum ihr so schrecklich ausseht?"

„Wir hatten eine sehr anstrengende Nacht, in der wir einen Vampir getötet haben", erklärte Alex. „Und einen anstrengenden Tag, genau genommen. Eigentlich wurde überall eine Menge Vampire getötet."

„Ich liebe es, wie lässig du das sagst", sagte Dan und zog eine Augenbraue hoch. „Als wäre das für dich ein ganz normaler Samstag gewesen."

„Von wegen", sagte Avery mit einer Grimasse. „Ich hoffe, wir müssen das nie wieder tun. Obwohl es sich, so wie James geredet hat, anhört, als wären Vampire in Städten gar nicht so selten. Sollen sie doch dort bleiben."

Alex grunzte, den Mund voller Sandwich. „James ist voller Überraschungen."

„Und was ist mit diesem Rupert?", fragte Dan. „Muss man sich um den Sorgen machen?"

„Ich glaube nicht." Avery zog einen Stapel Bücher unter der Theke hervor. „Ich habe ihn heute Morgen angerufen und ihm gesagt, dass er kommen und diese abholen kann."

Dan runzelte die Stirn und nahm das Schachtel-Buch in die Hand. „Du überlässt sie ihm?"

Alex zuckte mit den Schultern. „Sie nützen uns nichts, und ehrlich gesagt gehören sie zum Haus."

Avery stimmte zu. „Er wird sowieso nicht lesen können, was wir lesen können. In der Schachtel ist eine versteckte Runen-schrift, die er unmöglich sehen kann."

„Du glaubst nicht, dass er ein Nekromant ist?"

„Wäre er wohl gerne", antwortete Alex, „aber ich habe mir das Zeug in seinem Keller genau angesehen. Es sieht cool aus, ist aber harmlos. Er ist nur ein ganz normaler Kerl, der ein bisschen besessen vom Okkulten ist. Und ein ziemlicher Widerling."

„Ein ganz schöner Widerling, um genau zu sein", korrigierte ihn Avery. „Aber im Grunde harmlos."

Alex grinste. „Ich würde zu gerne sein Gesicht sehen, wenn er Besuch von der Polizei wegen der Krypta unter dem Haus bekommt."

„Ha! Ich auch. Wie begeistert er davon wohl sein wird?"

Sie wurden durch das Klingeln der Glocke an der Tür unterbrochen. Shadow schritt herein, ganz in Schwarz gekleidet, was den Glanz ihres silbernen Haares noch mehr hervorhob. Dan hatte sie noch nie zuvor getroffen, und sein Mund klappte auf.

Shadow nahm davon keine Notiz. Sie blieb einen Moment im Eingang stehen, sah sich im Laden um und marschierte dann auf sie zu. „Ihr habt mir nicht gesagt, dass du so viele Bücher hast!"

„Es ist eine Buchhandlung – natürlich habe ich viele Bücher!", sagte Avery, bereits gereizt. Dan starrte sie immer noch mit offenem Mund an. „Shadow, das ist Dan, er ist ein Freund und arbeitet hier. Dan, Shadow."

Sie lächelte ihn an und ein seltsames, weltfremdes Licht schien von ihr auszugehen. Sie streckte ihm die Hand hin, und Dan erhob sich und ergriff sie, als wäre sie eine Königin. „Dan. Wie schön, einen Freund der Hexen kennenzulernen." Sie war nur einen Hauch kleiner als er und beugte sich vor, als wollte sie an ihm schnüffeln. Auch Dan beugte sich vor, und Avery fragte sich, ob sie ihn aus der Art Trance reißen musste, in die er gefallen war. „Nein, du bist keine Hexe. Nur ein Mensch."

„Äh, ja, nur ein Mensch", stotterte Dan. „Und du bist was genau?"

Alex schien sich alle Mühe zu geben, nicht zu lachen, also griff Avery schnell ein. „Sie ist unser Neuzugang, die Fee von Samhain."

Dan wich erschrocken zurück. „Du bist die Fee von der Wilden Jagd! Diejenige, die all die Artefakte finden und in die Anderwelt zurückkehren will."

Shadow legte einen Finger auf ihre Lippen. „Unser Geheimnis." Dann stemmte sie die Hände in die Hüften und sagte zu Avery: „Also, lässt du mich bei dem Nachtwandler helfen?"

Peinlich. „Tut mir leid, zu spät. Es ging schneller, als wir dachten, und wir haben ihn letzte Nacht getötet."

„Mmm. Wie praktisch. Du traust mir nicht!"

Alex verengte die Augen. „Wir kennen dich nicht. Und du hast versucht, uns zu töten. Da bin ich misstrauisch."

Sie seufzte wie eine wahre Dramaqueen. „Schon so lange her! Und ich habe euch doch gesagt, das war Hernes Wunsch. Ich bin eine gute Soldatin. Außerdem ist das jetzt vorbei. Ich gehe wieder auf Schatzsuche."

„Um nach Hause zurückzukehren?", fragte Avery.

„Um es zu versuchen. Und um etwas Geld zu verdienen. Das habe ich früher auch gemacht."

Dan runzelte die Stirn und brachte hervor: „Du hast beruflich nach Schätzen gejagt?"

Sie zuckte mit den Schultern. „So eine Art Job. Ich habe mich gelegentlich mit anderen zusammengetan. Es konnte lukrativ sein. Mein Freund Bloodmoon war sehr gut darin."

Dan starrte sie wieder mit offenem Mund an. „Bloodmoon? Ist das der Name einer Person?"

„Einer Fee", korrigierte sie ihn. „Einer der besten Diebe, die ich kenne. Tatsächlich wird dir diese Geschichte gefallen – er hat eurem alten König geholfen."

Avery fragte sich allmählich, ob Shadow den Verstand verloren hatte. „Welchem alten König?"

„König Arthur. Er war hier ein König, stimmt das?" Sie sahen sie verdutzt an, aber sie machte unbeirrt weiter. „Bloodmoon hat tatsächlich einen Drachenblut-Jaspis – einen der seltensten und teuersten Edelsteine überhaupt – aus der Privatsammlung eines der reichsten Männer in Dragon's Hollow für seinen Cousin Woodsmoke, seinen Freund Tom und den vertriebenen König Arthur gestohlen, um ihnen zu helfen, einen Fluch zu brechen. Das ist beeindruckend!" Sie sah stolz aus und nahm sich einen Moment Zeit, um sich in Bloodmoons Ruhm zu sonnen. „Leider ist er jetzt nicht hier, um mir zu helfen, aber Gabe und die anderen haben gesagt, dass sie es können."

Dan hob gebieterisch die Hand. „Warte! Du hast König Arthur gesagt. Der König Arthur?"

„Euer alter König, so wie ich das verstanden habe, ja." Sie zuckte mit den Schultern, so nach dem Motto „Na und?".

Jetzt sahen sie sie alle an, als wäre sie verrückt, aber es war Dan, der als Erster sprach. „König Arthur ist tot, und das schon seit weit über tausend Jahren, wenn es ihn überhaupt je gab."

„Nun, jetzt ist er nicht tot. Er ist in der Anderwelt quicklebendig. So, und jetzt, könnt ihr mir die Bücher zeigen, die ihr habt? Avery sagte, du könntest helfen." Sie drehte sich um und ging weg. „Wo muss ich suchen?"

Dan starrte Avery und Alex an und sagte leise: „Seid ihr sicher, dass sie bei klarem Verstand ist? Und warum habt ihr mir nicht gesagt, dass sie so scharf ist!" Und dann verschwand er zwischen den Bücherregalen und rief: „Hier entlang, Shadow."

Avery schaute Alex an. „König Arthur?"

„Sie ist eindeutig verrückt."

„Und was ist mit Dan? Man sollte meinen, er hätte seine Lektion nach Nixie gelernt."

Er sah sie mit Rehaugen an. „Wahre Liebe kennt keine Grenzen."

„Du bist so ein verdammter Scheißer, Alex Bonneville."

„Du hast kein bisschen Romantik in deiner Seele."

Avery war versucht, ihn mit ihrer heißen Schokolade zu übergießen, aber die war zu gut, also wechselte sie das Thema. „Also, was nun?"

Er küsste sie. „Ich gehe zum Pub, aber wir machen heute nicht auf. Ich habe das ganze Personal gebeten reinzukommen, damit ich mit ihnen über letzte Nacht sprechen kann, und ich werde versuchen, mit Graces Mutter zu reden. Ich freue mich nicht darauf."

Lupescus letztes Opfer. Avery schloss kurz bedauernd die Augen. „Ich hoffe, es läuft gut. Ich beneide dich nicht um diese Aufgabe."

Seine Augen verdunkelten sich. „Wenigstens kann ich ihnen sagen, dass es nicht wieder passieren wird."

Sie nickte. „Ich werde versuchen, Newton zu erreichen. Und ich sollte besser auch Genevieve anrufen. Alles, was ich geschafft habe, war, ihr und Ben gestern Nacht eine wirre Nachricht zu schicken. Sehen wir uns später bei dir, bevor wir zu Reuben gehen?“

„Perfekt.“

Er küsste sie noch einmal, was ihr den Atem raubte, und sie sah ihm nach, wie er die Straße hinunterschleuderte, und wünschte sich, sie könnten den ganzen Tag im Bett bleiben, anstatt arbeiten zu müssen. Sie griff zum Telefon und begann ihre Anrufe, während sie Sally abwesend zuwinkte, als diese mit weiteren Mince Pies hereinkam. Genevieve und Ben waren erwartungsgemäß verärgert, den Kampf verpasst zu haben, und gleichzeitig erleichtert. Genevieve wollte im neuen Jahr ein Coven-Treffen abhalten, um alle auf den neuesten Stand zu bringen, plante aber ansonsten, ein ruhiges Weihnachten zu Hause zu verbringen. Ben erzählte ihr, dass es Dylan gut ginge, er sich aber den Arm gebrochen hatte und Cassie eine leichte Gehirnerschütterung davongetragen hatte. Danach rief sie Eve und Jasper an, um sie zu informieren, und wollte gerade Newton anrufen, den sie sich bis zuletzt aufgehoben hatte, weil sie wusste, dass er der Schwierigste sein würde, als Caspian steif hereinkam.

„Du siehst angeschlagen aus“, sagte Avery zu ihm.

Er verzog das Gesicht. „Unterschätze niemals die scharfen Klauen eines Vampirs.“

„Bist du gekommen, um Briar zu sehen?“

„Ja, sie hat recht. Sie ist darin viel besser als Estelle.“

„Ich wette, das hat Estelle gar nicht gern gehört.“

Er erlaubte sich ein kleines Lächeln. „Ja, das hat sie nicht. Ich habe von Genevieve gehört, dass ihr Lupescu letzte Nacht getötet habt.“

Avery überkam ein Anflug von Schuld, weil sie vergessen hatte, ihn anzurufen. „Wow. Neuigkeiten verbreiten sich wirklich schnell. Du warst der Nächste auf meiner Liste.“

Er beobachtete sie einen Moment lang. „Ich finde, es war Wahnsinn, mit so wenigen von euch loszuziehen, aber gut gemacht.“

„Du warst verletzt, also wollten wir dich nicht fragen. Es schien schneller zu gehen, es einfach hinter uns zu bringen. Es war Reubens verrückte Idee.“

Er nickte. „Fair genug. Sei einfach vorsichtig, Avery.“ Er sah aus, als wollte er noch mehr sagen, als Dan und Shadow am Tresen auftauchten. Caspians Augen weiteten sich, als er sie ansah, und dann schaute er Avery fragend an. Sie nickte und stellte sie einander vor, zögerte, ihn als Hexe anzukündigen, aber Shadow konnte es erkennen.

Die scharfen Augen der Fee musterten ihn. „Du bist derjenige, für den Gabe jetzt arbeitet.“

„Das bin ich. Ich glaube, wir sind uns in der Nacht der Jagd kurz begegnet. Du hast in jener Nacht eine Menge Schaden angerichtet.“

Sie lächelte, doch ihr Lächeln erreichte ihre Augen nicht ganz. „Auf Hernes Befehl. Das ist jetzt vorbei.“

Sein kühler, berechnender Blick musterte sie und befand sie offensichtlich für zu leicht. „Das hoffe ich.“ Er wandte sich wieder Avery zu. „Interessantere Gesellschaft in White Haven. Wir sehen uns." Und dann ging er, und ein kalter Luftzug wirbelte ihm nach.

„Ein stacheliger Kerl", sagte Shadow und ließ einen Stapel Bücher auf den Tresen fallen. „Und mächtig dazu."

„Sehr sogar", stimmte Avery zu, während sie anfing, die Bücher abzukassieren. „Eine interessante Auswahl, die du da hast."

„Dan war sehr hilfreich." Sie schenkte ihm ihr strahlendstes Lächeln, und Dan grinste wie ein Gimpel zurück. Sie fuhr fort: „Ich muss eine Menge lernen, bevor ich meine Jagd beginne. Ich brauche vielleicht deine Hilfe."

Avery überlegte sich ihre nächsten Worte sorgfältig. „Wenn ich kann, werde ich es tun, aber ich bin in White Haven sehr beschäftigt. Ich bin sicher, die Nephilim werden dir eine weitaus größere Hilfe sein."

Sie bannte Avery mit ihrem intensiven Blick. „Mag sein. Aber sie sind keine Hexen. Wir sehen uns bald wieder."

Avery sah ihr nach, wie sie ging, dann schaute sie Dan an und sagte: „Verdammt."

White Haven glänzte in der Wintersonne. Die Hauptstraße war für den Verkehr gesperrt, und Menschenmassen drängten sich auf den Bürgersteigen. Der Klang von Trommeln erfüllte die Luft, als die Parade ihren Weg hinunter zum Hafen nahm. Die Teilnehmer waren in alle möglichen seltsamen Kostüme gekleidet; der Stechpalmenkönig und der Eichenkönig führten den Zug an, aber hinter ihnen kamen Erwachsene und Kinder, alle verkleidet und maskiert als verschiedene Waldkreaturen, Kobolde, Elfen und ein Mann, der mit einem riesigen Geweih auf dem Kopf herausgeputzt war – Herne, der Winterkönig. Er sah weit weniger furchterregend aus als der echte. Gaukler und Feuerschlucker schlenderten an den Rändern entlang, und Avery konnte heiße Maronen und Glühwein von den verschiedenen Ständen riechen, die aufgebaut worden waren. Sie lächelte und klatschte im Takt der Trommeln, spürte den Rhythmus in ihrem Blut.

Sie schaute eine kurze Zeit zu, bevor sie sich auf den Weg zurück zu ihrem Laden machte, und war fast da, als Newton neben ihr auftauchte. Er sah völlig fertig aus. „Ich habe dich gesucht.“

„Ich habe versucht, dich anzurufen“, erklärte sie.

„Können wir einen Kaffee trinken, bevor du zurück in den Laden gehst?“, fragte er sie. Er zeigte auf ein Café auf der gegenüberliegenden Straßenseite.

„Klar.“ Sie folgte ihm hinein und setzte sich an einen kleinen Tisch in der Ecke. Er verbrachte ein paar Minuten damit, Kaffee und Essen zu bestellen, und ließ sich dann auf den Stuhl gegenüber fallen. Er sah blass aus, sein Hemd war zerknittert und sein Haar war zerzaust. „Lange Nacht gehabt?“, fragte sie.

Er grunzte. „Anstrengend. All diese Knochen und die beiden Mädchen.“ Er schüttelte den Kopf. „Es wird Wochen dauern, das alles durchzugehen. Wahrscheinlich länger. Die Spurensicherung hat kaum angefangen.“

„Aber wenigstens sind sie jetzt gefunden“, sagte sie und versuchte, ihn zu trösten. „Das ist eine riesige Menge an Fällen, die du abschließen kannst. All diese Leute können richtig beerdigt werden, und all ihre Angehörigen werden wissen, was mit ihnen passiert ist."

„Nochmal danke. Und Entschuldigung für letzte Nacht. Ich war wütend."

„Schon gut. Du darfst das sein."

Er rieb sich das Gesicht. „Ich weiß, das ist eine gute Sache, aber es war eine anstrengende Nacht. Es waren anstrengende Wochen, um ehrlich zu sein. Bist du sicher, dass es vorbei ist?"

„Ja. Wir haben zugesehen, wie er verbrannt ist, und die anderen – einschließlich Bethany." Sie weihte ihn in die Details der Nacht ein und in die Geschichte, die sie über das Haus der Geister herausgefunden hatten. „Einige dieser Knochen werden sehr alt sein. Habt ihr den anderen Raum gefunden? Die Krypta mit den zerschmetterten Möbeln?"

Er nickte. „Erst vor ein paar Stunden. Ich werde Rupert und Charlotte morgen einen Besuch abstatten. Ich weiß, sie haben nichts damit zu tun, aber wir müssen sie trotzdem befragen. Und dann natürlich das ganze Haus durchsuchen."

„Ich wette, Rupert wird begeistert sein", sagte Avery nachdenklich. „Aber wie werdet ihr die Todesfälle erklären?"

„Wahrscheinlich ein Serienmörder. Das scheint mein einziger Ausweg zu sein, wenn diese seltsamen Todesfälle passieren – obwohl ich keine Ahnung habe, wem wir die Schuld geben werden." Er hielt inne, während ihre Kaffees gebracht wurden und ein riesiger Teller mit englischem Frühstück vor ihm abgestellt wurde. Er nahm ein paar Bissen und fragte dann: „Wie lange bleibt Hunter hier?"

Avery seufzte. Sie wusste, dass er das fragen würde. Tatsächlich war das wahrscheinlich sein einziger Grund, sie sehen zu wollen. „Ich bin nicht sicher, aber er wird über Weihnachten hier sein, vielleicht länger. Warum interessiert dich das? Ist ja nicht so, als wärt ihr und Briar zusammen."

Er spannte sich leicht an. „Ich weiß, aber ich mag sie. Ich will nicht, dass sie verletzt wird."

Avery hätte am liebsten etwas nach ihm geworfen. „Die einzige Person, die sie verletzt hat, bist du, Newton."

Er funkelte sie an. „Das ist Blödsinn."

„Wirklich? Du magst sie, das ist klar, aber du kommst nicht mit der Tatsache klar, dass sie eine Hexe ist. Du hast es selbst zugegeben."

„Ich habe kein Problem mit Hexen. Ich sitze doch hier mit dir, oder nicht? Du bist meine Freundin, genauso wie Alex, Reuben und El. Ich respektiere, was ihr tut. Ich habe euch geholfen, die Grimoires zurückzuholen!"

„Ich weiß das, und ich weiß, dass du unsere Fähigkeiten geheim hältst. Aber du hast immer noch Schwierigkeiten mit den Entscheidungen, die wir manchmal treffen – besonders was die Nephilim angeht. Und das ist in Ordnung. Du bist ein Detective. Deine Prioritäten sind anders als unsere. Aber Briar ist eine Hexe, durch und durch, und damit kommst du bei jemandem, der mehr als eine Freundin sein könnte, eindeutig nicht klar", sagte sie schroff. „Also hat sie sich anderweitig orientiert, bei jemandem, der damit umgehen kann. Er wird sie glücklich machen, also musst du dich daran gewöhnen." Newton grunzte erneut und aß weiter, weigerte sich, ihr in die Augen zu sehen. „Newton, jetzt mal im Ernst, hör auf damit. Du kannst nicht beides haben, dass sie wartet und wartet, bis du deine Meinung änderst – was du niemals tun wirst. Wenn du ihre Freundschaft behalten willst, respektiere ihre Entscheidung."

Er grunzte noch einmal, und sie trank schweigend ihren Kaffee aus. Männer!

Der Vollmond schien über die Old Haven Church, und der Schnee glitzerte auf den alten Grabsteinen, die über den Friedhof verteilt waren.

Die Hexen und Hunter saßen um ein hell loderndes Feuer auf dem geräumten Platz vor den Stufen des Mausoleums, eingepackt in Lagen von Pullovern, Mänteln und Schals. Sie hatten Teppiche, Kissen und Felldecken zum Sitzen auf den Boden gelegt, und Avery nippte an einem mit einem Zauber erhitzten Glühwein. Sie lächelte Reuben an. „Das war eine großartige Idee."

„Danke, Avery. Ich habe in letzter Zeit viel über Gil nachgedacht. Er war zur Sommersonnenwende bei uns, als wir in deinem Garten von Dämonen angegriffen wurden. Erinnerst du dich?"

„Natürlich. Ich glaube nicht, dass ich das jemals vergessen werde."

„Obwohl ich es versuche", warf Briar schaudernd ein. „Ich hoffe, wir müssen uns denen im kommenden Jahr nicht noch einmal stellen."

El nickte. „Es war ziemlich ereignisreich. Manchmal traurig, aber auch gut." Sie drückte Reubens Arm. „Wenigstens fühlt sich dieser Ort viel besser an als beim letzten Mal, als wir hier waren."

Instinktiv blickten sie alle auf und hinüber zu dem Waldstück am Ende des Grundstücks, wo Suzanna die Wilde Jagd beschworen hatte.

Hunter streckte seine Beine aus und wackelte mit den Zehen vor dem Feuer. „Dem Rudel hat die Geschichte gefallen!"

„Und jetzt kannst du ihnen von Vampiren erzählen!", sagte Briar lächelnd.

„Das kannst du ihnen selbst erzählen", sagte er mit einem frechen Grinsen.

„Was meinst du damit?", fragte sie, und selbst im Feuerschein konnte Avery sehen, wie Briars Wangen rot wurden.

„Wir feiern an Silvester eine wilde Party! Im Steinkreis von Castlerigg. Du musst kommen." Er beobachtete sie, seine Augen wieder wie geschmolzenes Gold, aber diesmal nicht vor Wut. Sie forderten sie heraus, abzulehnen.

„Ich könnte vielleicht ein paar Tage von meinem Laden weg", sagte sie zögerlich.

„Gut", erwiderte er und blickte zurück ins Feuer, ein Hauch von einem Lächeln auf seinem Gesicht.

Avery grinste El über das Feuer hinweg an, was sie schnell verbarg, als Briar sie finster anblickte. Sie beschloss, das Thema zu wechseln. „Wenigstens ist James jetzt glücklicher – also, seit Samhain."

„Hast du ihn heute gesehen?", fragte Alex.

„Nein, aber ich werde versuchen, ihn morgen zu treffen. Ich dachte, heute wäre es zu hektisch für ihn. Wenigstens muss er sich keine Sorgen mehr um Vampire in White Haven machen."

„Keiner von uns muss das."

„Im Moment", fügte Reuben bedrohlich hinzu. „Wir könnten wieder welche bekommen. Ich bin mir immer noch sicher, dass es da draußen noch ein oder zwei geben wird."

„Vorzugsweise keine halb verhungerten, rachsüchtigen", sagte El grimmig. „Ich frage mich, ob es Charlotte gut gehen wird. Hoffentlich heilt ihr Hals und ihre seltsamen Träume hören auf. Ich frage mich, warum er sie nicht getötet hat."

„Bequemlichkeit", schlug Avery vor. „Für den Fall, dass man nicht auf einen Amoklauf gehen will, um Essen zu beschaffen."

Alex seufzte. „Heute war schrecklich für mich. Das Barpersonal ist aufgewühlt und erschüttert. Aber Simon ist ein guter Manager, und Zee war auch ziemlich gut. Ich glaube, allein seine Größe ist schon ein Trost. Ich frage mich unwillkürlich, ob es etwas geändert hätte, wenn Zee letzte Nacht gearbeitet hätte. Wenn er anstelle von Grace nach draußen gegangen wäre, hätte Lupescu ihn nicht töten können."

„Du darfst mit dem Was-wäre-wenn-Zeug nicht anfangen", sagte Briar zu ihm. „Das wird dich in eine Gedankenspirale ziehen, aus der du nie wieder herauskommst."

„Habt ihr morgen geöffnet?", fragte Hunter.

„Ja, das Leben geht weiter, und die Angestellten müssen bezahlt werden. Wir werden aber zu Graces Beerdigung gehen."

„Ich komme auch mit", sagte Avery und stupste ihn sanft an. „Ich habe Neuigkeiten. Shadow war heute zu Besuch. Sie hat sich einen Haufen Bücher ausgeliehen, um mit ihrer Artefaktsuche zu beginnen. Sie wird Ärger machen.“

Reuben lachte. „Klingt für mich nach Spaß.“

„Mit ihr werden wir fertig“, sagte Alex, legte seinen Arm um Avery und zog sie an seine Seite.

El stimmte zu. „Zusammen werden wir mit allem fertig.“

„Stimmt“, murmelte Avery und blickte sich zu ihren Freunden um. Vor sechs Monaten hätte sie sich nicht träumen lassen, dass sie mit allen so eng befreundet sein würde und dass sie und Alex zusammen wären. Es war eine ziemliche Reise gewesen. Avery lächelte und erhob ihr Glas auf die Gruppe. „Auf die nächsten sechs Monate. Frohe Sonnenwende!“

Vielen Dank, dass du Unsterbliche Magie gelesen hast. Ich hoffe, es hat dir gefallen.

Ich würde mich freuen, wenn du könntest.

Newsletter

Wenn dir dieses Buch gefallen hat und du mehr von meinen Geschichten lesen möchtest, abonniere bitte meinen Newsletter auf . Du erhältst zwei kostenlose Kurzgeschichten, Excalibur erhebt sich und Jacks Begegnung, sowie kostenlose Charakterbögen für alle Hauptfiguren der Hexen von White Haven.

Wenn du auf meiner Mailingliste bleibst, erhältst du kostenlose Auszüge aus meinen neuen Büchern sowie Kurzgeschichten, Neuigkeiten über Gewinnspiele und die Chance, meinem

Launch-Team beizutreten. Ich werde auch Informationen über andere Bücher in diesem Genre teilen, die dir gefallen könnten.

Ream

Ich habe meinen eigenen Abonnementdienst namens Happenstance Book Club gestartet. Ich weiß, was du jetzt denkst! Was ist Ream? Es ist ein bisschen wie Patreon, womit du vielleicht vertrauter bist, und es ermöglicht dir, mich zu unterstützen und meine Bücher vor allen anderen zu lesen.

Dafür wird eine monatliche Gebühr erhoben, und es gibt verschiedene Stufen, sodass du wählen kannst, welche Stufe zu dir passt. Alle Stufen bieten viele weitere Boni, einschließlich Merchandise, aber eines haben alle gemeinsam: Du kannst meine neuesten Bücher lesen, während ich sie schreibe – sie sind also ein Rohentwurf. Ich werde jede Woche ein paar Kapitel veröffentlichen, die du in Ruhe lesen und auch kommentieren kannst. Du kannst auch kostenlos Follower werden.

Du kannst meine Bücher kommentieren, über Spoiler plaudern und Teil einer Community sein. Ich werde auch Umfragen und Charakterkunst posten, Rituale und Zaubersprüche teilen, den Hintergrund der Mythen und Legenden in meinen Büchern erläutern, und einige meiner früheren Bücher stehen kostenlos zum Lesen zur Verfügung.

Interessiert? Dann besuche den

https://reamstories.com/happenstancebookclub

Happenstance Book Shop

Ich habe jetzt auch einen fabelhaften Onlineshop namens , in dem du E-Books, Hörbücher und Taschenbücher, viele davon zu tollen Preisen gebündelt, sowie fabelhaftes Merchandise kaufen kannst. Ich weiß, dass du ihn lieben wirst! Schau ihn dir hier an: https://happenstancebookshop.com/collections/german-tr anslations

YouTube

Wenn du Hörbücher liebst, kannst du sie kostenlos auf YouTube anhören, da ich dort alle meine Hörbücher hochgeladen habe. Bitte abonniere den Kanal, wenn du das tust. Vielen Dank.

Lies weiter für eine Liste meiner anderen Bücher.

Auszug aus Crossroads Magic

In der Mitte der Lichtung loderte ein helles Feuer, und Gestalten führten einen Tanz darum auf, während sie Kerzen untereinander weiterreichten. Das Licht warf einen warmen, sanften Schein auf die Gesichter der Teilnehmer, von denen viele lachten, als sie den altbekannten Pfad im Herzen des Waldes beschritten.

Es war Mitternacht an Imbolc, und der gesamte Cornwall-Zirkel feierte das Fest gemeinsam.

Avery war mit den Hexen von White Haven dort, die alle zusammen zu Rasmus' Anwesen am Rande von Newquay gereist waren. Nach den Schrecken der Vampirangriffe vor Weihnachten hatten sie den Zirkel seither nicht mehr gesehen, also war es eine Gelegenheit, das Fest und ihren Sieg über Lupescu zu feiern, den rumänischen Vampir, der nur wenige Wochen zuvor so viel Zerstörung angerichtet hatte.

Allerdings war es eiskalt. Imbolc fiel auf den zweiten Februar, und der Frost lag dick auf dem Boden. Als der Zirkel den

Kreis vollendet hatte, hielten sie an und sahen zu, wie Genevieve, ihre Hohepriesterin, die Hände zum Himmel erhob. Sie rief die Göttin an, dankte ihr und bat um Schutz für die kommenden Monate, und dann drehte sie sich um, um Rasmus sanft auf beide Wangen zu küssen, und reichte ihm einen Besen. Rasmus nahm ihn mit einer kleinen Verbeugung entgegen und ging dann den Kreis entlang, wobei er ihn über den Boden strich, um symbolisch das Alte in einem Reinigungsritual zu vertreiben. Als er fertig war, gab er ihn Genevieve zurück, die die anderen aufforderte, mitzumachen, und dann folgten ein paar hektische Minuten, in denen sie alle ihre eigenen Besen schnappten und das Ritual wiederholten.

Avery lachte, als sie wie wild über den Boden fegte. Es war ein alter Ritus, aber einer, der Spaß machte, und die symbolische Reinigung fühlte sich wirklich so an, als würden sie die vergiftete Zeit, die sie alle erlebt hatten, loswerden. Und wenigstens war der Schnee weg, dachte sie, als sie an Reuben vorbeifegte und noch lauter lachte. Er sah mit einem Besen in den Händen so deplatziert aus, doch er nahm mit guter Miene daran teil, obwohl er sich auf dem Weg hierher noch darüber beschwert hatte.

Als sie alle endlich aufhörten, waren sie außer Atem und ihnen war heiß. Genevieve klatschte in die Hände, ihr Lächeln war selig, und beendete das Treiben. Sie sprach ein paar letzte Worte, bevor sie einen Kelch mit Wein vom Altar neben sich hob. „Und jetzt ist es Zeit zu essen und zu trinken!" Sie deutete auf den Tisch am anderen Ende der Lichtung, der mit Essen gefüllt war, und damit löste sich der Kreis auf und sie machten sich auf den Weg, um ihre Teller zu füllen.

Avery reihte sich neben Nate und Eve ein, den beiden Hexen, die in St. Ives an der Nordküste von Cornwall lebten. Beide waren künstlerisch und unkonventionell. Nate trug eine abgewetzte Cargohose und eine alte Fliegerjacke, und Eve hatte lange Dreads. „Wie ist es euch ergangen?", fragte Avery sie.

„Ziemlich gut", sagte Nate. „Besser als dir, so wie es sich anhört."

Avery zuckte mit den Schultern. „Wenigstens habe ich keine Kopfverletzung wie Eve erlitten. Geht es dir wieder besser?", fragte sie ihre Freundin.

„Mir geht es gut, danke", antwortete Eve und rieb sich zerknirscht den Kopf. „Das ist schnell verheilt. Es war unheimlicher, aus diesen von Feuer umgebenen Tunneln herauszukommen. Ich hatte mehr Angst, dass ich uns alle verbrenne. Aber keine weiteren Nachrichten von Vampiren, hoffe ich?"

Sie hatten sich alle Sorgen gemacht, dass einige Vampire entkommen waren, aber wenn, dann hatten sie sich ruhig verhalten, und es gab keine weiteren Vermisstenfälle oder seltsamen Todesfälle, die man ihnen zuschreiben konnte. „Nein, zum Glück, was gut ist, denn wir haben jetzt eine eigensinnige Fae am Hals."

Sie erreichten den langen Tisch, und Avery füllte ihren Teller, während Nate die Stirn runzelte. „Ah ja, die Überlebende der Wilden Jagd. Ich bin fasziniert."

Avery lachte, oder versuchte es zumindest. „Ihr Name ist Shadow, und sie treibt uns in den Wahnsinn, die Nephilim eingeschlossen. Sie ist eine absolute Naturgewalt! Sie benutzt Dan, der in meinem Laden arbeitet, als ihren persönlichen

Myth-o-meter." Sie verdrehte die Augen. „Er genießt jede Minute davon. Ich schätze, es ist gut, dass es wenigstens jemand tut!"

Nate musterte sie einen Moment lang. „Eve hat sie mir gegenüber erwähnt, aber was versucht Shadow zu tun? Zurück in die Anderwelt gelangen?"

„Und gleichzeitig auf Schatzsuche gehen. Weißt du, alte Artefakte finden und sie für einen hohen Preis verkaufen."

„Und werden die Nephilim ihr helfen?"

„Ich denke schon. Sie versuchen, sich in unserer Welt zurechtzufinden und Geld zu verdienen. Sie glauben, das wird lukrativ sein. Und mal ehrlich, sie sind übernatürliche Kreaturen. Sie haben ein natürliches Interesse an so etwas."

Nate sah beunruhigt aus, und Eve sagte: „Nate macht sich Sorgen, weil er glaubt, sie könnte Dinge finden, die besser verborgen bleiben sollten."

„Du hast wahrscheinlich recht, Nate", sagte Avery, und die Sorge regte sich wieder in ihr. „Aber wir können kaum etwas tun, um sie aufzuhalten. Ich denke, wir werden einfach mit den Konsequenzen umgehen müssen."

„Aber diese Konsequenzen könnten gewaltig sein", wandte er ein. „Jeder Schwarzmarkt für Kunst, Drogen oder Waffen zieht immer die schlimmste Sorte von Leuten an. Ein Markt für mythische Objekte wird da keine Ausnahme sein – außer vielleicht, dass es übernatürliche Käufer gibt. Sie könnte sogar versuchen zu stehlen, was bereits gefunden wurde, um es für ihre eigenen Zwecke zu nutzen."

Avery hatte plötzlich das Bild vor Augen, wie Shadow in Museen einbrach und deren Ausstellungen plünderte. Nate hatte recht. Das konnte sie sich definitiv vorstellen.

„Obwohl", konterte Eve, „die Nephilim und Shadow sehr gut auf sich selbst aufpassen können. Wenn du mich fragst, wäre jeder ein Idiot, der sich mit ihnen anlegt."

Avery seufzte. „Wohl wahr. Ein noch besserer Grund für uns, uns gut mit ihnen zu stellen."

Avery verbrachte die nächste Stunde oder zwei damit, sich unter die anderen Hexen zu mischen, und war froh über die Gelegenheit, mit Ulysses und Oswald zu sprechen, und dann mit Jasper, Claudia und ein paar anderen. Das Feuer loderte jetzt hoch und sie saßen auf alten Liegestühlen und Baumstämmen darum herum, um sich warm zu halten. Sie waren gerade dabei, in die Wärme von Rasmus' Haus zurückzukehren, als Caspian an ihre Seite trat. Caspian wohnte in Harecombe, der Stadt neben White Haven, und war wie Avery eine Elementarhexe der Luft. Seine Beziehung zu ihrem Zirkel hatte schlecht begonnen, aber mit der Zeit besserten sich die Dinge.

„Avery", murmelte er, während seine dunklen Augen sie musterten. „Wie geht es dir?"

„Ziemlich gut", antwortete sie. „Wie geht es deiner Wunde?" Sie bezog sich auf den tiefen Schnitt auf seiner Brust, der von einem Vampir verursacht worden war.

Er rieb geistesabwesend darüber. „Jetzt besser, dank Briar. Es fühlte sich eine Weile an, als wäre Gift darin – vielleicht war es das auch. Sehen wir den Tatsachen ins Auge, wir wissen selbst jetzt nicht viel über Vampire, oder?"

„Nein, und wenn ich ehrlich bin, würde ich das auch gerne so beibehalten." Sie erinnerte sich, dass Gabe jetzt für Caspian arbeitete. „Wie läuft es mit den Nephilim als Wachleute?"

„Gut, aber das überrascht mich nicht. Gabe hat eine starke Arbeitsmoral, und sie sind beeindruckend. Niemand legt sich mit ihnen an."

Avery war neugierig. „Deine Firma handelt doch nicht mit okkulten Waren, oder? Warum wolltest du Gabe haben?"

„Wir verstecken im Alltag schon genug von uns, nicht wahr? Ich dachte, es wäre gut, mit so vielen Menschen wie möglich ehrliche Gespräche führen zu können. Das Leben kann sonst einsam sein." Er hielt einen Moment lang ihren Blick fest, bevor er sich wieder dem Feuer zuwandte.

Avery wusste, dass Caspian anscheinend ein Interesse an ihr entwickelt hatte, aber sie weigerte sich, sich darauf einzulassen, und beschloss stattdessen, ihn aufzuziehen. „Du musst dir eine Freundin suchen. Du bist doch sicher eine gute Partie, mit deinem Reichtum und dem großen Haus. Ich hätte gedacht, du müsstest dich vor ihnen kaum retten können."

„Ist das alles, was ich bin? Geld?", fragte er mit zusammengekniffenen Augen.

Avery war leichtfertig gewesen und hatte ihn sicher nicht beleidigen wollen, aber das war ein Thema, von dem sie sich fernhalten wollte. „Nein, natürlich nicht. Und jeder, der nur daran interessiert ist, ist deine Zeit eindeutig nicht wert."

„Geld ist dir egal, nicht wahr?", fragte er und beobachtete sie.

„Nicht besonders." Avery begann, sich zu ärgern. Er flirtete, und das gefiel ihr nicht. „Und hör auf damit, Caspian."

„Womit aufhören?“

„Du weißt genau, womit. Ich bin mit Alex zusammen. Ich liebe Alex.“ Als sie das sagte, blickte sie auf und sah Alex auf der anderen Seite des Feuers, tief ins Gespräch mit Genevieve vertieft. Als ob er spürte, dass sie ihn ansah, blickte er zu ihr und lächelte, bevor er sich wieder abwandte.

Caspian starrte auf seine Füße. „Ich weiß.“

Sofort fühlte Avery sich schrecklich, was sie noch mehr ärgerte. „Vielleicht solltest du deine Aufmerksamkeit jemandem zuwenden, der frei ist.“

„Aber wo bleibt da der Spaß?“

Jetzt wusste sie, dass er sie provozierte. „Ich werde nicht mehr mit dir reden, wenn du so weitermachst.“

„Oh, bitte nicht, wir haben doch so viel Spaß zusammen!“

Sie wollte gerade etwas Unfreundliches sagen, als sie ein Tippen auf ihrer Schulter spürte und sich umdrehte, um Reubens große Gestalt über sich aufragen zu sehen. „Wir gehen zurück zum Haus und dann nach Hause. Kommst du mit?“

„Klar“, sagte sie, dankbar für die Unterbrechung, und stand schnell auf. „Bis bald, Caspian.“

Er nickte und wandte sich wieder dem Feuer zu, und Avery schloss sich ihrem Zirkel an, während sie spürte, wie sich Alex' Arm um ihre Taille legte. Alex' Stärke war geistiger Natur, und er war in der Lage, Dämonen und Ghule zu verbannen und seine Intuition zu nutzen, um zu spiegeln, Geisterwanderungen zu unternehmen und mit Geistern zu kommunizieren. Er war auch geschickt im Umgang mit dem Elementarfeuer, und als zusätzlicher Bonus für Avery liebte er sie trotz all ihrer Macken.

Reuben und El, beide groß und blond, gingen nur ein paar Schritte vor ihnen. Reuben war ein Elementar-Wasser-Hexer, der immer noch dabei war, seine Kräfte in den Griff zu bekommen, nachdem er sie jahrelang vernachlässigt hatte. Erst der Tod seines Bruders Gil hatte ihn zur Magie zurückgebracht. El war geschickt im Umgang mit Feuer und Metall, trug viel Schmuck und hatte wie Reuben mehrere Tattoos. Briar, das fünfte Mitglied ihres Zirkels, war zierlich, hatte langes, dunkles Haar und eine natürliche Begabung für Erdmagie und Heilung. Sie war eine fürsorgliche, sanfte Seele, die gerade eine Beziehung mit Hunter, dem Wolfswandler, der in Cumbria lebte, begonnen hatte und sich diesbezüglich sehr bedeckt hielt.

Mit ihnen zusammen zu sein, bereitete Avery mehr Freude, als sie beschreiben konnte. Sie hatte sich so lange dagegen gewehrt, einem Zirkel beizutreten, aber jetzt waren diese vier wunderbaren Menschen ihre Familie. Sie vervollständigten sie. Sie lächelte und schmiegte sich an Alex, wobei sie einen plötzlichen Anflug von Schuld wegen Caspians Verhalten verspürte, obwohl sie nichts Falsches getan hatte.

„Was hat Caspian gemacht?", fragte er. Es war, als hätte er ihre Gedanken gelesen, und sie liebte ihn dafür.

„Nichts, eigentlich. Er flirtet nur, obwohl er weiß, dass es nutzlos ist."

Eine Spur von Ärger blitzte über Alex' Gesicht. „Das hält ihn aber nicht davon ab, es zu versuchen, oder?"

Avery umarmte ihn fester. „Ich ignoriere es, und das solltest du auch tun."

„Ich versuche es. Keine Sorge, ich werde nicht gewalttätig."

Er brachte sie zum Stehen und küsste sie, und Reuben verzog das Gesicht, als er sie ansah. „Oh, ihr zwei, nehmt euch ein Zimmer."

Alex zeigte ihm den Stinkefinger. „Verpiss dich, Reuben."

Reuben lachte nur, und El stieß ihm in den Arm. „Hör auf, unartig zu sein."

„Normalerweise gefällt es dir", neckte er sie, während er sein Tempo erhöhte.

Das Haus kam in Sicht, ebenso wie Rasmus, der sie auf der breiten Terrasse begrüßte, die sich über die Rückseite seines alten Hauses erstreckte. Sein Haus war nicht so alt wie das von Reuben, und es war aus verblichenem rotem Backstein statt aus sanftem Stein, aber es war exzentrisch, genau wie er selbst.

Avery löste sich von Alex, ging zu ihm und umarmte ihn. „Danke, Rasmus. Es war toll, endlich hier zu sein und Imbolc mit dir zu feiern. Du hast ein fantastisches Zuhause."

Rasmus lächelte, und sein altes Gesicht legte sich in Falten. „Danke, Avery. Du bist jederzeit willkommen. Bist du sicher, dass du nicht bleiben willst? Ich habe Platz."

Als sie ihn zum ersten Mal getroffen hatte, hatte Avery ihn für schroff und ziemlich Furcht einflößend gehalten, aber jetzt mochte sie Rasmus unglaublich gern, besonders da sie nun wusste, was sie über seine Vergangenheit wusste. „Nein, wir brauchen nicht lange, um nach Hause zu kommen. Und außerdem müssen wir alle morgen früh arbeiten." Newquay lag an der Nordküste von Cornwall, und ihre Fahrt nach White Haven an der Südküste würde nur etwa 45 Minuten dauern.

Auch Briar umarmte Rasmus. „Ich bin sicher, nachdem du uns alle ertragen musstest, wirst du froh sein, das Haus für dich zu haben."

„Ich würde es nicht anbieten, wenn ich es nicht so meinen würde", entgegnete er. Er wandte sich an Alex und ergriff dessen dargebotene Hand. „Alex, danke. Die Hexen von White Haven waren eine willkommene Ergänzung für unseren Zirkel."

„Und wir sind froh, ein Teil davon zu sein", erwiderte Alex.

Während die anderen redeten, blickte Avery zurück zu den Bäumen und bemerkte das Gefühl von Frieden und sanfter Magie, das von ihnen ausging. Rasmus' Familie und der Cornwall-Zirkel hatten dort seit Jahren gefeiert, und der Wald schien die positive Energie aufgesogen zu haben. Eine Reihe von Laternen beleuchtete den Weg zur Lichtung, aber das Feuer selbst war nicht mehr zu sehen. Sie wollte sich gerade abwenden, als sie ein Kribbeln auf ihrem Rücken spürte, als ob sie beobachtet würde. Sie starrte in die Dunkelheit und sah eine Gestalt, die in geringer Entfernung vom Weg stand, direkt am Waldrand. Avery blinzelte. Sie hätte schwören können, dass die Gestalt eine Sekunde zuvor noch nicht da gewesen war. Sie starrte weiter und wartete darauf, dass derjenige ganz ins Blickfeld trat. Es musste einer der anderen Hexer oder Hexen sein; obwohl es seltsam war, dass sie dem Weg nicht gefolgt waren. Das Unterholz war stellenweise dicht.

Die Gestalt rührte sich nicht. Wer auch immer es war, stand einfach da und beobachtete sie. Avery konnte ein blasses Gesicht erkennen, aber es war unmöglich zu sagen, ob es ein Mann oder eine Frau war. Und dann, so schnell wie die Person erschienen war, war der Voyeur verschwunden. Avery kniff die Augen zusammen und blinzelte erneut. Bildete sie sich das ein?

„Ist alles in Ordnung?", fragte Briar sie und folgte ihrer Blickrichtung. „Was schaust du dir an?"

„Ich hätte schwören können, dass ich jemanden am Waldrand gesehen habe, aber die Person ist einfach verschwunden!"

Briar runzelte die Stirn. „Es ist dunkel und die Laternen werfen ein ungleichmäßiges Licht, oder vielleicht war es eine der Hexen, die die Einsamkeit genießt."

„Vielleicht." Avery wandte sich endlich ab. „Und es ist spät und ich bin wahrscheinlich übermüdet."

Doch als sie sich verabschiedeten und schließlich aufbrachen, konnte Avery nicht umhin, noch einmal über ihre Schulter zu blicken, überzeugt davon, dass jemand sie alle stillschweigend beobachtet hatte.

Hier Crossroads Magic kaufen.

Wenn dir dieses Buch gefallen hat und du gerne mehr von meinen Geschichten lesen möchtest, besuche mich bitte auf t jgreenauthor.com. Du erhältst zwei kostenlose Kurzgeschichten, Excalibur Rises und Jacks Encounter, und bekommst außerdem kostenlose Charakterbögen aller Hauptfiguren der Hexen von White Haven.

Wenn du in meinem Verteiler bleibst, erhältst du kostenlose Auszüge aus meinen neuen Büchern sowie Kurzgeschichten, Neuigkeiten über Verlosungen und die Chance, meinem

Launch-Team beizutreten. Ich werde auch Informationen über andere Bücher in diesem Genre teilen, die dir gefallen könnten.

Ein Wort der Autorin

Vielen Dank, dass ihr Unsterbliche Magie gelesen habt, das fünfte Buch der Reihe um die Hexen von White Haven. Ich dachte, es wäre an der Zeit, Vampire in die paranormale Welt von White Haven einzuführen. Wie ihr seht, wollte ich sie jedoch unmenschlich und von Grund auf böse halten; ich hoffe, meine Version gefällt euch.

Wie üblich habe ich Mythen und Legenden in meine fiktive Welt eingewoben und mich natürlich auf die Hexen konzentriert. Sie sind das Herzstück dieser Reihe und ich liebe sie alle. Ich versuche, die Hexerei ehrlich und positiv darzustellen, aber natürlich habe ich mir bei den Fakten einige Freiheiten genommen.

Hexenflaschen gibt es wirklich, und erst vor Kurzem gab es einen Zeitungsartikel über eine. Es stimmt auch, dass Medien und Séancen in den 1920er und 30er Jahren sehr beliebt waren. Arthur Conan Doyle war ein großer Anhänger und ein glühender Verfechter des Spiritismus. Es stimmt auch, dass Vampire in Rumänien Strigoi genannt werden und Bram Stoker sich von ihnen inspirieren ließ.

Ich arbeite gerade an Buch sechs der Reihe und denke über Spin-offs nach, die wahrscheinlich mit Shadow und den

Nephilim beginnen werden. Außerdem arbeite ich an einigen Kurzgeschichten. Ich bräuchte mehr Stunden am Tag!

Nochmals vielen Dank an Fiona Jayde Media für mein fantastisches Cover und an Kyla Stein von Missed Period Editing für ihre fabelhaften Lektoratsfähigkeiten.

Dank auch an meine Beta-Leser, ich bin froh, dass es euch gefallen hat; euer Feedback ist wie immer sehr hilfreich!

Dank auch an mein Launch-Team, das wertvolles Feedback zu Tippfehlern gibt und sich freut, zum Erscheinungstermin eine Rezension zu schreiben. Es ist schön, von ihnen zu hören – ihr wisst, wer gemeint ist! Ihr seid fantastisch! Ich freue mich, von all meinen Lesern zu hören, also lade ich euch herzlich ein, mit mir in Kontakt zu treten.

Wenn ihr etwas mehr über den Hintergrund der Geschichten erfahren möchtet, besucht bitte meine ˌ auf der ich über die Bücher, die ich gelesen habe, und die Recherchen, die ich für die Reihe betrieben habe, blogge – tatsächlich gibt es dort auch jede Menge Material zu meiner anderen Serie, Rise of the King.

Wenn ihr mehr von mir lesen möchtet, tragt euch bitte in meine Mailingliste auf www.tjgreenauthor.com ein. Mit einem Abonnement meines Newsletters erhaltet ihr eine kostenlose Kurzgeschichte mit dem Titel Jack's Encounter, die beschreibt, wie Jack Fahey kennenlernte – eine längere Version des Prologs in Call of the King. Außerdem erhaltet ihr ein KOSTENLOSES Exemplar von Excalibur Rises, einer Kurzgeschichte, die als Prequel dient.

Ihr erhaltet außerdem kostenlose Charakterbögen zu all meinen Hauptfiguren der Reihen Hexen von White Haven und Jäger von White Haven – exklusiv für meine E-Mail-Liste!

Wenn ihr auf meiner Mailingliste bleibt, erhaltet ihr kostenlose Auszüge aus meinen neuen Büchern sowie Kurzgeschichten und Neuigkeiten über Verlosungen. Ich werde auch Informationen über andere Bücher in diesem Genre teilen, die euch gefallen könnten.

Ich freue mich darauf, euch in meiner Lesergruppe begrüßen zu dürfen.

Über die Autorin

Ich bin in England aufgewachsen und lebe jetzt an der Algarve in Portugal, zusammen mit meinem Partner Jason und meinen Katzen Sacha und Leia. Wenn ich nicht gerade schreibe, findet man mich in ein Buch vertieft, bei der Gartenarbeit oder beim Yoga. Und vielleicht gönne ich mir auch eine kleine Shopping-Therapie!

In einem früheren Leben war ich Sängerin in einer Band und habe in einer Theatergruppe mitgespielt – beides hat eine Menge Spaß gemacht.

Momentan arbeite ich an weiteren Büchern der „White Haven Witches"-Reihe, denke über ein Prequel nach und plane Spin-offs.

Folgt mir doch auf Social Media, um über meine Neuigkeiten auf dem Laufenden zu bleiben, oder tretet meiner Mailingliste bei – ich verspreche, ich spamme nicht!

f facebook.com/tjgreenauthor/

P pinterest.pt/tjgreenauthor/

♪ tiktok.com/@tjgreenauthor

▶ youtube.com/@tjgreenauthor

goodreads.com/author/show/15099365.T_J_Green

instagram.com/tjgreenauthor/

bookbub.com/authors/tj-green

https://reamstories.com/happenstancebookclub

Weitere Bücher von T J Green

Rise of the King-Reihe

Eine Jugendbuchreihe über einen Teenager namens Tom, der berufen wird, König Artus zu wecken. Es ist ein spannendes Abenteuer über König Artus in der Anderswelt.

Call of the King #1

The Silver Tower #2

The Cursed Sword #3

White Haven Witches-Reihe

Hexen, Geheimnisse, Mythen und Folklore, angesiedelt an der Küste von Cornwall.

Buried Magic #1

Magic Unbound #2

Magic Unleashed #3

All Hallows' Magic #4

Undying Magic #5

Crossroads Magic #6

Crown of Magic #7
Vengeful Magic #8
Chaos Magic #9
Stormcrossed Magic #10
Wyrd Magic #11
Midwinter Magic #12
Sacred Magic #13
Cinderveiled Magic #14
White Haven and the Lord of Misrule Novelle

White Haven Hunters
Das actiongeladene Spin-off mit Shadow und den Nephilim.
Spirit of the Fallen #1
Shadow's Edge #2
Dark Star #3
Hunter's Dawn #4
Midnight Fire #5
Immortal Dusk #6
Brotherhood of the Fallen #7

Storm Moon Shifters
Paranormale Krimis rund um das Wolfswandler-Rudel Storm
Moon.

Storm Moon Rising #1

Dark Heart #2

Wolfshot #3

<u>Moonfell Witches</u>

In dieser Reihe geht es um die geheimnisvollen und magischen Hexen, die in Moonfell leben, dem weitläufigen gotischen Herrenhaus in London. Sie traten erstmals in *Storm Moon Rising*, dem ersten Band der *Storm Moon Shifters*, auf, und dann in *Immortal Dusk*, dem sechsten Band der *White Haven Hunters*. Die Reihe enthält Charaktere aus beiden Serien. Diese Reihe kann jedoch auch unabhängig von den anderen gelesen werden.

The First Yule #0.5 Novelle

Triple Moon: Honey Gold and Wild #1

Amber Moon: Secrets, Ink, and Firelight #2